Nizami

Chosrou und Schirin

Aus dem Persischen übersetzt
von J. Christoph Bürgel

Deutscher Taschenbuch Verlag
Manesse Verlag

Dezember 1993
Deutscher Taschenbuch Verlag GmbH & Co. KG,
München

Gestaltungskonzept: Max Bartholl
Umschlagbild: Chosrou und Schirin
lernen sich im Wald kennen
Persische Miniatur um 1500
Gesamtherstellung: C. H. Beck'sche Buchdruckerei,
Nördlingen
Printed in Germany · ISBN 3-423-24029-6

Nizami

Chosrou und Schirin

manesse im dtv

Magdalena Bürgel gewidmet

AUS NIZAMIS PROLOG

[*Gebet des Dichters*]

O Gott, tu auf des Wohlgelingens Tür!
Nizami auf dem Pfad der Wahrheit führ!
Gib ihm ein Herz, das zur Gewißheit finde,
gib einen Mund, der Deinen Ruhm verkünde!
Laß in mein Denken nichts Ungutes ein,
in meinem Tun laß keinen Undank sein!
Erleucht mein Innres mit dem Licht der Wahrheit,
lehr meine Zunge loben Deine Klarheit!
Laß Davids Harfenton mein Herz beschwingen,
auch *meinen* Psalter auf zum Himmel klingen!
Die Braut, die ich erzog mit meiner Seele –
gib, daß dem Werk an Segen es nicht fehle!
In ihm zu lesen, den Verstand erlabe,
sein Moschusduft sei jedes Hauses Gabe,
daß es mit Bildung helle mach den Blick,
daß es den Geist berausche mit Musik!
«Das Buch des Freudenspenders[1]» man es nenne,
als «Schlüssel der Probleme» man es kenne!
Mach die Gedanken durch es hoch und weit,
laß es ein Bild sein der Glückseligkeit!
Gib, daß dem König meines Buches Schöne
so süß, wie es sein Name sagt, ertöne!
Ein Wehen Deiner Gnade Du ihm schenke!
Ein Tropfen Deines Geistesstroms es tränke!

Leiht dir der Quell der Gnade seine Macht,
hol, was du hast, hervor, Gedankenschacht!

* * *

Einige Worte über die Liebe

Da mir kein besser Wort bekannt als Lieben,
will lebenslang ich mich im Lieben üben!
Des Firmaments Mihrab ist Liebe nur,
der Staub der Liebe Tau der Erdenflur.[2]
Der Liebe diene! Sie ist *der* Behuf,
den herzlich Fühlenden sie *der* Beruf.
Die Welt ist Liebe – sonst nur Blendwerk viel,
ein leeres Spiel, wär nicht der Liebe Spiel!
Was wär des Kosmos Seele ohne Liebe?
Was blieb lebendig in der Welt Getriebe?
Wer ohne Liebe lebt, ist kern-verdorben,
mit hundert Leben – liebelos – erstorben.
Wüßt auch die Liebe nichts von Hexerei,
aus ihrer Haft ließ sie dein Herz nicht frei.
Kein Esel sei, mit Fraß und Schlaf zufrieden;
sei's nur ein Kätzchen – hab was lieb hienieden!
Besser, daß dich des Kätzchens Liebe stillt,
als daß du selbst dir wirst zur Löwin wild!
Ohn Liebes-Samen niemand Keime triebe:
Geborgen ist man nur im Heim der Liebe.
Was gleicht an Gut der Liebe Glut, die macht,
daß Wolken weinen, daß die Rose lacht?

Die Magier, die so das Feuer schätzen,
aus Sonnen-Liebe sich ins Feuer setzen.[3]
Sieh auf das Herz, dem Lebens Macht gegeben,
der Liebe folg, sie ist des Lebens Leben!
Von Kibla und al-Lat spricht ihr Gesätze,
die Kaaba und die Schenke sind ihr Schätze.[4]
Wenn Liebe fällt in des Gesteines Brust,
erzeugt Juwelen dort der Liebe Lust.[5]
So der Magnet, wär er nicht liebumfangen,
er lockte nicht das Eisen voll Verlangen.

Und würde Liebe nicht am Wege weben,
der Bernstein würd nicht nach dem Strohhalm
streben.
Sind Stein und Stoffe viele doch vorhanden,
die niemals Stroh noch Eisen an sich banden.
All jene Stoffe unermeßner Zahl
zu ihrem Zentrum streben allzumal:
Das Feuer, das im Erdreich fand kein Tor,
die Erde spaltend, rast ans Licht empor.
Und Wasser, das zu lang am Himmel schwebt,
durch Neigung der Natur nach unten strebt.
Anziehung ist's, was die Naturen kennen
und was die Philosophen «Liebe» nennen.[6]
Und denkst du nach, wie's rechte Einsicht tut:
Die Schöpfung nur allein auf Liebe ruht.
Sollt je der Himmel frei von Liebe sein,
wie könnte dann die Erde noch gedeihn?
Da ohne Liebe leblos ich mich fand,
gab ich mein Herz, und Leben mir erstand.
Zum Horizont stieg Rauch von meiner Liebe,
macht' dem Verstand das Auge schlafestrübe.
Gegürtet so mit dieser Liebeskunde,
füllt ich mit Liebessang die Weltenrunde.
Mög kein Gemeiner daran Anteil haben,
nur wer gut liest und schreibt, sich daran laben!
Ich macht es gut. So's andre schlechter schreiben,
wird's mein Verdienst doch und ihr Fehler bleiben.

* * *

[*Schlußworte des Prologs*]

Das kindische Geschwätz und Eitelkeit
laß fahren, sie sind Wahn und Trunkenheit!
Nach dreißig, ach schon zwanzig Lebensjahren
lebt man nicht mehr, als sei man unerfahren!
Bis vierzig währt des Lebens volles Drängen,
der Vierziger läßt schon die Flügel hängen.
Nach fünfzig weicht dahin des Lebens Kraft,
der Blick wird trübe, und der Fuß erschlafft.
Mit sechzig tritt Gebrechlichkeit zutag,
mit siebzig manches Glied den Dienst versagt.
Und wenn du achtzig, neunzig Jahre zählst,
du dich nur noch mit diesem Dasein quälst.
Und solltest du gar hundert Jahre füllen,
ist es wie Tod schon in des Lebens Hüllen.
Ob ein Jahrhundert dir, ob nur ein Tag beschieden,
fort mußt du aus dem lieblichen Hienieden!
Drum ist es besser, wenn du fröhlich bist
und in der Freude doch nicht Gott vergißt!
Magst in der Herzensfreude Kerzen gleich sein:
lachenden Munds und doch an Tränen reich sein!
Denn wer des Lachens Blitz der Lippe wehrt,
wird von der Tränen Sturzflut nicht versehrt.
Ziemt Lachen nur, wo man auch kennt die Tränen
– und solches Lachen sei erlaubt den Zähnen! –,
so will ich dich, so du mich läßt gewähren,
ein Weilchen ohne Weinen lachen lehren!
Hast du zu lachen, weil dir Glück gesellt,
mach einen Armen lachen durch dein Geld!
Siehst du nicht, wie am hohen Himmel lacht
die Sonne, weil die Welt sie lachen macht?!

* * *

DIE ERZÄHLUNG VON CHOSROU UND SCHIRIN

Chosrous Geburt und Jugend

Wie es der Dichter aus altem Geschlecht, der alten Geschehnisse kundig, berichtet hat, übergab der Kaiser, als der mondliche Glanz seiner Herrschaft ins Dunkel trat, den Thron an seinen Sohn Hormizd.[7] Hormizd, der Welterleuchtende, übte Gerechtigkeit und schuf weltweiten Wohlstand. Er folgte dem Brauch seines Vaters, indem er schenkte mit offenen Händen und frommen Fußes wandelte.

Wie er nun Nachkommenschaft begehrte und Gott um ein Kind bat, schenkte, nach manchem Gelübde und Opfer, der Herr ihm ein männliches Kind – und was für eines! Eine kostbare Perle aus dem Meere des Königtums, eine Lampe hell leuchtend mit göttlichem Lichte! Gesegneten Sterns, glorreicher Dynastie und kraft der Sterne zum Träger der Krone und Erben des Thrones bestimmt!

Einen vollkommenen Chosrou in ihm erblickend, gab ihm der Vater den Namen Chosrou Parwez. Parwez aber nannte er ihn, weil er von jedermann stets *par-avez*, das heißt «reich befiedert»[8], werden sollte.

Die Amme wickelte ihn, Moschus gleich, in Seide, wie feuchte Perlen in trockene Watte. Sein Antlitz glänzte beglückender als die Sonne, seine Zähne lächelten holder als der Morgen. Sie glichen Zucker und verlangten nach Milch, deshalb ernährte man ihn mit Milch und Zucker. Oft, wenn der König beim Gelage saß, brachte man ihm den Kleinen wie einen üppig garnierten Blumenstrauß.

Als dann sein Weg von der Wiege auf die Wiese und von dort in die Welt hinausführte, schloß ihn die ganze Welt liebevoll an ihr Herz. Mit jedem

Jahr mehrte sich sein Glück und lehrte ihn sein Verstand etwas Neues. Mit fünf Jahren erkundete er die sechs Richtungen des Raumes. Seine Schönheit war nun bereits so augenscheinlich, daß jeder, der ihn erblickte, ausrief: «Ein zweiter Joseph von Ägypten!» Der Vater aber ließ seine Tage nicht ungenutzt verstreichen, er gab ihm einen Lehrer. Und nur wenig währte es, bis sich Chosrou in allen Künsten bewandert zeigte. So wortgewandt wurde er, daß er dem perlensprühenden Meer glich und Literaten, redebegabt wie das Wasser, mit ihm nicht zu sprechen wagten, ohne ein Astrolab zu befragen. Mit neun Jahren verließ er die Schule, um sich im Kampf mit Löwen und Drachen zu erproben, und als er zehn war, schlug er die Köpfe Dreißigjähriger in den Wind. Mit seinen Pranken rang er Löwen nieder, und mit dem Schwerte legte er Säulen um. Mit seinem Pfeil wußte er haarfeine Knoten zu lösen und mit dem Speer Ringe aus einem Kettenpanzer zu sprengen. Das Ziel, auf das er den Bogen anlegte – war es auch fern wie die Trommel der himmlischen Venus, er rückte es nah wie die Trommel der Falkenjagd. Mochte einer auch zehn Bogen auf einen Schlag spannen, Chosrous Bogen hätte ihn, durch sein bloßes Gewicht, zum Lastträger werden lassen. Und vor seinem Pfeil aus Weidenholz zitterte jeder wie Weidenlaub, mochte es auch der Weiße Dämon selber sein. Als sein Alter vierzehn Jahre betrug, wuchsen dem Vogel des Wissens Schwingen und Federn, so daß er das Verborgene erforschte und den Lauf der Welt zu begreifen begann.

* * *

Beschreibung Bozorg-Omids

Nun gab es am Hofe einen Weisen mit Namen Bozorg-Omid («Große Hoffnung»), welcher hoffnungsreich war und mächtig dank seines Verstandes. Schritt um Schritt hatte er die Erde zu Fuß und Schritt um Schritt das Weltall mit seinem Geiste durchmessen, die Geheimnisse der verborgenen Welt erschaut und die Schlüssel zu den himmlischen Schätzen errungen. Den suchte der Prinz auf, die Zunge gezückt wie ein indisches Schwert und Perlen erhoffend aus jenem Meere der Bildung, an dessen Saum er sich niederließ. Sein Herz erhellte sich durch diesen Unterricht, und er lernte vieles von seiner Weisheit. Vom Zirkel des Saturn bis zum Zentrum der Erde las er alles, was in den Sphären erschaffen ist, und wurde so in jungen Jahren zu einem inneren Meere, zu einem in jeder erdenklichen Kunst erfahrenen Manne. Auch war sein Sinn von gedankenlosem Schweifen zum wachen Bewußtsein gelangt, sein Fuß hatte die Schwelle des Königtums betreten. In dem Maße aber, wie sich seinem nach Geheimnissen forschenden Geist die Wunder des kreisenden Weltalls erschlossen, gewann er den Dienst, den er als Prinz seinem Vater leistete, lieber als alles andere, so daß er darin nie laß noch müde ward. Der Herrscher aber liebte ihn mehr als die ganze Welt, oder vielmehr – denn was heißt schon «Welt»! – mehr als sein eigenes Leben! Um ihm ein langes Leben zu sichern, suchte er allen Übeltätern das Handwerk zu legen und beauftragte daher den Ausrufer, folgendes in der Stadt zu verkünden: «Wehe jedem, der einem andern Gewalt antut! Wenn ein Pferd in einem Saatfeld weidet, wenn ein Dieb in einen Obstgarten eindringt, wenn einer unerlaubt das Antlitz einer Frau erblickt oder sich mit schönen Knaben vergnügt, soll er von mir zur Rechenschaft gezogen werden!»

Das beschwor er mit vielen Eiden. Und da der Schah in seiner Gerechtigkeit ohne Wanken war, prangte die Welt in Gesundheit.

Unheil und Übel brachen ab ihr Zelt,
die Welt ward frei vom Treiben dieser Welt.

* * *

Chosrous Gelage im Wiesenplan und Hormizds Richterspruch

Nun wollte es das Schicksal, daß Chosrou eines Morgens in der Frühe fröhlich in die Steppe zog, sich an der Jagd ergötzte und manches Wildbret erlegte, bis schließlich fern ein schmuckes Dorf auftauchte, das ganz von frischem Grün umgeben war. Auf diesem Grün schlug Chosrou seinen Teppich auf, so lange, bis die gelbe Rose (die Sonne) ihm den Rücken kehrte. Als dann die Sonne über einer gelben Wolkenmauer am unteren Rande der blauen Himmelsfeste die Fahne der Übergabe hißte, als sie wie ein Sultan auf der Flucht Aloe im Räuchertiegel verbrannte, die weiße Fahne zerriß und das schwarze Zelt der Nacht damit flickte, nahm der Prinz in jenem Dorfe ein Haus in Beschlag und veranstaltete darin ein übermütiges Gelage. Munter zechend verbrachte er jene Nacht mit Freunden, hielt mit einigen Nachtschwärmern den Morgentrunk, lauschte dem Klang der Orgel und labte sich am purpurroten Rebensaft. Die Becher machte er lachen, Seele und Welt lebendig durch Wein.

Derweilen geschah es aber, daß gegen Morgen einer seiner Hengste sich vom Zügel losriß und in einem Saatfeld äste und daß von seinen ghuridischen Knappen der hübscheste ein paar unreife Trauben stibitzte.

Als dann im Morgendämmer die welterleuchtende Sonne den Kopf der Nacht vom Nacken des Tages trennte, als der schwarzgefiederte Rabe dem blauen Sittich ein goldenes Ei unter die Federn schob, als die Nacht die Last schwarzer Kohlen vom Rücken ablud und ihre Finger von der irdischen Schreibtafel abzog, liefen einige jener Kümmerlinge, die man kennt, heimlich zum Schah und hinterbrachten ihm die Sache. «Chosrou», sprachen sie, «hat gestern wider die Ordnung verstoßen! Er fürchtet den Schah nicht, und warum sollte er auch?» – «Ich kenne», sagte der König, «sein Vergehen nicht.» Und sie erwiderten: «Er geht den Weg des Unrechts. Sein Falbe hat die grüne Saat verzehrt, sein Knappe die Datteln des Dorfherrn verheert. Bei Nacht hat er des Armen engen Raum geraubt, und seiner Harfe Klang drang an die Ohren unverstatteter Weiber. Hätte dies ein Fremder getan und nicht das eigene Kind, der Herrscher hätte ihm Blut und Gut genommen. Aber so ist es nun einmal:

Zur Ader läßt der Bader wohl hundertmal
gewandt;
doch gilt's der eignen Ader, so zittert ihm die
Hand!»

Der König aber befahl einem Trupp, sich mit Dolchen zu waffnen und so rasch wie möglich den

Sohn samt seinem Gefolge zu fassen. Dem Hengst sollten sie die Flechsen zerschneiden, den hübschen Knappen sollten sie dem Besitzer der unreifen Reben ausliefern, also gleichsam Rosenwasser für Brackwasser hingeben; dem Herrn jenes Hauses, wo der Prinz sein Nachtlager aufgeschlagen hatte, sollten sie gar seinen Thronstuhl überreichen und sodann jenem Harfner die Nägel zerbrechen und ihm die Seide vom Leibe reißen. Alles dies geschah, wie befohlen.

Du aber bedenke, wie damals Recht geübt wurde. Nicht nur mit Fremden, sondern mit dem eigenen geliebten Sohne. Wo gibt es denn heute eine solche Gerechtigkeit, die mit dem eigenen Kind derart verfährt? Ja, die Feueranbeter haben die Welt derart erwärmt, daß man sich vor ihrer Frömmigkeit schämen sollte. Wir sind Muselmanen; Zoroastrismus ist für uns nur ein Name. Aber wenn dies Zoroastrismus ist, wo bleibt dann wahres Muselmanentum?

Nizami, kehr zu deiner Mär zurück!
Des Vogels Lied stieß an ein bitter Stück.

* * *

Chosrou fleht den Rat der Alten um Fürsprache vor dem Vater an

Als Chosrou sah, welche Schmach über ihn kam, bereute er, was er getan. Er sah ein, daß er übel gehandelt und der Vater ihn billig gestraft habe. Die Hände überm Haupt schlug er zusammen ob seiner Hände Werk und kam lange Zeit vor Gram nicht zur Ruhe.

Schließlich wandte er sich an die Ältesten, sie möchten ihn vor den König bringen, vielleicht würde der Schah ihre Fürsprache annehmen und seinem Vergehen Nachsicht gewähren. Er legte ein Totenhemd an, ergriff ein scharfes Schwert, und alle weinten und schluchzten, als sei der Jüngste Tag hereingebrochen. Verzeihung heischend traten die Ältesten vor, dem Prinzen folgend wie ein Trupp Gefangener. Als der vor den Thron gelangte, weinte er herzerweichend und wälzte sich wie ein Verbrecher im Staube.

«O Schah», sprach er alsdann, «peinige mich nicht länger! Zeige Größe und sei den Kleinen huldreich. Sieh diesen deinen Joseph nicht als blutbefleckten Wolf an; sieh nur, daß er klein ist, mag auch sein Frevel groß sein! Noch weht mir Löwenatem durch die Zähne, begehre nicht mein Blut mit lachendem Löwenrachen! Sei gnädig deinem verwirrten Kinde; es hat nicht die Kraft, den Zorn des Herrschers zu ertragen! War es ein Verbrechen, hier sind Schwert und Nacken! Dir steht es zu zu töten, mir, mich deinem Willen zu fügen. Denn eher will ich den Schmerz des Sterbens erdulden als die Ungnade des Königs.»

So sprach der edle Jüngling und preßte ein weiteres Mal die Stirn auf den Boden. Die Versammelten aber wurden durch seinen tapferen Sinn so ergriffen, daß sie bitterlich zu weinen begannen. Ja, auch der Schah schluchzte auf über das Unglück seines Sohnes, und alle staunten, daß ein Jüngling mit so viel Zartgefühl und gleichzeitig so viel Scharfblick urteilen könne, und erkannten, daß er nichts Böses im Schilde führe, sondern nur das väterliche Wohlwollen begehre. Darum:

Was auch dein Kind dir antut, du denke immer
dran:
Es wird von seinen Kindern auch ihm dereinst
getan.
Mach dich in Gut und Bösem nicht zu des
Kindes Sklaven!
Vertreten Kindeskinder dich doch in Lohn und
Strafen.

Als Hormizd sah, welche Weisheit und Besonnenheit sein Sohn besaß, fand er an ihm wieder Seelentrost und Herzenslabe und wußte, daß der wahre göttliche Königsglanz auf ihm ruhe. Er küßte ihn auf die Stirn, verzieh ihm und machte ihn zum Generalissimus seines Heeres. Chosrou aber war, als er nach diesem Schiedsspruch das Schloß verließ, zumute, als höre er die Welt ein neues Preislied auf das Königtum singen. Von seinem Antlitz strahlte der Glanz der Gerechtigkeit so hell, daß er den Herrschern der ganzen Welt Licht zu spenden schien.

* * *

Chosrou erblickt seinen Großvater Anuschirwan im Traum

Als die Locken der Nacht begannen, Moschusdüfte zu verströmen, als das Licht ins Dunkel versank und anstelle der mit Spiegeln spielenden Sonne der mit sechs weißen Bällen jonglierende Mond aus dem Zaubervorhang heraustrat, begab sich Chosrou ins Bethaus, gürtete sich, pries Gott und legte sich zur Ruhe. Im Gefühl seines Glückes fiel er in einen erquickenden Schlaf, wie er ihn die

Nacht zuvor nicht genossen hatte. Im Traume aber erblickte er seinen Großvater und vernahm von ihm die folgenden Worte: «O du neu aufgehender Weltenglanz! Vier dir werte Gesellen hast du eingebüßt, doch ich kündige dir zum Ersatz vier andere Dinge an: Zum ersten soll dir, weil du die Säure jener Reben geschmeckt, aber nicht gleich ihnen ein saures Gesicht gemacht hast, bald ein Herzlieb zur Seite sitzen, wie man zu keiner Zeit ein süßeres sah. Zum zweiten: Weil man deinem Roß die Flechsen zerschnitten, ohne daß Groll dein Gemüt ergriffen hat, erhältst du einen Rappen, ‹Nachtfarb› genannt, mit dem der heftigste Sturm nicht Schritt halten kann. Zum dritten: Da der König deinen Thron dem Dorfherrn gegeben, ohne daß dein Sinn sich gegen diese Härte empört hat, wirst du einen Thron erlangen, so königlich, daß er wie ein goldener Baum emporwachsen wird. Und zum vierten schließlich: Da du die Geduld bewahrt hast, als man deinem Spielmann das Werkzeug raubte, wird sich ein Musikant mit Namen Barbad zu dir gesellen, der mit seiner Kunst sogar das Gift im Becher bekömmlich macht. So wirst du statt Steinen Gold, anstelle von vier Kieseln vier Juwelen erlangen!»

Als der Prinz von seinem Traum erwachte, betete er noch einmal zu Gott. Die nächsten Tage und Nächte aber verschwieg er sein Erlebnis, während ihm die Weissagung seines Großvaters noch immer in den Ohren klang.

* * *

Schapur erzählt von Schirin und Schabdez

Der Prinz besaß einen ihm besonders vertrauten Zechgenossen, Schapur mit Namen, der die Welt vom Maghreb bis nach Lahore durchwandert hatte. Von Malerei verstand er wohl mindestens so viel wie Mani, im Zeichnen und Entwerfen war er ein zweiter Euklid. Ja, er skizzierte so flink und porträtierte so gewandt, daß die Bilder gleichsam ohne Federrohr unmittelbar aus seiner Phantasie erwuchsen.

Der küßte nun eines Tages den Boden vor Chosrou Parvez und sprach die folgenden angenehmen Worte: «So es der Weltenherrscher befiehlt, will ich allerlei seltsame Dinge erzählen, die ich erfahren habe.»

Der Prinz machte eine Gebärde, die soviel besagte wie: «Edler Mann, sprich, ohne lange zu fackeln!»

Und der gewandte Schapur hob an zu reden, nicht ohne seinen Worten Farbe und Duft zu verleihen: «Solange die Welt besteht, sei alle Welt dir untertan, die Zeit, Jahre und Monde seien dir glückreich, Jugend sei deiner Schönheit stets gepaart, deinem Willen fehle es nie an Hilfe!

Grämen müsse sich, wer dir nicht Freude gönnt; Unheil erleide, wer nicht dein Heil begehrt!

Ich bin unter dem Himmelszelte viel herumgekommen und habe so manches Wunder bei meinen Reisen von Horizont zu Horizont erblickt. Einige Tagereisen jenseits des Gebirges, wo der Hafen Darband am Kaspischen Meer liegt, regiert eine Frau aus königlichem Geschlecht, mit einer weitberühmten Streitmacht. Das ganze Gebiet von Arran bis an die Grenzen Armeniens untersteht ihrem Befehl. Wo sie herrscht, zahlt man ihr Tribut; sie besitzt alles außer dem Thron und der Krone des Kaisers. Wohl an die tausend Festen auf hohen Bergen sind ihr zu eigen, und Gott allein weiß, was ihre Schatzkammer birgt! Dazu Vierfüßer, soviel du willst, und außerdem große Mengen an Vögeln und Fischen. Sie hat keinen Gatten, dafür aber unbeschränkte Freiheit, und in Freuden verbringt sie ihr Dasein. Ja, mächtiger ist sie als viele Männer, und wegen ihrer Macht wird sie Mahin Banu (Große Frau) genannt, das nämlich ist die Bedeutung von Schamira, wie der Name dieser Herrscherin eigentlich lautet.

Als Residenz hat sie entsprechend dem Klima für jede Jahreszeit eine andere Stätte bereit: Im Frühling ist ihr Aufenthalt in Mukan, wo die Erde über und über mit Grün bedeckt ist, zur Sommerszeit weilt sie in den armenischen Bergen, lustwandelnd zwischen Rosenbeeten und Getreidefeldern, im Herbst geht sie nach Abchasien und fliegt dort dem Jagdwilde nach, im Winter schließlich siegt die Lust, in Barda zu wohnen, denn Barda hat ein warmes Klima.[9] So also berücksichtigt sie die vier Jahreszeiten und wählt sich für jede das beste Klima aus, genießt jeden Atemzug mit Freuden und läßt, heiteren Spielen hingegeben, die Welt Welt sein.

* * *

Beschreibung der Schönheit Schirins

Ein Feenkind, nein, mehr: ein Vollmondlicht,
das durch den Schleier der Gekrönten bricht.
Ihr Wuchs gleicht einer Palme, ihre Flechten
zwei Negern, die im Wipfel Datteln brechen.

Und denkt die Dattel ihrer Lippen hold,
wird gleich ihr Mund von süßem Safte voll.
Wie pures Licht sind ihrer Zähne Perlen;
die Muschel ahnt dergleichen kaum von ferne.
Zwei Blutrubine, die wie Zucker munden,
zwei Zöpfe, wie ein Lasso gut gewunden.
Ihr Aug gewappnet ist mit Zauberkraft,
des Bösen Blickes Bann schlägt es in Haft.
Mit hundert Zungen läßt sie Zucker fallen,
wovon entzückt die Herzensflammen wallen.
Salz haben ihre Lippen, wenn sie lacht;
Salz ist nicht süß, sie hat es süß gemacht!
Ihr Näschen scheint ein silbern Schwert zu sein,
das ihres Kinnes Apfel teilt entzwei.
Ihr Wangenmond viel feinstes Tuch zerschleißt,
der selber doch so ohne Makel gleißt.[10]
Der Zephir hebt empor ihr schmuckes Haar
und bietet Hermelin und Zobel dar.
Zwei Brüste gleich Granatäpfeln aus Silber,
auf die des Gartens Blüten-Münzen rieseln.
Ihr Blick versetzt, obgleich gazellensanft,
die Löwenjäger all in Hasenschlaf.[11]
Wohl tausend Busen füllt mit Dornen sie,
doch ihre Rose pflückte keiner je.
Bei Nacht sehn sie im Traume Hunderte,
doch keiner sonnengleich sie nachts bewunderte.
Ihr Brauenhalbmond, der den Festtag schmückt –
sein Leben spendet gern, wer ihn erblickt!
Madschnun von ihrem Bilde wär gebannt,
Laila von ihrer Schönheit übermannt!
Der Mond vor ihr ein schwarzes Mal sich
nennt,
die Nacht in ihrem Mal ihr Heil erkennt.[12]
Dies Lockenhaar, wie weiß es anzuziehn,
die Zähn' und Lippen: Perlen und Rubin!

Aus dem Rubin und diesen Perlen blank
braut man der Schwermut einen Freudentrank.[13]
Rose ihr Antlitz, Rose auch ihr Hauch,
süß ihre Lippen, ‹Süß› ihr Name auch.
Die ihre Lippen süß wie Honig nennen,
als Mahin Banus Thronerbin sie kennen.

Und schöne Fürsten in dem Lande dort
sind ihr zu Diensten, hörig ihrem Wort.
Und von den Fürstentöchtern mondenfein,
stehn ihr zu Diensten siebzig Mägdelein.
An Anmut jedes eine Seelenlabe,
an Schönheit eine Welten-Liebesgabe.
Geschmückt mit edlem Stoff und Lautenspiel,
durchwallen mondengleich sie Ziel um Ziel.
Bald hüllen Mondlicht sie mit Moschus ein[14],
bald trinken sie im Rosengarten Wein.
Ihr Antlitz ist vom Schleier nicht bedeckt,
weil sie allda kein Böser Blick erschreckt.
Niemand ist ihrer Anmut gleichgestellt,
nur Freude ist ihr Anteil an der Welt.
Doch gilt Gewalt, zerschlagen ohne Wanken
des Ebers Zahn sie und der Löwen Pranken,
verbrennen eine Welt mit ihrem Haar
und blenden die Gestirne mit dem Speer.
Prangt irgend Eden und der Huri Schöne,
so ist es dort, so sind die Huris jene!
Mahin Banu, die jenem Land gebietet,
besitzt viel Gold und Silber solcher Güte.

Beschreibung des Rappen Nachtfarb

Auch hat im Stall ein Roß sie von Geblüt,
bei dessen Lauf der Wind den Staub nicht sieht.
Er übertrifft den Witz der Philosophen,
scheut Wasserfluten nicht, noch Katastrophen.

Nimmt einen Anlauf auf den Himmel er,
hinkt der gleich sieben Längen hinterher.
Hat Hufe silbern, Berge zu erklimmen,
den Schwanz von Bambus, Meere zu durchschwimmen.
Der Zeit gleich wendig, drängend wie die Sorgen,
der Nacht gleich auf der Hut, wach wie der Morgen.
Den Namen Nachtfarb hat sie ihm erdacht
und liebt ihn mehr als je ein Kauz die Nacht.
Und dazu hat sie eine goldne Kette,
die hält gebunden ihn an seiner Stätte.
Ich aber sah nie Süßres als Schirin,
kein Pferd mir schwärzer als Schabdez[15] erschien.»

Als der kluge Schapur diese Worte gesprochen hatte, war Chosrous Gleichmut entschlummert und die Liebe erwacht. So aufgewühlt war der Prinz von dieser Erzählung, daß er vor innerer Wallung nicht zur Ruhe kam und keinen Schlaf fand. Täglich rief er sich diesen Bericht ins Gedächtnis, keine andere Saat keimte in seinem Hirn. Eine Reihe von Tagen verbrachte er mit diesen Gedanken und war zufrieden mit dem bloßen Traumgebild. Als nun aber die Liebe übermächtig wurde, entschloß er sich zur Tat und ließ alles standhafte Ausharren fahren. Er rief den Erzähler heimlich zu sich und redete lange mit ihm über diese Geschichte.

«O Gefährte», sprach er, «erweise mir nun deine Treue! Ich muß handeln, jetzt, da dieser Handel der Hand entglitten ist! Da du einen so guten Grund gelegt hast, vollende das Werk; denn du bist der Mann und Meister, dies zu leisten! Mach keine schönen Worte, sondern eil dich und brich unverzüglich auf in Richtung Chuzistan! Wie ein Götzenanbeter mußt du hingehen und jenes Idol durch Klugheit und List erobern, mußt erkunden, ob sie ein braves Herz hat und ob sie Lust verspürt, sich einem Manne zu verbinden. Ist sie formbar wie Wachs, so drück ihr mein Siegel auf, damit es sie präge! Ist sie aber eisernen Herzens, so kehre ohne Verweilen zurück und gib mir Kunde, damit ich nicht an kaltem Eisen schmiede!»

* * *

Schapur geht nach Armenien, um Schirin zu suchen

Der wortgewandte Schapur küßte den Boden und sprach: «Möge Chosrou immer froh und heiter bleiben! Guter Blick begleite sein wohlwollendes Wirken. Der Böse Blick aber finde keinen Weg zu ihm!»

Nach diesem Lobspruch auf den jungen König faßte der Künstler seine Antwort in die folgenden Worte: «O Weltbeherrscher! Wenn ich einer Federzeichnung von mir Farben auftrage, möchte Mani vor Neid seine Bilder vertilgen. Scheint es doch, als regte sich die Gestalt, deren Kopf, als flöge der Vogel, dessen Flügel ich male. Möge dir also kein Stäubchen das Herz betrüben! Staub im Herzen ist Raub im Herzen! Im Aufdecken von Auswegen bin ich so erfinderisch, daß ich für jeden Ausweglosen einen Ausweg weiß. So sei denn guten Mutes und heiteren Sinnes; deine Sache ist bei mir in den besten Händen! Ohne einen Augenblick zu rasten, werde ich so schnell laufen, als hätte ich von Onagern die Beine und von Vögeln die Flügel entliehen. Ich werde nicht eher schlummern, als bis ich dein Haupt wieder schlummern mache, nicht wiederkommen, ohne dir deine Geliebte zu überbringen. Mit Macht und Magie werde ich sie herausholen, wie das Feuer aus dem Eisen, wie das Juwel aus dem Stein. Bald mit Rosen, bald mit Dornen werde ich wirken und erst nach sorgsamer Erkundung der Umstände ans Werk gehen. Ist mir das Glück hold, so werde ich Schirin dazu bewegen, daß sie, wie das Glück selber, Chosrou huldigen soll. Muß ich aber erkennen, daß alle Mühe vergeblich ist, so werde ich auch dies dem Schahanschah nicht verhehlen.»

Dies gesagt, stand der Redende auf und begab sich durch alle Türen des Palastes geradenwegs auf die Reise. Wüste um Wüste durchmessend, gelangte er eilends in die armenischen Berge; denn jene Schönen pflegten im Sommer wie ein Schwarm Bienen in besagtes Gebirge zu kommen. Und als Schapur dort eintraf, war alles mit frischem Grün bedeckt, Königskraut und Windröschen blühten um die Wette, die lazurblauen Felsen hatten sich in Decken roter und gelber Blüten gehüllt, über jeden Berghang waren Matten gleich smaragdgrünen Teppichen gebreitet. Vom Gipfel des Dschirm bis zum Meidan-i Boghra hatten die Rosen Toghra um Toghra gezeichnet.

Dort war aus Felsgestein ein altes Kloster, in dem betagte Priester lebten. Bei jenem Kloster nun stieg Schapur in der Weise wandernder heiliger Männer ab.

* * *

Über die Abstammung des Schabdez

Der gelehrte Mönch erzählte ihm nun auf dari (persisch) das Folgende: «Zu Füßen dieses Klosters befindet sich eine Höhle und in ihr ein schwarzer Stein, der wie ein Pferd aussieht. Bei jeder glücklichen Konstellation sprengt aus der Wüste Ramkaleh eine brünstige Stute herbei, manchmal aus einer Entfernung von mehr als hundert Parasangen. Sie kommt zum Eingang der Höhle und schlüpft hinein wie eine Schlange durch ein Mauseloch, drängt sich begierig zu jenem schwarzen Steine und reibt dann ihren Leib an ihm in heißem Verlangen. Durch Gottes Willen wird sie dadurch befruchtet – ein Wunder, das Gott wirkt, darf unser Herz freudig bejahen. Jedes Fohlen aber, das sie auf diese Weise austrägt, raubt dem Himmel den Lauf und dem Sturmwind die Gangart. Und auch Schabdez», so sagte jener weise Mann, «stammt vom Geschlechte jenes Steines.»

Wolltest du aber heute einen Stein von jenem Kloster suchen, du würdest kein Staubkorn mehr davon vorfinden; es ist wie vom Winde verweht. Selbst die stolze Säule Inschirak liegt in Trümmern. Ja, jener ganze einst rosenfarbene Berg scheint Trauer zu tragen. Nur eine Welt von schwarzgewandeten Steinen bietet sich den Blicken dar. Gott hat zwar vielerlei Mahnzeichen; dieses eine aber genügt als Hinweis auf das Herannahen des Endgerichtes. Wenn in etwa vierhundert Jahren einem Berge derartiges zustößt, wie kannst dann du, der nackt zur Welt kam, dich gleichsam auf ewig hier einnisten?

Nizami, hör: Dergleichen Filz laß fort!
Man will Erzählung, nicht belehrend Wort!

Schapur zeigt Chosrous Bild zum ersten Mal

Als man anhob, die schwarzen Locken der Nacht zu kämmen, und die Lampe des Tages verlöschte, als unter dem ebenhölzernen Nardbrett die beiden Würfel aus Sandarak sich verbargen, trat Stern Jupiter hervor, in der Hand ein Edikt, das lautete: «Der Schah sei von seinen Banden, Schapur von seiner Mühsal erlöst!»

In jenem alten Kloster hielt nun also der kluge Schapur nach all der Beschwernis der Reise Rast. Er erkundigte sich bei den alten schicksalserfahrenen Mönchen, wo sich am nächsten Tage jene Schönen aufhalten, welches Gewässer und welchen Wiesenplan sie wählen würden, und erhielt folgende Auskunft: «Am Fuße dieses felsigen Gebirges ist eine Aue, umgeben von einem dichten Walde. Dorthin, zu jener moschusduftenden Weide, pflegen jene übermütigen Zypressen-Schönen zu eilen.»

Als nun das schwärzliche Eichhörnchen sich das graue Fell eines Dachses anlegte, als der Zobel der Nacht sich vor dem Hermelin des Tages verbarg, als die Sonne ihr Haupt über dem Elbursgebirge erhob und für die Welt den Kult des Dschamschid erneuerte, gürtete sich, früher als jene auf Lustbarkeit bedachten Madonnen, im Morgendämmer Schapur. Auf eben jener grünen Aue bereitete er den Überfall vor, der in seiner Art den zu erwartenden Rosen so verwandt war. Er nahm ein prächtiges Blatt Papier und malte darauf ein getreues, kunstreiches Abbild Chosrous. Kaum aber hatte er dieses vollendet und an einem Baumstamm befestigt, huschte er davon wie ein Waldgeist.

Und schon nahten auch jene Schönen, die an

Gestalt und Antlitz wirklich Feen glichen. Sie setzten sich, so frisch und duftig wie das blühende Grün selbst, auf die Wiese und banden Sträuße, bald aus Blumen, bald aus Buchsbaumzweigen; bald ließen sie Rosenwasser über die Rosen ihrer Wangen träufeln, bald beim Lächeln den weißen Zucker ihrer Zähne rieseln. Bräute, die kein Ehejoch kannten, die ihre Mitgift der Welt geschenkt und sich selber damit freigekauft hatten, saßen sie wie Lieb mit Lieb beieinander, wie Knospen, die die Hülle nicht mehr zu fassen vermag. Man brachte Wein, und sie schenkten ihr Herz dem Weine; man brachte Rosen, und sie sprengten Wein auf die Rosen. Wein hielt in der Hand der Mond der Sterne, und die Welt war entblößt von boshaften Geistern und Menschen. Der ganze Körper dieser unschuldigen Wesen war Lust; so wie es bei jungen Mädchen zu sein pflegt.

Und da der Platz vor lüsternen Blicken sicher war, begannen sie plötzlich zu tanzen. Hier pries diese die Blumen, da sang jene ein Lied mit der Nachtigall. Sie ließen nichts gelten als Frohsinn, sie kannten keinen Handel außer der Heiterkeit.

Unter jenen Süßlippigen aber war die rosenwangige Schirin wie der Mond im Sternbild der Plejaden. Sie vergnügte sich mit den Gefreundinnen, reichte Wein dar und trank selber. Just aber, als sie bemerkte, daß sie das Abbild des Mondes sei, fiel plötzlich ihr Blick auf jenes Bildnis.

«Bringt jenes Bild herbei», gebot sie den Schönen. «Wer hat es gemalt? Verheimlicht es nicht!» Sie brachten nun der reizenden Schirin das Porträt, die sich ein Weilchen darein vertiefte. Weder vermochte ihr Herz sich von dem Bilde zu lösen, noch auch verstattete ihr der Anstand, es an die Brust zu drücken. Jeder Blick, den sie dem Bilde schenkte, betörte, jeder Becher, den sie von diesem Weine schlürfte, berauschte sie. Blickte sie hin, wurde ihr Herz vor Leidenschaft schwach; verbarg man es vor ihr, suchte und fand sie es von neuem. Die Zofen aber, befürchtend, Schirin werde ob dieses Bildes noch schwermütig werden, zerrissen zuletzt das erlesene Gemälde, neben dem die gesamte chinesische Malkunst verblaßte. Tat aber Schirin des Bildes Erwähnung, so sprachen sie: «Dämonen haben es versteckt! Dies ist ein Garten böser Feen. Laß uns aus dieser Gegend fliehen und uns anderen Ortes vergnügen!»

Von diesem Vorfall erglüht, als säßen sie in einer Räucherpfanne, verbrannten sie Raute, um die bösen Geister zu vertreiben, und zogen davon.

* * *

Schapur zeigt das Bild Chosrous zum zweiten Mal

Als am nächsten Morgen das flachs- und rosenfarbene Sonnenroß mit seinem Huf feurigen Staub aus dem Felsen schlug, als in jedem Winkel ein Geheimnis enthüllt und Berg und Meer überall in kostbare Seide verwandelt wurden, war Schapur wiederum vorausgeeilt, um vor jenen hurischönen Jungfern an Ort und Stelle zu sein. Er hatte das gleiche Porträt wie beim ersten Mal vollendet und es an günstiger Stelle befestigt. Und nun erschienen auch schon jene Idole voller Anmut und spielten wie Rosen auf jenem Grün. Mondschön und in Schilfglanzseide gekleidet, lachten sie Mond und Schilfgras aus.

Anfangs nur von halber Lust gespornt, gerieten sie allmählich in Eifer, und als sie, Spielpuppen gleich, in voller Bewegung waren, begann auch das Schicksal mit seinem Puppenspiel. Kaum richtete nämlich Schirin ihre Blicke empor, da gewahrte sie wiederum jenes beseelte Porträt, und der Vogel ihrer Seele begann vor Erregung so zu flattern, daß es ihr fast die Zunge lähmte.

Dem Trunkenen ist Rausches Schau genug;
betauter Rose ist der Tau genug.

«Was hat das zu bedeuten?» rief Schirin ihren Freundinnen zu. «Oder» – schalt sie selber sich des Irrtums – «sehe ich etwa nur ein Traumbild?» Dann aber befahl sie dennoch einer ihrer zypressenschlanken Zofen, ihr recht geschwind das seltsame Bild herbeizubringen. Zwar suchte diese das Bild zu verstecken – wie aber kann man die Sonne in Blumen verbergen? «Hier muß ein Dämon am Werk sein!» rief Schirin. «Geister treiben ja oft dergleichen Spiele!»

Und so räumten sie alsbald auch dort wieder das Feld, die grünen Auen, der schönsten Rosen beraubt, hinter sich lassend.

* * *

Schapur zeigt Chosrous Bild zum dritten Mal

Zur Nachtzeit – der uralte Sagenvogel Anka hatte längst den riesigen Sonnenrubin wieder einmal in seinen Magen hinuntergeschluckt – hielten die Mädchen in der Steppe Andscharak Rast und füllten die Becher mit Wein in seliger Stimmung. Dann entschlummerten sie trunken, Königskraut zu ihren Füßen und die Pokale noch in ihren Händen.

Als dann der Tag den Kopf aus dem Saume der Nacht emporhob und die Zeit ihm die goldene Krone aufs Haupt setzte, verließen die Gekrönten ihr Thronlager von Türkis, leerten die Becher über den wie Münder von Zechern geöffneten Blütenkelchen und flogen, die Elfenhaften, innerhalb eines Tages bis zum Kloster «Elfenbrand».

Dort, in jenem blaugrünen Paradies, war es so schön, als sei daselbst der Himmel vor Anker gegangen: ein grüner Teppich, taufrisch wie die Seele des Klugen, eine Luft, lind wie die Liebe zu Kindern, ein Zephir, lieblicher als Paradieseswind, wehend über ein Land, das einem Meer voller Perlen, befahren von blumenbeladenen Schiffen, glich. Anemonen sind da, die Steine in Götterbilder verwandeln, Morgenbrise kräuselt die Locken der Aue. Über purpurfarbenen Blüten erklingt das Schlagen der Nachtigall und das Gurren der Tauben, und beides verschwebt ineinander. Keck, sehr keck, fliegen die kleinen Vögel, prachtvoll breitet sich Zweig an Zweig. In jedem Winkel sitzen Vögelchen Kopf an Kopf und raunen Rosen süße, süße Weisen zu.

In diesen Rosenhag nun gelangte unser Maler und malte wiederum das Bild des Chosrou. Bald danach kam auch die elfengestaltige Schirin, fand Gefallen an jener Wiese und ließ sich im Kreise ihrer Feengefolgschaft allda nieder. Und wieder fiel ihr verliebter Blick auf jenes Bild, das ihrer Seele Ruhe schenkte. Dieses Zauberwerk verwirrte sie so, daß sie an Spiel und Spaß nicht mehr zu denken vermochte. Mit beklommenem Herzen lief sie selbst hin, um das Bildnis zu holen. Dieses aber war wie ein Spiegel, in dem sie sich gleichsam selber erkannte; und indem sie sich fand, geriet sie außer sich und wurde von Sinnen. Sie sagte so unverständige Dinge, daß man sie hier nicht wiederholen kann.

Schau, wie der Spinne Speichel Fliegen lähmt!
Schau, wie der Adler seine Beute zähmt!
An jener Quelle, wo die Trolle hausen,
wird eine Fee wohl toll von ihren Flausen.
Da ist kein Heil, kein Ausweg zu ersehen:
Geschehen ist's um Menschen und um Feen!

Als nun jene rosenwangigen Schönen ihre hundertblättrige Rose so betrübt am Boden liegen sahen, erkannten sie, daß hier kein Geist, vielmehr ein zwar seltsames, aber nicht sinnloses Tun am Werke war.

Sie bereuten daher ihr früheres Verhalten und begannen statt dessen nun das Bild zu loben. «Wir wären», so sprachen sie, «bereit, unser Leben hinzugeben, wenn wir erführen, was es mit diesem Bilde für eine Bewandtnis hat!»

Schirin gab ihnen recht. Man mußte einen Plan entwerfen, um die Wahrheit herauszufinden. Aber – wer war der Freund, der ihr helfen könnte, dachte sie traurig. Denn nur der Freund vermag ja dem Freunde zu helfen.

Du kannst des Freundes Hilfe nicht entraten,
nur Gott ist ohne Freund und ohnegleichen.
Durch Freundschaft nur geraten viele Taten,
doch ohne Freund ist wenig zu erreichen.

So sprach denn die Liebliche zu den Schöngebildeten: «Dieses Porträt hat mich meiner Ruhe beraubt. Aber wir wollen den Vorfall nicht länger vertuschen. Auf, laßt uns gemeinsam mit dieser Figur den nektarsüßen Wein genießen!»

Und so gaben sie sich erneut ihrer Lustbarkeit hin, tranken und scherzten, lauschten Ghaselen, die von Trennung und Liebesleid erzählten und in die sich zuweilen der Klang der Becher und der Ruf der Schenkinnen mischte.

Die abgöttisch schöne Schirin, den herben Rosinenwein in der Hand – von diesem Gemisch aus Süß und Bitter ist die ganze Welt berauscht!

Was aber tat sie? Jedesmal, wenn sie einen Becher an die Lippen setzte, küßte sie zuvor den Boden vor jenem Bildnis. Und mit jedem Becher wurde die Liebe drängender, bis schließlich all ihre Fassung dahin war. Da rief sie eine der Schönen und gab ihr den Auftrag, am Wege zu sitzen und jeden Menschen, den sie erblicke, nach diesem Bilde zu fragen. Indessen, soviel man auch fragte, das Rätsel des Bildes enthüllte sich nicht.

Schirin litt sehr und kam von Kräften, da keiner ihr über das Bildnis die richtige Auskunft zu geben vermochte, ja, sie wand sich wie eine Schlange und vergoß vor Verzweiflung die perlenglitzernden Tränen einer Prinzessin.

* * *

Schapur wird entdeckt

Plötzlich aber trat Schapur hervor, herbeigeflogen, als sei er der Wundervogel Simorgh oder ein des Fluges kundiger Magier. Als Schirin ihn von ferne erblickte, gab er ihr durch ein Zeichen zu verstehen, daß er als Freund komme. Ihr gefiel das. Sie faßte Zutrauen zu dem edlen Mann und gab Anweisung, ihn herbeizurufen, um mit ihm über das Bild zu reden. Vielleicht wußte er, wen es darstellte und woher es stammte. Und ihre Zofen taten, wie sie sie geheißen, eilten zu dem Fremden und fragten ihn nach dem Bilde.

Schapur lächelte geheimnisvoll, wie einer, der mehr weiß, als er sagen will. Er fühlte sich wie ein Jäger, dem das Wild in die Falle gegangen ist, und sprach: «Diese Perle läßt sich so leicht nicht durchbohren, jedenfalls nicht hier gleich auf der Stelle!»

Die Zofen eilten zurück zu Schirin und wiederholten, was sie gehört hatten. Schirin wallte das Blut vor Erregung, als sie diese Worte vernahm. Wie ein silberner Berggipfel setzte sie sich alsbald in Bewegung, und der Klang ihrer Fußreifen hallte bis zu den Gipfeln der Berge empor. Zu Schapur hin eilte die schöne Schirin, einer wandelnden Zypresse gleichend, Brust und Arme ähnelten einer kristallenen Festung, Haupt und Haar einem moschusduftenden Frühling, während ihre langen Zöpfe ihr wie ein Lasso um den eigenen Nacken wallten. Das liebliche Bild verschlug dem Maler die Sprache. Eine schöne Puppe trieb da ihr Spiel mit ihrem Puppenspieler! War er der dienstbereite indische Sklave, so sie die schöne Türkenherrin. Und wie sie ihn nach Türkenart besiegte – das war ein Schauspiel, bei dem alle Türken ihrem Tändeln wie Inder verfallen wären. Sie hob den Schleier von den juwelenbehängten Ohren, bereit, das Juwel ihrer Ohren ins Meer seiner Weisheit zu tauchen.

Mit Lippen voll Scherzen und Blicken voller Charme sprach er sie an im Tone des Hofmannes: «Erweis mir ein Weilchen Vertrauen! Tu nicht fremd, gehöre mir für einen Augenblick![16]»

Als sie diese verführerischen Worte vernahm,

hielt sie es für geraten, erst einmal mit der Antwort zu zögern. Ihr funkelnder Blick aber berauschte den beredten Mann so, daß er selber nur noch wie im Rausche zu reden vermochte und ihre feenhafte Schönheit rühmte. Die Fee ließ sich nieder, hieß ihn sich ebenfalls setzen und fragte, wer er sei und woher er komme, damit sie ihm ihr Vertrauen schenken könne.

Er sprach: «Ich bin ein erfahrener Mann, der viele gute und böse Tage gesehen hat. Kein Geheimnis in Berg und Tal hat Gott mir verborgen. Die ganze Welt vom äußersten Westen bis zum fernsten Osten habe ich Land um Land bereist, ja, vom Fisch bis zum Mond[17] habe ich Kunde von allem, wonach du nur fragen magst!»

Als Schirin diese maßlosen Worte hörte, fragte sie bloß: «Was weißt du über dies Bild zu sagen?» Und der listenreiche Schapur gab zur Antwort: «Möge der Böse Blick dich nicht treffen! Dieses Bild hat eine lange Geschichte, doch sein Geheimnis ist mir vertraut. Ich will dir gerne alles der Reihe nach erzählen – aber nur dir allein!»

Da gebot die Schöne den Mädchen, sich wie «die Töchter der Bahre»[18] zu zerstreuen, und kaum hatten sie den Platz geräumt, so ließ der wortkundige Schapur die Polobälle des Wortes über ihn hinrollen: «Dies schöngestalte Bildnis», so sprach er, «stellt die Sonne der Sieben Klimata dar, einen Herrscher, dessen Gefolge dem des Alexander und dessen Reittier dem des Darius gleicht, der wegen seiner Schönheit selbst im Himmel ‹Sonne› genannt wird und auf Erden den Samen des Dschamschid verkörpert: Schahanschah Chosrou Parvez, dessen Herrschaft ein einziger Triumph ist!»

Solche Worte redete er und wußte sie dank seiner eignen Seelenbildung so recht mit Seele anzufüllen.

Schirin hatte derweilen aufmerksam seiner süßen Rede gelauscht und auf jede Feinheit geachtet. Nun suchte sie von ihm noch weitere Zeichen zu erhalten, indem sie andeutungsweise von ihrem eigenen Kummer sprach und ihm, wie den im Stein verborgenen Rubin, ihr blutendes Herz offenbarte.

Schapur aber ließ nun alle Heimlichkeit fahren und sprach ganz offen zu ihr: «O Elfenantlitz, du verbirgst mir ein Geheimnis und redest wie ein Geist in der Flasche! Warum gleichst du der lachenden Knospe im Kelchblatt? Mit der Sprache ist es wie mit dem Rohrzucker: Die Hülle muß zerspringen, damit er heraus kann! Wenn du Heilung begehrst, darfst du den Schmerz vor deinem Arzt nicht verschweigen!»

Schirin, gleichsam in den Fesseln ihrer eigenen Locken, geriet ob dieser Worte in Wallung, und wie wohl diese Wallung ihr tat! Doch da die Liebe sie trieb, suchte sie unter Entschuldigungen Schapur noch mehr zu entlocken. Der fremde Geselle gefiel ihr; keiner lauschte, und so hob sie denn den Deckel vom Topf, setzte sich keck neben Schapur und öffnete die schmale Tür zum Zucker ihrer Zähne mit folgenden Worten: «O Edelmann! Bei deinem Schöpfer beschwöre ich dich, hüte mein Geheimnis! Ich bin verwirrt, mein Herz ist verwirrt wie diese meine Locken, denn fürwahr, ich habe eine solche Liebe zu diesem Bilde gefaßt, daß man sagen könnte, ich sei ein Bilderverehrer geworden! Hilf mir in dieser Sache, dann will auch ich dir dereinst helfen! Und da ich dir mein Geheimnis anvertraut habe, so eröffne nun auch du mir, was du noch zu sagen weißt!»

Der listenreiche Schapur sah nun die Stunde gekommen, da die Wahrheit die beste List ist. Er küßte Schirin die Hand und verbeugte sich ihr zu Füßen bis auf den Boden, als sei er ihr Arm- und Fußreif, rief Gott zum Zeugen an und sprach: «O Kerze, würdig des Thrones und des Ruhmes der Gekrönten! Schwärzer als die Nacht ist das Herz deiner Feinde und feiner als die Sichel des Neumondes das Empfinden deines Herzens! Bei dem, in dessen Schutz ich stehe, will ich, da du mir Schutz gewährt hast, dir nun die Wahrheit sagen. Ich selber bin der Maler, der wie mit einem Zirkel dieses Bild von Chosrou gezeichnet hat. Indessen, jedes von einem Maler gemachte Bild kann zwar ein Zeichen geben, doch bleibt es ohne Leben. Mich hat man zwar die Zeichenkunst gelehrt, das Kleid der Seele aber wird anderswo gewoben!

Da dich nun Chosrous Bildnis schon so mächtig berührt – wie wird dir erst zumute sein, wenn du ihn selber erblickst?

Eine Welt wirst du vorfinden, erschaffen aus Licht, einen Jüngling, der zwar noch nicht die Welt gesehen, aber das Licht schon erschaut hat.

Voller Wunder ist er, mutig,
rasch zur Tat, gewandt und treu,
in der Liebe wie Gazellen,
doch im Zorne wie ein Leu.
Eine Rose, die kein Herbstwind
und kein Sturm zerblättert hat.
Ja, er gleicht am Zweig der Jugend
einem Frühlingsblütenblatt.

Sein Bart ist noch nicht gesprossen, seine Sonne noch nicht von Wolken verdunkelt. Sattelt er seinen Falben, so gleicht er Rostam, setzt er sich zum

Gelage, so meint man Kaikobad zu sehen. Und wenn er seine Schatzkammern öffnet, um seine Gäste zu beschenken, so stellt er selbst einen Krösus in den Schatten.

Will es sein Gebot, so steigen
Perlen aus der Meeresflut.
Führt er einen Streich, entleiben
sieht man ihn der Löwen Wut.
Gibt er seinem Roß die Sporen,
wirbelt über ihm der Staub;
weil der Wind das Spiel verloren,
bleibt ihm nur der Staub als Raub.

Fragst du nach seinem Geschlecht, so lautet die Antwort: Im Namen Gottes, er stammt von Dschamschid! Fragst du nach seinem Rang, so – Gott sei gelobt! – er gleicht der Sonne! Spendet er Gold, so braucht es alle paar Meilen ein neues Kamel, um die Last zu tragen; ist aber die Zeit des Eisens gekommen, dann wehe dem Stein, der sich ihm in den Weg stellt! Wenn er den stählernen Dolch führt, so durchbohrt er damit alles, und sei es von Diamant. Ja, wenn es Schwerterkampf gilt, dann läßt er selbst die Kanzelredner, deren Schwert beim Predigen in der Scheide bleibt, wie echte Ghasis in den Kampf ziehen.

Wo er schreitet eine Weile,
er der Erde Schrammen macht;
und vor seiner Windeseile
scheint des Zeitrads Kreisen sacht.
Wider ihn im Kampfgetümmel
schlägt der Himmel stumpf sein Schwert;
wider ihn kann nichts der Himmel,
ob er hoch und tief sich kehrt!

Seine Anmut, seines Wesens
Adel jeden Festsaal schmückt;
glücklich er, vom Glück erlesen,
jedes Herz durch ihn beglückt!

Dieser Herrscher aber, den solche Schönheit und solcher Glanz auszeichnen, trägt bei Tag und Nacht eine leidenschaftliche Liebe zu dir im Herzen. Seit er dich einst im Traum erblickt hat, ist er wie von Sinnen. Er trinkt keinen Wein mehr, greift mit niemand mehr zum Becher, weder schläft er des Nachts, noch kommt er bei Tage zur Ruhe. Außer ‹Süß› erwähnt er keine Gefährtin; möge niemandes Lebensfreude so verbittert werden! Darum also hat er mich hierher geschickt. Ich habe dir seine Botschaft überbracht; du weißt nun also Bescheid!»

So sprach er noch mancherlei. Schirin aber, obzwar bestürzt von seiner süßen Rede, schlürfte seine Worte ein wie Nektar. Die Sinne drohten ihr mehrmals zu schwinden, und nur mit Mühe vermochte sie sich aufrecht zu halten.

«O kluger Mann», fragte sie schließlich, «was rätst du mir nun, daß ich tun soll?»

Und Schapur entgegnete ihr: «O du, auf deren Schönheit die Sonne mit Neid blickt, möge dein Herz Ruhe finden und dein Leben ewig währen! Das Richtige, scheint mir, wäre folgendes: Ohne irgend jemand in dies Geheimnis einzuweihen, schwingst du dich morgen früh auf den Rücken von Nachtfarb, reitest zur Jagd und ergreifst dann die Flucht. Keiner wird dich aufhalten, denn keiner kann deinen Nachtfarb einholen! Wie ein Planet legst du Meile um Meile zurück. Ich selber aber komme, so irgend ich kann, um dir Geleitschutz zu geben!»

Dies gesagt, gab er ihr einen Ring von Chosrou und fuhr dann fort: «Wenn du den jungen Schah unterwegs triffst, zeige ihm diesen Ring! Du erkennst ihn daran, daß sein Falbe goldene Hufe hat. Er selbst ist von Kopf bis Fuß in Rubinen-Roben gekleidet: Rubin sein Hut, Rubin sein Rock, sein Gurt Rubin; Rubin sein Mund; Rubin dicht an Rubin, so triffst du ihn! Begegnest du ihm aber nicht, so frage nach Ktesiphon und nach dem Königspalast. Am Rande von Ktesiphon siehst du Speicher an Speicher. Der König besitzt einen prunkvollen Palast und in ihm zahlreiche Odalisken. Bei diesem Palast steig ab, zeige den Odalisken den Ring des Schahs, und man wird dir Einlaß gewähren. Dann aber bewundere die Schönheit des Schahs und erkenne den Wert dessen, der das Ziel deiner Wünsche ist! Falls ich dich aber – wie der Schatten die Krone – selber begleite, so wirst du dieser Ratschläge nicht bedürfen.»

Schapurs Worte verfehlten ihre Wirkung nicht. Mit einem Herzen voll Hoffnung verließ ihn Schirin, und schon liefen auch ihre Zofen herbei, die zerstreuten «Töchter der Bahre» wurden wieder zum dichten Schwarm der Plejaden; und der Mond befahl seinen Sternen, eilends aufzubrechen und bei Nacht mit ihren starken arabischen Rossen das Gebirge zu durchmessen. So setzten die reizenden Mädchen denn die Sänften in Bewegung und machten sich unter viel Geplauder auf den Heimweg.

Aber während sie das Reiten beruhigte, blieb Schirins Herz in jenen Banden. Es war eine Nacht, angefüllt wie mit Rauch; die ganze Welt schien schlaftrunken und die Sonne in grüner Seide, wie eine Rose im Weidengehölz, versteckt.

Zuhause sprach Schirin zu ihrer Tante: «Majestät,

ich möchte morgen früh zur Jagd ausreiten. Gestattet, o Herrin, daß ich einmal Nachtfarb aus seiner Fessel lösen darf. Ich möchte auf ihm in die Steppe jagen; abends werde ich wieder zu Euren Diensten sein!»

«Mein liebes Kind», sprach Mahin Banu, «mir wäre es lieber, du würdest mich um große Reichtümer bitten, als um dies Reittier! Der Rappe Nachtfarb ist nämlich ein höchst wildes und schnelles Pferd: Schnell wie der Wind, der sich tollt, und wild wie der Donner, der grollt! Daß er mit seiner Schnelle und Wildheit nur kein Unheil stiftet! Wenn es aber unbedingt sein muß, nun – die Nacht ist nicht besser als der leuchtende Vollmond![19] So zäume ihn mit starken Zügeln und zähme ihn unter dir!»

Da erblühte ihr Rosenantlitz; sie küßte den Boden, zog sich in ihr Zimmer zurück und fiel alsbald in wohligen Schlummer.

* * *

Schirin flieht vom Hofe der Mahin Banu nach Ktesiphon

Am nächsten Morgen – der chinesische Kämmerer war gerade dabei, die Perlentruhe der Nacht mit goldenem Schloß zu verschließen – trat auch unser chinesisches Standbild (Schirin) aus seiner Truhe, wobei ihr das Bild ihrer Flucht schon vor Augen stand. Und auch die übrigen Idole erwachten und standen alsbald dienstbereit vor Schirin.

«Meine Lieben», sagte sie freundlich zu ihnen, «im Namen Gottes! Ich will in die Steppe reiten, vielleicht, daß mir ein Vogel ins Garn gerät!»

So legten denn die jungen Damen ihr Haarnetz ab, setzten Hüte auf und zogen den Männerrock über die Mädchenkleider aus Musselin; es war nämlich Sitte, daß sie im Aufzug von Pagen zur Jagd ausritten. Sie verließen den Schloßhof und gelangten in eine Steppe, grün, als wäre Chiser, der Hüter des Lebenswassers, über sie hingewandelt, und von dort in manche weitere Steppe, bis sie schließlich in einer solchen haltmachten, die einer Wiese des Paradieses glich, deren Huris sie selber waren. Ein Ausflugsort für Gazellen, wo die Luft voller Moschus und ohne Makel war. Aber auch dort verweilten sie nicht lange, sondern ließen bald den Pferden wieder die Zügel schießen. Am schnellsten aber ritt Schirin auf Schabdez; und als sie ihr Roß noch mehr anspornte, hatte sie ihre Jagdgefährtinnen bald hinter sich gelassen. Diese freilich glaubten, ihr Pferd sei durchgegangen, und ahnten nicht, daß Schirin selber es war, die «durchging». Lange sprengten sie ihr nach wie einem verlorenen Schatten; aber ach, kein Schatten, kein Stäubchen von ihr war zu finden! Nachdem sie bis zum Abend gesucht, gaben sie schließlich die Hoffnung auf und machten sich traurigen Herzens auf den Heimweg.

Es war schon Nacht, als sie, die ihres Mondes beraubten Sterne, am Hofe der Mahin Banu anlangten, sogleich vor ihren Thron traten und ihr bitterlich weinend vom Verschwinden der «Süß» berichteten.

Als Mahin Banu diese Kunde vernahm, stieg sie schluchzend vom Thron herab und sprach, indem sie die Hände an ihr Haupt preßte, unter Tränen: «O mein geliebtes Kind! So hat dich der Böse Blick mir nun doch plötzlich entrissen! Du warst eine Blüte, die der Wind vom Stengel gebrochen hat, ohne daß ich wüßte, auf welchen Dorn du gefallen bist. Was stieß dir zu, daß du meiner Liebe entsagt hast? Wen hast du erwählt, der meine Liebe ersetzen könnte? Warst du deiner Gazellen überdrüssig oder bist du, schönste aller Gazellen, das Opfer eines Löwen geworden? Wo bist du, o Zypresse des Gartens meiner Seele? Auf wen sollte der Mond strahlen, wenn nicht auf mich? Wer sollte dich finden, wenn *ich* dich verliere?»

So klagte Mahin Banu die ganze Nacht lang und versank in immer tieferen Kummer.

Als aber die Sonne hervortrat wie einst der totgeglaubte Bizhan aus dem Brunnen und das Auge der Welt wieder erhellte, stand das ganze Heer der Fürstin dienstbereit und erwartete ihren Befehl. Sollte die Banu es gebieten, so wollten sie sogleich ausreiten, um Schirin zu suchen. Die Banu aber war anderen Sinnes. Weder ritt sie selber, noch ließ sie jemand ausreiten. Sie hatte nämlich geträumt, daß ihr ein Falke entflogen und, während sie noch um seine Flucht trauerte, schon zu ihr zurückgekehrt sei.

«Wären wir auch Falken», sprach sie daher zu den Offizieren, «ja, kennten wir die Geheimnisse des Himmels, so wäre es uns doch nicht möglich, Schabdez auf die Spur zu kommen. Einem entflogenen Vogel soll man nicht nachlaufen. Fliegt eine Taube davon, wozu dann klagen? Sie kehrt von selbst ins Taubenhaus zurück, sofern sie keinen Fehler begeht. Ja, ich will die Trennung von ihr ertragen; denn mir ist, als blinkten die blitzenden Hufe von Nachtfarb wie Hoffnungsfunken in der Ferne. Doch erst, wenn der verlorene Schatz wiedergefunden ist, wollen wir uns erneut der Lustbarkeit hingeben. Ich aber werde den Schatz besser hüten als zuvor und aus Dankbarkeit Schätze verteilen!»

Die Offiziere vernahmen diese Weisung und befolgten sie gehorsam.

Schirin aber jagte derweil weit entfernt auf Schabdez durch die Welt, um zu Chosrou Parvez zu gelangen. Rastlos wie ein Wandelstern ritt sie bei Tag und bei Nacht. In ihrer Pagenkleidung durchquerte sie Dorf um Dorf, Weiler um Weiler, Täler und weglose Berge, in steter Sorge vor Räubern.

Sie trieb ihr Roß, den Bergkoloß,
zu solcher Windesschnelle:
Der Wind, wo sie vorüberschoß,
stand bergstarr auf der Stelle.

Du kennst ja den geheimen Sinn jenes Märchens von einer Frau, die unterwegs zur Zauberin wurde: Sie warf einen Kamm und einen Spiegel auf den Weg und behexte sie mit einer Zauberformel, worauf der Himmel bewirkte, daß aus jenem ein Berg und aus diesem ein Wald emporwuchs. Das will sagen: Eine Frau, die Spiegel und Kamm wegwirft, wird so gewaltig wie Wald und Gebirge.

Schirin aber war vom Durchqueren so vieler Wälder und Berge jetzt vor allem erschöpft und staubbedeckt. Ihr Gesicht zeigte die Spuren des mangelnden Schlafes, ihrer zarten Natur hatte die Mühsal der Reise arg zugesetzt. Und dennoch ritt sie unentwegt weiter, suchte nach Wegzeichen oder fragte, fragte immer aufs neue, ohne sich oder dem Roß Ruhe zu gönnen, und vergaß bei ihrem siegreichen Wettlauf mit dem Wind Himmel und Erde.

* * *

Schirin badet in einer Quelle

Die Morgendämmerung kündete die Helle des Tages an, während die Schwärze der Nacht der Verzweiflung anheimfiel. Tausende von Narzissen am kreisenden Himmel versanken, um der einen gelben Rose Raum zu geben. Schirin trieb ihr Reittier an, und gerade wollte sie sich bitteren Empfindungen überlassen, da tauchte plötzlich eine grüne Matte mit einem von einer Quelle gespeisten Weiher vor ihr auf. Er glich dem «Wasser des Lebens», oder vielmehr: dieses verbarg sich, beschämt vor dem Glanz jener glitzernden Quelle, im Dunkel.[20] Ermüdet von der Beschwernis der Reise, von Kopf bis Fuß mit Staub bedeckt, verspürte Schirin Lust, in dieser Quelle zu baden. Zunächst aber ritt sie einige Mal um den Weiher herum und hielt weit und breit Ausschau, um vor fremden Blicken sicher zu sein. Da sie keinen Menschen entdeckte, band sie ihr Pferd an und begann sich zu entkleiden. Als sie dann, die Quelle des Lichtes, auf jenen Quellsee zutrat, bekam der Himmel vor Rührung feuchte Augen. Einen Schurz aus himmelblauer Seide um die Hüften geschlungen, schlüpfte sie ins Wasser – und versetzte damit die ganze Welt in Brand. O Siebengestirn, von des Himmels Seide bedeckt, o Windröschen im Reiche der Wasserrosen! O nachtblaue Festung des Wassers, aus der ein Mond leuchtend hervorlugt!

Sie tummelte ihren Silberleib im Wasser wie Hermelin in Feh. Seltsam, wenn eine Quelle eine Rose wäscht, oder vielmehr: wenn eine Rose aus einer Quelle wächst! Wie Angeln hingen ihre schwarzen Zöpfe im Wasser, aber was sie einfingen, waren nicht Fische, sondern ihr eigener Leib. So schmückte sie Kampfer mit Moschus und – als hätte sie gewußt, daß bald ein durstiger Gast eintreffen würde – bereitete, indem sie ihre Süße und ihre Rosenzartheit in die Quelle tauchte, ihm gleichsam Rosenwasser.

* * *

Chosrou erblickt Schirin in der Quelle

Wie der alte persische Chronist über die persischen Könige berichtet, blieb Chosrou, während er Schapur nach Armenien gesandt hatte, um Auskunft über seine schöne Zypresse einzuholen, an die er bei Tag und Nacht dachte und die zu sehen er kaum erwarten konnte, doch selber in Ktesiphon und diente getreulich seinem Vater. Dieser aber sah mit Wohlgefallen, wie der Jüngling zum Schmuck seines Thrones heranwuchs, und pflegte ihn «Krone meines Hauptes» zu nennen. So teuer war er dem Auge des Herrschers, daß jäh der Böse Blick, der Neider allen Glücks, zu wirken begann. Ein heimtückischer Gegner, der es darauf abgesehen hatte, den Prinzen zu beseitigen, ließ Münzen auf seinen Namen prägen und diese in allen Städten in Umlauf setzen. Als das Hormizd erfuhr, ergrimmte es ihn gewaltig. Im Gedanken an die Münzen und die Streitmacht, die seinem Sohn zu Gebote stand, begann er sich zu fürchten wie ein alter Wolf vor einem jungen Löwen. Er glaubte wirklich, es sei Parvez, der ihn mit diesem Schachspiel matt setzen wollte; aber er gedachte, durch einige geschickte Züge die Partie doch noch zu gewinnen. Er baute auf seine Strategie und merkte nicht, daß hier das Schicksal im Spiele war, daß man einen zur Herrschaft auserkorenen Prinzen sowenig verdrängen kann wie den Mond aus seinen Knoten.

Denn wer von Herzen stets zur Wahrheit hält,
der Mann bezwingt die Welt, nicht ihn die Welt.

Bozorg-Omid, der von alldem Kunde erhielt, rief den Prinzen heimlich zu sich und sagte ihm: «Der Stern deines Glückes steht im Begriff, sich zu trüben: Der König plant, gegen dich vorzugehen. Du mußt daher, ehe er zuschlägt, schleunigst die Flucht ergreifen, um dein Leben zu retten, bis der Rauch seines Zornes sich legt und dein Glücksstern wieder ungetrübt erstrahlt.»

Als Chosrou vernahm, daß die Umtriebe des Schicksals ihn ins Verderben zu stürzen suchten, lief er rasch zu den moschushaarigen Mädchen seines Palastes und gab ihnen folgende Anweisung: «Ich will zur Jagd ausreiten und werde etwa zwei Wochen dem Schlosse fernbleiben. Ihr verharrt heiter und wohlgemut daheim; vertreibt euch die Zeit mit Lustbarkeiten! Kommt aber eine pfauenschöne Dame auf rabenschwarzem Roß daher, dann behandelt sie mit aller Ehrerbietung als meinen Gast! Sorgt dafür, daß sie sich ohne Sorgen der Lustbarkeit hingeben kann, und wenn ihr der grüne Palast zu eng wird, so laßt sie wie Chiser in die Steppe fliegen. Begleitet sie in jede Gegend, die ihr behagt, und errichtet ihr dort einen Pavillon, der ihrer Paradiesesschönheit ansteht!»

Diese Worte gesagt, die ihm sein Herz wie eine himmlische Offenbarung eingab, sprengte er, nur von wenigen Knappen begleitet, davon wie der Wind, als wäre er Salomo mit einem Troß von Geistern.

Aus Furcht vor dem Schah trieben sie ihre rassigen Rosse zu höchster Eile an, so daß sie von Station zu Station nur die Hälfte der üblichen Zeit benötigten.

Das Schicksal aber wollte es, daß ihre Pferde gerade an jener Stelle einer Ruhepause bedurften, wo jene Mondschöne badete. Der Prinz befahl seinen Pagen, anzuhalten und den Tieren Futter zu geben. Dann begab er sich ohne Begleitung zu jenem Wiesenplan und schweifte auf der türkisgrünen Aue umher, bis er, inmitten von Blumen, jenen Quellsee entdeckte, in dessen Nähe ein rabenschwarzer Rappe graste, während ufernah im Weiher ein zierliches Rebhuhn badete.

«Wie herrlich!» sprach er, während er vorsichtig durch das Gebüsch pirschte, leise bei sich selber. «Wäre doch diese Schöne mein Lieb und dieser Rappe der meine!» Daß aber dieser Mond und dieses Roß zu keinem andern als eben zu ihm unterwegs waren, das ahnte er nicht.

Wie oft kommt nicht berauscht ein Lieb zu deiner
  Türe her;
dir aber sind die Augen trüb, das Haupt vom
  Schlafe schwer.
Wie manchesmal am Wege stand des Menschen
  Glück;
er merkt es nicht, und schon entschwand verstört
  es seinem Blick!

Chosrou schaute überall umher, aber bald fiel sein Blick wieder auf die Mondschöne. Und je länger er sie ansah, desto erregender, ja gefährlicher fand er dieses Schauspiel: eine Braut, ein vollendeter Vollmond, dem ein Platz über den Plejaden gebührt hätte, oder vielmehr ein Quecksilberspiegel! Doch auch an jenen Mond von Nachschab gemahnte sie ihn, den einst ein Magier aus dem silbernen Wasser einer Quelle aufsteigen ließ.[21]

Da saß sie nun, wie eine Blume im blauen Wasser, ihr Körper glitzerte darin wie Mandeln und Mandelblüten; aber auch einem Reiher konnte man sie vergleichen an Farbe und Glanz.

Sie kämmte sich ihr langes lockiges Haar, das den Schatz ihres Leibes wie Schlangen zu hüten schien, Schlangen, die noch kein Schlangenbeschwörer berührte, so als hätte sie sie alle getötet. Und doch schien es, wie da die Locken sich um ihre Ohren ringelten, als ob Schirin dem Prinzen insgeheim zuflüstere: «Ich bin dir ergeben wie alle Sklaven, die deinen Ring am Ohr tragen!»

Der Gärtner aber hatte anscheinend den Schlüssel ihres Gartens verloren; und so stand die Tür weit offen zu jenen granatapfelrunden Früchten, deren süße Frucht jedem, der sie erblickt, das Herz vor Sehnsucht bersten macht gleich einer Granatfrucht.

Als sie sich Wasser über den Scheitel schüttete, war es, als ob der Himmel den Mond mit Perlen besetzte. Ihr Körper aber glänzte wie ein schneeiger Gipfel, während Chosrou vor Sehnsucht zerschmolz, ja, er vergoß Tränen wie eine Regenwolke – pflegt es doch zu regnen, wenn der Mond ins Zeichen des Wassermanns rückt![22]

Die jasminleibige Schirin hatte noch gar nicht bemerkt, daß der junge König sie beschaute, da ihr Haar ihren Augen im Wege war. Als aber die Ambrawolke den Mond freigab, fiel der Blick Schirins auf Chosrou.

Da war es, als wenn ein Rebhuhn einen Greifen erblickt. Vor Scham zitterte sie im Wasser wie Mondlicht und wußte keinen anderen Rat, als rasch die Nacht ihrer Locken über den Mond zu breiten; die Sonne also am hellen Tag in Nacht zu verhüllen, das Silber ihres Leibes mit Schwarz zu bedecken – wirkt doch eine schwarze Zeichnung besonders schön auf Silber! Ihr Mondglanz ließ Chosrous Herz erbeben wie Quecksilber, das sich mit Gold vermischt. Als er aber sah, wie das Reh aus Furcht vor dem Löwen zusammenzuckte, ließ er das schöne Jagdwild unbehelligt, denn er war zwar ein Löwe, aber kein grausamer Jäger. Mit jener Selbstbeherrschung, die eine Frucht der Bildung ist, dämpfte er die in ihm aufwallende Leidenschaft. Sein Edelmut sorgte für den gebührenden Anstand und gebot ihm, den Blick von ihr abzuwenden und im Umkreis der Quelle umherzuschweifen – o armes, in die Fremde verbanntes Herz!

Ja, es war schon merkwürdig, wie an dieser schönen Quelle jeder der beiden Liebenden durstend blieb, jeder dem andern zum Quell der Qual ward, so daß beiden Rosen ein dorniger Weg bevorstand.

Am Quell pflegt man den Schnappsack
  abzuschnallen,
das harte Brot im Wasser aufzuweichen.
Nur diese beiden mußten weiterwallen,
um hartes Brot statt weichem sich zu reichen.
Gibt es doch keine Quelle, die den Durst,
den brennenden, des Herzens könnte stillen.
Die Sonne selber scheint, ein blut'ger Born,
zu kreisen nur um dieser Blendung willen.[23]

Als nun aber der Schah Schirin gegenüber jenen Anstand erwies, der einer Dame zukommt, schlüpfte sie fix wie eine Nixe aus dem Weiher, warf die Gewänder über und entschwand auf Nachtfarb.

Sie überlegte: «Dieser edle Jüngling, der mich wie das Himmelsrad umkreist hat – es nimmt mich wunder, ob er nicht mein Geliebter ist, denn wie könnte er sonst mein Herz so verwirren? Doch ich vernahm ja, daß ‹Rubin an Rubin› ihn schmücke, wo also, wäre er mein Geliebter, blieb dieses Zeichen?»

Sie wußte nämlich nicht, daß Könige auf Reisen ihre Gewänder wechseln aus Furcht vor Neidern.

Die Leidenschaft ihres Herzens umlauerte sie: «Auf! Misch deine Rose mit diesem Zucker! Jenes war nur ein Bild, dies ist strahlendes Leben; jenes war bloße Kunde, dieses ist Augenschein!» Doch eine andere Stimme sprach: «Meide diesen Pfad! Es ist nicht recht, vor zwei Nischen zu knien. Man kann nicht zwei Trünke gleichzeitig haben, nicht zwei Herren dienstbar sein! Ist aber dieser Jüngling wirklich jener König, so ist hier nicht der Ort für ihn, um dich zu werben! Es schickt sich mehr für mich, daß er mich im Schleier erblicke; denn auf die Schleierlosen senkt sich der Staub. Diese Sache aber ist noch im Schleier des Schicksals, wie sollte ich also den Schleier so plötzlich aufheben dürfen?»

Und damit gab sie ihrem Rappen die Sporen, daß Fisch und Stier[24] seine Hufe zu spüren bekamen, mit einem Ritt, der den Morgenwind hinter sich ließ und dem Schwingen der Sphären nicht nachstand.

Einen Augenblick später wandte Chosrou sich wieder um, aber – ich will nicht ich selber sein, wenn er ein Menschenwesen erblickte! Er ritt hierhin und dorthin, konnte aber kein Herz oder Herzlieb entdecken; er näherte sich der Quelle, überall nach einer Spur der Schönen spähend. Es nahm ihn wunder, wohin die Anmut so hurtig entschwunden sein konnte. Bald schaute er forschend in die Bäume, ob sie wohl, in einen Vogel verwandelt, im Gezweig sitze, bald tauchte er seinen Blick in die Quelle, den Mond gleich einem Fisch im Wasser suchend. Doch im Wasser der Quelle war keine Brücke für seine Hoffnung; und so riß er den Damm nieder, der seine Tränen zurückhielt. Wie ein schwarzer Quell brach es aus seinen Augen hervor, und er wälzte sich in dieser Quelle wie ein Fisch.

Er klagte so laut, daß der Himmel seine Härte an ihm bereute. Die Mondschöne und ihren Rappen suchte er auf der Aue, mit einem Auge den Raben, mit einem den weißen Falken. In welche Qualen hatte ihn jener rasche Rabe gestürzt, daß ihm die Welt schwarz ward wie eine Rabenfeder? Ja, der Falke seines Glücks hatte sich zum Raben gewandelt, die Moschusweide zum Dornenstrauch.

Er stieß einen glutvollen Seufzer aus und sagte: «Möge mich Feuer verzehren wie eine Mandragora! Ich fand einen Frühling und nützte ihn nicht, ich sah den Euphrat und netzte mir nicht die Lippen. Aus Torheit verzichtete ich auf ein Juwel; jetzt möchte ich mir mit einem Stein den Kopf zerschlagen! Ich sah eine Rose am Morgen und pflückte sie nicht; wehe, da es Abend ward, trug sie der Wind davon.

Wer hieß mich, mich vom Mond abzukehren, dem Glück auszuweichen, als es mir in den Weg trat? Welcher Dämon verleitete meine Natur, das Paradies, das ich fand, hinter mir liegenzulassen? Geduld ist überall löblich, außer da, wo sie einen des Jagdwilds beraubt! Ich will eine lodernde Fakkel entzünden in meiner Seele und die rohe Geduld darin verbrennen! Hätte ich mich an jener Quelle gelabt, müßte ich jetzt mein Herz nicht darben lassen. Wie richtig war doch der Rat jenes Inders: ‹Hast du ein Gut, verzehr es, so rasch du vermagst!› In diesem Garten rot' und gelber Früchte muß nur der nicht bereuen, der sich beizeiten gelabt. Mir aber bleibt, die blutende Wunde im Herzen zu erdulden, aus der ich den Pfeil des Grams herausziehen möchte. Ich will mich so auf Haupt und Antlitz schlagen, daß jedes meiner Haare ‹Erbarmen› schreit. Solange ich mich in diesem Schmerz nicht beruhigen kann und der Ofen meines Feuers nicht abkühlt, soll das Meer meiner Augen so viele Perlen weinen, daß ich ganz in Perlen ertrinke.»

So umkreiste er eine Weile lang die Quelle, wehklagend und sich die Tränen aus den Augen wischend, dann warf er sich in Verzweiflung zu Boden, die Quelle mit seinen Armen wie Rosenranken umfassend.

Er sprach zu sich selber: «Wäre dieser Mond doch ein Menschenwesen, schließlich ist er ja über die Erde gewandelt! Ist er aber eine Fee – und Feen sind ja häufig an Quellen zu finden –, so weiß ich nicht, was ich tun soll. Das nämlich läßt sich nicht rechtens vertreten, daß der König in eine Fee verliebt sei. Auch erwächst mir kein Gewinn daraus, denn Feen pflegen die Menschen zu meiden. Kann sich denn die Ente mit dem Falken paaren? Kann eine Fee zum Vertrauten des Menschen werden? Ich müßte schon Salomo sein, wollte ich jene Elfe zähmen!»

Derart sprach er in Gedanken und klagte von Herzen sein Leid. Dann aber riß er sich los von seinen Träumen ohne Hoffnung und schlug den Weg nach dem Reiche Armenien ein.

* * *

Schirin gelangt zum Palast Chosrous in Ktesiphon

Wenn der Himmel etwas ins Werk setzen will, läßt er zunächst Spiele hinter dem Vorhang erscheinen. Der Bauer, der einen vergrabenen Schatz finden soll, ihn wird der Himmel zuvor an sein Elend erinnern. Gäbe es nicht Dornen und Disteln, wer bedächte den Wert von Rose und Buchsbaum? Es bedarf einige Tage der Trennung, damit Liebe und Vereinigung hinterher um so köstlicher sind.

Schirin litt, aus Chosrous Nähe verbannt, an seiner Ferne. Sie lenkte ihren Rappen nach Ktesiphon, immer neu nach Chosrous Palast fragend. Sie glich einer Braut, die ihren Gatten sucht, doch unter Verzicht auf alles bräutliche Brauchtum.

So langte sie an, meldete ihre Ankunft den Odalisken und betrat den Palast. Als diese Schirins Antlitz erblickten, bissen sie sich vor Neid auf die Lippen. Doch empfingen sie sie mit königlichen Ehren, als wäre sie Chosrous Gemahlin; sie sagten: «Es ist, als habe Chosrou uns heiliges Feuer ins Haus geschickt! Ein Feuer, reizend wie der helle Morgen, hat er gebracht, das Feuer in allen Herzen entzündet!»

Dann erfragten sie ihr Befinden und suchten ihre Herkunft zu erkunden: woher sie komme und wie es ihr gehe, wie sie heiße und welchen Ursprungs sie sei, was für ein Vogel und welchem Käfig entflogen.

Das Feenantlitz jedoch übte vor den Damen Zurückhaltung und schmiedete einige Ausflüchte: «Meine Geschichte ist lang und bitter und der Gegenwart des Königs bedürftig. Sobald er in den Harem zurückkehrt, mag er selber sie euch erzählen.

Doch tragt einstweilen für diesen Rappen Sorge, denn er ist manchen Schatz wert!»

Als der Gast diese Worte nicht ohne Keckheit gesagt hatte, geleiteten sie die Odalisken unter hundert Höflichkeiten zu einem Lager, besprengten ihr Antlitz mit Rosenwasser und führten das Pferd in den königlichen Marstall.

Dann brachten sie ihr neue Gewänder aus Seide und mit aufgestickten Perlen. Die Rose ihrer Liebe erblühte im Garten der Verheißung, während sie selber, von Sorgen ledig, sanft entschlummerte.

Die Eunuchen aber, die den Palast bewachten, erwählten die zuckerlippige Schirin zur Odaliske; und sie verstand sich mit diesen und spielte Nard mit ihnen nach Odaliskenweise.

* * *

Für Schirin wird ein Schloß errichtet

Schirin war nun in Ktesiphon heimisch geworden und verbreitete die ihr eigene Süße. Ein Monat mochte vergangen sein, als sie von Chosrous Flucht erfuhr, wie er aus Furcht vor dem Vater auf die Jagd und dann weiter nach Armenien geritten war. Sie nahm es sich sehr zu Herzen, daß ihn ein solches Unglück betroffen hatte, für das wahrhaftig kein Ausweg in Sicht war. Es wurde ihr nun zur Gewißheit, daß jener einsame Reiter, der sie so angeschaut, tatsächlich der Weltbeherrscher Chosrou gewesen war. Doch schluckte sie diese doppelte Täuschung hinunter und sprach zu niemand darüber.

Einige Tage harrte sie aus, dann stellte sie sich krank und sagte: «Wenn ich auch mit euch fröhlich bin, so bekommt mir doch dieses Klima nicht. Ich müßte ein Schloß haben auf einer heiteren Wiese im Gebirge, denn ich stamme aus den Bergen; wie eine Rose wuchs ich auf – doch die Hitze hat ihre Wangen bleich gemacht.»

Die idolgesichtigen Odalisken erwiderten: «Kerze der Schönen, nein, du sollst nicht hinschmelzen! Dein Herr befahl uns, dir in guter Luft einen Ort zu bereiten. Du brauchst nur zu befehlen, so wird man dir im Gebirge eine Stätte zurüsten.»

«Ja», sprach Schirin, «eilends baue man mir das Schloß, wie der Schah es befohlen hat.»

Die Odalisken, von Neid auf Schirins Schönheit erfüllt, riefen den Baumeister heimlich zu sich und sagten zu ihm: «O kundiger Meister, vertraut mit Technik und Architektur! Es liegt in deiner Hand, uns aus Gram und Ärger zu helfen. Es ist nämlich hier eine durchtriebene Hexe aufgetaucht aus den Bergen Babylons. Sagt sie zur Erde: ‹Steh auf!›, so siehst du den Staub Korn an Korn alsbald in die Luft emporschweben. Sagt sie zur Sphäre: ‹Raste!›, so hält sie bis zum Jüngsten Tag den Schritt an! Sie hat von uns ein Schloß verlangt an einem Ort, wo die Luft so glühend ist wie nirgendwo sonst, damit die Menschen nicht hinkommen und ihre Zauberkünste erkunden. Dieser Hexe sollst du das Handwerk legen. Geh und suche den Ort mit der schlechtesten Luft, bau dort das Schloß, wie sich's gehört, und fordere von uns den Lohn, der dir gebührt!»

Und sie gaben ihm einige Eselslasten Seide, Samt und Dinare für seine Auslagen.

Froh über diese Schätze, eilte der Baumeister in die Welt hinaus, sich dem dornigen Werke zu widmen. Er suchte eine Gegend, fern allen menschlichen Behausungen, wo Gipfel an Gipfel und Hochland an Hochland grenzen, wählte eine heiße, beklemmende Stelle aus, wo Kinder in einer Woche zu Greisen verkümmern würden, zehn Parasangen von Kirmanschah[25], oder vielmehr: vom Erdkreis, entfernt. Dort ging er hin, hob einen Bauplatz aus und baute mitten in die Hölle hinein das Schloß; und jeder, der vorbeiritt, zweifelte nicht, daß diese Hölle für keine Huri bestimmt sei.

Am Abend jenes Tages begab sich Schirin vom Palast zum Bergschloß, begleitet von einigen noch unverdorbenen Odalisken, welche die Triebbegierde und ihre Treulosigkeit noch nicht kannten, und lebte dann in dem engen Kerker, gefangen wie ein Juwel in der Haft des Steines, machte den Gram um Chosrou sich zu ihrem Wächter und verschloß die Pforte ihres Herzens vor beiden Welten.

* * *

Chosrou gelangt nach Armenien und zu Mahin Banu

Als Chosrou jene Quelle verlassen hatte, floh seine zum Tränenquell gewordenen Augen der Schlaf. Mit jeder Wegstrecke, die er sich weiter entfernte, wuchs die Beklemmung seines Herzens, das von jeder Hoffnung entblößt war. Indessen, noch war die Sonne nicht über die Berge gestiegen, da faßte er wieder neuen Mut. «Vielleicht finde ich bei meiner Reise gen Osten eine neue Sonne», dachte er, und als er das Gebirge überquert hatte, kündete der Wind sein Kommen den Markgrafen an wie Rosenduft, und die Statthalter liefen herbei, ihn mit Gold und Brokat zu empfangen. Auch reizende Mädchen traf er auf einem Fest, die sich dem schönen König gewogen zeigten, und ihrer Einladung folgend, verweilte er einige Tage. Dann reiste er weiter nach Mukan und von dort nach Bacharzan.

Als Mahin Banu von seinem Kommen Kunde erhielt, eilte sie, ihm königlich aufzuwarten. Zu seinem Empfang rüstete sie eine Garde aus und sandte königliche Geschenke: Brokat, Edelsteine und Sklaven; die Schreiber griffen, es niederzuschreiben, staunend zur Feder.

Dann begab sie sich zum Zelt des Weltbeherrschers, und dieser sagte ihr viele Artigkeiten. Man stellte einen Sessel vor den Thron des jungen Königs. Sie setzten sich, doch alle übrigen blieben stehen. Und nun fragte sie der Schah nach ihrem Befinden, wünschte ihr ein langes, angenehmes Leben und fügte hinzu: «Ich habe dir Mühe mit meinem Besuch bereitet; möge dir meine Bewirtung fürder keine Last sein!»

Angesichts solcher Artigkeiten setzte Mahin Banu ihren ganzen Stolz darein, ihm aufzuwarten. Sie sang das Lob des Schahs und beschwor jenen Stern, der ihn zum kraftvollen Sproß am Königshofe gemacht. Eine Woche lang übersandte sie ihm täglich neue Geschenke.

Nach Ablauf dieser Woche saß der Schah eines Tages im Grünen auf seinem Thron, ein Sultan, dem das Glück untertan schien. Der Bartflaum sproßte auf seinen Wangen und entzückte manches Herz. Seine Pagen verwandelten sein Lager in einen Hain lebendiger Zypressen. Musik wurde aufgespielt, Stimmung beflügelte die Rede, und Wünsche wurden unbefangen geäußert.

Mahin Banu küßte den Boden vor Chosrou, erhob sich und sagte: «Es ist mein Wunsch, daß du der Residenz in Barda die Ehre erweisest, einen Winter lang dort zu verleben! Die Luft ist lind,

Wasser und Vegetation sind reichlich vorhanden!»

Chosrou erwiderte: «Brechen wir auf! Du bist die Fürstin, ich folge deiner Fährte!»

So zogen sie denn im Morgendämmer vom Lager Chosrous zum Weißen Garten. Es war ein lieblicher Ort. Sie ließen sich nieder, errichteten Chosrous Thron, schlugen rings umher Zelte auf und nahmen die ganze Umgegend in Besitz.

Mahin gestattete sich in ihrem Dienst an Chosrou keine Nachlässigkeit, und Chosrou gab sich Tag und Nacht der Lustbarkeit hin, trank herben Wein und trug Gram um Schirin.

* * *

Chosrous Fest und die Rückkehr Schapurs

In einer Nacht, lieblicher als die Neujahrsnacht, oder vielmehr: als der Tag des Großen Festes, waren die königliche Kapelle und eine Schar munterer, angenehmer Zechgenossen im Königszelt versammelt. Weisheitsreden und Scherze wurden gewechselt. Rings um das fürstliche Zelt aber hatte man die alanischen Filzmatten herabgelassen, und Wachen mit gezücktem Schwert standen bereit, jedem Eindringling den Kopf vom Rumpfe zu schlagen. Im Zelt mischten sich der Rauch von Ambra und Aloe zu erlesenem Duft. Köstlicher Wein und festliche Stimmung, beide waren so feurig wie die Glut im goldenen Kohlenbecken. Die armenische Holzkohle auf dem lodernden Feuer glänzte schwarz wie Neger in Festgewandung. Und wie der Moschus beim Wachsen erst rot und später schwarz wird, so wurden die aloeduftenden Hölzer der schwarzen Moschusweide nun rotwangig. Doch wie mochte die Lohe das Rot in Schwarz verwandeln, da es doch über Schwarz hinaus keine Farbe gibt? Ob sie es vom Schicksal gelernt hat, das unserem schwarzen Haar die Farbe raubt?

Im Garten «Glut» schnitt der Landmann «Kohle» Veilchen ab, um dafür Tulpen zu pflanzen. Man vermeinte, schwarzbemantelte Gebirgsraben zu sehen, die all ihr Blut in Schnabel und Kehle versammelt hatten; einen Adler, der sich mit einem Pfeil, aus eigener Feder gemacht, verwundete, oder eine schwarze Schlange, die einen rotglühenden Siegelstein ausspie. Ein indischer Parse trat wie Zoroaster hervor, das heilige «Zend-Avesta» im Funkenregen zu lesen; ein abessinischer Schreiber im weißhäutigen Bulgarien schrieb mit zinnoberroter Tinte.[26] Das Feuer war wie Basilikum mitten im Winter und schien den ganzen Winter in Basilikum zu verwandeln. Weinflaschen, geformt wie Hähne, erhoben rechtzeitig ihre Stimmen, und ihr goldener Kamm ließ Rebhühner und Fasane so neidisch werden, daß sie es vorzogen, im Feuer zu schmoren. Gebratene Wildenten und Perlhühner begannen die Runde zu machen. Zitrusfrucht und Apfel schmiegten sich aneinander wie Rubinenwein und Goldkaraffe. Narzissen und Veilchen verwandelten den Platz vor dem Zelt in einen Blumengarten, und der Wind wurde vor lauter Orangen und Granatäpfeln zum Jongleur. So feierten sie den Morgentrunk, die Welt mit neuem Geiste belebend.

Die Musikanten webten aus den Saiten der Harfe die Seide des Gesanges und zerrissen die Schleier des Liebesspiels, und zum klagenden Klang der Harfen schlugen die Pahlawi-Lieder selbst aus steinernen Herzen Flammenglut hervor. Die Geige stöhnte wie Mose im Gebet, und der Sänger verwöhnte mit musikalischen Tönen. Der Lautenspieler stimmte ein Ghasel an, das lautete:

«Gesegnet sei das Leben, sei die Lust!
Wie prangt des Lebens Garten voller Blüten,
blieb er gefeit nur vor des Herbstwinds Wüten!
Wie ragt so stolz empor das Schloß der Zeit,
wär doch sein Fundament die Ewigkeit!
Kalt weht es durch den lieblichen Palast;
kaum wardst du warm, hallt es: ‹Erheb dich,
  Gast!›
Erbaut ist dieses Kloster hier von Staub,
drum trinke Wein und gib's dem Wind zum
  Raub!
Von Morgen oder Gestern wem ward Kunde?
Wo blieben, die entschwunden aus der Runde?
Das Heute nur wir bar in Händen haben;
doch ihm auch kann man traun nicht bis zum
  Abend.
Drum komm, laß uns aus vollem Halse lachen,
mit Wein den Geist, die Welt lebendig machen!
Dem Schlaf darf man entsagen eine Nacht,
bald schläft man lang genug im Grabesschacht.»

* * *

Schapur bringt Chosrou Nachricht von Schirin

Der König war trunken, der Schenke reichte Wein dar, und die Harfen spielten wild, da trat einer der Vertrauten Chosrous mit freudiger Miene an ihn heran: «An der Pforte steht Schapur; soll er hereinkommen oder draußen bleiben?» Chosrou wollte vor Freude einen Luftsprung machen; doch er hielt an sich und befahl, ihn hereinzugeleiten. Das Herz des Königs aber war in Wallung und zwischen Furcht und Hoffnung vom Schwert der Sorge wie gespalten.

Wo das Auge vergeblich späht, ist immer das Herz gespalten. Die Heimsuchung eines solchen Auges ist groß. Kein Gram ist ja ohne Schmerz, aber keiner ist schlimmer als die Ungewißheit der Liebe. Möge dieses vergebliche Spähen jedem erspart bleiben, es bleicht die Wangen und verkürzt das Leben!

Der Maler mit der Mani-Hand trat vor, malte Kußmuster auf den Boden, erhob sich und blieb, wie es die Sitte den Untertanen gebietet, vor dem König stehen. Dieser jedoch hieß ihn in Machtvollkommenheit sich setzen und alle andern das Zelt verlassen, um ihn alsdann nach den Abenteuern, die er in Berg und Steppe erlebt, zu fragen.

Der kluge Mann begann mit der üblichen Begrüßung: «Lang lebe der König! Siegreich über den Feind seien seine Heere! Nie falle seine Krone vom Haupte der Macht! Sein Wunsch sei des Glückes Gefährte, jeden Tag neu ihm ein Erfolg beschieden! Die Geschichte, wie dein Knecht Rat geschafft hat, ist von einiger Länge. Doch, so der Schah es mich heißt, wie sollte ich nicht reden, wie sollte ich nicht danach trachten, seinem Wunsche zu genügen?»

Und so erzählte er alles, was er wußte, von Anfang bis zu Ende: Wie er sich vor der Menge verborgen gehalten wie ein Vogel; wie er aufgetaucht sei gleich einer Quelle im Gebirge; wie er jeden Morgen zu jenem Quell gegangen und einen Mond hervorgezaubert habe wie einst der geheimnisvolle al-Mukanna; wie sie diesem Bild begegnet und durch ihren Zauber, die Betörende, betört worden sei;

wie er sie dann überredet und ins Reich des Königs geschickt habe.

Als er diese Worte vernommen hatte, stieß der Schah unwillkürlich einen Freudenschrei aus und verlangte, Schapur möge es wiederholen, wie ihm die Sonnenwangige in die Schlinge geraten sei.

«Ich ließ meine Vernunft walten», sagte der Baumeister, «und das Glück des Königs kam mir zu Hilfe. Ich war wie das Auge des Pfeilmachers, der in die Werkstatt des Bogenmachers schleicht, um die Bogenmaße zu erkunden.

Ich fand die wandelnde Zypresse, den Abgott mit dem felsigen Herzen und der silbernen Taille. Doch was erblickte ich? Eine feinsinnige, anmutige Dame, ihr Gesicht ganz Blüte und glänzend wie eine Gemme, ihr Körper ganz Herz und wie eine zweikernige Mandel. Ich fand einen Leib, der von Kopf bis Fuß mit jedem Haar beide Welten an sich fesselt. Nie hat ihre Lippe ein Wesen geküßt, es sei denn das eigene Spiegelbild, und auch das nur im Rausch; nie hat ihr Arm nach jemand sich ausgestreckt, es sei denn nach ihren Locken, und das auch nur im Spiel. Schlanker als ihr Haar ist ihre Taille, süßer als ihr Name ihr Mund. Obwohl selber die Welt betörend, hat sie sich durch das Bild des Königs betören lassen.

Als ich sie zum Aufbruch überredet hatte, gab ich ihr den Rat, auf Schabdez zu entfliehen, und schickte die Schöne auf dem Rappen, wie einen verzauberten Mond, der auf der Nacht reitet, auf die Reise.

Ich selber war dann hier einige Tage lang kränklich und mußte deshalb von ihrer Begleitung Abstand nehmen. Doch meine ich, sie sollte der Beschwernis der Reise nun ledig und im Palaste des Königs angelangt sein.»

Chosrou schloß ihn herzlich in seine Arme, tauchte ihn vom Kopf bis zum Fuß in Juwelen, spendete ihm hohes Lob und bewahrte ihm seine Dankbarkeit wie eine Borte am Ärmel.

Das Erlebnis mit der in der Quelle badenden Schönen bestätigte dem Schah die Wahrheit von Schapurs Bericht. Auch er erzählte nun alles, was er unterwegs erlebt an Gutem und Schlechtem, und es wurde ihm zur Gewißheit, daß jener trauliche Vogel ins ferne Ktesiphon entflogen sei. Sie beschlossen daher, Schapur solle, wie ein Falter hinter dem Licht, wieder hinter ihr herjagen und den Smaragd in den Schacht, das Königskraut in den Garten zurückbringen.

* * *

Schapur reist ein zweites Mal, um Schirin zu holen

Wohl dem Reich, das ein Reich des Lebens, Glanz dem Tage, der ein Tag der Jugend ist! Reicher als das Leben ist keine Rechnung, herrlicher keine Zeit als die Jugendzeit.

Chosrou, der Weltbeherrscher, war jung und ein wunderbar heiterer Jüngling. Nie trank er Wein, ohne sich gleichzeitig an Gesang und Musik zu ergötzen, und die Sänger entlohnte er reichlich für jedes Lied.

Eines Tages saß er wieder beim Gelage, den Pokal in der Hand, als Mahin Banu hereintrat und sich heiter niederließ. Der König erwies ihr seine besondere Verehrung und schloß sie mehr denn je in sein Herz.

Als es Zeit war, die Tafel zu eröffnen, bat der

König den Priester um die Stab-Omen-Zeremonie. Bei jedem Mahl nämlich, das er bereiten ließ, beachtete Chosrou das Stab-Omen[27]. Dies beruht darauf, daß der Priester die Speisen vorkostet und feststellt, welche gut und welche schlecht sind. Dann lud er die Großen, und namentlich Königin Mahin, ein, zum Umtrunk Platz zu nehmen. Aus kostbarem Pokal tranken sie zusammen Wein und sprachen dabei über dieses und jenes. Als Mahin Banu vom herben Wein in gehobener Stimmung war, brachte Chosrou die Rede auf Schirin und ihre Flucht.

Freudig wallte sein Herz, als er mitfühlend sagte: «Wie ich vernahm, hat die Banu eine Bruderstochter, lächelnd wie eine Rose und rank wie eine Zypresse, doch ihr wilder Rappe hat sie entführt und den Blicken entrückt wie der Vogel Anka in der Sage.

Heut ist nun ein Bote aus meinem Haus eingetroffen und hat Nachricht von dem herzerhellenden Mond überbracht. Wenn ich noch ein, zwei Wochen hier bleibe, so werde ich wissen, wo sie ist. Ich schicke einen Kurier, der sie herbringen soll, daß sie angeflogen komme wie ein Vogel.»

Mahin Banu geriet, während sie diesen Worten lauschte, schier außer sich vor Ungeduld. Sie warf sich vor dem Schah zu Boden, stieß stöhnende Laute aus und fragte schließlich: «Wo ist sie? Ach, wenn ich sie im Traum erblickte, und sei es mitten im Meer, mit meinen Wimpern zöge ich sie aus dem Wasser! Mein Leben gäbe ich hin, um das ihre zu retten!»

Dann küßte sie das Kissen des Königs und fuhr fort: «Mögen Mond und Venus das Kissen deines Thrones küssen! Vom Fisch bis zum Mond[28] werde dir Ehre erwiesen, vom Osten bis zum Westen sei man dir untertan! Wie haben mich diese deine Worte erfreut. Aus den Fesseln des Grams bin ich erlöst worden. Nun hoffe ich nur, daß du selber so getröstet werdest, wie du mich Elende getröstet hast. Ich sagte es ja: Sie wird zurückkommen, wenn das Glück des Königs sich uns zuwendet. Will der König einen Kurier senden, so möge er dies mitteilen, auf daß ich ihm den schnellen Golgun (Rosenhold) aus der Rasse des Schabdez übergebe, denn mit Schabdez kann außer Rosenhold kein Tier Schritt halten, mag es auch von gutem Geblüt sein. Ist Nachtfarb noch bei dem Vollmond (Schirin), so ist Rosenhold ihm ein gleich rascher Gefährte; ist er aber nicht mehr am Ort, wer wäre ihrer würdig außer Rosenhold?»

Chosrou war einverstanden. Er gab Befehl, den Fuchs aus seinem Stall für Schapur zu holen, der bestieg ihn und machte sich, ein Reiter mit zwei Pferden, auf den Weg. Er ritt in Richtung Ktesiphon. Einen Monat lang dauerte die Reise zum teuren Mond, doch dieser war nicht im Palast, und so gelangte Schapur schließlich zum Bergschloß. Er pochte ans Tor, und als man öffnete, wies er Chosrous Zeichen vor. Hocherfreut führte man ihn in Schirins Gemächer.

Schapur fand, als er das Bergschloß besichtigte, eine Art Verließ vor: Da saß ein himmlisches Wesen in höllischer Enge, ein Kleinod in Stein gezwängt. Er errötete angesichts ihrer Reinheit und fiel auf die Knie, die Stirn im Staube reibend. Dann pries er ihr Antlitz und fragte sie, wie es ihr ergangen und wie sie dem Zugriff des Schicksals entronnen sei. Ihn, ihren Knecht, habe die Sorge um sie nie aus der Fessel entlassen.

«Doch ich hoffe», so fuhr er fort, «daß es mit

dieser Beschwernis nun sein Bewenden hat. Ja, mein Herz sagt mir, daß dir Freudiges bevorsteht. Sei dessen gewiß: So wahr du Schweres erduldet, gehst du Leichtem entgegen! Welch ein Ort aber ist dies, der so das Herz beklemmt, und was befiel dein Gemüt, das so verstört scheint? Wie kann deine Reinheit in dieser Finsternis leuchten, wie kann eine Huri mit dieser Hölle sich abfinden? Es sei denn, doch auch diese Entschuldigung hinkt, weil du ein Rubin bist und Rubine im Gestein zu stecken pflegen?»

Als Schirin, schön wie ein chinesisches Gemälde, den chinesischen Maler erblickte, ward ihr, als spürte sie den Schlüssel der Hoffnung in ihrem Ärmel. Schamvoll bedeckte sie ihr Gesicht mit den Händen, dankte ihm und gab dann die folgende Antwort: «Wenn ich den Kummer, den ich erduldet, und die Drangsal, die ich erlitten habe, dir erzählen wollte – es ließe sich weder aussprechen noch anhören, es bedürfte der Feder und der Lettern, um es mitzuteilen.

Ich gelangte, wie du mich gelehrt, zu jenem Palast. Allein, dort fand ich einen Haufen von Schande gezeichneter Wesen – zusammengewürfelte, alberne Mädchen, dem Augenblick hingegeben nach dem Wahlspruch: ‹Freut Euch des Lebens, mein Herr!› Mit offenen Armen und Händen wie Venus erspähen sie ihren Preis auf der Waage. Als gesittete Braut, die ich bin, suchte ich mich von diesen Dirnen zu trennen. Ja, ich entschloß mich zur Trennung und bat sie um eine andere Residenz. Sie aber trachteten neidisch danach, mich zu quälen, und zwangen mir dieses Gefängnis auf. So wurde das schwarze Gestein mir zur Stätte der Duldung, schwarz wie die Galle der Melancholiker. Doch da man mir diesen beklemmenden Ort anwies, mußte ich mich ins Unausweichliche schicken – was sonst hätte ich tun können?»

«Komm mit!» sagte Schapur, «denn so hat Parvez es befohlen.»

Und damit führte er sie aus dem Pestloch hinaus, hieß sie Rosenhold besteigen und brach mit ihr auf zum Rosenhag des Königs. Kaum hatte Schirin Golgun gesattelt, flog er dahin, als wäre er ein geflügelter Greif, Mond und Plejaden hinter sich lassend.

Chosrou aber war in Unruhe, sein Herz in Erwartung der Geliebten.

Ist auch das Liebesbangen voller Plagen,
wenn Einung winkt, kann man sie leicht ertragen.
Gibt's Schöneres, als daß nach langem Bangen
die Hoffenden das Hoffnungsziel erlangen?

* * *

Chosrou erhält Nachricht vom Tode des Vaters

Eines Tages saß Chosrou halb entschlummert und träumte vom Erwachen seines Glücks, da nahte sich eilends ein Bote und erzählte dem Elefanten von Indien.[29]

Die Lider feucht glänzend wie chinesisches Porzellan, den Rumpf gebeugt wie eine Negerlocke, überbrachte er ein Pergament, dessen runzelige, schwärzliche Schrift folgendes besagte: «Der Herrscher über Chinesen und Neger ist vom Throne geschieden.[30] Das grausame Schicksal hat, wie der Türkenfürst den Indern, seinen Augen den Schutz entzogen; die beiden Perlen wurden aus ihrer Muschel gerissen und von der Nadel durchbohrt, obwohl keine Perlenschnur ihrer harrte; man beraubte die beiden Puppenspieler des Vorhangs; wo sonst Augensalbe gewaltet, ließ man das Eisen wüten. Da die Gerechtigkeit aus Hormizds Ämtern entwichen war wie einst Joseph von der Seite Jakobs, brachte das Schicksal über ihn Blindheit, das Brandmal Jakobs, und gab ihm statt der Standarte den Stab in die Hand.[31] Dir aber verleiht nun die Welt sein weltweites Richteramt; da der Führer der Welt den Blick von der Welt abgewandt, mußt nun Du Dich zur Führerschaft gürten. – Die dem Thron Nahestehenden haben heimlich einen Brief geschrieben, worin sie Dich bitten: ‹Auf! Rüste Dich und komm! Die Welt ist ohne Herrscher, eil Dich! Ist Dein Fuß mit Lehm bedeckt, so wasch ihn nicht; hast Du ein Wort auf der Lippe, so sprich es nicht!›»

Als der König das Wirken des Schicksals gewahrte, wie es das Lasso verlängert und das Prunkzelt gewechselt hatte, begriff er, daß das unheilvolle Fatum Indigo und Rotholz, Essig und Honig stets miteinander vermengt.

Das Haus der Erde ist nun so gewirkt,
daß es bald Bienen dir, bald Honig birgt,
daß Müh und Lust sich, Haß und Liebe paaren,
Bittres und Saures sich zu Süß und Lecker scharen.
Vor seinem Sand kein Fluß in Sicherheit,
kein Krug vor seinem Steinwurf ist gefeit.
Im Sein gefangen, du das Leid ertrage!
Frei willst du sein, des Nichtseins Pfad einschlage!
Streb wie der Geist zum Äther rein empor,
verschließ vor dir des Erden-Kerkers Tor!

Ein Inder ist die Welt, der dich nicht zwacke,
nimm ihn nicht leicht, daß er nicht schwer dich
packe![32]
In diesem Laden findst du keinen Faden,
der nicht am Kopf benadelt, dir zu schaden.
Wer aus dem Kürbis schlürft das Wasser kalt,
kürbisgelb macht die Wassersucht ihn bald.
Indes, der Baum kann keinen Lenz entfalten,
ohn allen Zweigen erst das Haupt zu spalten.
Eh nicht den krummen Rumpf der Himmel sprengt,
er keiner Seel' die Gnadensalbe schenkt.
Ins Totenhemd hüllt man dich ein beim Scheiden,
sollst nicht wie Raupen dich in Seide kleiden.
Was braucht es jenes Purpurs, der zuletzt
die Leichenfrau im Badehaus ergötzt?
Hüll dich in Kleid von Mond- und Sonnenschein,
das lebenslang dir mag Begleiter sein!
Hast du auch viele Tische, sei zufrieden
mit jenem einen Brot, das dir beschieden!
O Zeit, wie lang noch willst du Unrecht üben,
wie lang noch dich erfreun und mich betrüben?
Grämst mich, will ich nicht, daß du fröhlich seist,
willst mich zerstört, ich nicht, daß du gedeihst.
Du bist's, der Weizen zeigt und Gerste einfüllt,
der faule Gerste in den Weizen einhüllt.
Wie Weizenkörner bin ich krumm durch dich,
noch eh ich Weizen aß, zermalmst du mich.
Hör endlich auf, mir Weizen vorzuzeigen,
so will ich nicht zum Mühlstein mich versteigen.
Nein, besser ist's, daß ich vor Morgenrot
das Fasten rüste stets mit Gerstenbrot.
Nizami, sei wie Jesus eingestellt:
Ernähr von Kräutern dich, verlaß die Welt!
Tust du dies: Kräuterkaun und Eselreiten,
siehst du den Heiland auf dich niedergleiten.

Chosrou besteigt den Thron seines Vaters

Als offenbar wurde, daß durch göttlichen Ratschluß die Herrschaft des Hormizd vernichtet war, eilte der glückliche junge König in kürzester Frist in sein Reich und bestieg den Thron. Zwar trug er Gram um Schirin, doch auf die Herrschaft durfte er nicht verzichten. So übte er denn die Verwaltung des Reiches aus, ohne doch den Gedanken an die Geliebte aufzugeben. Er verlieh der Welt Wohlfahrt und befreite die Untertanen von Aufruhr. Die Gerechtigkeit, die er den Unterdrückten gewährte, ließ die Menschen sogar die berühmte Rechtsprechung Anuschirwans vergessen.

Wenn aber die Regierungsgeschäfte erledigt waren, wandte sich Chosrou erneut Festen und Scherzen zu, mit Jagd und Lustbarkeit füllte er die Abende und die Nächte, nie ließ er es an Becher und Wildbret fehlen.

Endlich aber wurde die Sehnsucht nach der Geliebten übermächtig, und er erkundigte sich nach ihr bei ihren Rivalinnen. «Es ist», so sprachen sie, «nun schon einige Zeit her, daß die Schöne dieses Schloß verlassen hat. Wir wissen nicht, wohin Schapur sie gebracht und, wenn nicht der Schah es befohlen, wieso er sie weggeführt hat.»

Der Schah staunte über das Gaukelspiel des kreisenden Weltenrades, dem gegenüber er in diesem Fall machtlos war. Er tröstete sich mit Schabdez, der ihn an Schirin erinnerte. Im Gedenken an den Mond fand er sich mit Nachtfarb, in Hoffnung auf den Rubin mit dem Stein ab.

* * *

Schapur bringt Schirin wieder zu Mahin Banu

Schapur hatte Schirin aus dem Bergschloß geholt; aber der König war nicht mehr am vereinbarten Ort. So führte er sie auf Rosenhold in den Rosenhag der Mahin Banu; der Wiese gab er die Zypresse, dem Paradies die Huri, dem Himmel die Sonne, dem Auge das Licht zurück. Ihre Zofen, Vertrauten und Verwandten, die alle um sie in Sorge gewesen waren, fielen vor ihr zu Füßen und küßten den Boden. Sie dankten und lobten Gott und stifteten Gaben für den Feuertempel.

Mahin Banu war unaussprechlich zumute. Sie sprudelte förmlich vor Freude und fühlte sich wie eine Greisin, die ihre Jugend, ja wie eine Tote, die ihr Leben wiedererlangt hat. Sie zog das Haupt der Tochter an ihre Brust und bezeigte ihr so viel Liebe und Zärtlichkeit, daß hundert Verse nicht reichen würden, es zu beschreiben. Große Gaben aus der königlichen Schatzkammer machte sie ihr zum Geschenk. Und sie ersparte ihr die Bürde der Scham, das Geschehene mit keinem Worte erwähnend; wußte sie doch aus den Anzeichen, die sie am König und der Tochter wahrgenommen, daß hier die Liebe ihr zauberisches Spiel trieb. Und doch versuchte sie, den gärenden Wein im Krug zu versiegeln, die Sonne im Lehm zu verschließen. Sie ermahnte die Tochter, ihren Rat anzunehmen und standhaft zu sein; sie erwies ihr zahllose Zärtlichkeiten und sorgte dafür, daß alles bald wieder wie früher war. Sie überließ ihr jene siebzig puppenhübschen Mädchen, damit sie mit ihnen spiele, und wieder richteten sie den Sinn auf Scherz und Munterkeit und gaben sich dem frohen Treiben von früher hin. Doch wiederum streckte auch der große in die Puppen vernarrte Puppenspieler die Hand aus, um mitzuspielen.

* * *

Chosrou flieht vor Bahram Tschupin

Eisern kluge Entschlossenheit ist der goldene Schlüssel des Sieges. Kluge Entschlossenheit ist besser als hundert Schwerter, ein Herrscherkopf besser als hundert Rüstungen. Mit kluger Entschlossenheit schlägst du ein ganzes Heer; mit dem Schwert vermag man jeweils nur einige Krieger zu töten.

Als Bahram, der klug-entschlossene, erfuhr, daß Chosrou zum Herrscher der Welt geworden, begehrte auch er nach der Krone der Chosroen, und er erlangte sie durch Klugheit und Entschlossenheit. Auch war in ihm der Verdacht erwacht, Chosrou habe seinen Vater geblendet. Er wußte nämlich nicht, daß Josephs Entschwinden den Jakobs-Augen des Hormizd das Licht entrissen hatte.[33]

Heimlich schickte er an jedermann Briefe, worin er das Gute in Böses verkehrte. «Dieser Kleine kann nicht die Weltherrschaft ausüben», schrieb er, «ein Vatermörder darf nicht König werden. Ein Schluck feurigen Weins gilt ihm mehr als das Blut vieler Brüder. Das Land würde er hingeben für ein paar Lautenklänge; denn mehr als das Reich schätzt er das Saitenspiel. Vor innerer Hitze weiß er nicht, wie er sein Amt bewältigen soll, in seiner Unreife kann er Gut und Böse nicht unterscheiden. Es plagt ihn die Liebesglut, und das Hirn ist ihm wirr von Schirin. Hütet Eure Köpfe vor diesem dreisten Halsabschneider, denn ist der Kopf einmal ab –

einen zweiten findet Ihr nicht! Nein, wir sollten ihn in Fesseln legen und mit Wasser und Feuer behandeln! Vielleicht, daß unsere Fesseln ihn bessern; falls aber nicht, sterbe er wie sein Vater! Lauert ihm also auf mit Schwertern – ich eile dann schnell wie ein Löwe herbei!»

So wiegelte der arglistige Bahram die Untertanen gegen den Schah auf.

Wie der König sah, daß sein Glück sich wiederum verkehrte und die Untertanen sich von ihm abwandten, versuchte er anfangs noch, die Feinde mit Gold zu bestechen. Als jedoch der Gegner ein Heer sammelte und die Untertanen zur Usurpation die Hand erhoben, während er schutzlos und ohnmächtig dastand, verließ er den Thron und floh auf Schabdez davon. In jenem Tumult, da ihm die Krone zur tödlichen Schlinge wurde, rettete er, was mehr wert ist als die Krone: das eigene Haupt. Die Krone der Kayaniden ließ er zurück ohne Träger, die Welt einem anderen Anwärter auf die Weltherrschaft.

Das Spiel des Schicksals hatte ihn durch das Schwert Bahrams zu Fall gebracht. Auf jedem Felde des blutigen Schachbretts war der König bedroht. So floh er denn unter tausend Listen und Abenteuern auf Wegen und wegelosem Gelände nach Azarbaidschan und weiter nach Mukan, im Herzen die Liebe zu seinem Idol.

* * *

Chosrou und Schirin treffen sich bei der Jagd

Als der Weltbeherrscher in jene Steppe gelangte und dort dem Weidwerk oblag, tauchte plötzlich in einer Wolke Staubes die reizende Schirin auf, die in Begleitung ihrer munteren Gefährtinnen am gleichen Tag zum gleichen Ort geritten war, um zu jagen. So trafen also zwei Jäger zusammen, die einander zu jagen gedachten, zwei Schützen, schlank wie Zypressen, die einander aufs Korn genommen, zwei Gefährten, berauscht von ihrer Liebe und durch ihre Liebe von andern Gefährten entfernt.

War ihm eine Königskrone verliehen, so machte sie hundert Kronen durch ihre Schönheit zunichte; ihm fielen die Ambra-Locken über die Ohren, sie hatte das Moschus-Lasso ihrer Haare über die Schultern geworfen. Sie blickten sich so innig an, daß ihnen Tränen in die Augen traten; weder wich Parwez Schirin von der Seite, noch verließ Nachtfarb Rosenhold. Sie suchten ein freundschaftliches Gespräch und erkundeten jeder des anderen Herkunft. Als sie aber ihre Namen vernahmen, sprangen beide vom Sattel und fielen voreinander zu Boden. Erst nach einer Weile erhoben sie wieder ihr Haupt, wobei ihre Tränen die Erde in Perlen faßten.

Dann fragten sie sich auf die sittsamste Weise aus und erzählten sich ein wenig des Guten und Bösen. Vieles gab es zu sagen, aber sie waren auf der Hut und übten sich in der Geduld des Schweigens. Statt dessen bestiegen sie das Holz ihrer Sättel und flogen, wie Vögel die Erde in Luft verwandelnd, davon.

Neben ihnen galoppierten von allen Seiten die schöngesichtigen Reiter heran; sie sahen Mond und Sonne verbunden im Tierkreiszeichen der Liebe, die ihre Herzen feurig entflammte, während die Pferde sie lähmten wie Esel im Lehm. Alle, die da mitritten, staunten, daß Chosrou Schirins Geheimnis nicht gelüftet hatte. Einige Ameisen aber verbreiteten heimlich die Kunde: «Diese ist Bilkis, jener ist Salomo![34]»

Immer mehr Reitertrupps versammelten sich auf der Flanke des Berges, so daß die Erde auf dem unterirdischen Stier stöhnte ob solcher Menge. Da sagte Schirin zu Chosrou: «O Herr, nicht nur ich, Tausende wie ich sind dir ergebene Sklaven! Der Himmel ist reich durch deine Krone, die Erde durch deinen Thron erhöht. Zwar ist im Raum der Sieben Klimata die ganze Welt dem Weltbeherrscher zu eigen; indessen haben wir doch durch Schenkung des Schahs in der Nähe ein Haus am Wege. Will der Schah uns durch seine Beehrung schmeicheln, so wird sich die Dienerin gürten und stolz ihr Haupt erheben.»

Der König erwiderte: «Ich komme, so du es annimmst, mit ganzer Seele!»

Schirin kniete aus Dank vor ihm nieder und pries ihn über alle Maßen. Sie sandte sogleich einen Reiter zu Mahin Banu, ihr Chosrous Besuch anzukündigen. Kaum hatte Mahin Banu diese Kunde erhalten, da rüstete sie Hausrat und Unterkunft zu seinem Empfang. Sie ließ Chosrou in einem Pavillon wohnen, der einem kleinen Paradiese glich mit zwei breiten Plätzen davor, und entschuldigte sich, daß ein Quartier, wie es Königen gebühre, ihre Schatzkammer nicht zu gewähren vermöge, daß man es aber so gut wie möglich hergerichtet habe. Den König aber erquickte ständig nur der süße Anblick Schirins.

* * *

Mahin Banu ermahnt Schirin und nimmt ihr einen Eid ab

Wenn der Landmann ein gutes Korn in den Acker sät, so erwächst daraus auch wieder gutes Korn. Wenn lautere Menschen ein lauteres Kleinod besitzen, so dulden sie nicht, daß es beschmutzt werde.

Mahin Banu besaß ein solches lauteres Kleinod; und da sie wußte, wie es um Chosrou und Schirin bestellt war, und befürchtete, daß es den beiden Verliebten ergehen könne wie Feuer und Quecken, sagte sie zu Schirin: «Mein vernünftiges Kind! Nicht nur mich, nein, all die Schönen übertriffst du an Schönheit; eine kokette Geste von dir erobert hundert Königreiche, ein Haar von dir fesselt die Welt vom Fisch bis zum Mond. Das Glück folgt dir nach wie dein Schatten, Heil gehört zu deinem Zierat. Die Welt wird hell durch deine Schönheit, und deiner Schönheit Schutz ist deine Sittsamkeit. Du bist ein versiegelter unberührter Schatz und in den Dingen der Welt unerfahren. Die Welt aber weiß tausend Listen, um die Perle zu stehlen und den Rubin zu betasten. Mein Herz sagt mir, daß dieser Weltenherr die Absicht hat, sich dir zu verbinden. Ist er dir wirklich ergeben, so ist ein seltsames Wild dir zur Beute geworden. Jedoch, wie heftig er dich auch bedrängen mag, möge ich nie erleben, daß du ihm Gehör schenkst, wenn er dich zu betrügen sucht! Es darf nicht geschehen, daß er mit süßen Worten in den Genuß der Süße Schirins gelange! Daß er dich besudelt zurückläßt und sich der nächsten Liebschaft zukehrt. Wärest du auch süß wie das Lebenswasser, er würde deiner überdrüssig wie einst Ramin der Wis. Stürze dich nicht wie Madschnun ins Liebesspiel, strebe vielmehr wie Laila mit List danach, dich rein zu erhalten. Der Leidenschaft darf man nicht anheimfallen, den Zügel des Herzens nicht dem Dämon übergeben. Zerkratze dein mondhelles Antlitz nicht mit der Kralle der Schande; bist du auch verliebt, bleibe bedächtig! Vor wem es auch sei, man muß, solange man kann, in Ehren leben. Die Frauen mögen mit einem Haar Löwen fesseln – die Männer lachen ihrer doch nur zu oft!

Wie es heißt, hat Chosrou zehntausend Odalisken, alle schöngesichtig und zuckerlippig. Wenn sein Herz mit all diesen Rosen lacht, glaubst du, er wird seine Liebe an *eine* Rose binden? Gewiß nicht! Wenn er jedoch das Juwel nicht zu fassen bekommt, wird er alles daran setzen, es durch Kauf zu erwerben. Sieht er deine Ehre und Verläßlichkeit, so wird er bei mir in Fug und Recht um dich freien. Mit deinem lauteren Wesen wirst du seinem Gift gegenüber wie Theriak sein. Gewinnt er aber in der Liebe Macht über dich, findet er dich ehrvergessen und trunken, so verlierst du wie Wis deinen guten Namen und erlangst Weltruhm durch Schande. Ist er der Mond, so sind wir die Sonne; ist er Kaichosrou, so sind wir Afrasiyab! Die Frau aber soll nicht zu den Männern laufen, solche Kühnheit steht ihr nicht an. Wie manche Rose haben sie feucht und frisch gepflückt und weggeworfen, nachdem sie einmal daran gerochen, wie manchen Wein in den Becher gefüllt und fortgeschüttet, nachdem sie daran genippt! Du weißt selbst, daß für Ehre und Stolz die Ehe besser ist als das Liebesspiel.»

Schirin lauschte aufmerksam dieser Ermahnung und unterwarf sich ihr bereitwillig, stimmte sie doch von Herzen damit überein und hatte das gleiche im Sinn.

«Bei den sieben lichten Kronen, beim lichten Buche des Schöpfers», so schwor sie, «und müßte ich Blut weinen ob seiner Schönheit, ich werde die Seine nur als rechtmäßige Gattin!»

Als die Banu diesen Schwur vernahm, wurde ihr Herz ruhig. Sie gab ihr Einverständnis, daß Schirin im Schloß und auf dem Platz frei und heiter mit dem König beisammen sein dürfe unter der Bedingung, daß sie nicht die Einsamkeit suche und nur in Anwesenheit des Gefolges mit ihm rede.

* * *

Chosrou und Schirin spielen Polo

Am nächsten Morgen, als der rote Rubin des Tages die glänzenden Perlen der Nacht verblassen ließ, übergab das Heer der Sonne den Zügel des Vorritts an Jupiter und Venus (Chosrou und Schirin); jener entfachte seinen Mut, und diese schickte sich an, ihre Gestirne um sich zu scharen. Den Kopf voller Unruhe gleich Löwinnen, begaben sich die siebzig Mädchen zu Schirin. Im Polospiel waren sie so geschickt, daß sie den Erdball aus dem Himmelsrad hätten rauben können. Sie hefteten den Köcher an die schlanken Taillen und schwangen sich auf ihre Sättel. Alle ließen den Schleier über den Mond herab und ritten zum Dienste des Schahs.

Der Kämmerer des Königs empfing sie, während der solchem Treiben zugetane Schah sich auf der Stelle in ihren Anblick verliebte. Schirin aber sagte er, sich erhebend, Artigkeiten und wies ihr den Platz zu seiner Rechten an. Ja, was er sah, waren wirklich kecke und reizende Götterbilder – ein Schloß voll Zucker, eine Stadt voller Kandis! Ohne zu ahnen, wieviel Kraft und Mut diese Verschleierten besaßen und wie sehr sie in Reiterspielen geübt waren, begab er sich zum Turnierplatz, um ihrer Darbietung zuzuschauen. Beim Spielfeld angekommen, wollten die Feenschönen vor Freude schier davonfliegen. Jeder Mond bewegte sich wie die Sonne, jedes Rebhuhn verwandelte sich in einen Adler.

Als Chosrou sah, daß diese traulichen Vögel zwar auf der Weide Tauben, beim Jagen aber Falken waren, sagte er zu Schirin: «Auf! Laß uns unsere Pferde besteigen und auf diesem Boden eine Weile Polo spielen!»

So warf man denn dem Schlegel des Königs die Bälle zu; die wunderbaren Damen versetzten das Spielfeld in Aufruhr. Vor lauter Schlegeln, alle aus rötlichem Weidenholz, erschien der Platz wie ein Weidengebüsch; Staub wirbelte auf, als wenn die Erde geriebenes Sandelholz bis zum Mond hin rieseln ließe, und jedesmal, wenn der Weidenstab dem Winde die Kugel raubte, schien die Kugel der Sonne zu zerspringen.[35]

Auf der einen Seite stand der Mond mit seinen Sternen, auf der andern der König und seine Befehlsempfänger. So spielten sie Hirsch und Löwe und raubten Rebhuhn und Falke die Beute. Bald gewann die Sonne und bald der Mond den Ball, bald zahlte Chosrou ein Pfand, bald Schirin.

Als sie aber Ball und Schlegel abgelegt hatten, ritten sie auf Nachtfarb und Rosenhold wie Nacht und Tag um den Turnierplatz herum. Dann galoppierten sie von dort in die Steppe und eröffneten die Treibjagd. So mannigfaltiges Wildbret erlegten sie, daß das Was und Wieviel sich nicht berechnen ließ. Die Speere, die jede Stolze nach Wildeseln warf, machten den Boden zum Bambushain; die Pfeile, die jede Dame vom Pferde herabschoß, häuften einen Wildpark von Gazellen an. Der König staunte über die Gewandtheit dieser jagenden Löwinnen. Glich doch jede einzelne von ihnen auf dem Turnierplatz einem Greifen und im Jagdgrund einem Drachen.

Heimlich blickte der König aber auf Schirin. Was für ein Jagdwild sollte ihm da geschenkt werden! Er sah plötzlich das Auge dieses Rehs, das die Absicht, den Schah zu erjagen, verriet: eine trunkene Gazelle, das Schwert in der Hand und statt dem Reh den Löwen fangend, ja, dieser weltbesiegenden Jägerin war ein Weltenherrscher wie Chosrou zur Beute gefallen!

Als der himmlische Pfau den irdischen Garten verlassen und der schwarze Rabe (die Nacht) ihn rosenpflückend betreten hatte, flogen die erschöpften Pfauen auf den rabenschwarzen Schwingen ihrer Pferde heim, verbargen ihre Wangen in den Nestern und schliefen nach den durchstandenen Mühen bis zum Morgen.

Am nächsten Tag aber liefen sie wieder zum König, küßten die Schwelle und stellten sich dienstbereit auf. Wieder spielten sie Polo, und wieder wandten sie sich der Jagd zu. Einen ganzen Monat ihres Lebens verbrachten sie so, ohne diesem Treiben untreu zu werden.

Der König aber suchte schmerzlich nach einer Gelegenheit, mit Schirin ins reine zu kommen. Diese Gelegenheit aber blieb aus, denn ihr Schlüssel steckte noch im Schloß «Warten». Wenn abends die Zuckerlippige heimkehrte, mußte der Greif der Liebe die Schwingen sinken lassen.

«O Königin der Schönen», so sprach er zu ihr,

«auf deren Anmut des Glückes Auge ruht! Komm, laß uns bis zum Morgen die türkisfarbene Kuppel des Himmels besiegen! Wein wollen wir trinken und heitere Gedanken hegen, Musik soll erschallen und Freude uns erfüllen. Denn ob wir froh oder traurig sind in diesem irdischen Kloster, dem seit alters kreisenden Schicksal können wir nicht entfliehen. Da wir dies Kloster dereinst verlassen müssen, ist Heiterkeit besser als Gram, Freude besser als Sorge.»

Da legte die Feengesichtige den Finger an ihr Auge, küßte den Boden und sagte: «Gute Nacht!»

Der König blieb allein zurück, doch war ihm, als habe der nachterhellende Mond ihm eine Verheißung gegeben, und er erwartete sehnlichst den nächsten Morgen.

* * *

Beschreibung des Frühlings und der Lustbarkeiten Chosrous und Schirins

Wenn der in Grün gehüllte Himmelsgreis
lockt aus dem Grünen vor der Jugend Reis,
dann dürfen Alt und Jung erneut erwarten
im Grünen einen roten Rosengarten.
Die Rosen einen Kaiserthron kreieren,
Violen sich mit Pfauenschwingen zieren.
So mancher Vogel Liebesweisen singt,
und manche alte Liebe sich verjüngt.
Da Chosrous Seele an Schirin sich freut,
die ganze Welt der Freude Bund erneut.
Gehißt die Rosen Freudenbanner haben,
das Heer der Tauben schlug den Schwarm der Raben.

Narzisse hält den Kelch, Jasmin schenkt ein,
Rose ist trunken, Veilchen voller Wein.
Der Lenzwind hebt den Damen auf den Schleier,
befeuert die Beseligten zur Feier.
Der Nord ruft allerorten Lärm hervor,
«Kuhauge» blickt auf «Elefantenohr».[36]
Das Land hat Anemonen angetan,
auf Anemonen wiegt sich Majoran.
Schlanke Zypressen aus der Wiese schreiten,
Tulpen das Hemd aus Liebe sich zerreißen.
Im Festgewand die Dame Königskraut
birgt in die Hand ihr Antlitz wie die Braut.
Und die an Blüten reich und wunderbar,
sie tragen Kämme im geschmückten Haar.
Die Lüfte auf das Grün Juwelen streuten,
Smaragden sie an edle Perlen reihten.
Es ist geschwellt der Erde schwangrer Schoß,
und aus dem Schoß erwachsen Sproß um Sproß.
Gazellenkitzen, milchsatt, froh sich fühlen,
umher im Grünen mit der Mutter spielen.
Fasanen lassen manche Feder nieder
ins Königskraut, das färbte ihr Gefieder.
Aus jedem Zweig ein neuer Frühling blüht,
aus jeder Blüte Münzenregen sprüht.
Des Rebhuhns Ruf, der Sang der Nachtigall
brachten der Liebenden Geduld zu Fall.
Ein solcher Lenz, der so der Liebe Triebe
weckt, fehl ist, fehl verbracht ist ohne Liebe!

So zogen denn Chosrou und Schirin bei Tag und bei Nacht froh und heiteren Herzens zu lieblichen Plätzen, bald weintrinkend auf einer Wiese, bald blumenpflückend im Gebirge. Und so gelangten sie eines Tages in beschwingter Stimmung nach Schahrud, banden ihre Pferde am Ufer des Flusses an und ließen sich nieder, um Gesang und Lautenklang zu lauschen. Die Süße der lächelnden Schirin verwandelte das Schilfrohr in Zuckerrohr, ja ihre Schönheit schenkte der Gegend den gleichen Perlenglanz wie der Aprilregen der Muschel. Sie, die Zypressenschlanke, wurde zur Königin aller Blumen, die von ihr das Adelsdiplom imperialer Truppen empfingen.

* * *

Chosrou tötet einen Löwen beim Gelage

Eines Tages wollte der König einen Ausflug machen. Der Ort sollte reizend sein wie Schirin – aber hat nicht, wer ein solches Bild im Herzen trägt, überall schöne Aussicht? Sie fanden einen grünen Plan, wo nichts wuchs als Lilien, ein paradiesischer Ort. Dort lagerten sie und schlugen ein Zelt auf für den König. Zofen und Knappen scharten sich um das Zelt wie die Plejaden um den Hof des Mondes. Chosrou und Schirin saßen nebeneinander, Trennung und Ferne fern von sich verbannend. Der Schenke reichte rubinenrote Karaffen und rief lachend: «Möge diese Lust ewig währen!» Wein und Liebe waren vereint, und beide berauschten den König.

Da tauchte plötzlich ein wilder Löwe auf, den Staub hinter sich hochwirbelnd, und trottete wie ein Trunkenbold ins Lager, so daß die Wachen durcheinanderstürzten, drang in das enge Zelt ein und schritt wütend auf den Schah zu. Dieser aber lief mit dem Mute der Trunkenheit, nur in ein Hemd gehüllt, ohne Panzer und ohne Schwert auf den Löwen los, hob wie beim Bogenspannen die

Faust bis zum Ohrläppchen und ließ sie auf den Löwen niedersausen, daß ihm die Sinne vergingen. Dann befahl er, ihm den Kopf abzuschlagen und das Fell vom Leibe zu ziehen.

Von da ab wurde es Sitte der Könige, beim Schmaus nie ohne Schwert zu sitzen.

Zwar hatte Chosrou die Kraft eines Löwen, aber er war ein König, und Könige sind verwöhnt. Allein die Trunkenheit ließ ihn das Heldenstück mit dem Löwen vollbringen, weshalb man sie ja seither auch «Löwenmut» nennt.

Das Löwenerlegen des Schahs gab Schirin einen Vorwand, ihm die Hand zu küssen. Sie befeuchtete ihre Lippen zum Kuß wie mit Rosenwasser und drückte ihren Zucker auf die Hand des Königs, eine Zuckerladung, die er verwirrt entsiegelte, gehört doch Zucker in den Mund, nicht auf die Hand. Er küßte ihr die Lippen und gab ihr mit den Worten: «Hier ist der Honig!» zu verstehen, daß dies der wahre Ort der Küsse sei.

Es war dieser süße Becher der erste Kurier, der Schirin von Chosrou Botschaft überbrachte; doch wenn sie später auch zahllose weitere Becher trinken sollte, den ersten vergaß sie nie.

Der Wein, den dir der erste Becher beschert,
ist mehr als hundert spätere Becher wert.
Der Wein aus dem ersten Becher ist lauter
und frisch,
im letzten Becher ist er ein Hefegemisch.
Die Blume, die als erste am Bache ersteht,
stärkeren Duft als spätere Beete sie weht.
Und alle Gerichte, die angenehm munden,
sind
oben am süßesten, wo es zu brodeln beginnt.

Da nun die zwei Liebenden einen solchen Trank kosteten, ließen sie die Zügel des Zwanges mehr und mehr sich lockern. Sobald sie einen einsamen Platz fanden, eilten sie wie Milch und Wein zueinander. Wie ein Dieb, der die Hand ausstreckt nach dem Juwel und den Wächter trunken findet, achteten sie mit einem Auge auf den feindlichen Wächter, mit dem andern pflanzten sie das Königskraut ihrer Liebe. Wenn die Gelegenheit den Wächter blind machte, stahlen sie eilends einen Kuß. Zwar, solange die Schöne schamhaft und wachen Sinnes war, konnte selbst Simorgh ihren Lippen keine Beute entreißen; war sie aber trunken von Wein, so tauschte sie mit dem Könige Küsse. Er zog sie so eng in seine Arme, daß seinen Hermelin ihre Seide umkleidete. Von seinen Bissen bekam sie blaue Flecken auf den Wangen, so daß es aussah, als ob Veilchen aus den Rosen wüchsen. Doch aus Scham über diese blauen Stellen war ihr, als müsse sie wie der Mond durch lauter blaues Dunkel ziehen; und so trug sie nun, ob nüchtern oder trunken, wie die Rose weiße Schminke mit sich herum.

* * *

Was Chosrou, Schirin, Schapur und die Mädchen erzählen

War eine Nacht, vom Licht des Monds erhellt,
mehr als bei Tage leuchtend hell die Welt,
Nacht, die von Jesu Lebenshauch erfrischt,
nicht jenem Hauch, in dem die Lampe lischt,
die Finsternis durchglänzt von so viel Helle,
daß man im Dunkeln ahnt die Lebensquelle[37],

die schwarze Sänfte wie von Stoff befreit,
nur Keuschheit noch schirmt die Unnahbarkeit;
der Wind den Staub streicht von der Seele Stirn,
dem Morgen zeigt die Zähne das Gestirn,
war eine Nacht – was Ziel des Sehnens war,
in jener Nacht die Mutter es gebar.
Hier Venus, um sich her Juwelen streuend,
und dort der Mond, die weißen Perlen reihend,
vom Moschus-Düfte-Wehn der Wind beschwingt,
weil aus der Erde Nabel Ambra dringt.[38]
Musik der Venus rings die Nacht erfüllt,
der Halbmond hat ein Halbes sich gefüllt.
Plejaden sind der Nacht-Kumpane Glanz,
Merkur am Horizonte hüpft im Tanz.
Das Wächteramt der Vögel zu bestellen,
hat man dem Käuzchen angebunden Schellen.
Wild und Getier, belebt vom eignen Schmause,
zum Spielmann jedes ward im eignen Hause,
und wie verschieden auch ihr Laut gemacht,
sie stimmen alle ein ins Lied der Nacht.

Der König saß auf dem Thron Fariduns, das Herz der Kibla Dschamschids zugewandt, im Sinn das leuchtende Antlitz Schirins, das ihm Kerze und Fackel ersetzte.

Der Windhauch der Wiese und der Duft des Königskrauts trugen eine Botschaft von Chosrou zu Schirin: «Wird je eine schönere Nacht kommen als diese? Wird ein labsamerer Duft wehen als dieser? Warum sehen wir die Vereinigung immer nur aus der Ferne? Sind wir Licht, so laß uns ins Licht blicken! Sind wir Blut, warum wallt deines nicht, und wenn es wallt, wie lange noch bleibt es vor mir verborgen? Die Luft ist mild, warum lächeln wir nicht? Der Ofen ist warm nach Brot, warum zögern wir noch? Es grünt nicht jeden Tag ein neuer Frühling, nicht jede Stunde geht ein Wild in die Falle! Die Vernunft verlangt, daß man das tägliche Brot verzehre und die fraglose Tat vollführe. Wie manches Brot wurde dem Jäger nachgetragen; und ehe er sich's versah, hatten es Vogel und Fisch gefressen. Ein Sprichwort sprach der Wolf, als der Fuchs ihn betrog: ‹Ich hatte die Mühe, und du den Schmaus!›»

Als diese Gedanken zu Schirin gelangten, wich sie, die Sonne, mondgleich aus Chosrous Bahn; der Engel half ihr, zu ihrem Eide zu stehen und den Dämon wiederum in Banden zu halten.

Hier war Chosrous Thron errichtet; einige Knappen standen daneben, und vor dem Thron dienstbereit Schapur, wie der Kämmerer vor dem Schatz, den der Wind davongetragen hat. Dort saß die Sonne der Idolverehrer, umgeben von zehn granatapfelbrüstigen Mädchen: Farangis, Sohail, Adschab-Nusch, Falak-Naz und Homaila, Homayun, Saman-Tork, Parizad, Chotan-Chatun und Gouhar-Molk.[39] Rosenwasser und Rubinenwein machten die Runde und verwandelten die Wangen in Granatapfelblüten. Als die Trunkenheit die Tafel der Schüchternheit aufhob und die Vernunft ihre Fesseln lockerte, befahl der König, jede der Herzräuberinnen solle der Reihe nach eine kurze Fabel erzählen. So machten denn die Rubinlippigen, in Brokat gekleidet und die Ohren mit Rubinen geschmückt, aus ihren Wimpern Pfeile, und Bögen aus ihren Brauen, jede eine scharfäugige, zielsichere Schützin, öffneten ihre Zuckerlasten und brachten mit ihrer Süße den Zucker in Bedrängnis.

Farangis eröffnete den Reigen und sagte:

«Das Glück verbarg einst einen Schatz,
ein Faridun davon erfuhr.
Er öffnete den Boden
und hob den Schatz empor.»

Sohail, die silberleibige, sagte:

«Zu Füßen einer Zypresse,
da spielte ein Fasan.
Ein Königsfalk geflogen kam,
den zierlichen Vogel zur Beute nahm.»

Adschab-Nusch, die süß-erwidernde, sagte:

«Eine Rose ambraduftend
blühte auf an holdem Ort,
kam vom Paradies ein Vogel,
trug im Schnabel
rasch die Düftereiche fort.»

Eine noch bessere Fabel wußte Falak-Naz:

«Ein Auge war uns offen in die Welt,
ein zweites Auge hat sich ihm gesellt:
Die Helligkeit zu sehen, taugen
besser als eines doch zwei Augen!»

Homaila sprach:

«In einem Garten sprudelt hell
durch Rosenlauben hin ein Quell.
Ein junger Löwe kam des Wegs daher,
netzt' sich am Quell das Maul von ungefähr.»

Homayun sprach:

«War ein Rubin in einem Schachte
fern von der Händler Raffegier.
Das Glück des Königs griff den Stein und setzte
ihn seiner Krone ein zur schönsten Zier.»

Saman-Tork, die jasminbrüstige, sagte:

«Von ihrer Muschel schied sich eine Perle,
die mit dem Glanz das Dunkel überwand.
Der Himmel sie, die Kaiser-Kette schmückend,
mit einem gleichen Edelstein verband.»

Die feengesichtige Parizad sagte:

«Ein Mädchen spielte im Jagdgefild,
an Glanz des Mondes Ebenbild;
stieg eine Sonne, übersteigend Himmels Weise,
die zog den holden Mond in ihre Kreise.»

Chotan-Chatun sagte sinnreich das Folgende:

«Ein Buchsbaum-Fräulein einsam wuchs,
gekleidet in Brokat,
bis plötzlich ein Zypressenbaum
an ihre Seite trat.
Zypressenbaum und Buchs gepaart,
die machen guten Staat!»

Nun öffnete die liebliche Gouhar-Molk den Mund und sprach:

«Auch Venus war zuerst allein,
da lieh das Glück die Hand,
und Jupiter in Konjunktion
Frau Venus sich verband.»

Als die Reihe zu reden an Schapur kam, sprach auch er über die Liebe, aber auf ungewohnte Weise:

«Schirin der Honig war im Glas,
der Schahanschah wurde ihr Fett letzthin.
Der Kunst, die Farben mischt, verdankt ihr's,
daß
in euerm Halwa ich der Safran bin.»

Und dann rief er ihnen auf pahlawi zu:

«Bravo und wohlgetan, o Welt!
Zwei Ebenbürtige gesellt!
Da ihr die Welt bestrahlt so licht,
so trennt euch nicht und strauchelt nicht!»

Als Schirin zu sprechen begann, da erfüllten ihre Worte die Luft mit Ambra und die Steppe mit Zucker. Schamvoll blickte sie zu Boden und sagte:

«Das Herz war ohne Liebe, die Freundin ohne
Gesell.
Da kam Schapur, und ihm ist es geglückt:
‹Stückereich› hat mir das Herz zerstückt!
Ob auch im Los geschrieben steht das Lieben,
was so verbrieft, er hat mir's eingeschrieben.
Der Faden führt zu so reizender Stickerei –
zum schönsten Brokat sich rötet mein Konterfei!
So wahr ich bei Chosrou Wein und Feingebäck find,
alle Chosroen der Welt meine Diener sind!
Daß er mich beschatte, das sei meine Zier,
das Glück sei sein Zechfreund, die Macht sein
Pionier!»

Als die Reihe an Chosrou kam, sprach er:

«Ein schwarzer Löwe lebte im Gefild,
da baute just an seinem Wege
sich eine Hindin ihr Gehege
und fesselte den Hals dem Löwen wild.
Ich bin der Löwe, dem beim Jagen
Schirin ihr Lockenlasso um den Hals geschlagen.
Sinnt nicht Schirin, mir beizustehen,
sterb ich der Kerze gleich in Windes Wehen.
Doch wenn mein schwarzer Löwe ernsthaft kriegt,
er auch Schirin, wenn sie ihm naht, besiegt!»

Die versammelten Freunde waren von rechter Art. Jedem Wort, das vorgebracht wurde, klatschten sie Beifall. Das Herz des Freundes ist nun mal wie ein bestaubtes Brett: Du mußt nur die Hände darüber zusammenschlagen, gleich wird es blank.

Und wieder wurde Schirins Natur wärmer, ihr Herz weicher für Chosrou. Sie füllte den Becher mit Wein und den Rubinenmund mit Nektar, reichte sie ihm und rief: «Trink, trink! Möge dir dieser süße Becher munden! Mögest du alles vergessen außer Schirin!»

Der König knospte wie eine Rose; der undurchbohrte Rubin entzückte ihn. Bald rief er: «O Becher, die Nacht rüstet zum Aufbruch! Weine du, damit Schirins Lippen lachen.» Bald rief er: «O Morgendämmer, zeige noch nicht die Zähne! Lache nicht und laß die Horizonte nicht über mich lachen.»

Doch vergebens; es war, als spiele der Himmel in Gestalt jener Mädchen, die Schirin umgaben, mit Chosrou jenes alte Ringspiel (bei dem man den Ring vom Rücken der Hand auf einem Finger jonglieren muß); der Himmel gewann und forderte den Ring zurück, als der Hahn den Morgen verkündigte. Die Mädchen, die ihren Anteil am fröhlichen Treiben gehabt und sich ungetrübter Freude hingegeben hatten, begaben sich aus der Steppe zurück in die Stadt.

Als die Flasche der Sonne wieder am Stein zerschlug und die Welt den Geschöpfen eng ward wie eine Flasche, ergriffen sie erneut die Flaschen des Weins und füllten sich mit Wein wie Flaschen; und der Himmel begann sein übermütiges Flaschenspiel mit jenen Herzen zu treiben, die Flaschen glichen, in denen Geister verborgen sind.

Chosrous Herz wallte aus Liebe zur Freundin, und in Gedanken an ihre Lippen schlürfte er Wein, denn der farbige Wein glich Pfauen ohne Schlangen und Schirins Lippen Datteln ohne Dornen. In einer Hand hielt er den Becher mit Wein, mit der andern hatte er einen Strauß Blumen ergriffen; er trank aus diesem und sog den Duft aus jenem. Dazwischen koste er mit der Liebsten. Mit Wimpernspiel sagte er ihr Zärtlichkeiten – denn der Kuß verschloß ihm die Lippen – und fand auch die Antwort auf seine Sprache in mancherlei Zeichen. So verbargen sie ihre Worte in verliebten Gesten und sagten, was sie sich sagten, mit den Spitzen der Wimpern. Die ganze Nacht hindurch blieben sie wach und hingen nur dem einen Ziele nach.

Chosrou, das Gesicht schweißbedeckt vor innerer Hitze, widmete sich ausgelassen dem Morgentrunk in der Hoffnung, «Süß» trunken zu finden und die Hand an ihre Zuckerlast zu legen. Doch keine Gelegenheit bot sich Chosrou, seinen Pfeil ins Ziel zu schießen, ob auch sein Herz sich bis zum Morgen an ihrem lieblichen Anblick ergötzte.

Als dann die rosenholde Sonne dem Nachtfarb der Nacht den Sattel auflegte wie ein Rosenblatt auf schwarzes Weidenholz, bestiegen Chosrou und Schirin Nachtfarb und Rosenhold und ritten zur Jagd. Sie begaben sich von Mukan nach Schahrud und erbauten eine Stadt aus Wein und Saitenspiel. Bald bildeten sie eine Kette längs des Stromes und fingen Vögel und Fische, bald vergnügten sie sich in der Hafenstadt Schahrud bei Wein und Lautenklang, bald jagten sie in der Steppe Mandur Gazellen und Onager.

So verbrachten sie manchen Tag bald mit Jagd, bald mit Gelage. Wenn aber die Nacht wie eine

Braut die Hände tätowierte und sich zum Schmucke die Sterne ins Haar knotete, dann erhob sich auch die Braut des Schahs, um ihr eigenes Fest zu bereiten. Die übrigen Bräute waren ihre Gefährten, die ganze Runde bestand aus Bräuten, doch der König war «arbeitslos». Viel Zucker war da, doch wenig Mandeln; Tauben in Fülle, doch nur ein einziger Falke.

Alle tranken auf Chosrous Wohl und gaben sich unausgesetzter Fröhlichkeit hin. Keine Nacht verging ihnen ohne Laute und Musikant, und nie waren sie ohne Becher und Wein.

Liebe und Jugend, Rosenaue und Wein –
wo sie sind, kann das Leben nicht schöner sein!
Sich an Rosen und Rosenauen ergötzen
und am Rubinwein aus Liebchens Händen sich letzen,
wie eine Schärpe die Hand um den Nacken gelegt,
wo der Granatbaum sich über Granaten[40] bewegt,
mit einer Hand den Saum der Geliebten fassen,
die andere ihren Puls ertasten lassen,
bald mit den Wimpern deutend hinstreben zum Ziel,
bald mit Küssen spielen das Tricktrackspiel,
bald einen Frühling frisch an den Busen drücken,
bald mit des Liebchens Veilchen-Locke sich schmücken,
bald sich Geheimnis flüstern ins Ohr hinein,
bald sagen einander des Herzens Kummer und Pein –
das ist die Welt! Und doch die Welt es entbehrt.
Und kommt es, kommt es nur einmal, nie wieder es kehrt!

* * *

Chosrou umwirbt Schirin, doch sie verweigert sich ihm

Es war eine Frühlingsnacht. Das Glück zeigte sein Antlitz, taghell war die Nacht vom Mondlicht, und der Mond schwenkte den schimmernden Becher. In diesem Mondlicht aber floß der Wein im Schatten der Weiden, der Sang der Vögel und der Labetrank des Schenken vertrieb aus den Herzen den Kummer der Trennung. Räucherwerk raunte den schönen Ikonen Geheimnisse zu, der Wind säuselte die Deutung heiliger Sprüche, überall wandelten ranke Zypressen, überall blühte der Frühling. Hier hatte eine den Kelch mit der Trommel vertauscht, dort hatte eine andere eine Karaffe mit Rosenwasser ergriffen.

Als der Becher einige Male die Runde gemacht und die Köpfe schwer geworden, als die Gefährtinnen, trunken vom langen Zechen, dem König den Dienst erwiesen hatten aufzubrechen, die Schenken benebelt und die Musikanten in Schlaf gesunken waren, als mithin ein Zusammensein ohne Neider bereitet war – die Rose möge sich freuen, ohne ihre Stacheln zu bemühen! –, ließ der Schah alle Zurückhaltung fahren und zog den Kreis um das Jagdwild enger. Er ergriff die lockigen Flechten der Liebsten und fühlte, wie die Fesseln der Zeit von ihm abfielen.

Er küßte ihre Lippe und rief: «O meine Herrin! Gib ein Korn dem Vogel in deiner Schlinge! Laß dein vergangenes Leben hinter dir und heute einen neuen Tag mit neuer Kost beginnen. Du und ich, wir sind hier allein! Wozu noch Vorsicht üben? Sei eine Weile lang die Meine, das Herz verbrennt mir! Bist du mein Schicksal, so sei es heute. Wie lange narrst du meine Hoffnung wie ein Baum ohne Früchte? Selbst eine Brücke aus Lapislazuli ist nichts wert, wenn sie jenseits des Stromes steht. Es ist der Fleischerhund neben dem Schaf, der Mitleid nur mit sich selber empfindet! Wie manche Wolke bindet hochmütig ihren schwarzen Krug zu und läßt den Garten des Landmanns vertrocknen! Wie manche Wüste hat mit falschem Wasserglanz die Durstigen in Staub verwandelt! Darf man denn Gift in einen Trank tun und ihn mit dem Namen der Süße bezeichnen? Darf man die frische Perle liegenlassen, wenn sie sich frisch am besten durchbohren läßt? Das Lamm muß man im Milchalter genießen, später taugt es nur noch für Wölfe! Wenn das Taubenjunge dem König davonfliegt, fällt's in die Krallen des Falken. Wehre dich nicht länger wie eine Löwin; denn ich habe die Kraft, selbst Löwen zu bezwingen! Ist der Berghirsch auch widerspenstig, das Lasso, das Rat schafft, es führt kein schwächlicher Arm! Und ist die Gazelle der Wüste behende – nun, auch die Hunde des Königs sind schnelle Läufer! Du handelst mit hundert Lasten Zucker – was tut es, wenn du einen Ballen öffnest? Ein Käufer fand sich für dein Indigo, und führest du auf dem Nil; öffne ihm deine Ware![41]»

Mit Anmut entgegnete Schirin, und ihre Antwort war süß und kantig wie Kandis: «Es scheint mir nicht ratsam, daß ein solcher Staub wie ich den Thron mit dem Gekrönten teile. Ich sehe auch nicht, daß mein Esel rasch genug wäre, mit deinem arabischen Hengst Schritt zu halten, noch bin ich eine so tüchtige Reiterin, daß ich die Jagd mit dem Löwen aufnehmen könnte! Doch geradeheraus: Wenn ich die Stolze spiele, so deswegen, weil es schädlich ist, Zucker auf Hitze zu verzehren.[42] Haben wir diese Hitze erst ein wenig gedämpft, so sei mir der Zucker gesegnet und dem König der Kandis!»

Von diesem Augenblick an aber schützte sie den Rubin ihrer Lippe mit dem Demant der Zähne und wehrte mit den Vipern ihrer Zöpfe dem Smaragd seines Bartflaums.[43] Doch während ihr Haupt auf Selbstbehauptung deutete, fragte ihr Herz: «O Gott, wie lange noch?» Um ihrer Ehre willen wurde sie spitz wie ein Dorn – wohl dem Dorn, der eine solche Rose schützt! Unter dem gesträubten Haar der unnahbaren Löwin aber war ihr Hermelinfell um so weicher. Der Bogen ihrer Brauen krümmte sich zwar, aber nur, um die Pfeile ihrer Scharmützel um so sicherer ins Ziel zu schießen. Während die Lanzen der Wimpern sich zur Schlacht erhoben, glänzte in jeder von ihnen die Versöhnung. Ihr gestrenges Lächeln schien zu sagen: «Tu diesen Lippen nichts an!» Und doch klang in jedem «Tu es nicht!» ein vielstimmiges «Tu es!». Mit einem Auge tat sie unendlich spröde, mit dem andern aber bat sie immer neu um Verzeihung. Wandte sie den Kopf, so schmückte ihr Haar die Versammlung, kehrt sie das Gesicht ab, so entschädigte ihr Nacken.

Angesichts des heißen Begehrens Chosrous, vor dem die Tugend sich schämte, wandte sie Chosrou wie einem geschlagenen Gegner den Rücken zu; doch da ihr Rücken weißem Schwefel glich, warf sie nur Schwefel ins Feuer. Oder vielmehr: Es war, als ob sie ihm eine Elfenbeinbohle zeigte – schließlich braucht der Schah zur Krone ja auch den Thron!

Wie unterhaltsam ist nicht die Sprödheit der Schönen! Sie suchen mit ihren Blicken, was sie soeben aus ihren Blicken vertrieben. Mit einem

Auge bedeuten sie düster: «Geh fort!» Mit dem anderen aber flehen sie: «O flieh nicht!»

Ich möchte hundert Leben
für diese Wonne geben,
wenn Liebchen sagt: «Ich will nicht!»,
und will um hundert Leben.

Als Chosrou einsah, daß die ersehnte Schöne nicht geneigt war, ihn zu erlösen, schlug er einen dreisteren Ton an: «O Liebste», sprach er, «wie lange willst du mich noch schelten? Hast du nicht Wein getrunken und mir zu trinken gegeben? Warum soll ich trunken sein und du nüchtern? Sei nicht nüchtern mit mir, du bist doch trunken! Bist du denn nicht verliebt wie ich? Wahrlich, du bist es! Was sollen die Ausflüchte, da der Falke der Liebe dein Rebhuhn geraubt hat? Willst du aber das Geheimnis verhüllen, so sieh zu, wo du die Kraft hernimmst, dem Herzen zu widerstehen! Nein, auch du mußt ins Horn der Niederlage stoßen oder aber dein Zelt auf den Sternen aufschlagen, um nicht in die Grube zu fallen. Im Liebeshandel hilft kein Stolz. Das Schwert der Liebe ist scharf, und wer halsstarrig ist, wo Schwerter blitzen, riskiert den Hals. Empfindet aber dein Herz keine Liebe, so laß es wenigstens das Liebesspiel treiben! Laß es sich meinen Freund nennen, auch wenn es nicht stimmt; es tut mir wohl und schadet ihm nicht! Wie manches gute Omen ist aus Spiel hervorgegangen, und wenn das Gestirn vorbeizog, wurde das Omen wahr. Wie richtig ist doch der Rat jenes Dichters:

‹Stelle dir selbst ein gutes Omen, denn du weißt:
Ein böses Omen hat, wer Böses sinnt;
wer Gutes spricht, dem Gutes sich entspinnt.›

Mir genügt ein Kuß von deinen Lippen. Erlaube nicht, daß auch *er* mir verboten sei! Und willst du, daß ich auch ihn mir versage, so laß mir Zeit, mich abzukühlen, denn sonst verbrenne ich! Ich fürchte, schon morgen wirst du dir das Gesicht zerkratzen, weil du einen Liebenden wie mich getötet haben wirst, und mein Blut wird an dir haften; denn das Blut der Liebenden stirbt nicht. Wüßte ich, du wolltest keine Vertraulichkeit und der Sinn stünde dir nicht danach, Küsse zu tauschen, so hätte ich nicht den Mut, deine Lippen zu küssen. Aber was sollte ich küssen, deine Ärmel oder deine Schwelle?[44] Ich sage ja nicht zu deinem Kuß: ‹Gib mir eine Scheibe!› – noch zu deinen Lippen: ‹Gebt mir einen Schöpflöffel voll!› Nein, gib mir einen Kuß, auf daß ich dir zehn zurückzahle! Kann es einen besseren Handel geben?

Da du hundert Ballen Zucker dein eigen nennst, solltest du mir doch einen öffnen dürfen! Öffnest du ihn, so wird auch dir der Riegel geöffnet. Je mehr der Wasserträger ausschenkt, desto mehr spendet ihm die Quelle. Du bist mein Leben! Wie könnte ich mein Leben mit dem Schwerte erschlagen? Deine schwarze Locke hat mir wie ein finsterer Inder am hellen Tag die Habe gestohlen. Wenn ich diesen Inder nicht verhafte, würde ich einen unbotmäßigen Dieb dulden. Doch ob er auch hundert Dolche besitzt, ertappt man ihn, so sinkt ihm der Mut. Man hackt aber keinem Inder die Hand ab, der nicht nur Diebstahl, sondern auch Edelmut aufweist. Schlinge also das Lasso deiner Locken um meinen Nacken und vergnüge dich heute nacht mit dem schmächtigen Wild! Sei der Händler, dem ich mein Herz verkaufe! Sei der Schenke, dessen Wein ich schlürfe! Laß meine Lippe dir lachen in der

Nacht der Umarmung, laß die Lampe der Traulichkeit nicht erlöschen! Mein Ohr ist eingestellt auf den Sklavenring: Kaufe den Sklaven, den ich verkaufen will! Küsse zählen soll meine Beschäftigung sein; gib du Küsse, daß ich sie zählen kann! Komm und laß uns das Tor des Glückes durchschreiten, einander hold sein, da das Glück uns hold ist! Laß uns den Odem kühlen heut nacht, denn keiner hat Macht über morgen! Sind wir einig über die Barschaft der heutigen Nacht, was kümmert uns der morgige Kredit? Ach, spiel nicht mit deinen krausen Locken! Spiel mit mir heute nacht und stehe mir bei! Ich bin in äußerster Not, heile mich; mach deine Brust zur Festung meiner Seele! Süßer bist du als das Leben, o Nektarquell, wie das Leben selber sollte ich dich in die Arme schließen dürfen! Es ist Zucker, ob ich dir Kopf oder Füße küsse, ein Ort ist immer süßer als der andere. In deinem ganzen Körper ist Süße verborgen, nicht umsonst gab man dir den Namen ‹Süß›. In solcher Freude solltest du nicht trübsinnig sein! Du bist nicht ‹Süß›, wenn du nicht süß bist!»

Die Zuckerlippige erwiderte: «Hüte dich, dein Versprechen zu brechen! Dem Könige steht es schlecht an, sein Wort nicht zu halten, und Freveltat schadet seinem Namen in der Welt. Begehre nicht den Trank, der meine Ehre verschüttet, nicht den Genuß, der mich auf immer in Verruf bringt! Denn dieses Ziel entreißt mir jedes Ziel, macht dich zum Feuer und mich zum Räucherholz.

Schon ehe die Leidenschaft mich ergriff, war mein Herz voller Liebe. Jetzt, da es die Leidenschaft kennt, wie könnte es erkalten! Wollte ich mich nach dem Wert der Liebe im Basar meines Lebens richten, so möchte ich wohl ständig neue

Geschäfte mit dir tätigen. Allein, man darf sich nicht nur stets dem Nardspiel widmen, nicht immer nur sich mit sich selbst vergnügen. Zur Hälfte ist die Welt der Freude wegen, zur Hälfte um des Ruhmes willen da. Darf man denn der Natur die Zügel schießen lassen, wenn dies zwei ehrenwerte Menschen in Schande bringt? Nein! Wir sollten aus Ehrfurcht vor Gott die eigene Ehre hüten! Eine Frau zu bezwingen ist nicht mannhaft! Willst du dein Mannestum beweisen, so bezwinge dich selber! Nur wer sich selbst überwindet, tritt an die Spitze; der Selbstbeherrschte ist der wahre Herr der Welt!

Bedenke aber auch, daß ich jenes Gewächs bin, zu dessen reichen Früchten Rosenwasser sowohl wie Halwa gehören! Begnüge dich vorerst mit meinem Rosenwasser! Halwa wirst du ja später noch in Fülle genießen. Denke nicht gleich beim ersten Trunk an Halwa! Halwa folgt immer nach, voraus geht Rosenwasser.

Vom reinsten Quell nur soviel Wasser frommt,
als Fiebers Brand davon zur Ruhe kommt.
Wird die Natur mit Wasser überladen,
und sei's das Lebenswasser – es wirkt Schaden.

Wenn mein Herz einen Liebsten wie dich nicht begehrte, wäre es ein Herz, das nicht zu leben wünscht. Indessen:

Kein Fiebernder darf sich an Halwa laben,
er wollte denn ein Gallenleiden haben!»

Als der König gewahr wurde, daß sie spröde blieb, ihre Zunge zwar ungestüm, die Natur aber gezähmt war, sprach er in dringlichem Tone: «O Welterleuchtende! Den Freund zu schelten ist Hochmut. Kehr dich ab davon! Ist es denn recht, kannst du es billigen, kann es dir gefallen, mir im Augenblick der Not die Hand zu entziehen, statt sie zu reichen? Ich eilte herbei, um deine Hand zu erlangen, Hand an dich zu legen und die Oberhand zu gewinnen; nun aber, da deine Locke mich gefesselt hat, bin ich in deiner Hand und mir selber abhanden gekommen.

Du sollst deinen Eid nicht brechen aus Liebe zu mir, aber brich, ich bitte dich, meinen Bann mit einigen Küssen! Erfreu den Gefangenen durch eine Verheißung, laß den Sklaven frei, ehe er stirbt! Da du weißt, wie ich an deiner Ferne leide, schicke mir Rosen aus dem Garten deiner Nähe, auf daß sie mich mit ihrem Safte letzen, mit ihrem Dufte erquicken! Da ich Wein mit dir trinke, wie sollte ich nicht heiter, da ich dich sehe, wie sollte ich nicht guter Dinge sein dürfen? Der Gürtel wird golden, wenn ich ihn anlege in deiner Gegenwart, der Mund wird süß, wenn ich mit dir vereint lache! Wirst du mir aber entrissen wie der Schlange die Gemme, dann wird es sein, als ob Rose und Dorn getrennt werden; mir wird die Rose, dir der Dorn fehlen. Wenn du dein Kopfweh los sein willst, wirst du den Schmerz und ich den Kopf verlieren. Aber quäle mich nur, hab ich doch keine bessere Quälerin als dich! Ersatz für dich zu suchen, würde mein Auge in aller Augen in Schande bringen; und kehrte sich meine Seele von dir ab, so mag sie ihre Braut im Traume finden!»

So redete er eine Weile, bis die Geliebte darüber entschlummerte. Der Himmel färbte die Erde rubinrot aus dem rubinenen Kelche der Sonne. Der

König stand auf, den Weinkelch in der Hand und noch trunken vom Wein des Vortags. Das Feuer seiner Leidenschaft loderte unvermindert und drohte seine verdorrten Garben zu verbrennen. Er aber übte keine Zurückhaltung. Er griff nach jenen Granatapfelbrüsten und umklammerte sie so heftig, wie man Damaststoff über den Thron spannt. Schirin wehrte sich mit aller Kraft, bis sie die Gazelle von der Wut des Löwen befreite.

Sie sah den König heiß vor Unruhe und rief: «Nicht soviel Hitze, mein Lieber! Mußt du dich derart erhitzen und mich beschämen? Es führt zu nichts Gutem, wenn du so hitzig bist. Eine Rose, die heiß wird, duftet schlecht! Wenn der Herr zuviel Gerede macht, wird der Diener aufsässig; was mühst du dich mit Reden ab? Hier gilt: regieren oder schweigen! Solange das Reittier der Macht lahmt, fällt's auch dem Könige schwer, seinen Wunsch zu erfüllen. Ist aber die Bedrängnis überwunden, so kommt die Erfüllung von selber zum Tor herein. Verschaff dir dein Reich; denn ich bin da! Jenes mußt du erlangen; denn ich bin schon erlangt. Ohne Reich will ich keine Rolle spielen; ich und das Reich, wir wollen zusammen da sein. Aus Liebe zum Reich will ich mein Leben dir hingeben; ich bin kein Feind, daß ich dem Reich mich entziehen wollte. Frohlocke, sobald du die Pforte des Reiches geöffnet hast, und sorg dich nicht, denn du bist unter glücklichem Stern geboren! Erst die Zukunft sichern und dann der Lust genießen! Nach einem Schatz muß man nicht ohne Ruhe graben! Wahre Lust läßt sich nur mit Geduld, des Herzens Ruhe nur mit Ruhe erlangen. Erst die Zunge, dann die Sprache! Erst das Auge und dann das Licht! Erst die Traube und dann der Wein! Hast läßt dem

Klugen nichts gelingen, denn du weißt ja: Vom Laufen wird die Geiß nicht fett!

In der jetzigen Notlage ist es von keinem Nutzen, daß ich des Königs Wunsch gewähre. Verbände ich mich schon jetzt mit dir aus Liebe, so würde ich dich mit dieser Liebe nur von deiner Aufgabe ablenken. Du mußt das Reich erobern; ich bin dir hold, so wie das Glück dir hold ist. Zuviel Vertraulichkeit mit mir würde, fürchte ich, dich dein Königtum vergessen lassen, und wenn du es dann – zu spät – zurückerlangen wolltest, würdest du mich dabei verlieren. Ein alter Besitz ist die Herrschaft in eurem Geschlecht, und schmachvoll wäre es, wenn sie in fremde Hände fiele. Alles verträgt Ruhe im Leben des Mächtigen außer der Herrschaft selber. Wenn du die Wurzeln des Königtums betrachtest, wirst du erkennen, daß der rasch Entschlossene sie gewinnt. Du besitzest Jugend, Königtum und eine löwenstarke Natur, du bist ein Haupt und trägst die Krone – befreie das Reich vom Aufstand, zeige nun einmal, was du vermagst! Diesem Indersklaven, der nach Türkenart dir Thron und Krone geraubt hat, hau mit dem Schwert den Leib in Stücke, dann wird sein böser Bann gebrochen sein! Denn in der Hand erfolgbedachter Chosroen wechseln sich Becher und Schwert ab. Du mußt nur das Schwert ergreifen, dann kommen die Heere aus allen Richtungen, der Himmel gürtet sich mit dir zum Kampf und hagelt Steine auf deine Feinde herab. Und auch ich will, wo ich es vermag, helfen, wo aber nicht, die Hände zum Gebet erheben.»

* * *

Schirins feurige Worte bewirkten, daß Chosrou sich zornerfüllt auf Schabdez schwang. Heftig sprach er: «Ich geh jetzt! Gute Nacht! Mag Meer oder Feuersbrunst mir begegnen, bei Gott, ich werde den Flammen nicht weichen und auf dem Meer kein Härchen feuchten! Glaubst du, ich würde fortan noch ein Auge zutun? Ich werde von nun an den Schlaf meiden. Ich werde den Elefanten kriegstüchtig machen und der Welt zu Leibe rücken! Ja, ein Elefant will ich sein, aber keiner auf seidenen Kissen, und keiner aus Ton!

Ohne zu wissen, wie, führte ich einen Esel auf dieses Dach hinauf; jetzt weiß ich, daß und wie ich ihn wieder hinunterbringe! Ich habe endlich gelernt, den Krug zu töpfern, nun werde ich ihn zu Boden schleudern! Mußt *du* mir feurige Blicke beibringen? Mußt du mich lehren, feurige Glut zu entfachen? Bald Angst machen vor Unerquicklichem, bald Unterricht in Männlichkeit erteilen? Die Liebe zu dir hat mich um meine Krone gebracht, so wie sie manchen schon den Kopf gekostet! Du hast mir das Lasso um den Hals geworfen wie das Schicksal; du hast mich der Herrschaft entledigt, als du mich fesseltest! Erst gabst du mir Wein und machtest mich trunken, dann, in der Trunkenheit, legtest du mir Schlingen an die Füße! Jetzt, da ich trunken bin, sagst du mir: ‹Brich auf und verfolge die nüchternen Bösen!› Jawohl, ich breche auf und verfolge den Bösewicht, aber erst, wenn ich die Fesseln abgeschüttelt habe. Ich bin entschlossen, mich auf den Weg zu begeben und meine Angelegenheit zu erledigen. Ich werde deiner Mahnung eingedenk sein und kämpfen, was auch immer geschehe.

Du hast mir meinen Zustand bewußt gemacht, hast alles gesagt, was zu sagen war. Ich war dereinst von Glück gesegnet, denn ich besaß Thron sowohl wie Krone. Ziellos die Welt zu durchwandern hast du mich veranlaßt, in soviel Unglück und in solche Bedrängnis hast du mich gebracht. Hätte die Sorge um dich nicht meine Zügel ergriffen, welcher Sturmwind hätte mich denn in diese Gegend geweht?

Ja, solange es dir bei mir wohl war, war dein Reden mit mir angenehmer als Zucker. Jetzt aber, da du mir deine Liebe entzogen hast, heißt es aufbrechen, denn du hast mich gemaßregelt. Ich war auch kein so unhöflicher Gast, daß ich des Aufbruchs völlig vergessen hätte. Ich blieb, solange du mir den Tisch gedeckt, und gehe, nun, da du mir Brot in den Ranzen gesteckt.»

Damit gab er seinem Roß die Sporen und zog mit seinem Trupp in Richtung Gilan davon. Das Herz von heftigem Groll auf Schirin verdunkelt, ritt er in schleunigem Trab nach Byzanz.

Die Krone hatte er aus Furcht vor Wegelagerern durch den Helm ersetzt, und aus Sorge vor einem Überfall durch Parteigänger Bahrams gönnte er sich auf der ganzen Reise nicht einen Augenblick Ruhe. Unter sich einen viergeflügelten Raben – den Rappen –, gewappnet mit einem Drachen – dem Schwert –, gelangte er reitend zu jenem Kloster, zu dem die Gestirne schon so manches Reisigen Weg gelenkt hatten. Er sah jenen Mönch wieder, dem er geheime Kenntnisse zuschrieb, und war beglückt, von ihm nun mancherlei Weisheit zu erlernen.

Dann eilte er weiter zum Ufer des Meeres, legte, die Pferde wechselnd, Meile um Meile zurück und gelangte schließlich nach Konstantinopel zum Kaiser. Dem byzantinischen Herrscher schien es ein gutes Omen, als er davon erfuhr; er rechnete auf eine glückliche Fügung der Gestirne und setzte mit Hilfe der Astrologen die Stunde des Empfanges fest. Weil er so gleichsam das Glück zur Tür hereinkommen sah, ließ er den Gast an Thron und Krone teilhaben, und da er mit ihm im christlichen Glauben so froh ward, gab er ihm seine Tochter Maryam zur Frau. Die beiden Herrscher begingen die königliche Hochzeit mit allem Pomp. Doch über die Braut und ihren frohen König, und wie er der byzantinischen Dame sein Ja-Wort gab, über den Heerzug des Theodosios[45] und die Aufstellung der Schlachtordnung will ich im Unterschied zu einem früheren Barden (Firdousi) nichts berichten; denn ich bin wach, während der Reimer geschlafen hat. Allein, wie ich den Faden anderer unterbreche, so mögen später andere auch meinen Faden unterbrechen.

* * *

Chosrou führt mit Bahram Krieg, und Bahram flieht

Nachdem sich der König dort einige Tage vergnügt hatte, bat er den Kaiser um militärische Unterstützung, worauf ihm dieser ein riesiges Heer zur Verfügung stellte. Gold tat seine goldene Wirkung. So viele Truppen sammelten sich um Chosrou, daß die Ebene von wandelnden Bergen erfüllt schien; und wenn der eiserne Berg sich bewegte, war es, als ob die ganze Erde zu beben begann. Vierzig- bis fünfzigtausend Mann wählte er aus unter den schlachterfahrenen Recken und ritt eine Nachtattacke gegen

Bahram, Kettenpanzer in Leichentücher und Helme in Todesbecher verwandelnd. Als der eroberungslustige Bahram den Gegner bemerkte, warf er sich in den Kampf wie ein Löwe in die Jagd. Doch da ihm das Schicksal zum Fuchs geworden, was nutzten ihm Löwenmut und Eroberungslust?

Mit gezückten Dolchen standen die beiden Heere sich gegenüber und rückten, in Mitte und Flügel geordnet, aufeinander los. Das Schwirren der Pfeile und das Klirren der Schwerter zerriß Elefanten das Mark und Löwen die Leber. Vom Dröhnen der Pauken erbebte den Toten das Trommelfell, und den Lebenden schwanden die Sinne. Den Gäulen mit den goldenen Hufen setzte das Blut Rubine auf die Brünne. Das Wiehern der feurigen Pferde goß der Erde Quecksilber in die Ohren (machte sie taub). Die Ritter zückten ihre blitzenden Schwerter, die Leuen bleckten die Zähne. Der Tod lauerte den Seelen auf und führte ihnen die Schrecken des Letzten Tages vor, als wär's ein Kinderspiel, setzte die Lanzen auf die Leiber und verwandelte die Welt in ein Jüngstes Gericht. Ein Wald von Hellebarden schloß sich um die Häupter und schnitt den Fluchtweg schon als Gedanken ab. In diesem Wald entkam weder der Onager dem Löwen noch der Löwe dem Schwertstreich. Die Klingen glitten unter die Panzer wie der Nachtwind unter den Blätterschleier der Rosen. Die blutigen Raben der Pfeile trugen auf ihren Flügeln eine Botschaft für die Geier. Die giftgetränkten Panzerbrecher brachten den Haß der Panzerträger zur Ruhe. Die Woge des Blutes, die bis zum Himmel emporschlug, färbte die Monde auf den Standarten, während der Wind aus Trauer über die gefallenen Lanzen deren Büschel wie Zöpfe lüftete. Die Erde zerriß sich den Brustlatz und der Himmel den Saum ob des Todes der enthaupteten Ritter, die im Fallen zu Boden rissen, was sie zierte: der eine das Schwert, der andere den Schwertklaff. Und das Schmettern der türkischen Kriegstrompeten erschallte im Schlachtenlärm. Die rote Seide der flatternden Flaggen glich einem brennenden Schilfhain. Mehr Pfeile drangen in Leiber ein, als Sand und Steine sind in der Wüste, mehr Schwerter fielen auf Helme herab, als Laub herabfällt im Herbst.

Thronend auf seinem Elefanten, schwang der Schah das Schwert um sich her, während Bozorg-Omid vor dem trunkenen Tiere herritt und mit einem Astrolab das Horoskop erstellte, um zu erkunden, wann der Gegner sich schwach zeigen würde. Als der Zeitpunkt gekommen war, rief er dem König zu: «Eil dich! Das Gestirn ist günstig! Nütze den Augenblick! Schick auf dem Schachfeld der Rache, wo du vorgerückt bist, den Elefanten (Läufer) nach vorn und schlage den Turm, dann hast du gewonnen!» Und los ritt der König auf dem Elefanten gegen Bahram, brausend wie der Nil, schleuderte seine Keule und schlug den Elefantenleibigen, daß er zu Füßen des Elefanten niedersank. So stürzte der rebellische Gegner, während Chosrou ein glückliches Omen den Sieg verlieh.

Dann aber flossen solche Ströme von Blut, daß sie die Köpfe wie Polokugeln davontrugen. Die Lassos der Byzantiner schlangen sich wie Negerlocken um die Hälse; wen sie erblickten, dem schlugen sie mit indischen Schwertern den Kopf ab, als wär's die Tolle eines Hindus. Den Leuten Bahrams begann es im Hirne zu schwindeln wie Fieberkranken, die keine Helle vertragen. Niemand von so viel Volk entkam außer Bahram und einigen Verwundeten. Wie vormals Bahram Gur, so hatte das Schicksal nun auch Bahram Tschupin um Mut und Macht gebracht.

Jedes Gesicht, das dem eigenen Anblick verfällt, tauscht den Bösen Blick ein für den guten. Wer auf sich selber schaut, kommt zu Fall – das ist meine Erfahrung; doch es dauert, wer von Dünkel frei ist. Als Bahram vor Chosrou davonfloh, folgte jeder, willig oder widerwillig, dem Wunsche seiner Feinde.

Es ist ja der Welt ein leichtes, reihenweise solche Ernten zu verbrennen – der Gaukler braucht das Spiel nicht erst zu lernen! Welche Zypresse richtete sie empor, ohne sie später durch Schmerzen zu krümmen? Welche rote Rose erzog sie, ohne sie schließlich in gelben Morast zu verwandeln? Man kann nicht immer nur süße Bissen schlucken, bald muß man Wein, bald Hefe trinken. Für Freuden und Leiden wird der Platz gefegt, bald schlägt man in Trauer das Haupt und bald die Beine im Tanze. Hier stimmt der Sänger fröhliche Weisen an, dort erhebt das Klageweib seine Stimme. Doch alle Stimmen der Lust und des Leides, die du in diesem Kuppelsaale vernimmst, sind keine Nußschale wert. Ein mächtig heißer Ofen ist dieser Pansen, ob du ihn nun mit Rosen oder mit Dornen fütterst. Die Welt reitet auf einem wilden Schecken, man muß auch mit Fußtritten rechnen. Der Himmel ist ein schnell springender Schimmel über dem Grün; die Vernunft tut gut daran, ihm auszuweichen! Man darf einem nicht trauen, der noch mit keinem sich dauernd vertragen hat.

Da nun das Schicksal Bahram zürnte, ließ er Chosrou Schwert und Thron und floh nach China, mit Runzeln auf der Stirn, die, wären es Schriftzüge, gelautet hätten:

«Nirgends wohlig weilt,
wen das Los ereilt.»

Doch Unbill stößt nicht nur seinesgleichen zu; schon oft ist dieses Schattenspiel über den Schirm gelaufen.

* * *

Chosrou besteigt erneut den Thron in Ktesiphon

Als der Mond am Himmel das Haupt im Zeichen der Fische erhob, trat der Mond Chosrou Parvez in das Zeichen der Herrschaft ein. Venus im Stier und Jupiter im Skorpion verliehen ihm Glück vom Gedritt- und Sextilschein. Die Sonne stand im Zentrum des Widders, Saturn erstrahlte im Wassermann, Merkur blickte vom äußersten Rande der Zwillinge auf Mars, den männermordenden; der Drachenschwanz hatte den Mars umschlungen, während Saturns Auge im Kopfe des Drachens stand.[46] Unter dieser glückbringenden Konstellation bestieg der König den sieghaften Thron.

In Ost und West, bei Weißen und Schwarzen brachte er seinen Namen zur Geltung, und als die Lage in seinen Ländern sich gefestigt hatte, war er mächtiger als das Schicksal. Er schwang seinen Thron vom Staub empor zu den Plejaden und ließ Schiffe voll Perlen und Juwelen über die Meere kommen, so daß vor blitzendem Geschmeide der Thron nachts heller strahlte als der Mondschein. Segensreich waltete er auf diesem Thron, und die Gewaltigen sprachen: «Gott spende ihm Segen!»

Freude kam über die Welt ob der Gravur seines Ringsteins, und sie rief: «Heil sei ihm, Heil sei ihm!» Der Widerschein seines Hofes machte das sonnige Chorasan noch lichter, das Echo des Aufschwungs und der Freude drang bis nach Marw und nach Balch.

Doch in die Freude über Thron und Krone fiel wie ein Plünderer die Erinnerung an Schirin. Weder konnte er diesen Kummer vertreiben noch jene herbeirufen, die ihn beendet hätte. Denn er mußte ja Rücksicht nehmen auf Maryam, der er seinen Aufstieg in die Jesus-Sphäre verdankte.

So besaß er denn nun zwar Herrschaft und Reichtum und war doch ständig verdrossen, weil ihm die Liebe fehlte. Womit ich nicht sagen will, daß er sich nicht vergnügte; er vergnügte sich, aber ohne mit dem Herzen dabeizusein.

Bald trank er herben Rosinenwein, bald füllte er den Kelch mit Tränen. Dann wieder sprach er zu seinem Herzen: «O Herz, was begehrst du? Liebst du denn Reich und Königswürde? Liebe und Herrschaft sind schlecht vereinbar, du mußt dich für eines entscheiden! Wie richtig sprachen die Löwen dereinst zu den Tigern: ‹Die Eselstute soll entweder fohlen oder den Weg zur Stadt einschlagen!› Mein Herz könnte der Herrschaft froh werden, würde mir mit dem Reich die Gefreundin zuteil! Böte das Glück mir ein Haar der Geliebten, ich gäbe hundert Provinzen dafür hin!

Einst schlief ich nachts mit meiner Freundin im Garten, und das Glück wachte an unserem Kissen. Jetzt schläft das Glück, ich aber wache ohne die Freundin.

Wo sind jene heiteren Runden geblieben, da wir die Pforten des Paradieses der Liebenden öffneten?

Da König und holde Feen froh beieinander saßen und er die holden Feen an die Brust zog? Wo ist Schirin und ihr süßes Geplauder, süß wie das Wasser des Lebens? Wo jene Lust und jene schlaflosen Nächte, angefüllt von Erzählungen bis zum Morgendämmer? Wo ist die zuckerträufelnde Rosenblüte, wohin die Tage, da ich Zucker schlürfte aus ihr bergeweise? Die Tage, da ich der Braut in jener kupfernen Festung eine Sänfte aus silbernem Arm bereitete, bald ihre Rosenwange an meine Wangen legte, bald ihre Hyazinthenlocken an meine Locken band, bald meinen Unmut mit ihrem Rausch vertrieb, bald sie heimlich in meine Arme zog?

War, was ich sprach und vernahm, nur Täuschung und Traum? Man sagt mir: ‹Lache gleich der Sonne, Trübsinn verträgt sich nicht mit Dschamschids Thron!› Doch wie soll ich lachen ohne die Freundin? Im Mund hat Lachen so gut wie bitterer Atem Platz! Wessen Rat soll ich suchen, wen um Hilfe bitten, da den Frühling der Sturmwind geraubt hat? Das unbarmherzig-stolze Traumbild schürt täglich den Brand meines Herzens. Ohne Gegner mag ich zwar reicher sein an Schätzen, ohne die Freundin bin ich auch reicher an Gram.

Ich bin jener Vogel, der ungewollt aus dem wollenen Nest in das seidene Netz geriet. Es zieht mich zum Rosenhag hin; doch vergebens, mein Fuß ist in goldener Fessel, weder vermag ich die Fessel vom Fuße zu streifen noch mit ihr auf und davon zu fliegen. Doch wenn mich der Gram um die eine Person schon so zermürbt, was soll ich mich um viele grämen? Ich müßte ja hundert Tröster haben für hundert Sorgen, das aber dürfte schwierig sein. Soll ich mir die Last des Esels aufladen, um dann von Eseln verlacht zu werden?

Sonne und Mond strahlen so hell auf der Erde, weil sie die himmlische Hochzeit vollzogen haben. Mein Herz ist verstreut, darum leuchte ich nicht; mein Herz ist uneins, darum bin ich betrübt. Sind doch auch die Sterne, obzwar das Königskraut des himmlischen Gartens, verstreut und darum von mattem Glanze, und die Funken haben das Strahlen der Kerze nicht, weil ihr Licht zerstreut, jenes aber vereint ist. Mein Herz weigert sich, Thron und Krone zu ergreifen; ich will ihm keinen Zwang antun! Ach, über mein umdunkeltes Herz brach die Nacht herein, und meinen kranken Leib befiel ein Fieber! Weil sie das Skorpionloch nicht betreten kann, bindet die Maus sich einen Besen an den Schwanz.[47] Der Neger, den die Schwärze schon nicht ziert, verfärbt sich rot, wenn ihn die Krankheit plagt.»

Doch dann wurde Chosrou andern Sinnes und sprach streng zu sich selber: «Wo Macht ist, weilt auch das Glück. Dein Liebchen wird aus dem Becher der Macht mit dir trinken! Sich der Macht zu entziehen ist nicht königlich, und keiner kann mit der Macht rechten. Ohne Macht kein Gewinn! Der Himmel weiß kein besseres Wort als ‹Macht›! Durch Macht läßt jeder Wunsch sich erreichen, denn wo das Korn ist, da kommt auch der Vogel! Du säe den Weizen, der das Dasein verbürgt, Blumen wachsen von selber dazwischen. Macht verleiht jeder Tat Glanz, seien unsere Taten nie machtlos!»

So redete er noch lange auf sich ein. Wenn die Liebe kommt, wo bleiben da Fassung und Geduld? Doch er erduldete standhaft den Gram der Trennung und wurde für sein Erdulden am Ende belohnt.

* * *

Schirin klagt über die Trennung von Chosrou

So hat es jener Wortewäger, der um die Meisterschaft im Wort viel Mühe auf sich nahm, berichtet:

Als Schirin von Chosrou wieder entfernt war, blieb doch ihr Herz in Fesseln und ihre Seele in Leidenschaft. Sie lockte Rosenwasser aus den Mandelaugen und ließ es über die Mandelblüten ihrer Wangen rinnen. Wie ein gestochenes Lamm sank sie in sich zusammen und schlug die Hände auf die Füße.

Ihr Körper war kraftlos, das Herz ihr eng wie ein Ameisenauge. Die Leidenschaft hatte ihr die Lebenslust geraubt, blutige Tränen befleckten ihren Saum. Ruhelos wie ihre Locken war sie geworden, aber gefesselt wie ein Vogel im Netz. Aus Gram über die Trennung vom Freund bedeckte das Meer ihrer Augen ihre Buchten mit Perlen. Bald fiel sie wie trunken zu Boden, bald schlug sie zornig die Hände zusammen. Ihr Herz war wie ein Feuerspeier, und ihr Kopf wurde von diesem Feuer voll Rauch – vielleicht mußte der Rauch ihr Inneres einhüllen, um zu umwölken, was dort verborgen war. Die Leidenschaft nahm ihr den Schlaf, die Schlaflosigkeit ihren Augen das Leuchten. Der Mund wurde ihr trocken, die Lippen verschlossen sich der Rede. Ihr Zypressenleib zitterte wie Weidenlaub; eine Weile wälzte sie sich vor Gram auf dem Boden und tränkte den Staub mit dem Moschus ihrer Locken. Mit den Margeritenblüten ihrer Fingernägel riß sie Rosenblätter von ihren Tulpenwangen. Bald lief sie ziellos wie ein Poloball hin und her, bald lag sie reglos und krumm da wie ein Schlegel. Die salzige Flut aus ihren Narzissenaugen überschwemmte das Tulpenbeet ihrer Wangen. Ein Baum, hochgewölbt wie eine Kuppel aus Licht, zerschmolz da wie Kampfer im Wasser. Ein Frühling, strahlend wie der Mondglanz, zerbröckelte wie Quecksilber auf der Erde. Der Gram überfiel das Herz im Finstern, und das Heer des Herzens verlor die Schlacht. Die Heimsuchung hockte im Hinterhalt und schlug die Wachtposten der Standhaftigkeit. Vom Lager der Leber bis zum Hauptquartier des Herzens wurde Stellung um Stellung überrannt. Nur mit größter Mühe konnte der Sultan (die Seele) sich retten, aber nur, weil er sich selber zum Dienst gürtete.

Bald schalt sie ihr Herz oder klagte, daß sie es verloren, bald sprach sie zum Schicksal: «O Übeltäter! Nie, seit du bist, hast du schändlicher gehandelt. Ein Begehren, das du dem Herzen eingabst, reichtest du dar und raubtest es wieder. Einem Frühlingsgarten, dessen Pforten du geöffnet, entrissest du die Rosen und bohrtest ihm Dornen ins Herz. Einer Lampe, die du erwählt und die man dir gab, hast du das Licht gelöscht. Du strecktest die Hand aus nach dem Lebenswasser; da entschwand es, weil du nicht trankst. Du brachtest nichts aus der Küche außer dem Feuer und wußtest dann mit dem Feuer nichts anzufangen. Nun schlägt dir sein Rauch ins Gesicht, doch nützt dir die Reue nun nicht.»

Bald tröstete sie der himmlische Sorusch, indem er ihr zurief: «Dein Wunsch wird sich erfüllen!» Bald versuchte sie der Dämon der Leidenschaft: «Du solltest dem Könige folgen!»

Nachdem sie viele Zeit in solcher Qual zugebracht, begann schließlich ihre Saat zu keimen. Sie raffte sich mit hundert Mühen vom Staub empor, dem sie in ihrem Elend gleich geworden war, und begab sich zu Mahin Banu, um ihr Chosrous Verhalten kundzutun.

Die Banu billigte Schirins Entscheidung von ganzem Herzen und gab ihr Ratschläge und Ermahnungen: «Gedulde dich einige Tage in diesem Kummer! Keiner bleibt immerdar in der Schlinge. Man darf nicht so jäh sein wie die Rose; der jähe Strom reißt die Brücke herab. Besser bekommt es, gleich dem Poloball nach jedem Fall wieder emporzuspringen. Wer niederfällt, der springt auch wieder auf. Kein Keim sproßt, ohne zu verderben, nichts öffnet sich, das nicht vorher verschlossen war. Das beste Begehren ist jenes, das zögert, sich zu erfüllen. Wer rasch trinkt, ist rasch betrunken. Der Wanderer soll meiden raschen Trab; wer rasch trabt, macht rasch schlapp! Der Esel trägt gelassen sechzig Man; bei fünfundsechzig fällt ihn Panik an. Sei wie die Regenwolke, die handelt ohne Hast: Sie weint sich kräftig aus und ist hernach gefaßt!

Kräftig müssen wir standhalten, denn wer weiß, was uns der Morgen bringt. Du hast mit Chosrou viel Kummer gehabt, Erniedrigungen und Schwierigkeiten erlitten. Doch wenn du nichts gewonnen, so hast du auch nichts verloren; das Schnitzel ist unbenagt – keine Sorge also! Jetzt heißt es Geduld üben – keine Eile! Das Wasser fließt nicht nach oben. Kommt die Zeit, daß es hinabfließt, da zögert auch das Glück nicht länger! Gutes und Böses tritt zutage, sobald der Schlüssel kommt, das Schloß zu öffnen. Wie mancher Brokat scheint gelb und rot; wenn du ihn aber entfaltest, ist er blau und grau. Wie manches Kästchen sieht verstaubt aus, und doch birgt es Rubine oder Türkise!»

Als die Banu so eine Weile geredet, begann die

ihres Mutes beraubte Schirin sich wieder zu fassen. Und als auch der kluge Schapur ihr Mut zusprach, erreichten sie, daß sie sich aufraffte und im Gedanken an Chosrou Trost fand. Sie geduldete sich eine Weile, aber um die Ruhe ihres Herzens und um ihren Glauben an das Glück war es geschehen.

* * *

Mahin Banus Tod

Nachdem die Banu Schirin einige Zeitlang Mut eingeflößt, rief sie sie eines Tages zu sich in ihre Kammer, denn sie spürte, daß ihr Leben zu Ende ging. Und Schirin den Schlüssel der Schatzkammer übergebend, sagte sie: «Nimm ihn an dich; denn deine alte Mutter wird vor dir sterben.»

Dann verfielen ihre Glieder, Krankheit raubte dem Körper die Kraft, und als ihr Leiden sie einige Tage niedergeworfen hatte, war der Leib der Seele und die Seele der Welt müde geworden. Das süße Leben, das ihr die Welt entriß, sie ließ es samt der Welt Schirin zurück und stieg vom Thron hinab ins Grab. Ihre Sonne versank im Dunkel.

So ist's mit dem Erschaffenen bestellt,
daß jegliche Gestalt zuletzt verfällt.
Es wird kein Glas aus Stein gemacht, das nicht
am Ende wiederum der Stein zerbricht.
Weh über dieses Weltrads Gaukelziele:
Bald macht es Glas, bald treibt es Gläserspiele[48],
der Biene gleich, die erst den Honig mehrt
und dann zuletzt den Honig selbst verzehrt!
In diesem Herbergshause, dessen Bau
auf Wind beruht, nicht deiner Macht vertrau!

Was windest du dich in der Schlinge Schluß?
Was dich verlockt, ist eine hohle Nuß!
Ich sag es dir, wie ich es selbst erkannt:
Die Weltlust gleicht dem Kratzen einer Hand.
Zuerst die Hand das Kratzen reizvoll findet,
doch schließlich sie sich um und um entzündet.
So ist der Wein, mit dem die Welt erfreut:
Erst macht er Rausch und dann Verdrossenheit.
Laß fahr'n den Gram, die Welt ist Gram nicht wert!
Freu dich nicht des, das Freude nicht gewährt!
Und hättest du die ganze Welt besessen,
du kannst nicht mehr als einen Bauch voll essen.

Hast hundert Schätze oder keinen Batzen:
Was du bedarfst, ist, einen Magen atzen.
Das ist es, was Gesundheit dir verschaff!
Vom harten Leben wird der Leib nicht schlaff!
Entweicht jedoch das Gleichgewicht der Säfte,
erhält man schwerlich die gesunden Kräfte.
Der Mund solang mit gutem Lachen grüßt,
als die Natur Verdauliches genießt.
Die Welt ist bittrer Laune voll, ist Gift;
wer wenig ißt, obsiegt, wenn sie ihn trifft.
Sei nicht ein Vielfraß wie der Wurm im Grab,
schnür dir den Leib wie eine Emse ab!
Wer wenig ißt, kein Fieber ihn bedroht,
wer viel ißt, ist nach hundert Tagen tot.
Verboten ist die wüste Futterei,
macht die Natur bedürftig nach Arznei.
Iß sparsam du dein Brot wie Rosenpillen,
so kommst du nie in Not nach Rosenpillen!
Den Gram der Welt von Herzen der vergißt,
der, uns gleich, in der Welt nicht heimisch ist.
Doch wen der Weg in diese Wüste warf,
ein wenig Brot und Wassers er bedarf.

In Staub Geklemmter! Sei nicht herzbeklommen,
beklommnes Herz kann ja dem Staub nicht
frommen!
Die Welt den Namen dessen nur verlacht,
der Herzbeklemmnis um die Welt sich macht.
Solang du lebst, sorg nicht um Lebens Not,
der Tage schenkt, schenkt auch das täglich Brot!

Dem Schicksal bleibt, was es auch sinn und hecke,
nur «Tag und Nacht», der alte lahme Schecke.
Wer immer sich den Schecken wählt zum
Lauf –
sobald er absteigt, steigt ein andrer auf.
Da mich der Vater in die Gramflut warf,
stirbt einst der Sohn, wie schon der Vater starb.
Wenn an dem Inder «Zeit», dem Mörder, Rache
der Erbe nimmt, so ist's gerechte Sache!
Ist's Kindesart, nach Türkenlust zu jagen
beim Inder, der den Vater dir erschlagen?[49]
Schieß auf den Buckligen, der bogenkrumm
dir Rumpf um Rumpf erlegt; leg du ihn um!
Solang des Himmels Bogensehne schnellt,
gedeiht kein fettes Wild in dieser Welt.
Dem Hirsche, kreuzt der Löwe seine Fährte,
wird unterm Schritte Gras und Kraut zum
Schwerte.
Was ist's, das dich des Bleibens sicher macht,
da Sturm dir folgt und vor dir gähnt ein Schacht?
Nicht sicher sei: Das stumme Meer vergaß
noch nie, daß es sich nährt von Menschenfraß!

Wo ist das Land, da sich der Lenz nicht wendet,
wo eine Au, die nicht in Ödnis endet?
Der Weise weiß es: «Bitter ist die Welt;
das süße Leben bitterm Tod verfällt.»

Der, dessen Leben ist voll Leid und Plage,
lacht wie die Lampe einst am Sterbetage.
Voll Weltverdruß die Todgeweihten müssen
der Rose gleich die Hand des Schnitters küssen.
So wird der Prediger dem Henker sagen:
«Schneid's ab wie Stroh, ich will's zu Gott hintragen!»
Und der Asket, schon hundertmal entleibt:
«Was ihr vertreibt, bei Gott in Ehren bleibt!»
Da nichts in dieser Welt beständig währt,
ist ihr Besitz nur einen Heller wert.
Der Erde Reisebrot, es muß verwesen;
der lautre Kern, das Wesen muß genesen!
So sagten es die Weisen klug und klar:
«Im Tod wird Gut und Böse offenbar!»
Wie manches Weib ward da dem Manne gleich,
wie manches Mannes Antlitz schreckensbleich!
O Gott, steigt einst der Fuß ins stein'ge Grab,
der enge Strudel reißt das Schiff hinab,
dann lasse Du Nizami Ruhe finden,
gewähre ihm Verzeihung seiner Sünden!

* * *

Schirin besteigt den Thron

Als Schirin als Königin herrschte, erstrahlte der Glanz ihres Reiches bis zu den Sternen. Die Untertanen freuten sich über ihre Gerechtigkeit; alle Kerkerhäftlinge wurden befreit. Sie machte den Leiden ein Ende und tilgte jegliche Form von Tyrannei. Von den Schloßherren erhob sie Tribut, von den Dihkanen aber verlangte sie keine Bodensteuer. Stadt und Dorf verlieh sie Sicherheit, weil Gebet ihr wichtiger war als Brokat. Ja, in ihrem

Schutz und Schirm wurden Falke und Rebhuhn zu Freunden, Wolf und Schaf benutzten die gleiche Tränke. Die Untertanen fern und nah schworen auf ihre Frömmigkeit und Gerechtigkeit, und die Ernteerträge mehrten sich um ein Vielfaches.

Wo ein gutwilliger König regiert, wandeln sich die Blüten in Edelsteine. Das Gewächs des bösen Willens verdorrt, aber der gutwillige König hat vor sich eine reiche Fährte. Reichtum und Dürftigkeit einer Gegend zeugen für das Einsichtsvermögen des Herrschers. Ein Ratschluß, der dem Reiche Schaden bringt, möge dem Herrscher nicht gefallen!

Und doch war Schirin bei ihrem Herrschen verstörten Herzens, denn sie war ohne Kunde vom König. Verfügte sie auch über die Macht eines Kaichosrou, der Sinn stand ihr eher danach, in die Wüste zu laufen wie die vom Wahn Befallenen. Sie fragte alle Karawanen aus, immer auf ein Zeichen von Chosrou hoffend; und als sie erfuhr, daß er den Thron glanzvoll bestiegen, verteilte sie vor Freude Münzen und Juwelen. Die Kunde von Maryam aber bedrückte sie: Kaltherzig sei sie und fanatisch und habe dem König in Byzanz einen Eid abgenommen, niemand außer ihr selbst Freundschaft und Liebe zu bezeigen. «Süß» verbitterte diese Nachricht. Ihr war, als sei ihrem Herzen das Augenlicht geraubt. Gewiß, in dem einen Jahr ihrer Herrschaft tat sie keinem Vogel, ja nicht einmal einer Mücke etwas zuleide; aber all ihr Tun war von innerer Unruhe begleitet, und sie fürchtete ständig, daß sie in ihrer Verstörtheit gegen den Grundsatz der Gerechtigkeit verstoßen könnte. Sie wußte daher keinen anderen Ausweg, als ihr Kabinett von diesem Widerstreit zu befreien, sich zurückzuziehen und in der Einsamkeit der Sehnsucht nach

Chosrou nachzuhängen. Ihr Fuß schwankte, weil ihr Ratschluß geschwächt war. Ach, wer das Herz verlor, ermangelt auch des Rates! So betraute sie mit der Herrschaft einen Regenten, denn sie war des Kronetragens müde.

* * *

Schirin begibt sich zum Bergschloß

Sie sattelte Rosenhold, während Schapur ihn am Zügel hielt. Einige schöngesichtige Mädchen wählte sie als Begleiter aus, die ihr auf Reise und Rast Freundschaft und Trost gewähren sollten. Auch nahm sie viel Brokat, Dinare und Vierfüßer mit: Kühe, Schafe und Kamele, die wie ein Strom Berg und Tal überschwemmten. So ritt sie hurtig zu jenem Bergschloß, gefolgt vom meilenlangen Zug der Tiere. Die Perle begab sich wieder zur Muschel, der Edelstein in sein Erz zurück. Doch auch dies: Der Schatz setzte sich dem Gezänk der Händler, der Spiegel dem Steinschlag des Grams aus.

Die glühenden Steine ließ die glänzende Perle aufleuchten wie einen parsischen Feuertempel; ihr frühlingshelles Antlitz verwandelte sie in einen Rosengarten, und die Glut ihrer Liebe schien die Luft um sie her zu erwärmen.

Der König hatte erfahren, daß die Freundin sich näherte, und sah das Ziel seiner Hoffnungen nahen. Doch Furcht vor Maryam erfüllte ihn, da sie ihn Tag und Nacht bewachte. Er erhielt keine Erlaubnis, ihr eine Sänfte zur Herreise zu senden, ja, er fand nicht einmal Gelegenheit, das Schloß zu verlassen. So mußte er sich mit einer Botschaft an jenen Mond begnügen, das Herz trösten mit einem

Lufthauch von jenem Staube. Aber er dachte ständig an die Geliebte und wand sich in Gedanken an sie wie eine Schlange.

* * *

Chosrou erfährt den Tod Bahram Tschupins

Als Sultan «Morgen» den Thron bestieg und das Heer der Griechen die Truppen der Neger besiegte[50], der Tag schön wie Joseph hervortrat, die Apfelsine der Sonne in der Hand, und die Zitrusfrucht des Mondes aus dem Felde schlug, so wie einst Joseph Sulaika mit seiner Schönheit besiegt hatte, wich der Zauberblick aus dem Auge des Himmels, und er glättete wohlwollend seine Brauen, das Tor der türkisfarbenen Kuppel wurde aufgetan und der Welt der Sieg verkündet:

Die Zeit ist befreit von Aufruhr und Wehgeschrei,
das Land erlöst von Frevel und Tyrannei!

Mit glücklichem Omen und neuem Schmuck war der Thron Chosrous errichtet, das Königszelt ragte bis zum Sidra-Wipfel auf, zwei Paradestraßen dehnten sich bis zum Horizont. Die äußersten Enden des Teppichs seiner Macht hatten die Kaiser von Byzanz und von China sowie der Khan der Türken ergriffen, in jedem Winkel kniete ein Landesherr, die in langen Reihen aufgestellten Gefolgsleute schauten aus Ehrfurcht auf ihre Füße nieder; die Sorge, sein Kopf könne rollen, ließ keinen wagen, aufzublicken. Doch auch dem hellen Tag verging sein keckes Lachen beim Anblick der nachterhellenden Juwelen auf den Gürteln der Notabeln.

Chosrou Parvez saß auf dem Thron, jung war er, jung sein Glück, jung sein Glanz. Um den Thron herum standen im Kreise die Knappen so schweigend, daß sie in diesem goldenen Pavillon den Figuren an der Wand glichen.

Da öffnete das Glück die Pforte, und ein Bote trat herein mit froher Miene. Er küßte den Boden und sprach: «Herr, freu dich froher Kunde und bleibe immerdar der Herrscher der Welt! Gold sei dein Teil von deinem goldenen Throne! Bahram des Hölzernen[51] Teil ward zu Holz! Die Tatkraft entwich aus dem Hause des Hölzernen. Sein hölzernes Haus vertilgte der Feind!»

Der König nahm den Tod des hölzernen Bahram zum Anlaß, die folgenden Sätze über des Schicksals steinernes Herz zu äußern: «Die Zeit verholzt uns mit ihrem Knüppel; aber des himmlischen Trommlers Wirbel hindert uns, zu verholzen. Das Gehölz unseres Glückes trägt Frucht in dem Augenblick, da der Mond Bahram des Hölzernen im Osten versinkt. Doch nicht nur diesem Bahram, auch einem Bahram Gur blieb schließlich von der Welt nur ein Grab.[52] Die Welt ist voll von Gräbern solcher Bahrame!

Wo ist nun der Löwe, der sich im Schwertkampf mit mir wie ein Trunkener maß? Wo ist jene Klinge, die die Welt entflammte und dem Banner des Kawe einen Streich versetzte?

Wie mancher Weise von edler Geburt ward durch Verführung Sterblicher vernichtet! Wie manchen jungen Wolf hat schon ein alter Fuchs durch Blendwerk in den Fallstrick gelockt! Denn darum ist der Fuchs dem Wolf ja überlegen, daß er die Falle sieht, der Wolf nur den Köder! Wie mancher König macht, von Schwätzern betört, sich unzeitig Feinde!

Am Ende der überstürzten Pläne aber bettet er seine Brust auf Pfeile statt auf Seide. Hochmut stößt die Krone vom Haupt. Lasse sich keiner durch seine Macht zu Hochmut verleiten!

Die Lampe zwar ihr Licht vom Öl erwirbt,
und doch gar leicht sie auch am Öle stirbt!

Salz gibt den Speisen zwar die frische Würze, doch will das Salz auch wohlgemessen sein! Iß nie so viel, bis Datteln Dornen tragen, bis der Geschmack im Munde faulig wird! (Denn Aas zu essen ist nur dann erlaubt, wenn es der Zwang der Lage nötig macht!)

Wer hier in diesem Hause wohnen muß,
braucht rechtes Maß in Freude und Verdruß!

Strebe nicht höher hinauf, als du gewachsen bist, strecke deinen Fuß nicht weiter, als dein Kelim reicht! Schlag nicht Wellen, als seist du das Meer! Flieg nicht höher, als du vermagst!

Sprich über dein Handwerk und bleibe dabei!
Der Mattenflechter versteht nichts von Goldwirkerei!

Wie wahr ist das Wort des Weisen: ‹Zucker zu Zucker, Myrobalane zu Myrobalane!›

Es geht nicht gut, eine neue Ordnung zu setzen und die alten Sitten und Bräuche in den Wind zu schlagen, die Öllampe der Alten zertrümmern und das Gut der Waisen rauben! Wer einen Keim zerstört, vernichtet eine Saat, das sage nicht ich, das Saatkorn selber bezeugt es. Jedoch: Nicht jeder Keim treibt gutes Reis, nicht jede Laute singt ein gutes Lied! So mancher Feldwebel im Schwertgehänge treibt den Mond vor Zorn hinter die Wolken! Hüte dich vor dem Reiter auf dem Schecken[53], der selber ein halber Neger ist und eine Natur hat gleich dem gefleckten Panther! Gewalt ist mit dem Glück der Macht nicht vereinbar, denn die Macht duldet keinen Gewalttäter! Zwar, die Fliege kann auf dem Halwa kein Haus bauen, und für eine gestohlene Feige muß man den Raben nicht töten. Doch sollst du den eigenen Palast nicht mit anderer Silber vergolden, sonst bekommt das Gewissen Risse und der Geldbeutel Löcher!

Achte darauf, daß in diesem wirren Basar (der Welt) die Keulen der Wäscher nicht an die Orangen des Düftehändlers geraten! Schweig nicht, wenn Unrecht geschieht, denn wer da schweigt, hilft mit.

Ich vernahm von einem Schein-Irren, der in den Ketten des Pöbels lag: Als ein unreifer Knabe ihn angriff, hob er einen Stein auf gegen einen Erwachsenen. Man fragte ihn: ‹Kinder sticheln dich, und du entlädst deinen Zorn an Erwachsenen! Was soll das?› Lachend sprach er: ‹Würden die Alten nicht lachen, wie könnte den Kindern solch Unrecht gefallen? Wenn der Fuß frevelt, so muß der Kopf dafür einstehen!›

Doch nicht dem Derwisch darfst du die herrische Art verübeln; denn er ist auch sich selber gegenüber so strenge. Den Fehler des guten Mannes übersieh! Lern Tugend prüfen nicht vom Blick des Bösen; denn Tugend sieht dieser Spion wie Mangel an! Nimm an der Krähe das Auge wahr und nicht am Pfau die Kralle!

Der selbst schon hundert falsche Lettern schrieb, leg nicht den Finger auf den Fehler eines andern! Blickst du nur einmal auf die eigenen Mängel – und öffnest tausend Augen auf die anderer? Der du dem Spiegel gleichst an Mängelsuche, laß diesen harten Blick dem Spiegel doch! Auch hat der Spiegel immerhin die eine Tugend, daß niemandes Geheimnis er verrät. Schwarz wie ein Schatten sollte einer sitzen, der, was er vorn erblickt, nach hinten weitersagt.

Man soll den eignen Gegner nicht verachten; aus Kampf mit Schwächlingen erwächst kein Sieg! Laß dich nicht täuschen durch den goldnen Hasen, den auf die Klinge ritzt der Maler! Wenn mit der Klinge Löwen-Männer kämpfen, vergießen sie das Blut so manches Hasen. Blick auf das glatte Wasser nicht verächtlich, zur Zeit des Wortbruchs wird es zum wilden Strom! Trau nicht der Flamme, die sich niederwarf, denn kommt die Zeit, verbrennt sie hundert Ernten! Schau nicht zu dreist hin, wenn der Löwe lacht, denn was er zeigt, sind Zähne nicht, sind Schwerter! Wer sich des Mutes rühmt, der möge wissen: Im Kampf mit Löwen erwirbt man den Namen des Löwen!

Da Bahram es gewagt hat, sich wider Chosrou zu erheben, hat er am Ruhm der Chosroen Anteil erlangt. Mit einem, der geringer ist als du, sollst du dich nicht messen; denn ob du siegst oder unterliegst, das Ergebnis ist ärgerlich! Kämpfen läßt sich am besten mit Großen. Mit Kleinen handgemein – das macht dich selber klein.

Im Meere kämpft das Meeresungeheuer,
nur kleine Fische tummeln sich im Weiher.»

Nachdem Chosrou noch manches in diesem Sinne gesagt, vergossen die Großen Tränen. Er aber stieg betrübt vom Throne herab, Rosenwasser aus den

Narzissen verströmend. Drei Tage trauerte er um Bahram, sich weder Thron noch Becher anvertrauend.

* * *

Chosrou veranstaltet ein Fest

Am vierten Tag fand man sich wieder im Festsaal beisammen, und muntere Lieder erklangen, Gaben strömten in reichem Strome, und die Erde blitzte vor Juwelen wie die Plejaden. Als der König vom Wein, den die Schenken reichten, berauscht war, überwältigte ihn die Sehnsucht nach Schirin, und er forderte Barbad auf, zu singen und ihm mit Liedern seinen Schmerz zu lindern.

* * *

Die dreißig Lieder Barbads

Barbad trat vor wie eine trunkene Nachtigall, ergriff das Barbyton und wählte von den hundert Liedern, die er wußte, dreißig Gesänge mit schönen Weisen aus, mit deren fehlerlosem Vortrag er bald das Herz erquickte, bald den Verstand verzückte; so schlug er die Saiten des Barbytons an, dem starren Klangleib lebendige Töne entlockend.[54]

Er begann mit dem Lied «Vom windgeraubten Schatz», und seine Lippen verschenkten mit jedem Windhauch einen Schatz. Dann faßte er «Kawes Schatz» in solche Töne, daß Kawe samt dem Schatz leibhaftig aus dem Boden zu steigen schien, und als er den «Verbrannten Schatz» anstimmte, verbrannte sein glühender Seufzer hundert Schätze.

Wie er das Lied «Vom Perlenbrunnen» anhob,

war es, als reihten seine Lippen Perlen aneinander. Er sang vom «Gewölbten Thron», und der Himmel öffnete, um zu lauschen, seine Gewölbe. «Glocke» und «Thron» ließ er erklingen, daß Chosrous Thron wie eine Glocke zu tönen begann.

Der Klang von «Ka'us' Kästchen» war so süß, daß der Zucker kam, ihn zu küssen. Die Weise «Der Mond über den Bergen» lockte mit ihrem Wohllaut den Mond auf die Berge herab. Und als er das Lied vom «Moschuskorn» vortrug, da wurde das Haus vor Duft zum Moschusland Chotan.

Er schlug die Weise vom «Schmuck der Sonne» an; das gab der Sonne Schmuck für einen Monat. Er sang das entzückende «Mittagslied» und bestrickte die Sinne der Lauschenden bis zum folgenden Mittag. Die Töne von «Grün über Grün» erhoben sich, und alsogleich sproß Grün im vergilbten Garten empor.

Er ließ «Das byzantinische Türschloß» erklingen, da sprangen die Schlösser aller Schatzkammern von Byzanz und Abessinien auf. Wie er zur «Weise vom Zypressenhain» überging, entfloh der Zephir aus seinem Zypressenhain, um ihm zu lauschen. Und kaum verlieh er der «Schlanken Zypresse» Ebenmaß, gelobte diese ihm unverbrüchliche Treue.

Wie er das «Lied vom Honigwein» in Musik goß, vertrieb er den Kater des Honigweins. Während er «Klänge der Seele» verströmen ließ, gab ob der Klänge der Äon die Seele hin, und sein «Neujahrslied» bewirkte mit seinem Schwung, daß das Glück an jenem Tag Neujahrsfest hielt.

Sein Vortrag der «Kemenaten» war wie zerriebener Moschus, der sämtliche Kemenaten alsbald mit Moschusduft erfüllte. Die Melodie vom «Liebesfest» betörte die Sinne aller mit Liebesweh. Und als er das Omen der «Guten Auspizien» stach, erschien das ganze Jahr unter guten Auspizien.

Er schlug die Tonart von «Nachtfarb» an, da wurden die Horizonte rings zu Nachtwandlern. Er sang die Weise «Frohe Nacht» und machte die Nacht zur frohesten, die man gesehen hat. Er erkor sich den Sang des «Frohen Tages», und die Zeit wurde froh und voll Zuversicht!

Als er dem «Persischen Perlhuhn» den Schnabel wetzte, übertraf es die Koketterie der Perlhuhn-Schönen. Als er den «Weidegrund» abschritt, erlegte er manche Venus der Töne, und als er den «Haß des Siyawusch» in die Saiten schlug, röteten sich die Ohren der Zuhörer wie Drachenblut[55]. Als er den «Haß des Iradsch» beschwor, schien Iradsch' Haß die Welt erneut zu erfüllen. Doch als er schließlich den «Garten Schirins» zuckerträchtig machte, begann auch der bittere Baum süße Früchte zu tragen.

Solche beschwingenden Weisen sang Barbad auf dem Festgelage des Chosrou, und für jedes Lied, das er sang – eines immer besser als das andere! –, rief Chosrou ihm hundertfach «Bravo!» zu. Die Art dieses huldreichen Mannes wollte es, daß er bei jedem «Bravo!» ihm einen Beutel Goldes gab. Für jedes Stück, das er an jenem Tage spielte, schenkte der König ihm einen Schatz, für jede neue Weise ein perlenbesetztes Ehrengewand.

«Bravo» war ein Wort, das, einem armen Schlucker von Spielmann zugerufen, bedeutete, daß er goldene Saiten aufziehen konnte.[56] Heutzutage aber binden die Herren, auch wenn du ihnen noch besser gefällst als Barbad dem Chosrou, dir nicht einmal ein Wollband um den Nacken!

Sei hochgemut und trage hoch den Nacken!
Wirf ab die Bänder, die den Hals dir zwacken!
Zufrieden sei, der Gier den Rücken kehre!
Lern von mir Tropfen hier des Meeres Ehre!
Denn Schätze hab ich Königen gewährt
und für die Ernte keinen Halm begehrt.
So ohne Halm hab ich das Wort gefügt;
gab einer nichts, hab ich mich still begnügt.
Denn mir genügt, was ich der Welt gewähre
als Prinzregent der Minen und der Meere.
Nizami, gleißt auch manches goldne Band,
dein Band «Verzicht» heißt – gib's nicht aus der Hand!
Und sei gewiß, mit dieses Bandes Schmucke
dein Nacken ragt, wo andre Nacken ducken!

* * *

Chosrou bittet Maryam um Verständnis für Schirin

Als der Vollmond den Kopf aus der Busenfalte des Himmels herausstreckte, setzte sich die Erde die halbmondförmige Zipfelmütze aufs Haupt.

Der König ging vom Thronsaal ins Schlafgemach, angefüllt mit neuer Sehnsucht nach Schirin. Doch wie er vom Ergehen der «Süß» zu reden begann, bekam Maryam einen bitteren Mund. Er aber saß wie trunken bei seiner Maria[57] und sprach zu ihr mit Jesus-Odem: «Wenn es auch besser wäre, Schirin bliebe mir fern und ihr Salz miede meine Wunde, so weißt du doch, daß sie durch mich in der Welt in Verruf geraten und zur Zielscheibe feindlicher Anschläge geworden ist. Da ich sie achte und werthalte, ist es nur billig, daß auch du sie achtest. Erlaub, daß ich sie aus jenem Bergschloß hole und in den Kemenaten der Zofen unterbringe. Ich will ihr Antlitz nicht erblicken! Werfe ich ihr auch nur einen verliebten Blick zu, so sollen meine Augen verbrennen!»

Maryam erwiderte: «O Weltbeherrscher, dessen Glanz wie die Sterne den Himmel erfüllt, dessen Widersachern die Welt die Tür gewiesen und dessen Urteilsspruch der Himmel sich unterworfen hat! Schirins Name klingt dir süß wie frisches Halwa, aber du wirst den süßen Wunsch bei ihr nicht erlangen! Hast du nicht hier ein köstliches und sorgenfreies Halwa? Wie lange willst du den kalten Reisbrei noch aufwärmen? Iß dornlose Datteln, das wird dir bekommen! Halwa schmeckt nur, wenn es nicht angebrannt ist!

Willst du mich mit der Hexe zusammensperren, die in Babel das Hexenhandwerk gelernt hat und mit einem ihrer tausend Zaubersprüche höhnisch dich umgarnt und mich entfernt, dich zufrieden und mich geschieden macht? Denn ich kenne sehr wohl ihre Sprüche und weiß sie auch selber zu sagen! Wie manche Frau, die fünfzig und hundert nicht unterscheiden kann, bringt mit ihrer Falschheit Merkur aus dem Geleise! Die Frauen sind wie tönernes Königskraut; außen schön, innen Lehm!

In keinem Dorfe man die drei find't:
Ein Pferd, ein Schwert, ein Weib, die treu sind!

Treue ist Männersache, wie könnte man sie Weibern beibringen? Wer ‹Weib› spricht, sage dem Mannestum ade! Wie oft haben Männer in Bedrängnis es erfahren: Keine Frau spielt ein aufrichtiges Spiel! Man sagt, die Frau sei der linken Seite Adams entsprungen: Vom Linken darfst du nichts Rechtes erwarten!

Was hängst du dein Herz an jene gottferne Person, von der du nichts als Ärger hast? Komm! Gib dich der Freude hin ohne sie; erhebe dein Haupt frei wie die Lilie!»

Dann brachte sie einen Schwur auf die Zunge und sprach: «Beim Scharfsinn des Klugen und bei der Seele des Weisen, bei der Krone des Kaisers und beim Thron des Schahanschah: Wenn Schirin diesen Boden betritt, schlinge ich mir ein Seil um den Hals und erhänge mich ob deiner Grausamkeit! Soll sie doch in jenem Wadi bleiben; die Eule gehört in die Wüste!»

Maryams Worte machten dem Schah bewußt, daß er die beiden Frauen nie in einer Doppelehe würde vereinen können. So begann er von anderen Dingen zu reden, zeigte sich liebevoll und übte sich in Geduld. Indessen kam Schapur ständig mit hundert Listen zum König und brachte Nachricht aus der Ferne; und Chosrou gab ihr heimlich Antwort: der Betrübte seiner Trösterin.

Schirin aber verwunderte dieses Treiben: Wie konnte er es so lange ohne sie ertragen? Und ihr Herz wußte, auch dies war Untreue. Er ertrug die Trennung im Interesse des Reiches.

* * *

Chosrou schickt Schapur, um Schirin zu einem Stelldichein zu bitten

Eines Tages richtete der Schah an Schapur die folgende Bitte: «Wie lange soll ich noch von der Geliebten getrennt sein? Bring mir den Mond für eine Nacht ins Haus, daß ich ihn heimlich besitze wie ein Juwel im Kästchen! Im Interesse der Macht darf ich nicht wagen, sie weiter offen zu umwerben; muß ich doch fürchten, daß Maria sich wie Jesus auf den Leidensweg begibt. Besser also, ich pflege der Liebe heimlich mit der Geliebten, gleich wie mit einer Fee! Zwar habe ich mir auf dem Wege zu ihr schon die Füße verbrannt; doch will ich sie hegen wie eine verbrannte Hand! Sieht aber Maryam die Feengesichtige, so wird diese auf ihrem Roß wie Diw auf Diw entfliehen!»

Der Maler empfing den Befehl mit den Worten: «Ich werde dir das chinesische Wandbild bringen, sei unbesorgt!»

Er eilte darauf zum Bergschloß, brausend wie ein Strom, dessen Wogen Wein sind, und richtete an Schirin die folgenden Worte: «Es wird Zeit, daß du dem Glücke schmeichelst! Des Königs Hengst ist heftig, dich zu jagen, doch Maryam macht ihm das Schwert stumpf. Er muß diese Rücksicht auf sie nehmen wegen des Bündnisses mit dem Kaiser! Sitz also mit mir zu Pferde und laß uns zum Harem des Königs reiten! Vergnüge dich heimlich mit Chosrou, die Macht des Gegners nimmt bald ein Ende!»

* * *

Schirin tadelt Schapur

Das verlassene Götterbild, der abgesonderte Mond – verlassen von Chosrou, abgesondert von ihren Verwandten –, erwiderte Schapur mit heftiger Schelte: «Schäm dich, du Gottverlassener! Sprich nicht weiter, du hast mir das Mark erschüttert! Genug ist, was du gesagt hast! Man darf nicht jede

Perle, die auftaucht, durchbohren, nicht jedes Wort, das auf die Zunge kommt, aussprechen, nicht jedes Wasser, das vorbeifließt, trinken, nicht alles tun, was die Hände vermöchten!

Es ist mir nur Unbill von dir im Gedächtnis! Ich aber gab dir Billigkeit für Unbill! Gott entferne dich von solchen Machenschaften, und die Vernunft verbiete dir dergleichen! Erst hast du mich um die Herrschaft gebracht, jetzt willst du mich auch noch um meine Seele bringen? Aus Unwissenheit fiel ich in Gram; ich ging ganz trocken, bis der Gram mich netzte. Wäre die Erde dort eine einzige Glut, ich wollte sie Tag und Nacht mit meinen Zöpfen löschen! Der Esel flieht aus dem Laden des Sattelmachers, wenn er den Gerstehändler erblickt![58] Soll ich mich billig verkaufen? Ich bin von edler Rasse! Soll ich laufen, ohne geladen zu sein? Ich bin kein Luftzug!

Mein Sattel wurde vom Weiher feucht; es wäre sträflich, wollte ich nun ins Meer hineinreiten! Wie? Verlangst du, daß ich mein Herz verderbe, das Brautgemach mit der Drachenbrut teile? Wenn ich an jenem Hof nicht genehm bin, so will ich dort erst recht nicht gewaltsam eindringen.

Denke doch, wie manches Mal ich hier geweilt in Kummer und Elend! Er aber, der treulose Geselle – kam es ihm in den Sinn, mir auch nur einen trockenen Gruß zu senden? Wie lange noch soll ich mich mit rauhen Schleiern plagen, wie lange noch Männerwaffen tragen? Jemand wie mich darf man für keine Frau mehr halten, die des Trägers der Krone würdig wäre!

Ach, welches harte Los hat mich ereilt! Nesseln stechen den kranken Leib, Dornen die Wunden! Ich war beim Rosenpflücken und ward von Dornen erfaßt; ich lief zum Markte und brach zusammen unter der Last. Ich sprach zu einem: ‹Hier ist mein Leben und meine Welt.› Er nahm die Welt, und jetzt begehrt er das Leben. Doch nicht jeder, der von Feuer redet, hat den Mund, den Zunder zum Brennen zu bringen!

Die Waage hat zwei Schalen, eine für's Korn und die andere für's Gold. Die Waage jedoch, die Chosrou mir gab, sie hat nur eine Schale, und die ist obendrein voll Gerste. Mein Herz aber hat mit dieser Gerste nichts zu schaffen, daß es sie hinunterschlingen müßte.

In diesem Steinverlies gleiche ich einer Braut, die man durch Zauber aus Gips geformt hat. Doch eine gipserne Braut taugt sowenig für's Schlafgemach wie eine wächserne Zitrusfrucht für den Garten!

Zu lange schon hab ich mit zierlichen Worten der Sitte genügt. Vor dir aber will ich reden ohne Scham!

Die Glut, die dieser meine Tafel plündernde Räuber um mich entfacht hat, war nichts als ein Strohfeuer! Da lebt er nun mit einer andern Freundin, hat einen andern Liebesmarkt erkoren! Aber wäre mein Antlitz auch aus Stein, beim Anblick dieser Schande würde es schrumpfen!

Mag ich auch etwas von einem Hunde haben[59], mit Hundemilch laß ich mich nicht ernähren! Ja, ich wäre schlechter als ein Hund, würde ich diesen Schwindel nicht wie einen Hund zur Tür hinauswerfen, solange ich's vermag. Soll ich zum Hund hinlaufen und diesem mein Herz hinschleudern, nur weil dieser ein hündisches, nichtswürdiges Herz begehrt? Nein, mein Herz wird *den* keines Blickes würdigen, der eher auf eine Hündin blickt als auf mich. Ach, hätte mich meine Mutter nicht geboren oder nach der Geburt den Hunden zum Fraß hingeworfen!

Komm, daß ich, obzwar krummen Rückens, dir aufrecht sage, wieviel Elend durch ihn über mich kam! Tausende Schleier legte ich für ihn an ohne Falsch; doch nach allem schickt mir der Freund einen falschen Schleier!

Mein Glanz ist versiegt; er aber tut, als sei nichts geschehen! Wie kann sich ein Räuber erlauben, das Wasser meiner Ehre zu vergießen! Er trieb sein Roß so an zum Kampf mit mir, daß kein Platz mehr ist für Versöhnung! Hab ich keinen Stein in seiner Krone, gilt mir auch seine Macht nicht einen Stein![60] Vom vielen Nackenbeugen vor ihm bin ich krumm, vor dunklem Gram um ihn seh ich mich selber nicht mehr. Mein Herz ist blind und möchte doch sehen; aber blindes Herz ist gleich wie blindes Auge. Er krault mein Haupt, jedoch was kümmert's mich? Ich kann mein Haupt aus Liebe zu ihm selber kraulen! Deswegen führt ja meine Zunge solche Schläge, weil alles, was er gibt, nur Zungenschlag ist! Er soll mein Gefährte nicht sein! Niemand brachte mir Glück, also wird auch er es nicht bringen. So wie mein Schicksal ist, taugt mir ein Schlafgenoß sowenig wie dem Hirnhautfiebernden ein heißes Bad.

Mein Herz erbebte damals, und ich wußte, daß ich wohl oder übel vom Schicksal heimgesucht werden würde. Ja, es ist ein oft erfahrenes Vorzeichen: Wem das Herz erbebt, der wird heimgesucht. Jetzt bebt mein tränenfeuchtes Auge – o Gott!, welche Prüfungen werde ich noch erleben! Ich darf diese Burg nicht verlassen, auch wenn das Schicksal es wollte und draußen das Paradies meiner wartete!

Und käme statt Schapur die Tochter des Kaisers, ich würde sie mit Schande hinwegschicken! Man will mich mit Märchen betrügen – doch ich bin nicht betrunken! Mit Märchen bekommt man mich nicht in die Hand! Wenn sie glauben, ich hätte keinen Verstand im Herzen – ich weiß mehr als alle Zauberer von Babel! Stolz ist hier am Platze, nicht dort; denn hier wird das Eisen geschmiedet, nicht dort. Wäre Chosrou auch Kaichosrou – er darf die Hand nicht nach dem Mond ausstrecken; er sollte Abstand nehmen von der trunkenen Narzisse, die Hände vor mir aufeinanderlegend wie die Lilie! Will er es aber mit meiner heißen Wallung aufnehmen, so werde ich so in Brand geraten, daß ihm die Brünne herabsinkt. Ich werde ihm meine Locke senden, damit er die eine Kunst lernt, seiner Geduld die Schlinge um den Hals zu legen! Ich werde meinen Wimpern gebieten, daß sie des Nachts seinen Falben mit einem Pfeil zum Tanzen bringen! Ich werde Moschus aus meinen Zöpfen auf seine Glut schütten und ihn wie Duftholz ins Feuer legen! Ich werde ihm mein Traumbild senden, wie eine Flut sein Land zu überschwemmen!

O laß mich weinen! Lehre du eine Waise nicht, was sie zu tun hat! Bin ich doch ständig froh im Gedanken an ihn, während er mein nicht gedenkt lebzeitenlang. Kein Hauch von meiner Liebe um ihn schwebt, kein Gram um mich sein Herz umgarnt. Wenn dieser Liebelose der Liebe satt ist, so kann das Schicksal stolz sein auf diesen Streich.

Doch ich will ausharren, bis eines Tages das Licht meines Herzens zum Tor der Liebe hereintritt!

Wie könnte ich das Lasso meines Herzens um diesen Ungestümen schlingen, das Seil um den

Nacken der Flamme? Ich bin Erde meinem Vermögen nach; er ist Himmel: Wie könnte die Erde sich mit dem Himmel verbinden? Jeder Vogel fliegt mit seiner eigenen Art, Taube der Taube, Falke dem Falken gepaart! Man kann die Luft nicht an die Erde binden, Wasser und Feuer nicht beisammen finden.

Wenn ich mit ihm nicht vereint sein kann, was fürchte ich die Trennung? Fürchtet ein Toter den Kerker? Wer Kapital besitzt, hat Speichersorgen; der Unbedarfte ist sicher vor Dieben und Schurken. Ich bin kein Vogel, dem man Fesseln anlegt; nicht jeder Falke kann mich jagen. Und käme Chosrou aus einer Pagode in China, in der Salzwüste findet er keinen süßen Honig. Mag sein Nachtfarb ein rascher Traber sein, auch Rosenhold hat eine heftige Ader! Mag Maryam sein Zuckerbaum sein, meine Datteln sind von der Art, die der Mutter Maria zuteil ward![61] Und wenn er sich auf seine Krone beruft – nun, auch ich trage das königliche Brokatband ums Haupt!

Ich kann diese Bitternis nicht vergessen: Daß er sich das Dasein versüßt und Maryam genießt. Ganz wie im Sprichwort:

Es suchte einer Perlen, ein ganzes Meer er
fand.
Und dem, der Essig suchte, fiel Honig in die
Hand.

Und:

Vom Hammel ist ein Bruststück das Beste jedenfalls;
doch gibt es auch die Keule und, für die Not,
den Hals!

Ach, ich war nie verliebt, oder wenn ich durch Schicksalsspruch es doch gewesen bin, so bereue ich meinen Irrtum. Jedoch, was tun? Ich scherzte, er aber hielt es für Ernst; ich log, er nahm es für Wahrheit. Mein Herz ist dieses Marktens müde, das schwöre ich bei Gott und den Menschen!

Wie lange aber soll ich noch eintrocknen wie Wachs? Ich will leuchten, sonst werde ich bald erstorben sein!

Ich fluche ihm nicht, das kann Gott bezeugen! Doch ich gebe meine Lippe nur dem, der ihrer bedarf. Wer lange Finger macht, bekommt kein Halwa! Frühlingsblumen, die einer wegwerfen will, sollte lieber der Herbstwind holen!

Geh und sag ihm: ‹Wenn du meiner bedarfst, dann bemühe nicht andere, das ist nicht Mannesart!› Wenn Löwen Löwinnen jagen, überbringen sie ihre Botschaft selber. Ich bin wie seine Macht an ihn persönlich gebunden; läßt er mich durch andere rufen, so komme ich nicht! Lädt man fremden Schultern den eigenen Korb auf? Läßt man die eigene Trense fremde Zähne kauen?

Wozu denn Pläne um Pläne schmieden? Ich will mich doch nicht vorzeitig alt machen! Soll ich den Wein denn erst im Greisenalter trinken? Dann Schande über meinen Becher! Jedoch den Stall auf Reisen bauen – das tut nur der Kurde![62]

Aus Torheit fiel ich in dies Netz, mit Klugheit will ich ihm schließlich entschlüpfen! Hast du nicht von jenem luftigen Zauberer (dem Rauch) gehört, der in jedem Hause einen Durchschlupf findet?

Grämen und beklagen muß ich mich über mein eigenes Herz, nicht um den Anblick des Geliebten! Sonst sind die Diebe immer Fremde, mir aber, sieh einmal, erstand der Dieb im eigenen

Haus! Der Dieb im Hause läßt sich nicht erwischen. Kein Zauberspruch befreit vom eigenen Herzen.

Bin ich denn blind, daß ich fragen müßte, was Stein und was Juwel ist? Ich sehe das Dorf und sollte nach den Meilen fragen? Schlecht beraten hat mich mein Herz, mit eigener Hand mir in den Fuß gehackt! Ich hab ein Herz, das mir nichts fruchtet; besser also, daß ich's mit keinem Herzen verbinde! Mein Herz tat mir Unrecht, mein Freund tat mir Gewalt; so bin ich durch dies Herz des Herzens, bin durch diesen Freund des Freundes beraubt! Einst war ich froh, als er mein Herz erhellte, doch das Los jener Tage trug mir mein heutiges Los ein.

Wie lange soll ich heimlich Glut um Glut entfachen, wie lange Tag um Tag verstreichen lassen? Der Gaumen ist mir bitter vom langen Dulden; du solltest mich ‹Duldepuppe› nennen!

Doch bin ich auch fern von meiner Heimat und meinem Reichtum – bin ich nicht frei und mein eigener Herr? Zwei Säulen aber kann kein Urteil fällen: den Unbegierigen und den Freien!»

Hierauf schlug sie die Perlen auf den Zucker und ließ Brustbeeren und Kandis wie folgt ertönen[63]:

«Sagt der Schah: ‹Ich liebe sie!› So sag ihm: ‹Dergleichen Scherze beachte ich nicht!›

Sagt er: ‹Ich sehne mich nach ihrem Morgen!› Sag ihm: ‹Geh schlafen, die Nacht ist noch lang!›

Sagt er: ‹Wann werde ich mit Schirin vereint sein?› Sag ihm: ‹Verleg dich auf's Maria-Fasten![64]›

Sagt er: ‹Darf ich nicht nach dem Halwa greifen?› Sag ihm: ‹Der Trunkene verträgt kein Halwa!›

Sagt er: ‹Ich will sie eng umschlingen!› Sag ihm: ‹Das schlag dir aus dem Sinn!›

Sagt er: ‹Ich will den Zucker ihrer Lippen lutschen!› Sag ihm: ‹Schmatz nicht nach dem, was deinen Lippen fern!›

Sagt er: ‹Will ihre Locken fangen und ihr Schönheitsmal!› Sag ihm: ‹Ha, nicht gefangen! Ha! Rühre sie nicht an!›

Sagt er: ‹Will ihrem Kinn den Poloball entwenden![65]› Sag ihm: ‹Dann schlägt sie dir die Locken ins Gesicht!›

Und wenn er mir einen Urteilsspruch aushecken will, sag ihm: ‹Der Urteilsspruch liegt bei der Trennung!› Doch wenn die Trennung freche Blicke wirft, sag ihr von mir: ‹Kusch dich, sonst scheuch ich dich!›

Sagt die Vereinigung ihm: ‹Sie ist mein!› Sag ihr: ‹Schweig du, bis ich dich reden heiße!›»

So brachte sie ein ganzes Schockvoll weiblicher Drohungen vor. Doch während ihr Tadel Scherben anrichtete, nannte mitten im Krieg ihr Lippenkorund den Preis der Versöhnung.

Als sie aber die Heftigkeit des Rausches an Schapur ausgelassen, wurde die Last ihres Kummers im Herzen leichter, und sie sprach mit weicher Stimme: «O beredter Mann, in dessen Hirn das Wort fließt wie das Wasser im Flußbett! Wenn du vor den Schah trittst, so überbringe Seiner Majestät diese Botschaft von Schirin: ‹O liebloser, treuloser Mann! Was ist aus unserer Freundschaft geworden, die süßer als Honig war? Ich vermeinte, du würdest dich nie von mir abkehren, kein anderes Idol erwerben! Du hast meine Meinung von dir als Irrtum erwiesen, denn du hast dein Herz meiner Feindin eingeräumt. Möge dein Herz für dies Unrecht gerichtet werden! Mögest du des bitteren Seufzers der ‘Süß’ gedenken! Sowenig wie das schlafende Glück taugst du für Freundschaft, sowenig wie das Himmelsrad für Versöhnung!

Bin ich dir teuer, so tu mir nicht solche Erniedrigung an! Bin ich dir Sklavin, so gib mir den Freiheitsbrief! Ich bin die Deine nur auf gleicher Stufe! Was blickst du auf mich herab?

Du denkst nur an deine eigenen Wünsche; doch so eigensüchtig darf man nicht sein! Läßt du dein Herz nur nach eigenen Wünschen trachten, wie kannst du die Wünsche anderer dann beachten?

Solange du mir am Wege Dornen brachest und manchen Bogen zerbrachst im Kampfe, sahst du es gern, wenn Schirin den bittern Dornen trotzte. Jetzt, wo die Datteln süß sind, ist sie selber nur mehr der Dorn am Ast!

Du preßtest mein Blut in den Garten, als du ihn pflanztest; jetzt, da er blüht, bleibt mir die Tür verschlossen! Ich wurde nicht warm von deinem Feuer, o 'Herzerhellender', wohl aber werde ich blind von deinem Rauche bei Tag und bei Nacht.

Ist größeres Unrecht noch möglich? Du hast meine Glieder zerbrochen, und als du zu Ruhm kamst, meinen Namen geschändet. Amtspersonen, die sich berufen sehen, behandeln die Entlassenen besser! Als du entlassen warst, hast du mir schöne Augen gemacht, jetzt, da du im Amt bist, verschließest du vor mir die Augen.

Wie lange soll ich das Schiff noch treiben lassen im Strome der Tränen, wie lange noch um deine Liebe werben? Da du mich in Schande gebracht, hast du dem Liebreiz ein Ende gemacht. Du hast mein Todesurteil unterzeichnet, indem du mich der Qual der Trennung anheimgabst. Von meinem Leben blieb nur ein Stück Faden; zieh nicht daran, des Fadens Kopf ist nah! Zücke das Schwert nicht gegen Schirin, genug, daß du die Byzantinerin unter die Lanze gebracht hast! Da die Ikone aus der rhomäischen Werkstatt bei dir ist, zieh die Hand ab von der rhomäischen Arbeit Armeniens![66] Dir ward die Blumenfülle aus dem Garten Konstantinopels. Plündere also nicht Thron und Krone Armeniens!

Du hast tausend Liebchen zum Weintrinken; tränke die eine Freundin nicht mit Gram! Was quälst du mich mit deinem Treiben, ziehst mich ins Netz und entziehst mir die Nähe? O wirf nicht Disteln auf den Saum der Entfernten, nicht Salz auf die Seele der Geschiedenen! Dich mag der königliche Schmaus in Schlummer wiegen, kümmere dich nicht darum, wo sich die Fremdlinge lagern! Gewähre, daß in dieser Prüfung ich meinem Gotte diene! Gib den gefangenen Vogel wieder frei und laß ihn wieder in die Steppe fliegen! Lege nicht Feuer an die heimgesuchte Seele, laß sie einen Feuertempel der Liebe bleiben! Das Feuer, das die Liebe in mir entfacht hat, es wird – weh über solche Liebe! – die Ernte verbrennen.

Vor Gram um dich winden sich Schlangen um jede meiner Adern, und Dornen stechen mich an jedem Haar. Ich finde nachts keinen Schlummer und tags keine Ruhe – und von dir keine Spur von Erbarmen! Wie soll ich standhaft sein in solcher Drangsal, wie soll ich nach Hause gelangen so lahmen Fußes?

Vor der Glut meiner Seufzer und der Flut meiner Tränen wird das Meer zu Tau, die Hölle zu Funken! Auf diesem Meer, da das Feuer mein Schiff ward, magst du mich sowohl als Engel wie als Teufel bezeichnen!

Wie sollte es mir nicht übel ergehen ohne dich,

da ich, vor einem Jahr mit dir vereint, jetzt ohne dich bin! Du hast Erde – so viel, daß der Staub dir die Tür zuweht; ich hab Wasser – so viel, daß es mir über den Kopf steigt. Wie lange soll ich das Schiff noch treiben lassen im Strome der Tränen, wie lange noch um deine Liebe werben? Doch all mein Tun ist unvollkommen ohne dich, ist unreif durch unreife Wünsche.

Weißt du nicht, daß der Sterbende die Hoffnung auf Leben nicht aufgibt, bis er gestorben ist? Der Verstand leitet uns durch Wissen, doch die Rechnung der Liebe wird ohne sein Buch gemacht. Auf diesem Schecken reitet der nur schnell, der in der Liebe unbewandert ist.

Den Schwermut-Tilger brauen zwar die Weisen, doch ob er wirkt, ist Sache der vom Wahn Geschlagenen.[67] Gelassenheit in der Liebe ist Unreife. Die Liebe ruht auf Ruhelosigkeit. Und also denn – mag auch Schirin sich grämen, von Chosrou bleibe Gram und Kummer fern!›»

Als sie so zu Schapur gesprochen, küßte dieser rasch die Schwelle und sprach: «Dein Ratschluß ist besser als unser Plan. Alles, was du sagst, ist am Platze. Mag ihm hinfort die Sorge am Herzen nagen! Du hast nichts Unbedachtes geredet!»

Jedes Wort, das man sagt, muß man gut überlegen,
wie Gold, eh man's braucht, auf die Goldwaage legen!

* * *

Die feengestalte, von Seide umwallte Schöne mit dem felsigen Herzen und den silbernen Ohrläppchen wußte auf jener Halde, die ein so herzbeklemmender Ort war, sich keine angenehmere Speise als Milch. Mochte sie hunderterlei Halwa auf ihrer Tafel haben, ihre Nahrung stammte von Stuten und Schafen. Doch von ihr bis zu den Vierfüßern war es weit, so machte die Milchbeschaffung ihr Sorge. Die Umgebung jenes Tales war nämlich über und über mit Oleander, giftig wie Schlangen, bewachsen. Und da die Hirten um die Giftigkeit dieses Strauches wußten, ließen sie die Herden anderswo weiden.

Schirin aber dachte nun nach, was sich tun ließe, um in der Milchfrage Abhilfe zu schaffen; denn die Milch aus solcher Entfernung herbeizuholen, war den Zofen zu lästig.

Als die Nacht ihr schwarzes Haar auf die Schultern schüttelte und den goldenen Ohrring des Mondes anlegte, wälzte sich wie eine Schlange unsere Mondschöne im Ringe ihrer Gedanken bis zum Morgen. Nur Schapur saß bei ihr und plauderte über dieses und jenes. Der weise Mann spürte aber die Sorge, die die Zypresse bewegte. Und als das Rosenantlitz ihm davon berichtete, erblühte der Lauschende wie eine Tulpenknospe, machte eine Geste wie ein Inder, der einen Geist beschwört, lobte ihn wie Merkur den Jupiter und sprach: «Es gibt hier einen Architekten, einen Meister seines Fachs, ein Jüngling mit Namen Farhad. Ein musterhafter Geometriker, Kenner des ‹Almagest›[68] und Deuter des Euklid. Wenn er mit dem Meißel ans Werk geht, malt er dem Erdenfisch[69] den

Vogel auf. Mit seiner Kunst färbt er die Rose rot, und mit dem Stahl prägt er das schönste Bildnis in den Stein. Ganz Byzanz küßt ihm die Hand ob seiner Fertigkeit, und mit dem Beile macht er Felsgestein zu Wachs. Ein solcher Meister schafft dir Rat!

Ein jedes Werk ist schwierig ohne Meister,
erst muß der Meister her, danach das Werk!
Zwar jedermann kann füglich Ringe formen,
doch nur aus Wachs und Lehm, nicht Eisen oder
Gold!

So du es gebietest, bin ich erbötig, alles zu tun, ihn dir herbeizuschaffen. Wir beide sind nämlich in China aufgewachsen und waren Schüler des gleichen Meisters; und dieser, der in allen Künsten erfahren war, gab mir die Feder und ihm den Meißel.»

Mit diesem Bericht vertrieb Schapur die Milchsorgen aus Schirins Gemüt.

Als der Tag den Spiegel der Sonne aufstellte und die hundertäugige Nacht alle ihre hundert Augen zuschloß, durchstreifte Schapur jene Gegend und fand alsbald den edlen Farhad, brachte ihn in Schirins Pavillon und bot ihm einen Stuhl an, wie es sich für so würdige Herren gebührt.

Wie ein Gebirge trat der Bergespalter, dieses Glanzstück der Schöpfung, ein, hoch und stämmig wie ein Elefant und stark wie deren zwei. Haremswächter warteten ihm auf und sorgten für angemessene Unterkunft. So stand er vor dem Vorhang, den Gürtel geschlossen und die Knie geöffnet, voll gespannter Erwartung, was der himmlische Puppenspieler ihm hinter jenem Vorhang zu spielen gedenke.

Da ging das Schicksal plötzlich zur Attacke über und ließ das Schattenspiel hinter dem Vorhang beginnen: Mit süßem Lächeln begann der Zucker der «Süß» zu ertönen. Sie löste die beiden Rubinenschlösser vom Zucker, und Rubin und Zucker ernährten sich davon. Die Datteln, die ihre Palme trug, würdigten die gewöhnlichen Datteln zu Dornen herab, der Nektar, den ihr Dattelmund über die Milch ihrer Zähne ergoß, machte, daß dem Zucker Honig als bloßer Vorgeschmack erschien. Ich vernahm, sie heiße «Süß», weil sie in ihrem Reden von so wunderbar süßer Zunge war. Ja, ihre Süße mag ich nicht genugsam loben: Fisch und Vogel schlummerten ein, wenn sie zu sprechen begann; wenn sie die Lippen mit Nektar füllte, legte der Kandis sich Sklavenringe von Zucker an die Ohren.

Wo sie in jenem Saal die Lippen auftat, war keiner, der nicht auf der Stelle hinschmolz. Wem ihre Worte ins Ohr drangen, wurde von Sinnen, und mochte er weise wie Plato sein.

Kaum hatten daher ihre Worte Farhads Ohr getroffen, als sein Blut vor Wärme im Herzen zu wallen begann. Er stieß einen schmachtenden Seufzer aus und fiel, wie ein vom Schlag Gerührter, zu Boden, wo er sich wälzte und wand wie eine Schlange, die Stirn in den Staub schlagend.

Als Schirin sah, daß es um seine Fassung geschehen und sein Herz wie ein Vogel aus dem Käfig entflogen sei, kam sie ihm, wieder ihr Wort gebrauchend, zu Hilfe und brachte es mit eben diesem Korn in den Käfig zurück.

Dann sprach sie: «Wissender Meister, ich möchte, daß du mich froh machst. Es ist mein Wunsch, o Künstler, daß du mein Herz aus den Banden des

Kummers befreiest und mit Geschick und Meisterschaft diesem Bergschloß einen Mangel behebest. Wir brauchen Milch; doch die Herde ist fern. Schaff einen Talisman, daß wir sie leicht erlangen! Von uns bis zu den Schafen sind es ein bis zwei Parasangen; man müßte einen Kanal aus dem Stein hauen, damit die Hirten dort melken und meine Zofen dann die Milch hier schöpfen und trinken könnten!»

Ob der süßen Rede und dem Reden der «Süß» vergingen dem armen Farhad erneut die Sinne. Er vernahm zwar die Worte, doch sie zu verstehen, vermochte er nicht. Seine Zunge vergaß die Antwort, er legte hilflos den Finger ans Auge. Dann wandte er sich ans Gefolge mit den Worten: «Ich bin trunken, und Trunkene sind schwer von Begriff. Ich verstehe nicht, was sie sagt; sagt ihr es mir!»

Und die Haremswächter wiederholten ihm alle Worte, die gefallen waren.

Sobald Farhad das Anliegen begriffen hatte, faßte er ihren Auftrag fest ins Auge, einzig darauf bedacht, ihr mit äußerster Fertigkeit zu dienen, denn:

Feinen Damen huldigt feiner Sinn!

Er machte sich auf den Weg, das Beil in der Hand, und ging, von Liebe getrieben, ans Werk. Dermaßen riß er den Leib jener Landschaft entzwei, daß unter seinen Schlägen der Stein zu Wachs ward. Mit dem Beile spaltete er den Felsen und hieb den Kanal aus dem Stein, als sei es Weidenholz. Mit jedem Schlag, den er dem Steine versetzte, verdiente er eine doppelte Steinslast an Juwelen. Und nach einem Monat hatte er inmitten des Felsgesteins einen Kanal, breit wie ein Strom, fertiggestellt. Vom Weideplatz der Schafe bis zum Schloß hatte er zwei Reihen von Steinen Block an Block geschlagen; den Abschluß bildete ein Becken, dem das Kauthar-Becken die Hand küßte. Die Steine waren so wohl gefügt, daß in den Fugen kein Haar mehr Platz fand, und das Becken schimmerte, von seiner Hand verschönt, wie fließendes Wasser.

Ein Bauwerk nur so lange schwierig scheint,
als keines Menschen Hand sich ihm vereint.
Soll hundert Berge auch der Stahl durchbohren,
leicht fällt's der Hand des, den ein Mensch
   geboren.
Wo ist, die seinem Rate trotz', die Not
außer dem Einen, das ihn ratlos macht – dem Tod?

* * *

Schirin geht, Farhad zu sehen

Man überbrachte Schirin die Nachricht, als Farhad im Verlauf eines Monats Kanal und Becken vollendet, so daß nun abends und morgens die Milch von den Schafen ins Becken zu ihren Füßen floß. Und die Engelhafte begab sich in jene Steppe und lief ums Becken und längs des Milchbaches. Es deuchte sie, dieses erlesene Becken müsse Gottes-, nicht Menschenwerk sein. Und in der Tat, Milchbach und Huri sind von Menschenwerk so fern, wie es das Paradies ist.

Sie spendete Farhad reichliches Lob. «Heil jenem, der solches vollbracht!» rief sie, ließ ihn, der ihr die Sorge entfernt, in ihre Nähe kommen und stellte ihn über ihre Nächsten, indem sie sprach: «Wie könnten wir deiner Meisterschaft gerecht werden, da wir nicht einmal den Lohn für die Lehrlinge haben?»

Doch besaß sie einige Karfunkelsteine, Juwelen in ihrem Ohrgehänge; jeder von ihnen glänzte wie eine Krone und war den Jahrestribut einer ganzen Stadt wert. Unter hundert Entschuldigungen löste sie sie vom Ohr und bat: «Nimm und verkaufe das! Wenn die Zeit kommt, da mir bessere zur Hand sind, werde ich meine Schuld an dir nicht verleugnen!»

Farhad lobte das Geschmeide, nahm es ihr aus der Hand und legte es ihr zu Füßen. Dann eilte er rasch fort in die Steppe, wo er wie ein Steppenregen Tränen vergoß. Aus Furcht, sein Handeln könnte des göttlichen Lichtes verlustig gehen, mied er mannhaft alle Menschen.

* * *

Farhad leidet aus Liebe zu Schirin

Als Farhad sein Herz der Liebe zu Schirin anheimgab, preßte die Leidenschaft Klagen aus seiner Brust hervor. Notvoll verstrich ihm die Zeit, und keine Arbeit wollte ihm von der Hand gehen. Weder vermochte er ihre Ferne zu ertragen, noch sich in Langmut zu gedulden. Sein Herz war wie ein Wanderer, dem der Fuß im Lehm versinkt. Die Zunge war ihm gelähmt, der Schwung erschlafft, dem Körper die Kraft und den Augen der Schlaf entwichen. Wie ein Dämon entfloh er dem Trubel der Menschen, schwankend wie ein Kranker, der sich erhebt. Seinen ranken Zypressenleib krümmte er wie ein Rosenzweig und zerriß sich den Rock wie eine Rosenknospe. Doch es war kein Tröster da für seinen Gram, denn es gab kein Entrinnen für ihn vor seiner Geliebten. Er wanderte durch Dornen, zog Dornen wie Nägel aus seinen Füßen und wurde krumm davon. Doch es war ihm gleichgültig, ob die Dornen seinen Saum zerrissen, hätte doch nicht einmal das Schwert des Henkers ihn erschreckt. Die Ferne der Geliebten hatte ihn plötzlich in Schwermut gestürzt und aller Fassung beraubt. Das Blut, das ihm in die Wangen stieg, ließ dort einen Rosengarten erscheinen. Das Zelt der Klagen, das er im Äther errichtete, machte, daß die Sphären bedrängt aneinanderschlugen.

Er war wie ein Säugling, der nach Wasser verlangt, aber weder den Namen des Wassers noch den der Amme kennt; so hatte die Hitze der Liebe ihm die Ruhe geraubt und seine sieben Glieder[70] in Wallung gebracht. Das Feuer des Herzens war ihm ins Hirn gedrungen, das wie eine Lampe entbrannte. Sein Herz war hundertfach verwundet, doch seiner Seele bangte nicht vor dem Ende. Trübsal und Kummer nahmen ihn aufs Korn – Trübsal im Übermaß und Kummer ohne Grenzen. Aus Liebe zu «Süß» weinte er so bitterlich, daß die Stimme seines Schluchzens sich vervielfachte. Die Ruhe seines Herzens war entschwunden, sein Glück gestorben; heimatlos lief er hinter seinem Herzen her, floh Freund und Feind wie Hexenwerk die Raute und der Dämon das Eisen.

Ohne den Balsam wußte er seinem Schmerz keine Heilung, und so sah er für seinen Kummer kein Ende und keine Linderung. Die Liebe zu Schirin hielt ihn so fest umschlungen, daß er seinen Zusammenhang mit Farhad vergaß.[71] Er erlaubte sich nicht, ihr einen Kelch von seinem Gram zu senden; auch war kein Freund da, mit dem er eine

Botschaft hätte übermitteln können. Doch wenn Staub von ihrem Palast herwehte, rieb er ihn sich statt Antimon in die Augen; wenn er auf ihren Wegen ein Kraut gewahrte, so küßte er es und pries ihren Namen. In Bitternis verbarg er sein Antlitz vor den Menschen und sprach kein süßes Wort mehr außer von «Süß».

In seinem Rausch vermeinte er, jeder müßte verbrennen, dem das Herz so voll Liebe sei wie das seine. Scheint doch jedem, in dessen Herz ein Feuer leuchtet, die ganze Welt zu brennen. Wenn er den Namen der Geliebten nannte, küßte er hundertfach den Staub. Wenn er in Richtung des Schlosses blickte, zerriß er statt seiner Kleider die eigene Seele.

Wie ein wildes Pferd schweifte er ziellos umher und freundete sich mit den wilden Tieren der Wüste an, so daß sich bald eine Schar von jenem Jagdwild, das zum Opfer des Fallstricks zu werden pflegt, um ihn versammelte. Eines fegte sein Kopfpolster rein, eines sein Lager, eines küßte ihm den Rocksaum, eines die Füße. Bald pflegte er Traulichkeit mit Gazellen, bald lief er im Rudel der Wildesel mit, bald wischte er Hirschen die Tränen, bald strählte er Löwen die Mähnen. Und Tag und Nacht war er ruhelos wie das Himmelsrad und aß nichts und trank nichts vor Leid. Ja, er wäre einen Monat lang gelaufen, ohne anzuhalten, hätte er einen so langen Weg gefunden. Wären hundert Wände vor ihm gewesen, er hätte sie erst wahrgenommen, wenn sie ihm die Stirn wundgeschlagen; wäre ein Pfeil ihm ins Auge gedrungen, er hätte nicht die Wimpern bewegt vor Entrücktheit, und wäre ein Schacht auf seinem Weg aufgetaucht, er wäre aus Achtlosigkeit hineingestürzt.

Sein Herz war dem Leben entrissen und der Welt überdrüssig, Leid sein Begleiter auf allen Wegen, die Nacht ihm erfüllt von Klagen und Seufzern, die Brust von tausendfacher Glut und Sehnsucht. Jede Regung, die ihn vom Gram um die Geliebte ablenken konnte, verbannte er mit aller Gewalt aus dem Herzen und hastete zu jenem Gram zurück, der zum Vertrauten seines Herzens geworden war. Er schlief nicht, wie sehr er auch Schlafes bedürftig war, denn man verschließt den Freunden nicht die Haustür. Sein Herz war dem eigenen Hausrat entfremdet, denn eines andern Hausrat füllte sein Gemach. Und darum erzitterte ständig sein eigenes Bild, weil er das Bild einer anderen in sich errichtet hatte. Er ruhte nicht aus vom Laufe früh noch spät, als wollte er aus sich hinausschreiten; des Körpers begehrte er ledig zu sein, um mit der Geliebten in einem Leib zu verschmelzen. Er wußte nicht, daß der Vogel seiner Seele gar nicht mehr im Käfig, der König in den Kampf gezogen und niemand mehr im Hause war.

Er fügte sich so in den Willen seiner Geliebten, daß er sie nicht mehr von sich zu unterscheiden vermochte. Ob er in Licht oder in Feuer blickte, er gewahrte nur noch die Zeichen der Vereinigung mit oder aber der Trennung von ihr. Aus jedem Bild, das vor ihm auftauchte, las sein Herz ein gutes Omen; ist doch kein Liebender bereit, ein schlechtes Omen zu bemerken, oder doch jedenfalls nicht für sich selber. Vielmehr bezieht er jede Erscheinung, sei sie nun häßlich oder schön, auf die Erfüllung seiner Wünsche.

Jede Woche einmal war er bei jener Huri zu Gast, begnügte sich aber damit, sie von ferne anzublicken. Dann ging er wieder in die Steppe, und der Gram um jene Herzensdiebin begann von neuem.

Nachts aber kam er wie ein Beutetier zu jenem Becken und schlürfte einen Schluck Milch. Ja, er nahm nichts mehr zu sich außer dieser Milch und hatte kein Wegziel mehr außer jenem Becken, wich nächtens keinen Fußbreit von dem Becken, sondern umkreiste es unablässig. So drang die Kunde von seinem Tun bis zu den Horizonten, und seine Mär war bald in aller Munde.

* * *

Chosrou erfährt von der Liebe Farhads

Ein Vertrauter von der Hof-Suite erzählte nun diese ganze Geschichte dem Schah: daß Farhad aus Liebe zu Schirin sich so verändert habe, daß alle Welt darüber rede.

«Die schwarze Galle ist ihm so ins Hirn gestiegen, daß er melancholisch geworden[72] und in die Wüste gegangen ist. Aus Leidenschaft für jene herzerhellende Schönheit schweift er barfuß und barhäuptig, bei Tag und bei Nacht umher. ‹Mein Herz›, sagt er, ‹hat Weh um Schirin!› Dergleichen Klagen stimmt er ständig an und fürchtet sich weder vor Alt und Jung noch vor Schwert oder Lanze. Sein Herz freilich scheint mir gar nicht an jener Schönen zu hangen, sehe ich doch, daß er mit bloßen Worten zufrieden ist. Indessen tut er der Silberbrüstigen doch so häufig Erwähnung, daß er darüber sich selber noch gänzlich vergessen wird. Jede Woche einmal begrüßt er ihr Schloß und freut sich, wenn er eine Botschaft von ihr empfängt.»

Als der König diese Erzählung vernahm, wuchs seine Leidenschaft für die Geliebte.

Zwei Streiter um das gleiche Gut
befeuern sich zu höherm Mut.
Schöner singen zwei Nachtigallen,
um einer Rose zu gefallen.
Hat eine Ware zweier Käufer Neigen,
wird sie gewiß sogleich im Preise steigen.

Chosrou empfand plötzlich eine Freude im Herzen, wie sie nur wahrhaft Verliebte kennen. Gleichzeitig jedoch verspürte er, wie seine Eifersucht um die Geliebte durch den Nebenbuhler gesteigert wurde. In dieser Bedrängnis versagte sein Witz, denn sein Fuß stak im Lehm.

Wenn unsern Leib ein Leiden besiegt,
die stolze Zypresse zu Boden sich biegt.
Anderer Hilfe er annehmen muß,
weil krank ist des kranken Mannes Entschluß.
Gesunden Sinn der Gesunde nur hat;
wo Mattheit herrscht, alles Handeln ist matt.
Der Arzt mag den Puls fühlen noch so gewandt,
in Krankheit streckt andern er hin seine Hand.

* * *

Chosrou berät sich in Sachen Farhad

Chosrou setzte sich mit einigen seiner nächsten Vertrauten zusammen und hob wie folgt an zu reden: «Was tun wir mit diesem verliebten Toren, wie lassen wir diesen Spielstein verschwinden? Verschone ich ihn, so ist mein Geschäft verdorben; doch wenn ich ihn töte, wird unschuldig Blut vergossen. Da hab ich mich nun so bemüht, ein Fest zu feiern ohne Bauernflegel; jetzt aber feiert der

Neumond (Schirin) über mir und macht einen Narren zu Chosrous Nebenbuhler!»

Die Weisen erwiderten folgendes: «O du, dessen Anblick die Macht erfreut, dessen geringster Vasall über Kronen verfügt, bei dessen Fußstaub die Könige ihre Schwüre tun – die Welt gedeiht, solange du lebst; das Glück ist dein Freund und die Macht dir gefügig!

Wollen wir dieses Narren Herr werden, so legen wir ihn am besten nicht in eiserne, sondern in goldene Ketten! Der Freudenbringer[73] für Schwermut ist Gold und nochmals Gold; denn er kostet Gold und wird mit Gold bereitet. Man muß Farhad zuerst einmal herbeirufen, indem man ihm Hoffnung einflößt, und ihn dann mit Gold überschütten, bis er glänzt wie die Sonne am Himmel! Für Gold entsagt er dem Glauben so gut wie der Liebsten, für solche Süße entsagt er der ‹Süß›! Wie mancher Seher ward durch Gold verblendet, wie manches Eisen verlor seine Stärke durch Gold!

Läßt er sich aber nicht durch Gold von ihr losreißen, so muß man ihn mit Stein beschäftigen, so daß er bis zu seinem letzten Stündlein sein Leben im Kampf mit dem Felsen verbringt!»

* * *

Chosrou läßt Farhad vor sich kommen

Als Chosrou den Rat der Runde vernommen hatte, befahl er, den Bergespalter Farhad herbeizuschaffen. Und man brachte ihn herbei, einen Mann wie ein Berg, dem eine Menschenmenge nachlief. Doch seine Züge waren von Leid gezeichnet, die innere Unruhe erschien auf seinem Antlitz. Er war ein

Wanderer, der wie bewußtlos einen Weg geht, und sein Schmerz machte die Sphären weinen.

Ohne Chosrou und seinen Thron eines Blickes zu würdigen, stemmte er die Füße fest auf den Boden wie ein Löwe. Der Gram um Schirin hatte ihn so seiner Sinne beraubt, daß er weder auf sich selber achtete noch auf Chosrou.

Der König gebot, ihm aufzuwarten und ein gebührendes Quartier zu bereiten. Man hieß den Elefantenleibigen Platz zu nehmen und schüttete eine Elefantenlast Gold vor ihn hin. Doch da in seinem reinen Herzen nur eine Substanz – die Liebe – vorhanden war, galt ihm von den andern Substanzen Gold soviel oder -wenig als Staub.

Da der Gast dem Gold keine Beachtung schenkte, öffnete Chosrou das Juwelenkästchen seiner Lippen. Farhad aber gab auf alle seine spitzen Fragen nicht weniger spitze Antworten.

* * *

Das Wortgefecht zwischen Chosrou und Farhad

Chosrou fragte zuerst: «Woher bist du?»

Farhad erwiderte: «Aus dem Reich des Erkennens![74]»

Darauf fragte er: «Welche Kunst treiben sie dort?»

Er sprach: «Sie verkaufen das Leben und handeln Kummer ein!»

Chosrou sagte: «Das Leben zu verkaufen ist nicht Sitte!»

Er sprach: «Doch bei den Liebenden nicht sonderbar!»

Er sprach: «Bist du von ganzem Herzen verliebt?»

Und jener: «‹Von Herzen› – das sagst du! Ich sag: ‹Von ganzer Seele!›»

Er sprach: «Wieviel gilt dir die Liebe denn zu ‹Süß›?»

Und jener: «Mehr als mein süßes Leben!»

Er sprach: «Siehst du sie jede Nacht im Traum?»

Und jener: «Gewiß, sofern ich schlafe, doch wie könnte ich!»

Er sprach: «Wann reinigst du dein Herz von dieser Liebe?»

Und er darauf: «Sobald ich schlaf im Grab.»

Er sprach: «Wie nun, wenn du stolziertest in ihr Schloß?»

Und er: «So würf ich dies mein Haupt ihr hin zu Füßen!»

Chosrou fragte: «Und wenn sie dir das Auge ausreißt?»

Farhad erwiderte: «Dann halt ich ihr auch noch das andere hin.»

Chosrou: «Wenn jemand wider sie die Hand erhebt?»

Farhad: «So schluckt er Stahl, und wär er selbst aus Fels!»

Er sprach: «Doch wenn du keinen Zutritt zu ihr findest?»

Und jener: «Den Mond muß aus der Ferne man betrachten!»

Chosrou sprach: «Ferne vom Mond – das führt zu nichts.»

Und jener: «Und doch bleibt ihm der Süchtige besser fern.»

Er fragte: «Wenn sie alles, was du hast, begehrt?»

Er darauf: «Das just erfleh ich inständig von Gott!»

Er sprach: «Und wenn sie deinen Kopf verlangt?»

Und jener: «Geb ich ihr willig dieses Pfand!»

Er sprach: «Beruhige dich! Denn was du tust, ist unreif!»

Und jener: «Ruhe ist mir verwehrt.»

Er sprach: «Geh und gedulde dich in diesem Schmerz.»

Und er: «Wie kann man sich gedulden ohne Seele?[75]»

Er sprach: «Gib nicht die Seele hin, das Herz genügt!»

Und er: «Sie sind mir beide feind ohne die Freundin!»

Er sprach: «Fürchtest du nichts in deinem Liebesgram?»

Worauf er: «Nur die Heimsuchung der Trennung.»

Er sprach: «Brauchst du nicht eine Buhle für dein Bett?»

Er sprach: «Ich könnte mich sehr wohl auch selbst entbehren!»

Chosrou fragte: «Wie wirkt auf dich die Liebe ihrer Schönheit?»

Er sprach: «Das weiß allein ihr Traumbild!»

Chosrou rief: «Trenn dich von deiner Liebe zu Schirin!»

Farhad: «Wie könnt ich denn leben ohne meine Seele?!»

Chosrou sagte: «Doch sie ist mein; denk du nicht mehr an sie!»

Und er darauf: «Wie könnte das der hilflose Farhad?»

Chosrou fragte: «Wenn ich sie aber doch beäuge?»

Da rief Farhad: «Verbrenne ich die Welt mit einem Seufzer!»

Chosrou, den die Antworten ratlos gemacht hatten, hielt es für besser, nicht weiter zu fragen. Zu den Gefährten bemerkte er: «Nie zuvor habe ich einen Menschen von solcher Schlagfertigkeit erlebt. Da ich mit Gold ihm nicht beikomme, will ich ihn jetzt wie Gold am Stein erproben!»

* * *

Chosrou beauftragt Farhad, den Felsen zu spalten

Und dann zückte er seine Zunge wie ein stählernes Schwert und schleuderte den Diamanten ins Felsgestein, indem er sagte: «Wir haben eine Straße, die durch einen Berg versperrt wird, der schwer zu passieren ist. Durch diesen Berg muß ein Weg gegraben werden, der für unsern Reiseverkehr taugen soll. Doch niemand vermag Abhilfe zu schaffen, wenn nicht du; kein anderer kann dieses Werk vollbringen. Bei der Ehre der herzbetörenden Schirin – denn bei nichts Besserem wüßte ich zu schwören: Du mußt mir diese Aufgabe übernehmen, mußt diese Schwierigkeit beseitigen, die mich bedrängt!»

Und Farhad, der Mann mit den eisernen Pranken, gab Antwort: «Ich werde Chosrou diesen Felsen entfernen, unter der Bedingung, daß, sobald ich eine derart schwere Aufgabe erfüllt habe, auch Chosrou mich zufriedenstellt und auf Schirin verzichtet!»

Chosrou geriet in solchen Zorn über Farhad, daß er ihm mit dem Dolch die Kehle aufschlitzen wollte. Indessen sagte er sich: «Was gibt es bei dieser Bedingung denn zu befürchten? Es handelt sich ja um Felsen und nicht um Lehm! Wie soll er

Felsen spalten? Und wenn er sie spaltet, wie soll er sie wegschaffen?»

Erregt sprach er: «Die Bedingung nehme ich an, und ich will kein Mann sein, wenn ich sie nicht erfülle! Gürte dich und laß deiner Kraft freien Lauf; geh hinaus und zeige, wessen du fähig bist!»

Als der entherzte Farhad diese Worte vernahm, erkundete er den Ort des Berges beim «gerechten» König, und Chosrou beschrieb ihm den Weg zum Felsen, den jetzt jedermann Bisotun nennt.

* * *

Farhad meißelt Bilder in die Felswand

Frohen Herzens über die von Chosrou in Aussicht gestellte Belohnung zog der Bergespalter davon, von Feuer erfüllt wie ein Vulkan. Er lief zu jenem Berg in Windeseile, schloß den Gürtel und löste das Beil zum Schlag.

Zunächst jedoch erwies er jener Bergwand Ehre und meißelte feine Figuren ein. Das Bild der Schirin hieb er so fein in den Stein, daß sie den Gemälden des Mani in Arzhang glich, und formte alsdann mit der Spitze des Meißels die Gestalten von Chosrou und von Schabdez.

Du hast wohl vernommen, was einst ein Jüngling[76] vor diesem Bild tat und wie die alte Vettel (das Schicksal) mit ihm verfuhr. Es ist die sattsam bekannte Geschichte vom fetten Schafsschwanz, mit dem man Wölfe in die Falle lockt, wenn sich auch manchmal ein Recke just damit aus der Falle rettet. Da aber das Fett im Schwanz zu solchem Spiel dient, was mästest du ihn? Hüte dich! Denn das Schaf Schicksal hat alte Zähne und einen zähen

Schwanz. Hat doch dein Aszendent mit Deneb[77] nichts zu schaffen! Warum also willst du nach rückwärts laufen wie der Schwanz – unter deine Würde sinken wie ein Geschwänzter?

* * *

Farhad spaltet den Berg und klagt sein Leid

Als Farhad die Bilder auf jener Felswand vollendet hatte, ging er daran, den Berg zu spalten, und sprengte Brocken aus dem Fels, so groß, daß sie auf keiner Waage Platz fänden. Mit jedem Hieb, den er dem Felsen versetzte, stürzte er einen Turm aus seiner Festung. Mit jedem Schlag stieß er einen fürchterlich großen Berggrat vom Sockel, und mit dem Diamant seiner Rede durchbohrte er den Rubin seiner Lippen, indem er dem Berg sein Leid erzählte: «O Berg, ist dein Gebein auch felsenhart, sei edel und zerfall in Stücke! Zerschürf um meinetwillen dein Gesicht, laß es bei meinem Schlage rasch zerbersten! Doch willst du nicht, schwör ich's beim Leben der Geliebten, es soll mein Leib, solange Leben in ihm ist, nicht ruhn, mit dir zu ringen; für diesen Kampf geb ich mein Leben hin!»

Abends, wenn aus der Wüste seines Kummers die Sonne zum Gipfel des Berges gelangt war, Finsternis ihre Gemälde über die Helle breitete, die Nacht ihre Fahne hißte und der Sultan des Tages zur Ruhe ging, eilte er zu jenem Bild und suchte im Stein ein Zeichen von seinem Kleinod. Er drückte viele Küsse auf den Fuß der Gestalt und stöhnte vor Liebe wie eine Kesselpauke: «O Gebetsnische für die Augen des Künstlers! Balsam für den Schmerz des innerlich Leidenden! O du mein Standbild mit dem silbernen Leib und dem felsigen Herzen! Durch dich hat sich mein armes Herz verirrt! Du steckst im Stein wie ein Juwel und brichst mir das Herz wie der Stein dem Juwel!»

So schluchzte er eine Zeitlang bitterlich, um sich hernach für seine Schluchzer zu entschuldigen. Dann stieg er auf die Lehne des Berges, blickte zum Schloß der Geliebten und begann erneut zu klagen: «O rosengliedrige Zypresse! Erhelle das Herz eines Verzweifelten, hilf einem Gestürzten wieder auf! Still den Wunsch eines Wunschlosen, erfüll die Hoffnung eines Hoffnungslosen!

Ich weiß wohl, daß du mein nicht gedenkst, weil deine Gedanken ein besserer Freund beschäftigt. Ich aber gedenke deiner bei Tag und bei Nacht und entflamme die Welt mit meinen Seufzern. Dein Herz ist froh durch Chosrou; wie könntest du eines Fremden gedenken? Schirin sitzt froh wie eine Rosenknospe und rieselt von Zucker, wenn sie an Chosrou denkt. So hat der arme Farhad sein süßes Leben dem Leben der ‹Süß› geopfert! Du aber achtest meiner nicht, o leuchtender Vollmond, zu dem ich gepilgert bin. O nachterhellende Kerze! Durch die Liebe bin ich in diese Lage gelangt, wo du mich heute findest. In diesem engen Wandelgang ist mir mein Dasein versteinert. Das Schicksal hat mich übel am Saum gepackt, daß solches Unglück mich befallen konnte. Bin ich denn von Eisen und Stein, daß ich von Stein und Eisen Treue suchen sollte?

Erniedrige mein bedrängtes Herz nicht länger! Sperr einen Fremden nicht in Stein wie eine Schlange!

Dir mangelt es ja nicht an fetter Keule, hast du

für eine Keule doch zwei Schlächter (die Augen)! Doch ich bleib ungeschlachtet auf der Bank, weil ich so elend und so mager bin!

Ich brenne aus Liebe zu dir und sollte mich mit der Ferne abfinden, weil der Falter das Licht nicht verträgt? Ich sollte dir nicht nahekommen, weil die Nähe gefährlich ist? So wahr du eine Dankesschuld gegen mich hast, erfülle sie nicht anders, als indem du mich tötest! Da du mich nicht aus den Fesseln des Grams befreien willst, ist Sterben besser für mich als dieses Leben.

Mit meinem Horoskop dürfte kein Stern aufgehen, keiner mit meinem Schicksal geboren werden! Ist es doch, als hätte mich meine Mutter dazu verflucht, daß jedes Ziel, nach dem ich trachte, mir entschwinden müsse! Wenn das Schwert des Fatums am Werk ist, warum schneidet es dir die Nägel, mir aber die Hände ab? Sind uns die Brüste des Schicksals nicht länger gewogen, warum spenden sie dir dann Milch, mir aber Blut? Bei jener Milch, die dir zuerst die Mutter gab, beschwöre ich dich: Sooft du aus meinem Kanal froh Milch schlürfst, gedenke mein mit einem süßen Trunk! Denn dein Gedenken ist mir süß und stärkend wie Milch, nach der ich wie ein Säugling verlange und wie die Hirten die Hand ausstrecke. Gedenke mein, wie du der köstlichen Milch gedenkst, und vergiß mich nicht, wie Milchkinder ihre Ammen vergessen! Gibst du mir aber keine Süße aus deiner Schale – nun, so bleibt mir das vielfache ‹Süß› deines Namens! Doch hab ich keinen Tröster außer dir; laß mich also nicht ohne Trost! Lad ihn an deinen Tisch, feuchte die Zunge dem, dessen Lippen darben! Hol an den hellen Tag ihn, den die Nacht verfinstert!

An Hellern bin ich zwar vor dir so arm wie ein Derwisch; doch bring ich dir nach Heldenart mein Leben dar! Es ist des Derwischs Vorrang, daß er ohne Geldbesitz auf Gewinn hoffen darf. Verbrenne nicht das Herz, dessen Besitzer und dessen einzige Zuflucht in der Welt du bist!

O Mond, der du an Schönheit eine Fremde bist, schicke den Fremden nicht fort von deiner Tür! Wenn du von Fremde auch bisher verschont bliebst, fürchte den Tag, da dich die Fremde heimsucht! Einst war ich voller Lebensdrang und voller jugendlicher Wünsche. Auf beides setze ich nun keine Hoffnung mehr; ward ich doch zur Heimstatt ewigen Leids!

Weh über alles, was in der Welt sich dir zugesellt. Es begleitet dich, bis das Unglück hereinbricht. Ist es da, wählen sie rasch das Wohl des Leibes; du möchtest, daß sie deine Hand ergreifen, sie aber nehmen die eigenen Beine in die Hand!

O trink nicht mein Blut, du, um die ich blutige Tränen vergieße! Was tat ich Böses, daß du mich hassest? Es ist nicht gut, wenn du nicht sagst, ob ich dir Böses angetan! Ich hab dein Traumbild angebetet – beging ich noch andere Frevel, so will ich ein Jude sein!

Sei nicht untreu gegen den arglosen Freund! Handelt doch keiner mit keinem so gottlos. Bin ich dir Wind, beweg, o rankeste Zypresse, du auch dein Haupt in diesem Winde wie die Weide! Und bin ich Staub, o vielbegehrter Schatz, mach mich zum Schwellenstaube deines Pilgerhauses!

Läßt du aber, o zierliche Kerze, nicht zu, daß ich als Wachs auf deinem Leuchter schmelze, dann töte mich, so daß mein Gebein zwar fern von deiner Schwelle, doch mit dem Segen deiner Hand verwese!

Dem Schloßturm gleich, in dem die Fledermäuse hausen, bin ich die ganze Nacht lang der Gefährte der nächtigen Vögel. Eines Nachts mögest du meinen Jammer vernehmen, wie ich die Nächte durchwache und mich im Morgendämmer erhebe! Und magst du ein steinernes, ja selbst ein stählernes Herz besitzen, du wirst dem wunden Herzbeengten Huld erweisen!

Jeden Augenblick erleide ich neues Unrecht durch dich; ich werde zermahlen durch dich und bin dir doch kein Korn wert. Ich bin zu Boden gestürzt wie ein gequälter Stier, du siehst es von fern und treibst dein Eselchen vorüber! Verfahre edler mit deinem Opfer! Sei nicht grausam mit dem, dessen Herz du geraubt hast!

Nimm, was ich sag, als Wahrheit an, nicht als Metapher! Zur Sache komm, denn diese Sache ist kein Spiel!

In deiner Hand bin ich nicht mehr als ein Strohhalm; doch sonst ist meiner Hand der Berg gefügig. Da ich den Berg an Stärke übertreffe, wie könnte eine Armee, stark wie ein Berg, mir Eindruck machen?! Wenn ich das Schwert zücke gegen Lebendiges, kann weder Schabdez noch Parwez es mit mir aufnehmen! Ich kenne keinen mir überlegenen Gegner; Sieger und Besiegte achten mich gleich hoch. Indessen, ich kenne mein Unglück und zittere vor dem Glück, das mir feindlich ist. Wie seltsam bin ich vom Unglück verfolgt, daß jener mich haßt, der glücklicher ist als ich! Möge keinen, und sei er König, der Haß eines Glücklichen treffen! Das aber fürchte ich, daß im Kampfe mit diesem Berg der Preis dem Gegner zuteil wird und mir der Jammer. Denn der mir diesen Kampf befahl, plant mein Verderben! Indessen fällt es mir in dieser Not nun leicht zu sterben, da ich die Seele in Gram und Gram um die Seele (die Geliebte) trage. Ein schweres Werk erlegt mir die Liebe auf, band ich mein Herz doch an einen Stein und einen Stein an mein Herz.

Nimm, was ich sag, als Wahrheit an, nicht als Metapher! Zur Sache komm, denn diese Sache ist kein Spiel!

Man kann in Not sein Herz wohl steinern machen, doch nicht in solcher, die den Stahl beschämt! Die Liebe zu dir verbrennt mich zu gelbem Wachs, mein Herz verbrennt darüber vor Schmerz. Hab ich auch weder Gold noch Silber zu eigen, um es in Esellasten vor dich hinzubringen, mein gelbes Antlitz mit dem Tränenstrom ist eine Werkstatt bald des Vergoldens und bald des Silberflusses.

Aus Gram um dich habe ich weder im Wachen Ruhe noch im Schlaf. Im Wachen verzehrt mich der Gram um dich, im Schlafe mehrt sich noch mein Schmerz. Da es mir aber so ergeht im Wachen und im Schlafen, weiß ich mir keine bessere Zuflucht als dich.

O komm! Sei du mir das menschliche Wesen, dem ich mein Herz ausschütten darf. Ich bin doch kein Dämon, daß ich die Menschen allesamt fliehen sollte! Wie könnte auch einer nicht in den Banden der Menschen sein, der Menschen aus Steinen meißelt? Ich meißele den Stein; doch dieser ist nicht mein Inneres, denn er ist vor mir, nicht in meiner Stirn.

Bei der Menge freilich hat nur der Erfolg, dessen Stirn hart ist wie ein Spiegel. Das irdische Gedeihen wird dem nicht zuteil, der schamhaft ist wie das Veilchen. Nur wer den frechen Blick der Schamlosigkeit hat, empfängt den vergoldeten Hut der Narzisse.

Kein streunender Kurde ist elender in der Welt als ich, keinen findest du, der verlassener wäre! Ich habe keinen so liebreichen Freund, der, wenn ich falle, zu mir spräche: ‹Stehe auf!› Keiner ist mein Knappe, der, wenn ich sterbe, meine Kissen richten wird. Ich bin allein in diesem Gram mit meiner Seele und einem Haupt, das ich auf deiner Schwelle dargebracht. Mag ich auch hundert Jahre lang im Schachte sitzen, ich sehe niemand über mir als meinen Seufzer. Mag ich auch hundert Jahre lang durch Berg und Steppe schweifen, es folgt mir niemand außer meinem Schatten.

Was bin ich für eine Hundeseele, daß ich in diesem Schmerz wie ein Tollwütiger blutig und staubig herumlaufe? Die Hunde haben ihren Platz in der Welt, ich habe keinen; die Pflanzen ihren Standort auf der Erde, ich keinen. Die Panther finden ihr Panier im Gebirge, die Haie ihr Haus im Meer. Doch ich Betrübter ohne Stein und Staub hab weder im Staub noch im Stein Ruhe. Da ich *auf* dem Staub dem Gram nicht entfliehen kann, so will ich *in* den Staub gehen, um Erlösung zu finden. Möge keiner so heimatlos sein wie ich – wozu ein Leben in solcher Bitternis?

Ein tödlicher Wind treibt mich zu dir hin, oder vielmehr: Es treibt und ruft mich die Erde. Da du *bist,* darf ich nicht sagen, wer ich bin. Das Dorf ist dein – was bin ich in diesem Dorfe? Es ziemt sich nicht zu sagen: ‹Ich bin, du bist›, denn solches führt zur Eigenliebe.

Ich versuche zurückzugehen, jedoch vergeblich. Ich würde den Weg nicht finden, denn der Führer ist Rauch. In dieser Herberge, wo die Füße mir wund sind vom Wandern, weiß ich den Aufbruch nah, doch fern das Ziel. Mein Reittier ist ein rascher Läufer; doch weiß ich nicht, wo mir Ruhe beschieden ist.

Da ich keinen Augenblick von Gram ledig bin, möchte ich niemand in der Welt lustig sehen. Du weißt ja, was die Weisen am Ufer jenes Meeres, wo man die Perle ‹Vernunft› durchbohrt, zu sagen pflegen:

‹Wer selbst im eigenen Wesen krank,
verabscheut die Gesunden!›

Mit diesem Hirn ohne Öl, diesem fettlosen Mark, sieh nur, wie mein Herzensgram trotzdem brennt wie eine Lampe! Von mir ist nur noch Asche übrig vor Leid, doch in der Asche kann sich Glut verbergen. Ich bin wie Staub, den der Wind verweht; der Schwung der Hand, die Kraft des Fußes sind mir entschwunden.

Doch mit der Kraft, die mir verblieb, will ich das Felsbild umarmen! Wie auf den Punkt im Zirkel will ich meine Blicke auf das Felsbild richten, mit hundert Wänden es ringsum verschließen, um keines anderen Bildnis zu erblicken, das Herz an niemandes Gestalt mehr heften, denn diese eine Gestalt zu verehren ist mir genug!»

Als er manche Worte von dieser Art geredet und sein Herz vor jener Gestalt ausgeschüttet, kehrte die Nacht ihrem Reiche den Rücken, und das Heer des Tages pflanzte seine Standarten auf.

Und wiederum schliff jener großartige Nachtschwärmer das Beil für den Bergschlag. Die ganze Nacht durch pflegte er Perlen (Tränen) zu regnen; sein Tagewerk aber war das Felsensprengen. Perlen und Steine verschüttete er in so reichem Maße, daß sein Hirn beide miteinander vermengte.

In aller Welt aber verbreitete sich das Gerücht

vom Bergespalten des gequälten Farhad. Berghauer aus allen Gegenden kamen, um ihn zu sehen, und kauten in Bewunderung an ihren Zeigefingern, sprachlos über das, was er mit Stahl am Stein vollbrachte; und die Köpfe schwirrten ihnen angesichts der Leistung dessen, dem – doch aus anderem Grund – es auch im Kopfe schwindelte.

* * *

Schirin geht zum Berg Bisotun, und ihr Pferd stürzt

An einem jener Tage, die vom Schicksal gesegnet sind, saß Schirin bei ihren Gefährtinnen. Sie redeten über dieses und jenes, Kaltes und Warmes, wie es gerade kam. Eine gedachte vergangener Lustbarkeit und erfreute mit solcher Geschichte die Herzen, eine andere malte die Zukunft aus, in der man noch größere Freuden, als die erlebten, genießen werde.

So sprachen sie über allerlei Dinge mit anmutigen Worten, die hier zu wiederholen zu lange dauern würde. Schließlich aber kam die Rede auf Bisotun. Lachend sagte die Herzerhellende zu den Gefährtinnen: «Heute werde ich meine Wimpel in Bisotun hissen! Ich will doch sehen, wie die eisernen Arme Farhads den Felsen mit dem Stahl besiegen, und ob nicht, wenn er den Stahl mit solchem Feuereifer in den Stein schlägt, ein Funke auf mich fällt.»

Sie befahl, ihr das Pferd zu satteln, dem Zephir den goldenen Pfühl aufzulegen – Rosenhold war an jenem Tag nicht verfügbar, so daß ihre Wahl auf ein anderes Pferd fiel.

Dann kam sie heraus wie der Frühling, schön wie ein türkisches Götterbild, mit glänzenden

Narzissenaugen, ein reicher Strauß üppiger Rosen und an Behendigkeit und Beschwingtheit dem Flug des Vogels nichts nachgebend. Ja, so gewandt war die Anmutige, daß sie zehn Schritt hoch in den Sattel sprang. Und dann ritt sie so rasch, daß sie, der Himmelssphäre gleich, die Erde zu umzirkeln und mit den Hufen ihres Rosses den Wind an den Boden zu nageln schien.

Als nun die Silberhügelige, Moschus und Rosen verstreuend, zu jenem Felsengebirge kam, wurde vom Widerschein ihres Sonnenglanzes die steinige Landschaft zu einem rubinenschimmernden Badachschan. Sie trieb den Koloß ihres Rosses zu jenem kolossalen Bergespalter und rief ihn zu sich.

Im Gedenken an ihren Rubin (ihre Lippen) war Farhad dabei, den Berg wie ein Minenarbeiter zu zerklüften, wobei er sich selber aufrieb. Um der felsenherzigen Freundin willen setzte er sich den Felsbrocken aus, freilich indem er ständig mit ihnen im Kampfe lag. Es gab keine Waage, die das Ausmaß seines Eingreifens in das Felsgestein zu bestimmen vermocht hätte. Mit seinem wie ein Gebirge mächtigen Leibe zerklüftete er das Gebirge, vor sich ein Gebirge von Gram, hoch wie der Demawend. Ins Innere des Gesteins hinein aber grub er nur deswegen so beständig, weil sein Wunsch von dort zum Vorschein kommen sollte. Er färbte das Felsgestein rot mit seinem Blute – vielleicht, weil er im Stein den Rubin zu finden hoffte?

Da er aber Kunde hatte von Schirins Rubinenlippe, war es ihm, als fände er im Gestein wirklich Juwelen, und der Stahl in seiner Hand wurde heißer als sein Herz, der Stein durch seinen Stahl weicher als Lehm.

[Eine späte Handschrift hat hier einen Einschub, wo geschildert wird, wie Farhad beim Anblick Schirins zunächst ohnmächtig wird, dann sich vor ihr auf dem Boden wälzt, bis schließlich die Geliebte ihn anspricht und nach seinem Ergehen fragt. Da gesteht er ihr seine Liebe und erinnert sie an seine Dienste, aufgrund deren er sich Hoffnungen gemacht habe. Schirin vertröstet ihn auf eine spätere Zeit: «Wenn du diesen Stein beseitigst, so hat der Schah keinen Vorwand mehr. Dann zeigt die Sonne ihr Antlitz, der Mond deines Glückes geht im Osten auf!»

Farhad beschreibt ihr seinen Zustand als Liebender und daß er im Begriff sei, beim Durchgraben des Berges seine Gesundheit zu untergraben. Ihr aber wünsche er, daß sie wie die Zypresse des Gartens immerdar in Jugend und, vom Schmerz der Leidenden unberührt, lachender Lippen bleibe.]

Die Zuckerlippige hatte eine Schale mit Milch bei sich. Die gab sie ihm mit den Worten: «Trinke das zu meinem Angedenken!» Der edle Jüngling nahm die Milch aus der Hand der Schirin und trank sie, die von unbeschreiblicher Süße war. Wenn eine süße Schenkin die Buhle ist, wird nicht nur die Milch, sondern sogar das Gift zu Nektar!

Als aber der Liebende vom Rest der Schale trunken ward, wandte sich die Schenkin zum Aufbruch. Doch nun waren ihre Glieder schwer vom goldenen Schmuck, und ihr Pferd erlahmte unter der Last des Geschmeides. Es wird überliefert, daß ihr windschnelles Roß unter dem Schatz von Juwelen schier zusammenbrach. Als der Liebende sah, daß die behende Geliebte in Gefahr war, aus der Luft in den Staub zu stürzen, hob er das Pferd mitsamt seiner fürstlichen Reiterin empor und lud sie sich auf den Nacken; so machte er es ihr leicht und beförderte sie so ritterlich zum Schloß, daß ihr kein Haar am Körper gekrümmt ward. Im Schloßhof half er ihr aus dem Sattel und kehrte zu seinem eigenen Werkhof zurück, der Felsenschmiede, um aufs neue den Stein mit dem Stahl zu zerstücken. Und so stand er wieder am Berg, den Berg des Grams auf dem Herzen, und schlug sich den Kopf wund am Stein zu Füßen der Felsen, wie eine Gazelle, die, als sie hoch im Gebirge Grünes erblickt hat, vom Brachfeld in die Grabesschlucht gelangt.

* * *

Chosrou erfährt, daß Schirin Farhad besucht hat

Der Weltbeherrscher Chosrou holte ständig mit Eifer Nachrichten über Schirin ein. Er hatte mehr als tausend Späher, jeder mit einem anderen Geschäft betraut. Die Schöne brauchte sich nur an der Nase zu kratzen – sie gaben ihm von jeder Einzelheit Kunde. Als sie Farhad besuchen ging und seinen Stahl in jenem Gebirge am Werk sah, setzten sie den Weltbeherrscher davon in Kenntnis: Farhad habe die Betörende gesehen; die Kraft seiner Hand habe geglänzt, mit jedem Hieb habe er einen Berggrat vom Sockel geschlagen. Seit jenem Augenblick sei er, von neuem Eifer beseelt, dem Berg gewaltig zu Leibe gerückt. Mit seinem steinerprobten Stahl könne er Bisotun «säulenlos»[78] machen. Er schwinge die Haue wie eine Löwenklaue, oder vielmehr, es sei, was er schwinge, nicht die Haue, sondern die Hitze seiner Leidenschaft. Der Fuchs, sei er nur hinreichend listig, könne es sogar mit dem Wolfe aufnehmen. Und die Waage möchte ihre Gunst vom Golddinar ab- und der Gerste zuwenden, wenn man zuviel davon in die Schale schütte. Lasse man ihn noch einen Monat lang mit dieser Kraft wirken, so werde er die Straße durch den Berg getrieben haben.

Bei der Kunde von diesem Stein-Durchstechen und beim Gedanken, daß er auf den Rubin werde verzichten müssen, schwindelte es dem König, und er fragte den Rat der Alten, welche Vorkehrungen man treffen sollte.

Sie sprachen: «Willst du dich dieser Fessel entledigen, so schicke einen Boten, der zu ihm gehe und sage: ‹Schirin ist gestorben.› Das dürfte ihm für eine Weile die Hände lähmen und dir Aufschub gewähren.»

So suchten sie einen Boten aus für die Unheilspost, einen engherzigen Mann mit knotiger Stirn und verkniffener Miene, blutfleckig vor Mißgunst wie ein Metzger und mit einem Schnurrbart, feuerspeiend wie ein Naphthawerfer[79].

Sie lehrten ihn die schlimmen Worte, die er sagen sollte, ihm Gold versprechend und mit Eisen drohend, und schickten ihn nach Bisotun, nachdem sie ihn zum Fahrenlassen aller Hemmungen verleitet.

Als sein freches Auge Farhad erblickte, gewahrte er das Werkzeug von Stahl in seiner Hand und wie er, entfesselt gleich einem reißenden Löwen, den Berg spaltete mit der Wucht eines rasenden Elefanten. Sein Herz war so warm wegen Schirin, daß Stahl und Stein sich in seinen Händen erweichten. Ob der Glut in seiner Seele und Leber nahm er weder sich selber noch die Welt wahr, sondern sprach Verse im Gedanken an Schirin, schwang feurig das Beil und durchbohrte den Berg.

Da trat der kaltherzige Mann an Farhad heran und begann, indem er sich traurig stellte, zu reden: «O Unwissender, Achtloser! Was hast du vor? Wofür bringst du dein Leben gedankenlos hin?»

Er sprach: «Beschwingt durch den Namen einer Freundin verrichte ich die Arbeit, wie du siehst. Doch was sage ich! Freundin? Eine Geliebte von süßer Rede, die mir hundertmal süßer als mein Leben ist!»

Als der sauermienige Leichenbitter den süßen Odem der Schirin am Werke spürte, tat er einen wehmutvollen Seufzer und sagte: «Schirin ist gestorben, und Farhad weiß es nicht! Ach, über die vielgepriesene Zypresse, wie hat sie der Sturm des Todes in den Staub gestürzt! Sie haben das Ambra der Grabeserde auf ihren Mond geschüttet, sie mit dem Augenwasser der Trauer gewaschen und schließlich sich mit dem Kummer über sie abgefunden, sie der Erde anvertraut und sich heimbegeben.»

So trieb er in jedem Augenblick ihm Schwerter in die Seele und warf ihm seine geheuchelten Seufzer ins Gesicht. Doch als der Lügner sprach: «O über ihre Locken, über ihr Schönheitsmal – wehe!», warum ward seine Zunge nicht stumm? – Wehe!

Duldet das Herz eines Menschen, daß er dergleichen Dinge sage, ohne sie gesehen zu haben? Müßte er sie doch verschweigen, selbst wenn er sie sah.

Kaum hatten diese Worte Farhads Ohr getroffen, als er am Altan des Berges niederstürzte wie ein Berg und einen Seufzer aus seinem Innern hervorstieß, so schrecklich, als würde sein Leib von einer Hellebarde durchbohrt.

Jammervoll sprach er: «Ach weh! Ich habe Not erlitten und sterbe in Not, ohne Ruhe gefunden zu haben. Sind hundert Schafe in einer Herde, so holt der Wolf gewiß das für den Derwisch bestimmte Opfer. Wie wahr sprach der Rosenwasserbereiter zum Rosenhag: ‹Reiß nicht an dich, was du schließlich zurückgeben mußt!›

Die ranke Zypresse ist in den Staub gestürzt – wie sollte ich mir fortan nicht Staub aufs Haupt streuen? Die lachende Rosenblüte ist entblättert – wie sollte mir der Garten nicht zum Kerker werden? Das lenzhafte Rebhuhn flog der Aue davon – wie sollte ich nicht schluchzen gleich der Frühlingswolke? Erstorben ist die welterhellende Leuchte – wie sollte mir da der Tag nicht zur Nacht werden? Meine Lampe erlosch, darum ist mein Atem kalt; mein Mond entschwand, darum ist meine Sonne (mein Gesicht) bleich.

Doch mit Schirin will ich im Tode leben,
mit einem Schritt mich in den Tod begeben!»

So schrie er seinen Schmerz um Schirin in die Welt, küßte ihr zum Gedenken die Erde und gab den Geist auf.

Die Zeit versteht sich nur auf dies Bestreben:
Sie gibt uns Leiden, und sie nimmt das Leben.
Wenn ein Unglücklicher vom Sockel fällt,
ringsum das Unheil ihm die Tür verstellt.
Er streckt die Hand aus, wo er Blüten glaubt,
statt Blüten regnet's Kiesel auf sein Haupt.
So ohne Freude ist, was ihn betrifft:
Zucker sogar wird seinem Gaum zu Gift.

So eng wird ihm, wo ihn sein Schicksal führt,
daß er in dieser Welt sein Bündel schnürt.
Und so entgleitet oft des Lebens Zügel,
der Jugend Fuß rutscht ab auf solchem Hügel.
Nur *der* sich Freiheit von der Welt erkämpfte,
der seinen Sinn losriß von dieser Sänfte,
wer Jesus gleich sich in ein Kloster flieht,
wo ihn trotz vieler Lampen keiner sieht.

Die Welt ein böser Dämon ist, ihn kann
die gute Art nur binden in den Bann.
Mach dir nicht böse Art zur Höllenfahrt;
andern ein Himmel sei durch gute Art.
Trägt deine Art die wahren Menschenzüge,
dann bist du hier wie dort im Paradiese.

Schlaf nicht, o Aug, so trunken und so träg,
rühr dich in dieser Welt, sei wach und wäg!
Wird doch dein Schlaf im Staub noch lange währen,
daß dich vergessen bald die Sternensphären.
Mit diesen fünfzig Jahren Gaukelspiel,
mit diesem Deut von Ton, was prahlst du viel?
Und wenn es fünfzigtausend Jahre friste,
es dauert nicht! Schließ zu die Zauberkiste!

Man darf nicht stählerner als Stein sein wollen!
Sieh, wie der Sand hinrieselt aus dem Stollen!
Die Erde ist ein Blutleder, und gut
tut Sand dem Tuch, wo stets verströmt wird Blut!
Wie manches Blut floß schon in diese Steppe,
kein Siyawusch so stark, daß er sich rette.
In jedem Staubkorn, das ein Sturm herbläst,
ein Faridun, ein Kaikobad noch west.
Kein Klumpen Lehm auf dieser weiten Erde,
der nicht getränkt mit Blut von Menschen wäre!

Wer kennt das alte Kloster, drin wir leben,
was seine Frist, was sich in ihm begeben?
Je hundert Jahre währt ein Äon, wann
er endet, hebt ein andrer Äon an.
Doch keiner lebt, bis er dem Äon schaue
ganz auf den Grund, auf daß ihm davor graue.
Für ein paar Tage mit dem Äon schweifen –
was kann man dabei sehen, was begreifen?
Von Recht und Unrecht jeder Äon schwingt;
der Wissende verschweigt, was ihn durchdringt.
Reiz nicht das Unrecht, sich an dir zu rächen,
man darf zum Äon nicht vom Äon sprechen!

Tag und Nacht sind ein Schecke, hüte dich:
Laß diesem Schecken deinen Zügel nicht!
Magst du zu Hilfe hundert Künste nehmen,
dem Schecken kannst das Ungestüm nicht zähmen.
Wie auch den Erdenstaub die Sphäre kochte,
die Roheit seiner Art nicht weichen mochte.
Das Spielhaus «Weltenrad», das ungeschlachte,
schon manch Begüterten um sein Gut brachte.

Die Jungfer Staub, glänzt sie auch mondgestalt –
schlag in den Wind ihr Wort; denn sie ist alt!
Der Mond wird dunkeln, sich ein Sturm erheben,
der Jungfer Staub wird man die Scheidung geben.
Doch kommt der Sturm nun heute oder nicht,
entfach im Staub nicht solch ein Fackellicht!
In dieser Handvoll Staub, Staub in den Händen,
magst mit zehn Fingern du ein Licht entzünden;
gefährlich bleibt der Staub, der um dich schwillt,
da er des Fingers Wunde dir nicht stillt.

Dein Leib verfällt durch diese schwachen Glieder,
die bald gesund sind und bald siech danieder.

Vom Dache fallen wäre Spielerei,
zerbräche man die Glieder nicht dabei.
Siehst du nicht, wie der Träumende, entleibt,
von hundert Pfeilen unverwundet bleibt?

Eher wird Schwefeldampf Zitronen schonen,
als uns die neun grün-bitteren Zitronen.
Wenn nicht wie Joseph du Zitronen meidest,
du wie Orangen durch Sulaika leidest.[80]
Vor Tag heb einen Stein auf, kühn und frisch,
Orangen und Zitronen feg vom Tisch!
Verläßt du den Palast mit den neun Türen,
kann dich die Schlange Neunhaupt nicht
berühren.[81]
Der Atem, der mit uns durch's Leben wallt,
wir machen ihn zum Herbstwind rauh und kalt.
Tot ist der Atemzug, dem Liebe fehlt,
ist jeder unsrer Züge doch gezählt.
Es gilt, im Lieben ein Farhad zu sein;
dann mag man ruhig sterben und sich freun!

Der Baumeister hatte den Griff der Stahlaxt immer aus frischem Orangenholz hergestellt, weil dieses ihm in der Hand besonders hilfreich und gehorsam war. Als er die herzzerreißenden Worte vernommen hatte, schleuderte er die Axt mit gewaltigem Schwung vom Berge hinab. Die Klinge fuhr ins Gestein und der Griff in den Staub; man sagt, es sei feuchter Boden gewesen. Aus dem Griffe wuchs ein Orangenstrauch, wurde ein stattlicher Baum und trug viele Früchte. Und wenn man heute eine Orange von ihm findet, findet man Heilung für den Schmerz jedes Kranken. Nizami hat zwar diesen Orangenbaum nicht selber gesehen, jedoch Berichte darüber in Büchern gelesen.

Chosrou schickt ein mit Spott vermischtes Beileidsschreiben an Schirin

Als Farhad in der Liebe zu Schirin gestorben war, trauerte Schirin um ihn in ihrem Herzen. Was für ein schmucker Vogel war ihrem Garten entschwunden! Über die franke Zypresse am Bach vergoß sie Tränen wie eine Frühlingswolke. Wie einen der Großen hüllte sie ihn in ein Festkleid, übergab ihn der Erde und blieb, Luft in den Händen, zurück. Sie errichtete eine hohe Kuppel über seinem Staub und machte sie zu einem vielbesuchten Grabmal.

Von links und von rechts kam Chosrou die Nachricht zu, daß der Weg nun frei sei von jenem lästigen Dorngestrüpp. Da bereute der König, was er getan; und die Pein, die er zugefügt, fing an, ihn selber zu peinigen. Er begann sich zu sorgen – und seine Sorge war begründet –, wie er der Vergeltung begegnen solle.

Wer einem andern tut ein Bubenstück –
einst kehrt die gleiche Tat zu ihm zurück!

So war er bei Tag und bei Nacht in Sorge, und die Heimzahlung, die er besorgte, sollte ihn dereinst auch ereilen.

Vorerst aber berief er seinen Privatsekretär zu sich, daß er ein Blatt mit Juwelen bestreue; Rosen mit Zucker zu mischen hieß er ihn, um einen süßen Brief an «Süß» zu schreiben.

Er begann das zierliche Schriftstück damit, den Namen Gottes anzurufen: «Im Namen dessen, der dem Sehen Licht verleiht, durch den die Schöpfung hellen Auges ist, der Menschen und Geister hervorbringt zusamt den Wirkungen des Himmels und der Erde, der die Sphären um die Erde kreisend und die Erde zum Mittelpunkte der Sphären gemacht hat!»

Nach der Anrufung Gottes und der Reinen Engel kam die Rede auf die Leidtragende: «Die Fürstin der Schönen, die liebliche Schirin, die die Süß-Redenden die Süß-Lachende nennen, hat, so vernahm ich, zu Ehren eines begehrlichen Liebhabers Trauerwacht an seinem Grabe gehalten. Aus ihren Narzissen-Augen hat sie Quecksilber-Tränen auf die Jasmin-Brust getropft, die franke Zypresse vor Kummer gekrümmt, mit Tulpen-Fingern die Rosen-Wangen zerkratzt, die Dattel-Lippen mit ihren Zähnen verletzt, den Schleier vom Antlitz und das Band von den Zöpfen gelöst und eine Welt mit ihrem Wehgeschrei verbrannt.

Wahrhaftig, so verlangt es die Freundschaft, das ist das Zeichen wahrer Liebe!

Diesem bergespaltenden Lastträger hat sie gehuldet, ist auf den Knien zum Knie des Berges gerutscht. Doch ein getöteter Fremdling verdient noch lautere Klagen, die ganze Erde sollte ihn beweinen! Stirbt ein Liebender so einfach aus Gram? Jedem mög es ergehen wie Farhad, den sein Beispiel nicht warnt!

Doch was hab ich mit ihm zu schaffen? Mein Herz ist in Sorge um Dich. Da ich weiß, wie sehr Dich sein Tod betrübt hat – denn obschon er starb, läßt Du nicht von ihm ab –, so frage ich: Warum mußtest Du ihn denn töten durch Schmerz? Und da Du ihn getötet, wie lange willst Du ihn bejammern? Bedaure ihn nur, denn Du hast ihn gequält! Erweise ihm Ehre, Du hast ihn ja auch erniedrigt!

Doch magst Du hundert Jahre bei seinem Staub verweilen, keiner wird mehr so staubesniedrig sein wie er!

Gewiß, Du wirst, auch wenn Du noch hundert Herzen in den Staub beförderst, keinen ähnlichen Schirin-Verehrer mehr finden! Und dennoch! Da Weinen nutzlos ist, wozu einen Rauch aufregen ohne Braten! Du hast Dich wahrlich genug gegrämt – soll man geraubtem Gut so viel Beachtung zollen? Das Leben beruht auf Tod; keiner kann ewig leben!

Du bist der Tag, und er ein Stern, o Herzerhellende; der Stern versinkt, wenn es Tag wird! Du bist der Morgen, und er, so Dein Herz es beliebt, ist die Lampe: Vor dem Morgen muß die Lampe verlöschen! Du bist die Kerze, und er der trunkene Falter: Wenn die Kerze erscheint, geht der Falter zugrunde! Du bist der Garten, und er ein Kraut, das aus Dir hervorsproß: Dem Kraut tut's am besten, im Garten auch zu verwelken! Du bist von feuriger Natur, und er ein leidenswilliges Duftholz: Das Holz verbrennt, sobald die Flamme lodert!

Ist Deinem Rosengarten ein Vogel entflogen – der Adler, der im Äther fliegt, verehrt Dich noch! Ist Deinem Krug ein Tropfen Wasser entfallen – noch mancher Tigris sehnt sich nach Deinem Quellbach! Da der Vollmond blieb, laß den Halbmond zersplittern! Da die Schönheit da ist, entschlag Dich des Schönheitsmals!

Farhad ging dahin, Schirin möge bleiben! Die gelbe Rose ward bleich – was tut's? Die Eglantine möge bleiben!»

Als der Schreiber den Brief vollendete, küßte er den Boden und legte ihn vor Chosrou. Chosrou gab ihn rasch dem Kurier, der nahm und überbrachte ihn, wie der König ihn hieß.

Als Schirin sah, daß ein Brief vom Schah kam, leuchteten ihre Wangen mondhell vor Freude. Sie küßte ihn an drei Stellen, erbrach das Siegel und ließ keinen Buchstaben ungelesen.

Leber, in Moschus getaucht, und vergifteten Kandis fand sie darin, Musselin, in dem hundert Vipern sich winden, und Datteln, in denen hundert Dornen versteckt sind, lauter in Seide gewickelte Zangen, lauter honigsüßen Giftsaft!

Ohne die Kraft, diesen Trank geduldig zu schlürfen, und ohne Gelegenheit, ihren Zorn aufwallen zu lassen, bezwang sie mit Härte und Not die Not und die Härte – kraft des wachen Sinnes, der ihr beschieden war.

* * *

Maryams Tod

O Weiser, sei eingedenk der Zeit und daß jede Tat am Ende ihren Lohn hat. Nichts Vergängliches bleibt, ob gut oder schlecht, dafür sorgt das Sphärenrad.

Nachdem Chosrou zum Tode Farhads der «Süß» jene bitteren Worte gesandt, fügte es das göttliche Geschick, daß Maryams Herrschaft zu Ende kam.

Man sagt, Schirin habe ihr Gift zu trinken gegeben und so das bittere Gift, das Maryam sie kosten ließ, vergolten. Doch willst du die Wahrheit hören, so laß das Gift beiseite und vernimm von mir, daß sie mit dem vergifteten Bannstrahl ihrer Willenskraft Maryam vernichtet hat.[82]

Lassen doch Inder, indem sie diese Willenskraft anspannen, frische Blätter aus dürren Zweigen rieseln. Und die Zauberer, die den Mond in einen Würfel verwandeln, treiben ihr Gaukelspiel ebenfalls durch diese Willenskraft.

Als nun Maryam ihr letztes Maria-Fasten antrat

und dem Zucker des Königs den Mund verschloß, wurde der Weltbeherrscher erlöst aus den Klauen Maryams, wie die Schwangeren bei schwerer Geburt durch die «Maria-Klaue» genannte Pflanze Erlösung finden. Nachdem der Baum der Maryam gefällt war, blühte Chosrou auf wie die Palme der Maria.[83]

In Anbetracht ihres Ranges und ihres Ansehens veranstaltete er indessen doch eine vollendete Trauerzeremonie. Einen Monat lang unterließ er es ihr zu Ehren, den Thron zu besteigen, und trug nur schwarze Gewänder.

Als man Schirin das Ereignis berichtete, mischten sich Rosen und Dornen in ihre Empfindung. Einerseits frohlockte sie über Maryams Tod, der ihre Seele aus der Eifersucht erlöste. Doch andererseits empfand sie Trauer und Mitleid; denn sie war nachdenklich und fürchtete sich vor jener Letzten Stunde.

Chosrou zuliebe versagte sie sich einen Monat lang alle Freuden. Doch als ein Monat um und der Stachel aus der Wunde entwichen, die Staubwolke vor den Augen der Menschen zerronnen war, hieß sie ihr Herz die Saat der Liebe zu pflegen und eine Antwort auf Chosrous Brief zu schreiben. Die Worte, die sie im Herzen hatte, streute sie mutwillig aus wie Körner in die Krume.

* * *

Schirin rächt sich an Chosrou mit einem Beileidsschreiben zum Tode der Maryam

Sie setzte die Feder aufs Papier und schrieb ihre Worte in einer sinnreichen Anordnung nieder. Der Sprache die Süße des Kandis verleihend, begann sie folgendermaßen: «Im Namen des Königs der

Könige, der einer Schar Vergebung Heischender die Sünden verzeiht, des Herrn, der unser Tun und Lassen lenkt, ohne unserer Dienste bedürftig zu sein, des körperlosen Schöpfers der Körper, dessen Deutung die Sterndeuter irremacht. Von der Erde bis zum Himmel, von der Sonne bis zum Mond ist alles wie Indersklaven zum Turkistan seiner Huld unterwegs. Er gibt ohne Verdienst allen Geschöpfen Nahrung, zeichnet ohne Griffel Rubine in den Felsen. Ob Vogel oder Wurm, was lebt in Meer und Gebirg, er läßt keinen ewiglich im Elend! Im Wohlstand verordnet er Minderung, in Bedrängnis gewährt er Beistand. Wenn wir vergessen, ihm dankbar zu sein, zupft er uns am Ohr, damit wir erwachen. Seinem Gebot entspringen nach dem Gesetz der Erkenntnis die Zustandsveränderungen der Schöpfung. Bald lost er Muße zu und bald Mühe, bald teilt er Mangel mit und bald Gewinn.

Die Welt aber verharrt in ihrem zweideutigen Schillern, sich bald als Grieche zeigend, bald als Neger. Bald verschafft sie durch Unrecht am einen dem anderen Recht, bald erfreut sie den einen, indem sie den andern vergrämt.

Wie wahr sprach doch der von Lahore zu dem von Tus[84]: ‹Der Tod des Esels ist dem Hund eine Hochzeit!› Nicht jedes Los, das beschert wird, ist Überschwang, nicht jeder Boden, auf den man gestellt wird, ein Teppich. Der die Geschicke lenkt, hat es so eingerichtet, daß unser Losanteil bald Schmerz und bald Arznei ist. Der Weise ist, wer sich auf jede Lage einstellt, seien es Rosen oder Dornen.

Der mächtige Weltbeherrscher, die Sonne der Horizonte, dessen Sechs-Joch-Gewölbe das Siebengestirn überstrahlt -- das Paradies ein Treffpunkt an seinem Hofe, der Tuba-Baum ein Gewächs im Hain seiner Macht! –, besitzt in diesem Weltkreis, der da vom Mond zum Fisch der Seine ist und wo vom Fisch zum Mond alles ihm Achtung zollt, wohl davon Kunde, daß Tag und Nacht zwei Farben und ihre Gaben bald Zuckerrohr, bald Koloquinten sind, daß in diesem ebenholzschwarzen Sandelduftschloß bald Hochzeitsfest, bald Leichenfeier gehalten wird.

Ist die Braut des Schahs unter der Erde – was tut's, er hat ja noch andere Bräute! Der Himmel machte sie willens abzutreten, weil er die rasche Gangart des Königs kennt.

Ist auch noch keine bessere Freundin als Maryam vorhanden, der König ist rascher Gangart – keine Sorge! Er blickt schon auf ein anderes Rosenbeet, er hat im Geiste schon ein schöneres Liebchen im Arm!

Quäl Dich nicht zu sehr, o zartfühlender König, denn jenes Götterbild war so wertvoll, daß man gut tat, den Schatz zu vergraben! Gräm Dich nicht, der Mensch verträgt den Gram nicht, und wenn Du Dich grämst, leidet der ganze Erdkreis!

Du solltest die Zügel von Maryam abziehen, denn wärest Du auch Jesus, Du wirst ihren Staub nicht wieder zum Leben erwecken! Daß die zarte Gattin in den Sarg stieg, bedeutet ja nicht, daß Du auf den Thron verzichten müßtest! Trink Wein, statt zu weinen! Der Gram könnte Dich überwältigen, wenn Du seiner nicht Herr wirst! Tu der Toten nicht Unrecht durch Deine Klagen; denn Tote brauchen Geduld, nicht Wehgeschrei!

Um einer Quelle willen kränk und zerkratze Dich nicht, laß einen Tropfen aus dem Tigris versickern! Trink froh den Becher des Dschamschid am Ufer des Deltas und laß den alten Bagdader Flechtkorb verrotten! Dein unausgeschlafenes Herz schlafe nun ohne sie; wie aus den Augen, so gehe sie Dir aus dem Sinn!

Wich eine Zypresse aus dem Garten der Welt – Du währe, der Du die Seele der Welt bist! Mag ein Wesen Dir entschwinden, Gott sei gelobt! – Du bist, und somit ist alles da! Du bist eine wertvolle Perle; und die Perle ist am schönsten als Solitär! Du bist ein Rubin; der Rubin ist am schönsten, wenn er kein Gegenstück hat! Begnüge Dich mit der Einsamkeit wie die Sonne; im Range Dschamschids ist Gattentum Polytheismus! Braucht der Vogel den Vogel zur Balz, Du bist der Phönix, der keinen Partner benötigt! Lief eine Gazelle Dir aus der Steppe fort, so laß sie laufen! Gibt's von der Art doch in der Steppe noch sehr viele! Entschwand eine Rose, warum gleich Dornen sehen? Ein ganzer Frühling wird sie ersetzen! Zerbrach ein Götterbild, so möge Cäsar währen! Traure Maria nicht nach! Nur Jesus möge währen!»

* * *

Chosrou erhält den Brief Schirins

Als Chosrou den Brief der «Süß» las, ward er durch ihre süßen Worte entwaffnet. Im Herzen sprach er: «Es ist doch eine Erwiderung und keine Kriegserklärung! Wer mit Felsbrocken wirft, wird mit Steinen belohnt. Auf einen Brief, den man hätte zerreißen sollen, hab ich die Antwort erhalten, die ich verdiente!»

Erneut verlangte ihn nach dem Zucker der «Süß», jetzt, da das Surren der Fliege verstummt war. Da er von Maryams Bedrängnis erlöst war, schien die Dattel keinen Dorn, die Kerze keinen Rauch mehr zu haben. Daß Maryam die Hand von der Festtafel abzog, machte für Chosrou die ganze Welt zu einem Maria-Fest.

Erlag der Feind, ist, was auch komme, gut;
ertrinkt in ihr der Feind, gefällt die Flut.

Chosrou sandte Schirin allerlei salbungsvolle Worte und suchte mit Salböl das Eisen zu Stahl zu erweichen.

Die Chosrou ergebene Schöne las gehorsam, was er zu schreiben geruhte, daß er nämlich ein Leiden habe und sie als Heilmittel betrachte.

Nun hatte sie ja früher schon von Chosrou erwartet, daß er höflicher um sie werben solle, ihr die königliche Sänfte und eine Morgengabe senden und sie als seine angetraute Braut neben sich auf den Thron setzen würde. Sie begann also in ihren Briefen, ihm Vorwürfe zu machen oder vielmehr die Spröde zu spielen. Sie sah ja, wie die Ware der Schönheit wirkte; der Markt war gut, also steigerte sie den Kaufpreis.

Die Ware durch den Kunden kommt in Schwang,
das Auge gibt dem Lichte erst den Rang.
Vernimm daher den Rat zum eignen Heil:
Was keiner kaufen will, das halt nicht feil!
Doch lern auch, was zu Glück und Nutzen führ:
Bist du im Schwang, verschließe nicht die Tür!

Der König machte sich Luft, aber Schirin wollte sie nicht atmen. Sie gab keine Haaresbreite ihres Stolzes preis.

Da er sich machtlos sah gegenüber diesen Esellasten von Stolz, sann er auf Abhilfe: Er müßte eine liebenswürdige Freundin finden, um den störrischen durch den trottenden Esel in Gang zu bringen. Er müßte im eigenen Interesse ans Werk gehen und die Sache von einer anderen Seite in Angriff nehmen. Von jedermann holte er daher Auskünfte ein; denn: Der kluge Mann nimmt seine Schwierigkeiten nicht leicht!

* * *

Beschreibung der Freigebigkeit und Gerechtigkeit Chosrous

Der Weltbeherrscher Chosrou – seit die Sphären kreisen, hat kein Gekrönter seinesgleichen den Thron bestiegen – ließ, wenn er Audienz hielt, jeweils fünf Reihen Aufstellung nehmen. In der ersten Reihe standen Vermögende, in der zweiten Reihe Notleidende und Arme, in der dritten kraftlose Kranke, die alle um Haaresbreite dem Grabe entronnen waren; die vierte Reihe bestand aus Leuten, denen die Fesseln am Fuß wie Nägel ins Herz stachen, die fünfte aus blutigen Frevlern, die keiner nach ihrem Ergehen fragte. Vor diesen Bluttätern aber hing, ihre Hoffnung zu wecken, ein Freiheitsbrief.

Der Hofmarschall rief aus, jede Reihe solle zur Warnung unter sich blicken. Wenn die Vermögenden auf die Armen blickten, fühlten sie ihre Dankesschuld wachsen. Fiel der Blick des Armen auf den Kranken, so begann er für seine Gesundheit zu danken. Blickte der Kranke auf den Gefangenen, empfand er dankbar seine Freiheit. Schaute der

Häftling auf den Mörder, kam ihm der Dank der Erleichterung über die Lippe. Und weil der Mörder Hoffnung auf Freiheit sah, schien auch die Kerze seines Dankes heller.

So ward denn Chosrous Hof Jahr um Jahr vor Süße des Dankes zu einem zuckerreichen Ägypten.

* * *

Chosrou besteigt den Thronstuhl Takdes und hält Gelage

Eines Tages bestieg er den Thron, um zu bechern, mit solcher Übung sich dem Glück verbrüdernd, während rings um den Thron Takdes die Kronenträger vor ihm die Erde küßten.

Alle Sternbilder waren auf diesem Herrscherthron geortet. Vom Pflock des Mondes bis zum Zelt des Saturn war Wölbung um Wölbung auf ihm abgebildet, das Maß der Grade und Minuten für Planeten und Fixsterne angegeben, und mit Hilfe von sinnreich angeordneten Karfunkeln waren die Stunden der Tage und Nächte markiert. Ein Kenner der Sternbeobachtung konnte an diesem Thron die ganze Himmelskunde ablesen; und wer diesen Thron Chosrous studierte, wußte tausendmal mehr Geheimnisse, als der Becher Kaichosrous je verriet. Ein solcher Thron ist kein Thron, sondern ein Himmel; der Schah auf ihm kein Schah, sondern ein von den Sternen erkorenes Kind des Glücks!

Gleich einem Elefanten – falls Elefanten Menschenzüge tragen –, gleich einem Löwen – wenn anders Löwen Ambra-Locken haben –, riß Chosrou eine von der Erde bis zum Himmel reichende Flanke auf; von den Plejaden bis zum Ackerblust deckte er eine Tafel; und Irams[85] Becher versiegten vor seinem Gelage, die Himmel schrumpften zu Türklopfern an seinem Hofe.

Verlangst du nach Größe, verschreib dich der Großmut! Bind deinen Beutel mit Grashalmen zu! Geld hast du, das aus Härte erwächst und das mit aller Kraft zum Unheil hinneigt. So laß den Erdenfleiß in Freude münden, nimm, was er einbringt, und gib's aus! Gib hin, so wie du's nimmst; und gibst du, ohne zu nehmen, so weißt du, was du tust.

Man kann alleine nicht die Welt besitzen, kann nicht in Einsamkeit die Welt genießen! Jeder, der Einsicht hat, weiß es recht wohl: Elend allein ist, wer allein regiert!

Trink nicht allein – und sei es nur ein Bier:
Einsamer Trunk ist bitter wie das Meer!

Du solltest dich zu einer Kerze machen und so im Dienst am andern gradestehen. Was hatte Krösus denn von seinen Schätzen? Der Schatz der Welt lohnt nicht die Hatz der Welt! Mit Not erwirbt man ihn, und das ist gut so! Erst wenn man ihn verliert, ist's große Not. So kommt er denn mit Not und geht mit Not. Ein solcher Schatz macht Unbesitz zur Ehre.

Der König Chosrou Parvez, der Dschamschid überragte, überstrahlte durch seine Bereitschaft, Schätze auszustreuen, die Sonne. Lachend verteilte er Schätze, die er für Staub erachtete, bescheiden wie der Schatz im Staube.

Zweimal, am Morgen und Abend, ließ er den Tisch decken mit Speisen in Schalen und Wein in Pokalen. Meilenweit zog sich die Tafel hin, Rindfleisch den Fliegen sowie Elefantenschinken den

Mücken darbietend. Von Rind- und Hammelfleisch, Fisch und Geflügel stand, ich weiß nicht wieviel, doch jedenfalls soviel du willst, zur Verfügung. Und vor der Fülle der Süßigkeiten wußte der Gast nicht, was er kosten sollte. Die guten Düfte, die sein Gelage erzeugte, erwiderte der Zephir mit Blumen-Aroma, und kam die Zeit für Ambra- und Aloe-Rauch, zerronnen die Jahreseinkünfte Indiens in den Räucherpfannen.

Wenn aber sein persönliches Gericht aufgetragen wurde, drang der Wohlduft bis nach Chuzistan. Bei Tagesbeginn verzehrte er einen saftigen Braten, über den glänzende Perlen zerrieben waren, die er heimlich von einem omanischen Händler für zehn Man Gold – echtes Gold! – erworben hatte. Diese Perlen besänftigen nämlich, wie ich vernahm, die feuchten Säfte des Körpers. Ein neugeborenes braunes Fohlen mit blauen Augen, das der Hirt der Muttermilch entrissen und mit Schafsmilch ernährt hatte, wurde gewürzt wie ein Bagdader Düfte-Basar. Dann ließ er einen kostbaren silbernen Herd herrichten und in ihm zehn bis fünfzehn Man wohlduftender Aloe anstelle von Reisig verbrennen. War der Braten fertig, kam er auf seine Tafel.

So also sahen bei ihm Ofen, Brennholz und Braten aus! Der Teller aber, auf dem sie ihn auftrugen, war von Gold, wohl etwa eintausendsiebenhundert Miskal schwer.

Aus diesem Gefäß pflegte er alsdann einige Happen zu verzehren, soviel wie Pistazienkerne und Zuckerstücke, während er sich gleichzeitig nach Bedürftigen am Hofe umsah. Erblickte er einen von ungefähr, so schenkte er ihm jenen goldenen Teller, den Herd und die Geräte.

In Hoffnung auf solche Braten, durch seine glänzenden Köche vom Herd auf die Tafel geholt, begann er am nächsten Tag, wenn den azurblauen Himmelstisch der Herd des Morgens in Gelb tauchte, die gleiche Zeremonie und richtete Herd und Teller aufs neue her. Ja, jeden Tag übte er diesen ungewöhnlichen Brauch, sein ganzes Leben lang lag diese Sitte ihm am Herzen. Als aber die Zeit gekommen war, blieb auch von diesem Könige nichts übrig, und alle Pracht und Herrlichkeit hatte ein Ende.

Strebst du nach Ehren, so such den Umgang der vom Glück Begünstigten! Wer mit Begünstigten umgeht, erfährt bald selber die Gunst des Schicksals. Weil es auf Hyazinthen weidet, duftet das Moschusreh so köstlich; ein Reh, das Gras frißt, riecht auch nur nach Gras. Mein Vater selig, dessen Seele voll Licht sei, gab mir den alten und berühmten Rat:

«Flieh vor den Glücklosen wie vor dem Pfeil;
im Hause der Beglückten such dein Heil!
Soll deine Nacht hell glänzen wie der Morgen,
mußt du dir Licht vom hellsten Glanze borgen.
Der Preis der Perle ist deswegen groß,
weil sie wuchs in des großen Meeres Schoß.»

* * *

Chosrou hört das Lob der Schakkar

Nach Art der Großen der Welt saß einst der festerhellende Fürst beim Feste, die Kronenträger der Nachbarländer standen bereit, ihm die Hand zu küssen; es saßen vor seinem Thron alle Herrscher von China bis Byzanz, Rhagai und Isfahan, vom

Fürsten von Chotan bis zum Kaiser von Äthiopien; und alle hielten Pokale in der Hand, auf Chosrous Wohl zu trinken.

Als der Schenke einige Runden kredenzt hatte, war von der Scham der Schahe nichts mehr übrig. Selbst der Schahanschah riß den Schleier der Scham herab und warf frech die folgende Frage hin: «Die Schönen, die für den Teppich taugen, in welchem Winkel der Welt sind ihrer am meisten zu finden?»

Einer sagte: «Die Reizendheit besitzt Byzanz. Reiz ist ein Schatz, und diesen Schatz besitzt jenes Reich.»

Ein anderer sprach: «Die Schönheit entspringt aus Chotan; die hübschen Gesichter jener Gegend sind schon zur Sage geworden!»

Ein dritter sprach: «Armenien ist der glückliche Gau, dessen Frauen wahre Feenwesen sind.»

Ein vierter: «Im weitentfernten Kaschmir, da ist an Süße kein Mangel!»

Und einer wußte das Folgende zu berichten: «Würdig des königlichen Schmauses ist ein Mädchen mit Namen Schakkar (Zucker) in der Stadt Isfahan. Ob ihrer Süße ist der Zucker von Chuzistan in Aufruhr, in ihren Lippen verbirgt sich hundertfaches Lächeln, verliebte Blicke Hunderter sind ihre Sklaven. Der Aue platzt vor Neid der Rock, wenn diese Zypresse einherkommt, und der Jasmin verblaßt vor ihrem Silberglanze. Die Datteln der Palme rieseln herab ob ihres Mundes Süße, zu schweigen vom Zucker, der ohnehin der Sklave ihres Hauses ist. Hebt sie den Schleier vom Mond, sinkt ein schöner Joseph nach dem andern in den Brunnen ihres Grübchens.

Nur einen Fehler hat die Reizende, daß sie mit Hoch und Niedrig sich Dreistigkeiten herausnimmt.

Wie der Wind taucht sie überall auf, und wie die Tulpe bechert sie mit jedermann. Zwar ihre Huld gewährt sie niemand, der nicht sein Hab und Gut für sie aufs Spiel setzt. Wer sie aber nur eine Nacht lang im Arme hielt, vergißt diese Nacht nie und nimmer!»

Der König, den diese Reize gefangennahmen, stellte sein Liebesspiel auf einen neuen Boden. Einen Rösselsprung wollte er führen gegen Schirin, mit türkischer Taktik der schönen Türkin die Beute entreißen, die Süße des Kandis durch Kandis erringen, den schwierigen Knoten durch neue Knotung zu lösen suchen.

Nur ein Juwel kann ein Juwel entmachten,
nur mit Brokat raubt man Brokat den Glanz!

Er lechzte nach dem Zucker-Basar; hatte doch jener «Zucker» eine Spur von «Süß». Allein, weder vermochte er sie aus seinem Sinn zu verbannen, noch schien es ziemlich, sie aus Isfahan herbeizurufen. So verharrte er ein Jahr grübelnd, ohne daß jemand von seinem Zustand erfuhr.

* * *

Chosrou reist gen Isfahan, von Begierde nach Schakkar getrieben

Nach einem Jahr gab Chosrou dem Roß die Sporen und ritt ins Reich von Isfahan. Er gelangte zum Lustort jener Breiten, dessen Weichbild ihm größer erschien als das von Byzanz, und fand ein Völkchen vor, frischwangig und lebenslustig und von einem den Tag überstrahlenden Frohsinn.

Er stärkte sich mit Wein und schmachtete nach der hübschen Spielfigur. Heimlich erkundete er ihren Platz, erfuhr den Weg zu ihrem Serail und machte sich eines Nachts, von nur einem Diener begleitet, auf, um im Zucker-Basar sein Verlangen zu stillen.

Als er in die Gasse der Schakkar gelangte, wurde Isfahan zu einem zweiten Kasr-i Schirin. Ja, alle Süßigkeiten seiner Zeit besaß, wer im Besitz der Zuckergasse und des süßen Schlosses war.

Leise, leise ließ er den Türklopfer anschlagen. Ein Diener, den Sklavenring im Ohr, trat heraus und erblickte einen schöngesichtigen Jüngling, der das Zeichen der Herrschaft an seiner Stirn trug. Er half ihm von Schabdez herab und führte das Roß sogleich zur Krippe.

Als er die Gäste in die gewölbte Halle brachte, war ihm, als ob man in ihrem Geleit Saturn überrage.

Der König setzte sich auf den Empfangsteppich, ließ einige Goldstücke springen und bedeutete dem Diener, Schakkar möge eintreten und dem Gast den Zucker ihrer Lippen öffnen.

Da trat Schakkar hervor mit einem Becher Rosenwassers, einen Mund voller Zucker und Augen voll Schlaf. Das also war Schakkar, «die von Zucker rieselt», das «Zuckerrohr von Isfahan» – sie war es!

Aus ihren Zöpfen verströmte sie Duftschwall um Duftschwall Moschus, aus ihren Zähnen verstreute sie Schütte um Schütte Zucker. Wie Wis war sie eine Verführung im Küssen und wie die Amme der Wis ein Wunder im Schmeicheln. Auch hatte sie Odalisken, rhomäische und chinesische, die ihresgleichen suchten. Die Mitternacht verwandelten sie in ein Neujahrsfest, und im Geschäft der Lust verstanden sie ihr Handwerk.

Da saß er, und sogleich brachte sie Wein – o Gott, was für ein Götterbild –, und kein Lauscher im Hause!

Das war nicht Wein im Kristall, was die Jasminbrüstige ihm da einschenkte, vielmehr in trockenem Wasser feuchtes Feuer! Der Herbe des Weines ließ sie Rosenwasser folgen und reichte es voller Süße dem König.

Der Welt-Schah saß in fürstlicher Pose; die schöne Schakkar schwenkte, Lieder singend, einen Pokal nach dem andern und warf dem König die Fesseln des Schlafes über. Als der Nektar des Weines die Lippen entsiegelt hatte, erhob sich Schakkar, ergriff die Kerze und verließ mit der Entschuldigung, daß dieser Empfang so überraschend gekommen sei, den Raum.

Dann kleidete sie eines ihrer Mädchen, das ihr an Wuchs, Schönheit und Gewandtheit gleichkam, in ihr Gold und Geschmeide und schickte es zum König, während sie selber sich in ihre Gemächer zurückzog.

Als der Schah die Liebliche kommen sah, nahm er die Zuckergabe ihres Honigs an, umschlang sie und stillte sein Verlangen. Die Fallsucht der Trunkenheit machte, daß er sich durch das Blendwerk täuschen ließ und ob der Süße, die jene Kerze der Dämmerung aufwies, vermeinte, es sei «Zucker».

Das Mädchen war hingerissen von Chosrou, weil sein Umarmen ihm so süß war! Chosrou war eine Sage an Schönheit, ein Zauberer, wenn es galt, zierliche Worte zu sagen. Wer immer herrscherlich das Haupt erhoben, er überragte ihn an Haupt und Nacken! Sein Mark war kräftiger als frische Mandeln, sein Weichgebein so süß wie Zuckerrohr. Und wenn des Nachts der Hengst seiner Manneskraft erlahmte, so hatte er mindestens dreißig Meilen zurückgelegt.

Als es Morgen ward, erhob sich das Mädchen, heischte listig eine Belohnung vom König, begab sich dann widerwillig zu Schakkar und berichtete ihr von den Reizen der Mandel. Alles, was sie mit dem Schah erlebt, teilte sie ihr mit, sogar die geheimen Vertraulichkeiten, damit Schakkar Bescheid wüßte und antworten könnte, wenn der Herrscher sie fragte.

Schakkar ergriff die Kerze und trat zur Tür herein – wie schön sind Kerze und Zucker zusammen! Der König aber wähnte, sie sei jene Bettgenossin, «die Odaliske mit der Kerze» sei jene Zuckerspenderin der Nacht.

Er fragte sie: «Hast, seit du Gäste empfängst, du je mit einem Gast wie mir traulich geweilt?»

Sie antwortete: «O unvergleichlich großer Herr! Nie sah ich einen Gast wie dich unter dem Himmel. Du besitzest alles an Schönheit, Zuckersüße und Wohlberedtheit! Doch ist da ein Mangel – wenn es dich nicht verletzt –, dein Mund, obzwar so reich an Salz des Witzes: er riecht. Salz verleiht dem Menschen reinen Geruch; wie kommt es, daß du bei soviel Salz doch riechst?»

«Was ist da zu tun?» fragte der Schah mit lilienduftendem Lächeln.

«Ein Jahr lang Lilien und Knoblauch![86]» sprach die Jasminbrüstige.

Nachdem der König den Götzentempel verlassen hatte, folgte er ein Jahr lang diesem Ratschlag. Und als das Jahr verstrichen war, gerieten seine Körpersäfte in Aufruhr. War der Hengst seiner Leidenschaft zahm geworden, die Wirkung von Knoblauch und Lilien ließ ihn sich wieder emporbäumen. Eines Nachts brach er nach dem Brauche des Vorjahres auf, um wieder einmal mit Schakkar Zuckermarkt zu halten. Und wirklich fand er die gleiche Süße vor – wer «Zucker» findet, der findet auch Süße! Nachdem man sich eine Weile der Lustbarkeit hingegeben, wurden die Zeichen für Kuß und Liebesspiel sichtbar. Und die Silberschenkelige ließ die gleiche Weinlaube ranken wie damals und kopulierte ihn allda mit einer andern. Der König kostete die angeknabberte Frucht, die er, im Glauben, es sei Schakkar, wie geläuterten Zucker genoß.

Als dann das Heer der Nacht das Feld geräumt hatte, fragte der König wieder die Nektarlippige: «Hast du je einen Gast erlebt wie mich? Hat je dich einer mit solcher Begier in die Arme geschlossen?»

Und Schakkar gab ihm gezuckerte Antwort: «Vor einem Jahr war mir ein Freund wie du im Arm; nur daß er aus dem Mund roch. Du aber duftest gut – besser kann man nicht sein!»

Der König sprach: «Da du jeden Mangel siehst, sieh auch den Mangel deiner eigenen Schönheit!»

«Welcher Mangel», fragte sie, «ist es, der den Glanz meiner Schönheit trübt?»

«Der Mangel ist offenkundig», sprach der König, «du bist ständig bei deinen Verehrern! Wie das Himmelsrad treibst du's mit jedem, becherst mit jedermann wie die Welt! Du bist, o chinesisches Standbild, ein wohlgestalter Vogel – warum aber sitzest du ständig auf einem anderen Zweig? Du hast eine zierliche Scheide – hüte dich, ständig mit Schwertern zu spielen!»

Schakkar gab ihm Antwort: «O Edelmann! Wie kannst du glauben, daß jemand von diesem Zucker genascht hat? Bei jenem Schirmer, dessen Schirm mich schützt, ich habe, solange ich lebe, mein Siegel bewahrt! Keiner hat eine Nacht mit mir im Schleier geschlafen, keiner hat je meine Perle durchbohrt. Meine Sklavinnen, die du vor dir siehst, sie sind es, mit denen du traulich geweilt hast! Jawohl, ich bin es, die anfangs auftritt und pokuliert und das Vergnügen steigert. Doch die Geliebte, die dich umarmte, das war nicht ich, sondern eine wie ich in Brokat gekleidete Schöne!»

Als der König diese Worte vernommen hatte, legte sein Inneres in diesem Streitfall Zeugnis ab des Sinnes, daß sich die Undurchbohrtheit einer Perle daran erweise, daß sie das göttliche Siegel an sich trage.

* * *

Chosrou erkundet Schakkars Verhältnisse und heiratet sie

Als das Feuer des Morgens emporzüngelte, machte sich der König auf den Weg, suchte die Großen Isfahans auf und fragte sie über Schakkar aus. Einmütig bezeugte die ganze Stadt, daß Schakkar ein unangetasteter Zucker, eine unbeschädigte Blüte sei. Ihre Ware sei wohlverpackt; dafür beschäftige sie einige Odalisken. Obwohl sie jedem ein Pferd sattle, habe ihre Keule eiserne Spitzen. Und auch die alten Frauen stellten fest, die Braut sei rein wie eine Jungfrau in der Sänfte.[87]

Der König freute sich über das glückliche Omen: Wie hatte der Zucker nur so vielen Fliegen entkommen können? Er sandte einen Boten in ihr Serail, hieß sie kommen und machte sie zu seiner Gemahlin. Die undurchbohrte Perle durchbohrte er, der rubinenen Gemme paarte er den Topas. Darauf begab er sich wieder nach Ktesiphon, in Begleitung der aus vollen Säumen Zucker verstreuenden Schakkar. Mit «Zucker» erniedrigte er die Liebe zu «Süß»; «Zucker» sorgte für Süße.

Als aber der Schah des Zuckeressens überdrüssig wurde, strebte er wieder ins Nektarland der «Süß». «Zucker» wurde gezwackt in der Klammer des Königs und gestochen von Dornen des Dattelhains der Schirin. Während dem Schah vor Sehnsucht nach «Süß» der Kopf sauste, schmolz «Zucker» im Wasser dahin.

In seiner Ferne von «Süß» glich er dem Wachs, das, vom Wabenhonig getrennt, als Kerze verglüht. Wer vom süßen Leben[88] getrennt ist, was nutzt es ihm, sich Zucker in den Mund zu schütten?!

Zucker kann nie den Platz von Süße einnehmen, das süße Halwa (Douceur der «Süß») übertrifft den Zucker. Nur Staub ist eine Wiese ohne Blumen; Zucker, dem die Süße fehlt, ist bitter.

Sag nicht: «Zucker und Süße sind das gleiche![89]» Zucker entspringt der Pflanze, Süße der Seele! Während «Süß» die Honigkerze entzündet, verbrennt «Zucker» Aloe in der Räucherpfanne.[90] Zucker mag den Vorgeschmack im Becher haben; sein Douceur hat er als Pfand von der Süße empfangen. Nach Süße schmachten die Großen, mit Zucker täuscht man Kinder und Papageien. Jedes süße Wasser ist bekömmlich; doch Zucker, der in Wasser gerät, schmilzt. Von Schirin zu Schakkar ist ein offenkundiger Unterschied: Schirin ist die Seele, Schakkar der Körper. Schirin sitzt feenschön in ihrer Sänfte; Schakkar ist nur die Seide ihres Vorhangs. Jeder, der unterscheiden kann, muß soviel wissen: Zucker ist nur der Süße wegen teuer.

Sein Herz sprach: «Ich brauche Schirin in Bälde! Schakkar ist meinem Leben von keinem Nutzen. Eis mag zwar eine klarere Substanz haben als Kristall; doch ist es feucht und jenes trocken.[91] Und wenn ein Mühlstein über meinem Kopf dreht, das ist kein Herz, das sich vom Herzlieb wegdreht. Ich hab es mir in den Kopf gesetzt, den Kopf nicht von ihr abzukehren, und koste es meinen Kopf!»

Dann wieder sagte er: «Was für ein törichtes Verhalten! Welch völlige Schmach! Gedulde dich! Mir ist es besser, Schirin noch zu entbehren. Ich bin kein Kind, das man mit Süße täuscht. Den blinden Hang muß man erhängen; denn Eile führt zu nichts! Hab ich nicht Süße und Zucker beide im Becher? Wozu mir die Tage verbittern? Mein Herz ist ohne Freund trotz dieser Freundinnen. Bei zuviel Steuermännern sinkt das Schiff! Willst du nicht niederstürzen wie der Schatten, besteig die Leiter stets nur Stuf' um Stufe! Sei nicht so eifrig, einen Wunsch zu stillen, daß dich die Nichterfüllung allzusehr bedrückt! Schränk die Begierde ein, auf daß, empfängst du mehr, du den Gewinn zum Selbstgewinn hinzu empfangest! Mannhaft soll sich das Herz verhalten; des Mannes Wunsch geschieht durch Männlichkeit! Festigkeit soll mich leiten; denn weibisch ist es, wenn man sich Weibern unterwirft. Weibischer Sinn ist Sünde für den Mann. Weibisch Benehmen, um ein Weib zu nehmen, geht nicht an! Kann ich auf Löwentum noch Anspruch erheben, wenn mich die Liebe zur Gazelle macht? Doch ward ich auch zum wundgeschorenen Lamm, so trag ich doch noch meine eigene Wolle, hab meinen Stolz bewahrt wie Elefanten und schlaf im eigenen Kelim wie der Seidenwurm.[92]

Die schöne spöttische Türkin aber ist so betörend, daß selbst ein Kaichosrou ihre Launen erträgt: Wie ein Kurde, der, gibst du ihm das Herz, gleich obendrein die Brust, und gibst du ihm ein Haus, auch noch den Speicher fordert, so war mein Herz begehrlich. Kein Wunder daher, daß die Trennung von ihr es krank macht: Begierde macht siech. Treue nur der Geliebten abzufordern, ist absurd; sagt doch auch keiner: ‹Den Heiltrank soll der Arzt bezahlen!›

Ihre Widerspenstigkeit bringt mich ständig dazu – Gott verzeih mir's! – zu sagen: ‹Auf! Vergieß ihr Blut!› Wie lange soll ich ihr gegenüber noch diese Schonung üben? Da ich sie schon gequält habe, will ich sie vollends quälen! Wie richtig sagte doch der gute Mann in Gilan: ‹Quäl nicht die Frau, doch quälst du sie, so schlag gut zu!› Schlag die Frau nicht; doch ist sie widerspenstig, dann schlag so zu, daß sie nicht wieder aufmuckt!»

Der Schah fand keinen Ausweg aus der Not in seinem Herzen; denn er kannte keinen, dem er sich anvertrauen konnte.

Das eigene Herz ist der Vertraute, der zum Hause gehört; das Herz des Fremden bleibt ein Fremder. Willst du nicht, daß dein Korn gestohlen werde, laß keinen Fremden ein ins eigene Haus! Sag dein Geheimnis so dem besten Freunde, als wähntest du in ihm den ärgsten Feind! Selbst im Privatgemach beschirm es vor der Wand, oft haben Wände Ohren! Und kannst du's vor den Deinen nicht verbergen, gib ihm im Geist nicht Raum – denk nicht daran! In diesem Erdenhaus web um dich so viel Schleier, daß dir die Polizei ihr Schwerterspiel nicht vorführen kann!

Schickt sich ein Lied nicht für das Zelt der Wüste,

darf es erst recht bei Hofe nicht verlauten! Ob einer klug, ob einer töricht sei, keinem vertrau dein Postgut unversiegelt an!

Gesell dich nicht zu einem Bösewicht,
da er dir nur den guten Ruf abbricht.
Pflanz einen Baum, wo du ihn pflanzen kannst,
so, daß du wahrst die Frucht, die du gepflanzt.
Im stillen wirk ein gutes Wort, das bringe
dir Ehre ein, wenn einst es laut erklinge.
Sind hundert Seiten gut und eine schlecht,
nenn nicht die schlechte gut, rück sie zurecht!
Sieh mit des Gegners Blick dein eignes Wort an,
so lernst du Gut und Schlechtes scheiden fortan!
Stickst hundert Roben dir im Wünschestillen?
Ein Kleid zerreiß des guten Namens willen!

* * *

Schirins Einsamkeit und Klage

Der König wußte, aufgrund seiner lichtvollen Erkenntnis, daß Schapur Schirin Trost spendete. Er berief ihn daher in seine Suite, damit jener Mond an Einsamkeit leide.

Als die mondschöne Zypresse einsam zurückblieb, vergoß sie aus ihren Narzissen glänzende Perlen.

Eines Nachts ward ihr besonders beklommen zumute, und jene Nacht erschien ihr wie ein Jahr. Es war eine Nacht, dunkel wie ein von Raben bedeckter Berg und schwerfällig wie Raben, auf deren Flügel Berge lasten, eine Nacht, kalt wie glutlose Herzen und wie im Bann von Nächten, auf die keine Tage folgen. Schwingen und Schnabel des Morgenvogels lagen gefesselt im Block der Schwärze. Den Trommler hatte die Natter der Nacht in die Hände gestochen, den Sternen staken Dornen im Fuße. Dem Wächter war der Knüttel entfallen, und der Ausrufer lag schlaftrunken da. Die himmlische Obrigkeit hatte den Saum über die Erde gebreitet, die Zeit hielt ihrem Schwert den Nacken hin. Sonne und Mond lagen wie Mann und Frau beieinander, und der Muttermund, der den Morgen gebären sollte, war verschlossen. Die Nacht hielt den Himmel umfangen, die Sonne hatte den Osten vergessen. Die südlichen Aszendenten brüteten Eier aus; die nördlichen Sternbilder blinzelten schläfrig. Die Welt war ins schwarze Königszelt gekrochen, wo Vogel und Fisch gemeinsam schlummern. Das Dunkel der Nacht raubte den Augen das Licht und zerstreute die «Töchter der Bahre». Die Finsternis legte der Erde Fußfesseln an und gab den Sphären die Starrheit der Pole.

Die Welt schien die Schöpfung nicht mehr zu kennen oder in jener Nacht sich an einem anderen Ort zu befinden. Der Himmel warf wie ein Meer das Haupt nach vorn und streute Perlen aus seinem Saum auf ihr Haupt. Die Sterne waren bei ihrem Versuch, Perlen zu stehlen, plötzlich in ein Pechfaß gestürzt und im aschfarbenen, vom Feuerhaus der Zeit rauchschwarzen Faß haftengeblieben. Die Milchstraße sah aus wie auf dem Weg verstreutes Stroh, der Himmel unter ihr wie Wasser im Brunnen. Die Plejaden glichen einer Handvoll Gerste, die eine indische Alte hin- und herwendet.

Weder hatte der Priester die Zunge, das «Zend-Avesta» zu rezitieren, noch die Vögel den Schwung, ihr Gefieder zu sträuben. Verblichen waren die Schwingen der beiden himmlischen Adler, des Steigenden und des Stürzenden.[93] Im Abstand eines Schrittes hatte die Nacht Neger aufgestellt, jedem Lichtschein mit Hellebarden zu wehren. Die Lampe der Witwe war verloschen, den Hahn der Alten hatte der Ghul geholt.

Wie ich vernahm, ruft der Haushahn, wenn in der Nacht ein Dämon reist: «Vertrau auf Gott!» Welch eine Nacht mußte es sein, in der trotz hundert pechschwarzen Dämonen kein Hahn sein «Allahu akbar!» ertönen ließ!

Das Herz Schirins blieb in jener Nacht erstarrt, ihre Lampe so finster wie das Herz der Nacht. Die Einsamkeit machte sie so beklommen, daß sie in ihrem Mißmut mit der Welt in Streit lag.

Eine schöne Geschichte ist das für den Kranken, daß die Nacht das Verderben der kranken Seele ist. Das ist die Krankheit der Nacht: wenn einer sich selber aufgibt. Schlimmer als Krankheit ist dann die Krankenpflege!

Schirin löste die Zunge und sprach: «O Zeit! Ist dies die Nacht oder ewige Drangsal? Wie denn – dies wäre Nacht? Scheint es doch eine schwarze Schlange, ein menschenfressender Neger zu sein! Ich aber weine, weil dieser dunkle Neger das Lachen verlernt hat wie ein rostiger Spiegel. Was geschah, o azurnes Gewölbe, daß du heut nacht nicht wie in andern Nächten kreist? Hat dir etwa der Rauch meines Herzens den Weg verwehrt, warf dir mein Schreien Disteln vor die Füße? Ich finde kein Asyl vor dieser Finsternis, noch sehe ich Anzeichen, daß das Licht der Dämmerung naht. Sieh nur, in welchem Kummer du mich läßt, o Nacht, ich hab kein Herz, wenn das barmherzig ist, o Nacht! Du Nacht, lern heute nacht den Edelsinn: Töte mich bald oder werde bald Tag! Was stehst du reglos wie ein schwarzer Schwaden? Gehst du denn über Feuer oder sitzest auf der Spitze eines Schwertes? Mir scheint, man hat dem Trommelschläger die Hände gebunden, wenn nicht gar den Plejaden die Füße gebrochen sind.

Ich verbrenne wie eine Kerze, denn die Kerze ist schön, wenn sie brennt. ‹Sieh nur den Knoten auf der Stirn des alten Zeitenrads!› Das muß man lesen und darüber lachen!

O Vogel, singe, hast du eine Zunge! Lache, o Morgen, hast du einen Mund! Bist du kein Heide, Vogel der Dämmerung, warum stimmst du nicht das ‹Allahu akbar!› an? Bist du kein Feuerschein, o heller Morgen, was kommst du ohne Stein und Eisen nicht hervor?»

In diesem Gram befand sich der Falter ihres Herzens, als die Kerze des Morgens ihr Dasein erhellte.

Das Reich des Morgens ist ein Reich voll Heil;
was einer hofft, dort wird es ihm zuteil.
Fand er den Weg zu einem Schatzeshorte,
des Morgens Schlüssel öffnet ihm die Pforte.
Dort wird das Schloß der Wünsche aufgetan,
der Schlüssel dort und dort des Werkes Bahn!
Dort sprießt, wenn sie in Seelen aufgesprungen,
die Rose «Gotteslob» auf allen Zungen.
Wer Zungen hat zu loben nah und fern,
sie stimmen sämtlich ein ins Lob des Herrn.
Doch wenn die Vögel froh sind ihrer Gaben,
was tun denn die, die keine Zunge haben?
An jenem Thron, wohin ihr Loblied geht,
auch Zungenloser Zungen man versteht.

* * *

Schirin fleht zu Gott

Wie Schirin das Elixier des Morgens zuteil ward, schenkte sie dem Quecksilber ihrer nächtlichen Qualen keine Beachtung mehr. Ihre Ausdauer setzte schließlich die Schwingen der Vögel in Bewegung, und der Hahn rief: «Harren bringt Hilfe und Rat!» Da kniete sie nieder in ihrem Schlafgemach und flehte zu ihrem Gott: «O Herr! Erhelle meine Nacht! O laß mich wie der Tag die dunkle Welt besiegen! Finster scheint meine Nacht und ohne Hoffnung auf Morgen. Du aber mach mein Antlitz sonnenhell! Mein Gram wirft Helden um – laß mich ihn dennoch tapfer überwinden! Ich kann die enge Gruft nicht mehr ertragen! Befrei mich, dem Rubin gleich, aus dem Stein! Du bist der Beistand aller, die bedrängt sind – so steh mir bei, die in Bedrängnis zu Dir fleht! Ich kann so viele Not nicht mehr ertragen. Hilf mir, o Helfer aller Betenden!

Bei den Tränen verlassener Kinder und bei der Verzweiflung mißhandelter Greise, bei den Wanderern, die sich am Wege betten, und bei den Gefangenen, die im Brunnenschacht schmachten, beim ‹Richter! Richter!› der Rechtsuchenden und beim ‹O Gott, o Gott!› der Schuldverstrickten, bei jener Weisung, die die Herzen glühend, und bei dem Wunder, das die Seelen lebendig macht, bei der Lauterkeit Deiner Frommen und der Erleuchtung Deiner Propheten, bei den Bedürftigen, denen die Türen der Menschen verschlossen, und bei den Verwundeten, die von Blut überströmt sind, bei den von ihrer Habe Gerissenen und den von der Karawane Verlassenen, bei der Lampe der Früherwachten, bei jenem Lichte, das vor uns verhüllt, und jener Gnade, die unermeßlich ist, bei der Wahrheit, die der Mönch im Kloster kennt, und dem Segen, den der Geber des Guten spendet, bei den Gott Wohlgefälligen unter den Einsiedlern, den Sündlosen, von jeder Trübung Ledigen, bei jedem Werke, das Du billigst, und jeder Bitte, die Du erhörst, beim tiefsten Seufzer, der zum höchsten Throne dringt, und bei dem Größten Namen, der den höchsten Thron übertrifft – erbarm Dich meines blutenden Herzens und rette mich aus diesem Strudel des Grams!

Würde jedes meiner Haare zu einer Zunge, so sänge jedes einzelne Deinen Lobgesang. Allein, noch bin ich zungenlos, noch habe ich von hundert Dankesworten Dir nicht eines gesagt!

Du bist das Wesen, dem kein anderes gleichkommt, Du bist das Sein, alles außer Dir ist nur Nichtsein, Du bist im Schleier der All-Einzigkeit verborgen, des Himmels Meister bist Du, Anfang und Ende sind Dir untertan. Das Erste weißt vom Letzten Du allein zu scheiden.

An Deinen Hof zu ziehen ziemt sich in Furcht und Hoffnung nur mit Unterwerfung. Bist Du es doch, der die Türen des Himmels verschloß und den Äon eröffnete. Du reichst die Welt dar, Seele und Versorgung, alle drei. Gibst Du Versorgung oder nimmst die Seele, Du weißt das Rechte. Tu, was Du willst – Du weißt das Rechte! Durch Deinen Segen bin ich, was ich bin. Füg diesem Segen nur noch eines hinzu: Welches Urteil, welchen Spruch Du auch fällen magst, erschaff in mir den Mut zur Unterwerfung! Sind jedem Urteil, das Du fällst, auch Tod und Leben unterworfen – schick mir entkräfteten Gequälten keine Qual, die zu ertragen mir die Kraft fehlt! Ich kann nichts tun, das jetzt vonnöten wäre. Doch was *ich* nicht vermag – Du, Herr, vermagst es! Mach mir durch Deine Gnade nun das Herz froh, denn Deine Gnade ist groß über mir! Wie könnte ich mein Geheimnis Dir verbergen, der Du auch das Verborgene kennst?!»

Wie sie so aus reinem Herzen gebetet hatte und ihre Tränen auf den Boden tropften, gab ihr Gott Weite ins enge Herz, löste ihr aus dem Stein das Eisen für den Schlüssel, der Rosenhag des Glücks verjüngte sich, die zuckerreiche Schirin entrann der Bitternis aufs neue. Ihr Gebet wirkte auf Chosrous Herz ein und stülpte es um wie das kreisende Himmelsrad.

* * *

Chosrou begibt sich unter dem Vorwand der Jagd zum Schloß der Schirin

Als die Welt jene goldene Fahne hißte, die die Truppen des Grams vertreibt, kam den König die Lust zu jagen an, und da der Aszendent nichts Arges befürchten ließ, ritt, mit Auspizien so strahlend wie das Antlitz der Schirin, der Schah in die Steppe hinaus.

Der Lärm der Pauken und der Schall der Schalmeien erhob sich, und die Erde bewegte sich wie der Himmel. Die Fahnenträger schwenkten die Fahnen, und die Jagdlustigen zogen in die Steppe. So eilte der Größte der Ritter hinaus, geleitet von den zu Fuß gehenden Gekrönten. Auf einer Seite führte der Faghfur von China sein Pferd am Sattel, auf der andern der Heerführer des byzantinischen Kaisers. Gegürtet, doch mit gelösten Brauen, die Mütze des Kaikobad schief auf dem Haupte, ritt er dahin; seine Schabracke überstrahlte die Sonne, seine Steigbügel legten dem Mond Sklavenringe ans Ohr. Das Banner der Kayaniden wehte über seinem Haupte wie ein Wolkenfetzen über dem Mond.

Die goldtauschierten Gürtel und Schwerter umgaben ihn rings wie eine goldene Festung; vor lauter Klingen um ihn her war vor und hinter ihm kein Durchgang mehr. In diesem Wald aus Pfeilen und Schwertern brachten die Dolche den Löwen das Fürchten bei. Die Hellebarden lachten mit klaffenden Mündern und riefen dem Himmel ihr «Weg da!» zu.[94] Wäre aus dem Äther eine Nadel herabgefallen, sie hätte nirgends Platz gefunden als auf den Spitzen der Schwerter. Der Schlag der Hufe auf Staub und Steinen züchtigte die Erde meilenweit, ja sie krümmte sich unter der Last des Eisens; und die Luft hielt ob des Getrappels den Atem an. Die die Pferde führenden Schloßknechte liefen zu Hunderten überall in Gruppen umher. Das Getöse der Pauken auf den berghohen Elefanten erfüllte Berg und Steppe parasangenweit.

Das schwarze Zelt mit dem goldenen Falken am Gipfel glich einer Moschusfestung mit goldenem Turm. Funkelnde Gefäße aus durchbrochenem Gold streuten Ambra aus ihren glockenförmigen Schlünden. Hundertfünfzig Schenken besprengten seinen Pfad mit Rosenwasser. Hundertfünfzig Bedienstete seines Heeres warfen Gewürze in die Räucherpfannen. Tausende von Rossen trugen goldene Reifen mit lose befestigten Münzen, damit, wo immer der König reite, ein Taler für einen Wunsch am Boden zurückbleibe. Querte ein Fremder diesen Weg, so sollte er merken, dort war der Schah vorbeigezogen! Wer dem Heerzug begegnete, der fragte beklommen, was der Schahanschah im

Schilde führe. Der Weltbeherrscher geruhte dann zu sagen, er wolle einige Tage jagen.

Als die Falkentrommel zu dröhnen begann, erhob sich der beutefreudige Vogel zum Flug. Er glitt durch die Luft dahin, der hurtige Falke, und Taube und Rebhuhn verloren ihr Dasein. Eine Woche lang kamen die Adler dort in Berg und Steppe nicht zur Ruhe. Er aber setzte die Jagd ständig fort, rüstete zu immer neuen Jagden. Er ließ die Zelte nicht in einem Jagdgefild, jagte vielmehr, Wildbret um Wildbret einbringend, weiter und lenkte so wie von ungefähr den Ritt zum Schloß der Schirin.

Eine Parasange vom Schloß der Geliebten entfernt, ließ er sich nieder wie Wein in den Becher. Die Nacht errichtete über der Welt ein Zelt aus Ambra. Es war Winter, und ein kalter Wind sprang auf. Die Welt, die vor Kälte ein heimliches Feuer zu haben schien, schmiedete aus dem Schimmer des Wassers eisige Schwerter.

Auch in warmen Zonen darf man der Kälte nicht Kühnheit zeigen wollen. Der König ließ ein Feuer entfachen, pfundweise Ambra und bündelweise Aloe verbrennen. Wie die Aloe duftenden Rauch verströmte, begann die Luft kühlen Kampfer zu rieseln. Ruhe kam über den Körper des Schahs; er schlummerte vom Anbruch der Nacht bis zum Morgengrauen.

Als der Rubin der Sonne aus dem Schacht stieg, gab die Nacht aus Liebe zum Tag den Geist auf. Der Himmel, vom vielen Kreisen torkelnd wie ein Elefant, lief, weil die Nacht ihn würgte, bläulich an, so daß die Ärzte der Aurora einen Eingriff machten und aus der Vena mediana ihm rotes Blut abließen.

Der König erhob sich froh von seinem Ruhelager und gab sich dem Schwung des Morgens hin. Er trank einige Becher Rubinenwein, vom Schenken gereicht, und ließ vor Freude keinen Tropfen übrig. Als die Erregung des Weines ihm zu Kopfe stieg, spürte er in der Brust gebieterisch sein Verlangen. Berauscht eilte er hinaus, schwang sich auf Schabdez und sprengte zum Schlosse der Schönen. Sein Herz begann vor Begeisterung in ihm zu tanzen. Einige seiner vertrautesten Diener begleiteten ihn.

Als die Wächter Schirin die Nachricht brachten, Chosrou komme ohne offizielle Suite, da fürchtete sich ihr reines Herz vor Schande und vor dem plötzlichen Überfall. Sie ließ die Tore ihrer Festung verschließen und einige Wächter vor der Pforte sitzen; jeder erhielt zum Verstreuen einen Teller voll Goldstücke sonder Zahl. Tücher und Teppiche ließ sie auf die Straße breiten zum Empfang, dem ganzen Weg verlieh sie ein prächtiges Gepräge und besprengte ihn mit Rosenwasser, während sie selber wie Aloe glühte.

Dann stieg sie mondgleich auf das Schloßdach hinauf, lauschte und blickte auf den Weg, jede Wimper ihres Auges in eine Lanze verwandelnd.

Da erhob sich eine Staubwolke über dem Weg, grau wie Kollyrium, die machte der Quelle im Felsen die Augen hell.[95] Heraus kam aus dem Staub der helle Morgen (Chosrou); hervor kam aus dem Modderhaus der Rosenhag. Auf jene Fackel, die die Kerzen überstrahlte, blickte von ferne die Leuchte, den Finger an die Lippe gelegt. Da wuchs aus dem Sattel empor eine Pappel, vor deren Glanz der Buchsbaum verblaßte. Über der Schulter hing eine juwelenbesetzte Schärpe, die Tiara der Chosroen saß schräg auf dem Ohr, Wangen wie frisch erblühte Rosen, worauf der Flaum wie Moschusstriche gezeichnet war. In der Hand trug er einen Strauß von Narzissen, deren traumvoller Blick seinen eigenen trunkenen Augen glich. Die Rose seiner Wangen war in Schweiß getaucht; das Rebhuhn (der Rappe) unter der Rose tänzelte. Die Bediensteten scharten sich um ihn zum Strauße, und jeder trug einen Rosenstrauß in der Hand.

Als Schirin Chosrou in solchem Rausch erblickte, taumelte sie und verlor die Besinnung. Bewußtlos blieb sie eine Weile lang ohne Wahrnehmung, und als sie wieder zu sich kam, wußte sie nicht, was tun.

«Wenn ich», so sprach sie bei sich, «ihn jetzt nicht ins Haus lasse, so kann ich den Schlag seiner Trennung nicht länger verschmerzen. Wenn ich aber nur ein wenig nachgebe, so werde ich wie Wis in aller Welt bald verrufen sein. Ich will versuchen, beide Fehler zu vermeiden. Vermag ich es nicht, so hab ich es doch versucht!»

Als der Schah nahte, liefen die Hüter, streuten Gold und breiteten Brokat hin. Der König trieb sein Roß über den rosenfarbenen Brokat dicht an das Schloß heran; da stieß er auf eine eiserne, in Stein gefaßte Pforte und blieb bestürzt und entmutigt davor stehen; denn weder konnte er nun mit Anstand die Pforte verlassen, noch durfte er darauf sinnen, den Riegel zu beseitigen.

Er rief den Wächter herbei und sprach: «Warum läßt uns die Dame vor der Tür? Was empfindet ‹Süß› so bitter an mir? Warum verschließt sie mir solchermaßen die Pforte? Geh zu ihr und sag: ‹Nicht der Schahanschah, ein Knecht sendet dir eine Botschaft. Ein Gast möchte dir seine Aufwartung machen. Was befiehlst du: Soll er eintreten oder nicht? Du, die immer Salz auf den Lippen hat, warum verwehrst du dem Gast das Salz deiner Tafel? Öffne mir die Pforte, denn ich bin schließlich der König; doch will ich zu deinen Füßen Verzeihung heischen. Du weißt ja, daß ich nichts Böses mit dir im Schilde führe. Du mußt mir Vertrauen schenken! Ohne dich gesehen zu haben, kann ich nicht umkehren. Und willst du, daß ich nur kurz hier verweile, so gestatte doch, daß ich dich scheidend erblicken darf!›»

Solche Klage ließ ihr der König sagen; und die Zuckerlippige lauschte und seufzte. Dann sprach sie zu einer verständigen Sklavin: «Steh auf und geh hinaus zum König. Trag ihm das sechsbögige Brokatzelt hinaus und spann es gegenüber von diesem Liwan auf. Räume seinen Platz von Disteln und Steinen, düfte ihn mit Moschus und Safran und breite einen juwelenbesetzten Teppich aus. Dann bring den sechsfüßigen goldenen Thron herbei, stell ihn ins Zelt und schlag den Türspalt auf. Hiernach sage dem König: ‹O Herrscher! Nicht die stolze Türkin dieses Serails, die Indersklavin auf dem Dache sendet dem Schahanschah die folgende Botschaft, die dir leidenschaftlich ergebene Schirin läßt dem Schahanschah durch mich das Folgende sagen: ‚Willst du mein Gast sein, so spreize dich nicht, sondern nimm den Platz ein, den ich dir anweise! Die Umsicht erfordert, daß du heute dort im Pavillon sitzest, während ich auf die Höhe des Schlosses steige, kühn den Boden vor dir küsse und wir uns sagen, was gesagt werden muß. Danach mögen wir tun, was sich schickt!‘›»

Die verständige Sklavin ging zur Tür hinaus und führte aus, was die Jasminbrüstige geboten hatte, richtete den Ornat von Goldbrokat, ließ Chosrou Platz nehmen und entfernte sich.

Schirin traten die Schweißtropfen auf die Wangen vor Verlegenheit, wie sie den König mit immer Neuem bewirten könne. Als der goldene Regen beendet war, bot sie ihm durch die Hand ihres Vorkosters Rosenwassergetränke an. Dann schmückte sie ihren Mond, hüllte sie ihre Sonne in den Schatten eines Schleiers. Ein Seidengespinst aus Granatblüten zog sie an, deren Zweige ihre Locken bildeten, Locken, die wie ein Ringe schlagendes Lasso über die Schultern fielen, und jeder Ring legte einer verliebten Welt den Sklavenring ans Ohr. Auch trug sie eine Schärpe aus goldbesticktem Purpur und einen juwelenbesetzten Haarbeutel nach chinesischer Art.

Mit solch prächtiger Pfauenschönheit setzte sie sich in Gang wie ein schwebendes Rebhuhn, den Kopf voll verliebter Entschlüsse, doch vor dem Drang, den sie wahrnahm, mit Sprödheit sich wappnend. Tänzelnd kam sie zur Mauer des Schlosses, küßte wie ein Page den Boden vor dem Schah, löste einige Juwelen von ihren Ohren, die sie Schabdez zu Füßen als Hufschmuck hinwarf, und streute Chosrou Perlen auf den Scheitel.

* * *

Chosrou erblickt Schirin und spricht mit ihr

Sobald Chosrou den Mond des Schlosses erblickte, machte er sein Herz zur Aue für die ranke Zypresse. Er sah ein paradiesisches Wesen in einem Schloß, dessen Pforten wie die des Paradieses der

Menschheit verschlossen blieben. Von Liebe zu ihr überwältigt, wollte er vom Thron auf den Staub sinken, faßte sich aber, sprang auf, küßte ihr zu Ehren seine Armlehne und setzte sich wieder. Hierauf öffnete er den Mund zu einer höflichen Entschuldigung, um dann Schirin mit Fragen zu bestürmen: «Mögest du immer gedeihen, o franke Zypresse! Dein Haupt belaubt, deine Wangen rosig und dein Herz froh, die Welt hell durch den lachenden Morgen deines Angesichts, der Himmel beschattet von deiner Zypresse!

Du hast mein Herz erquickt mit diesen Gaben, hast mich beschämt durch soviel Aufmerksamkeit. Mit Gold, Geschmeide, Brokat und Gewebe hast du mir den Pfad so fürstlich wie deinen Pfühl geschmückt. Von deinen Ohrhüfchen hast du Juwelen gelöst und auf die Hufe von Schabdez herabgeworfen, mit der Fülle der Rubine mir die Rubinenröte auf die Wangen getrieben. Genug des Gabenregens deiner Gasse! Mich freut dein Antlitz, dem ich Freude wünsche. Du hast dich wie Honig mit Milch mir verschwistert und keinen Dienst versäumt. Allein, warum hast du die Tür vor mir verschlossen? Erscheint mir dies nur als Fehler, o Schöne, oder ist es ein Fehler? Wie die Erde lässest du mich in der Tiefe, während du selber wie der Himmel in der Höhe thronst. Ich sage nicht: ‹Ich überrage dich an Höhe› – dergleichen Worte wären dünkelhaft. Doch bin ich nicht dein Gast? Darf man dem Gast auf solche Art die Tür verschließen? Auf jeden Fall nicht jenem Gast, der außer dir nicht Welt noch Leben hat! Edle pflegen ihre Gäste doch ein wenig besser zu empfangen! Bist du der Mond, ein Feenkind entrückt, daß deine Nähe suchen sich nicht schickt?»

Schirin antwortet Chosrou

Die tulpenlippige Zypresse gab Antwort: «Ewig währe die Macht des Weltbeherrschers, der Himmel sei seinem Schwerte gefügig, am Leibe sei er ein Elefant, an Wucht ein Löwe! Wer deinem Joch zu entweichen sucht, der möge deiner Strafe nicht entrinnen!

Wirf mir nicht vor, ich thronte hoch oben! Gebührt nicht deinen Dienerinnen ein hoher Platz? Durch dich ward ich zum Zeichen in der Liebe – ein Zeichen zu deinen Häupten erkennst du besser. Ich bin der Staub deines Weges – wie sollte ich nicht emporsteigen? Du sitzest als Gekrönter auf dem Königsthron. Mich hat die Liebe zu dir auf das Dach getrieben wie einen indischen Wächter. Pflegen doch die Herrscher der Türken indische Diener auf dem Dach zu haben. So bin ich denn auf diesem Dach die schöne Türkin, die ‹deine weiße Inderin› heißen sollte. Denn ob ich auch über dem Monde thronte, ich bliebe des Schahs geringste Untertanin!

Weiter hast du gesagt: ‹Wer höflich sei, verschließe dem Gast nicht so die Pforte.› Du bist jedoch kein Gast, ein Jagdfalke bist du und trachtest nach dem Gebirgshuhn. Kamst du aber als Gast, nun, so habe ich dir Quartier gegeben, und als deine Dienerin stehe ich vor dir. Dem Gast indessen ziemt es nicht, im Annehmen und Zurückweisen unnütze Worte zu machen!

Daß ich die Tür verschloß, ist angebracht, denn dein unvermutetes Kommen war verfehlt. Da ich allein bin, und du berauscht – wie sollten die Leute nicht Verdacht schöpfen? Du hättest ein paar verständige Alte aussuchen und dieserhalb hersenden, dann mich nach der Sitte der Chosroen zum Thron führen und mir ein frisches Brautgemach bereiten sollen!

Eine anmutige Reiterin wie ich sollte doch wohl einen Sattel wert sein, eine schmucke Braut wie ich eine Morgengabe verlohnen! Mir scheint, du willst mich mit List so nebenbei genießen wie Zechende ihren Knusperhappen. Mich achtlos wie eine Rose pflücken und wegwerfen, wenn du daran geschnuppert hast? Verletze nicht die Ehre der Chosroen! Genug, was du in Isfahan getan hast! Mit Schakkar magst du dir dergleichen erlauben, doch nicht mit Schirin! Willst du Zucker verstreuen auf der Hochzeit, so tu es mit ‹Zucker›, nicht mit dem frischen Honig, der ‹Süß› ist!

Zwei Herzensdiebe haben, ist nichts für ein Herz; entzweiten Herzens sein, verbietet die Vernunft. Merkur stehen zwei Sternbilder wohl an; du bist die Sonne, dir geziemt ein einziges Zeichen. Laß deine Lippen Schirins Namen hinfort meiden, denn Süße macht dir den Mund wund! Du bist mein und meiner Liebe nicht bedürftig, du spielst nur mit mir in der Liebe. Führ keinen Schwertstreich gegen die arme Schirin; genug, daß du die Lanze gen Byzanz gelenkt hast!

Halt dich an die fürstlichen Spielregeln! Polo spielt man mit einem Ball; mit zehn Bällen jongliert der Inder.

Folgt man zugleich zehn Bällen,
so kämpft man an zehn Stellen.
Ein Ball und eine Bahn,
das steht dem Mann wohl an!

Ich habe nur dein Antlitz als einzige Kibla vor Augen. Du dagegen hast deren Tausende. Wenn dir ein hübsches Antlitz entschwindet, so hast du noch zehntausend Schönere. Dein Moschus-Palast ist voller Gazellen, hetz nicht die Hunde auf dies bange Reh! Gehöre ich zum Abfall deines Palastes, daß ich in diesem Kerkerloch schmachte?

Vogel und Fisch ruhen Nacht um Nacht. Soll ich nicht auch zur Ruhe kommen dürfen? Was verlangst du von mir? Wie ein gefangener Vogel bin ich hinter verschlossener Tür auf das Dach geflogen. Dem Papagei gleich ward ich mit der eisernen Fessel vertraut und bin wie Anka mit der Einsamkeit zufrieden. Da ich mich an die Stiche der Dornen gewöhnt habe, was sollen mir in der Welt noch Balsam und Rosenhag? Die zwei Tage des Lebens, ob Lust oder Last, sie vergehen so rasch, wie du sie verbringst. Ja, da man diesen Durchgangsort doch verlassen muß, ist es wohl leichter, sich von Disteln als von Palästen zu lösen. Diesem Körper, der die Schärpe des Himmels angelegt, willst du die Schärpe eines Feldherrn reichen? Die Löwin willst du mit einem Wildesel jagen? Glaubst du denn, Schirin sei ein Milchkind? Ich bin kein törichtes kleines Mädchen, dem man mit süßen Worten um eine Dattel das Mieder entreißt.

Wie Venus, wenn sie die Orgel spielt, schlag ich erst zu, um dann zu klingen.[96] Wie das Feuer, muß ich, obzwar am Ende reines Licht, doch anfangs qualmen. Auch der Himmel gibt erst Feuer und dann Wasser – schau und lerne es von den Durstigen!

Bei jenem Spender, der Datteln mit Dornen verleiht – dornlosen Datteln traue ich nicht! Die Dattel ohne Kern hat keinen Saft, der Mond hat ohne Dunkel keinen Glanz.

Du hast viel Wein auf deiner Reise, indessen bitteren, und ich bin ‹Süß›, o Schah! Hast viel Gefährten zwar in deiner Haut, doch alle Knochen nur, und ich bin Mark! Deine Liebe zu mir beruht auf Geld und Ruhm. Was kennst du außer Herrschaft und Königtum? In welcher Stunde hast du mein gedacht, an welchem Tag mich durch dich froh gemacht? Welches Gewand hast du um meinetwillen zerrissen? Welches Elend um meinetwillen erlitten? An welchen Boten hast du dich gewandt? In welcher Nacht mir einen Gruß gesandt? Du schwangst den Becher nur mit Freunden früh und spat – die Feder schwang Schapur, das Beil Farhad.»

* * *

Chosrou antwortet Schirin

Wiederum sprach, von Liebe getrieben, der Weltbeherrscher zur auenwangigen Zypresse: «Möge der Rebstock mit der Zypresse gepaart sein und dem Rebstock die Süße gesellt! Möge kein Mund außer dem meinen den Becher deiner Lippen kosten!

Schmeckt dein Tadel auch wie Gift, er leitet hin zur Nektarquelle.

Ich sage nicht: ‹Warum thronst du so hoch!› Vielmehr: ‹Zeig dich nicht hart, wenn du dich hoch zeigst!› Deine Zypresse ragt ohnehin hoch empor; noch höher zu steigen ist unerquicklich. Hast du mich Krösus gleich mit Schätzen überschüttet, was lässest du mich nun im Staub wie den gestürzten Krösus? Wie kann ich hier mein Herz eröffnen, wohin hier meinen Körper betten? Darf ich wie der Klopfer an deiner Pforte weilen, so will ich wie der Himmel deine Pforte küssen, will wie der Türring meinen Rücken krümmen, vielmehr: der Pforte gleich den Ring im Ohre tragen!

Sei nicht hart gegen mich, denn mein einziger Frevel ist meine Treue. Und hab ich gefrevelt, so ist dein Herz barmherzig. Sünde ist Menschenart seit Adam. Sei nicht so heftig, laß ein wenig Milde walten! Verzichte auf Ungestüm, ward ich doch zahm! Nimm Hirtenweise an und gib den Wolfssinn auf und übe nicht mit den Erhöhten Hochmut! Es schickt sich nicht, die schlechte Laune zu pflegen und Große so zu entwürdigen. Heiß mich nicht, wie ein Rebell mich von dannen zu heben, denn wenn ich mich erhöbe, würdest du rebellieren! Laß diese Tyrannei nicht um sich greifen, denn nicht ich, die Welt wird sie dir heimzahlen. Nicht jedes Mahl, das in den Sinn kommt, darf man essen, nicht alles, was die Hand vermag, auch tun! Nicht jede Hand, die ein scharfes Schwert führt, hat auch die Blutgewalt über die Menschen.

Ich schreibe aber diese meine Erniedrigung mir selber zu, nicht dir. Ein mißliches Geschick ist schuld, nicht du. Zur Unzeit dröhnte meine Pauke, zur Unzeit schmetterte mein Hahn. Wie käme ich sonst dazu, in dieser Kälte zu glühen, in meiner Lage ein solches Los zu erleiden?

Doch nein, ich versprach mich: Denn hier geht es um Liebe, nicht um Herrschaft; und Liebe ist nie ohne Notschrei! Behandle mich so stolz du immer magst, nur rede nicht mit mir wie zu Verstoßenen. Willst du mich stolz wie eine Königin behandeln, so laß mich den Vasallenbrief unterzeichnen! Und nimmst du mich beim Ohr, um mich zu kaufen, so handle ich schweigend diesen Handel ein. Reißest du mir das Auge aus, neig ich das Haupt und biete dir das andere Auge dar. Mit meinem Blut bin ich entschlossen, dir zu dienen! Bei deiner Macht, ich kenne meine Art! Wenn mein Kopf durch dich unter die Klinge kommt, so beuge ich das Haupt, ohne mich von dir abzukehren. Du bist mir Seele und Leben; mag es sonst niemand wissen, du weißt es. Nüchtern und trunken, früh und spät, ich hatte immer nur dein Bild vor Augen. Jeder andere wäre, hätte er diesen Trank gekostet, in Schande geraten. In der Einsamkeit hab ich sehr wohl Gewänder zerrissen aus Liebesgram; doch ließ ich eilends neue Kleider schneidern, damit mein Heer nicht von mir abfiele, der Bau des Reiches nicht verkümmerte. Ich bin kein loser Schelm, der aus Verliebtheit mit der Laute in der Hand vor deinem Palast erschiene! Der Weltbeherrscher bin ich auch in meinem Handeln; was hat der Weltenherr gemein mit Liebesspiel?

Und doch: Als ich von deinen Locken vernahm, gab ich für einen Hauch von ihnen Thron und Krone hin. Den Körper befriedigte ich mit einer andern; Herz und Seele aber waren in deinen Banden. Ich trank kein Wasser, das verworfen wäre; außerhalb des Rechten tat ich nichts. Und ging ich doch auf des Vergnügens Fahrt – war ich nicht jung? So ist der Jugend Art!»

* * *

Schirin antwortet Chosrou

Wieder öffnete die pfauenschöne Spielfigur das Zucker bergende Perlenkästchen; das schmucke Bildnis entließ aus dem Karneol Worte, bildreicher als bestickter Brokat: «Mehr als der Kosmos, mehr als Tag und Nacht, Himmel und Erde herrsche der Weltbeherrscher über die Welt! Der Äon befolge seine Befehle, die Sterne seien seine Hofmeister, das Glück sein Steigbügelhalter!

Doch lassen wir die Herrscherwürde, hier geht es um anderes! Mein Herz ist über Chosrou hoch betrübt. Noch immer zeigst du mir den Stolz der Macht, noch immer führst du dich als Tyrann auf! Du bist mein und meiner Liebe nicht bedürftig. Geht es dir denn um Liebe oder um Herrschaft? Du bist heiß, wo kühle Luft vonnöten wäre; dein Herz aber ist leicht, wo Schmerz vonnöten wäre. Wer liebt, der ist bedürftig, der Unbedürftige bedarf der Liebe nicht! Hochmut vereint sich nicht mit Liebe, das Liebesspiel verträgt kein anderes Spiel.

Der Rose gleich war ich die Königin im Reich der Schönheit, jetzt aber bin ich die Insassin dieser engen Burg, wie Rosenwasser im Glas. In diesem tönernen Grabe hab ich dein geharrt. Die Glut, die in mir ist, hat mich wie Gold geläutert; doch von der Kälte, die ich kosten mußte, bin ich wie Eis erstarrt. Stets wähnte ich dich meinen Freund, überall baute ich auf deine Treue; du aber gabst mir keinen Raum in deinem Herzen, du warst nicht liebevoll wie ein Geliebter. Was zögerst du noch, mich zu töten? Hab ich mich deinem Schwerte denn nicht ausgeliefert?

Doch wenn die Waage sich zu Boden neigt, mißt besser als der Stein der Staub den Ausschlag. Vermag ich selber auch nichts auszurichten, das der Beachtung wert wäre – ich will so laute Klage führen in der Welt, daß ich doch einen Pfeil ins Ziel befördere!

Warum soll eine schöne Frau wie ich fortwährender Bedrängnis ausgesetzt und freudlos sein? Noch fühle ich im Herzen die Begeisterung der

Schönheit, noch hab ich die Grillen des Übermuts im Kopf. Noch verehren die indischen Feueranbeter meine Flamme, noch machen meine Augen schöne Türken trunken. Noch ist meine Knospe nicht erschlossen, noch meine Perle nicht durchbohrt, noch ist meine Lippe voller Lebenswasser und noch mein Wasser im Flußbett der Jugend. Mein Antlitz ist der Vorreiter der Schönen; Stolz und Koketterie sind meine Knappen. Ich bin die Huldreiche, Dufthauch dem Königskraut, des Zukkers Thronerbin, der Solitär der Perlen.

Die Kerze wird vor meinem Licht zum Falter; der Mond wird mondsüchtig, wenn er mich sieht. Den Karneol zersplittert mein Rubin, mein Rosenantlitz raubt dem Antlitz der Rose die Farbe. Und ob des Ruhms der Pomeranze meines Kinns lassen sogar die Bagdader Apfelsinen ihre Kinne sinken.[97]

Wo immer ich einen Blick auf Lippen und Zähne gewähre, raube ich ein Herz und spende hundert Leben. Ich bringe Panthern den Stolz bei, Gazellen lernen ihr Spiel von mir. Erblickt mich das Reh, entrichtet sein Nacken dem meinen Tribut. Ob eines Blinzelns bin ich in Byzanz gesucht, ob eines Duftes in Chotan beredet. Der Lenz zieht zwar den Zeigefinger an durch Schönheit[98], doch jeder meiner Finger übertrifft ihn an Zierlichkeit. Der glanzvolle Mond, obgleich von feuchter Natur, er kann mir nicht das Wasser reichen. Das Paradies wird reich an Licht von meinem Schlosse, die Huris nehmen an meinen Brüsten Maß.

Allein, sosehr ich im Plänkeln eine herzräuberische Türkin bin, ich verstehe mich auch auf die Herzensbesänftigung im Küssen. Wenn ich den Mond in Moschusketten lege, bringe ich damit manchen Löwen zur Strecke. Wenn ich mit Zucker und Rubinen streite, dann bring den Mann her, der mir nicht erliegt! Doch wie Zucker der Milchbruder meiner Zähne, so ist die Treue der Mitstädter meines Vertrages. Hab eine Welt von Keßheit und hundert Welten Scham, ein Tor zum Zorn, hundert Tore zur Sanftmut. Meine Rubinenlippen streuen noch immer Zucker, und meine Locken säumen noch mein Haupt. Zum Wein, den ich kredenze, riesele ich den Zucker meiner Worte auf die Mandeln. Wuchsen auch meine beiden Äpfel zu silbernen Granatfrüchten heran – ich bin noch dieselbe Liebhaber tötende, Kluge betörende Schirin. Was für Tumulte habe ich im Kopf, wie viele Sieche locke ich an meine Tür! Geh, daß ich die Hand nicht nach deinem Blut ausstrecke, hab ich doch solches Blut schon oft auf mich geladen. Wähle die rechte Hand, ehe ich zuschlage – dergleichen tut die Liebe mit der Linken! Ward dein Herz Stein, wird meine Seele Eisen, da solchem Herzen solche Seele ziemt!»

* * *

Chosrou antwortet Schirin

Der König erwiderte: «O Herzerhellende! Mit Reden und Reden verstreicht uns der Tag! Rechne mir nicht deine Schönheit vor, bist du doch hundertfach schöner, als du es sagst. Der Glanz des Auges bist du – fern sei dir die Ferne –, die Leuchte des Morgens, o ‹Licht über Licht›! Du gleichst dem Meer an Perlenreichtum, nur ist dein Wasser das Wasser des Lebens! Du kennst dein Antlitz nur vom Spiegel – ich aber sehe hundertmal mehr. Sag ich mit meiner Zunge zu dir ‹Herzenstrost!›, so wird mein Mund voll Zucker von dem Namen. Nenn ich dich ‹Sonne›, bist du's auch, zerbrachst du doch des Mondes Glanz am Himmel. Dem Zucker ward es eng ums Herz, als dein Rubin aus dem Gestein hervortrat. Die ranke Zypresse auf der Aue kam ins Wanken, als die silbernen Früchte an deinem Granatbaum wuchsen. Die Dattel ward in ihrem Kern gebrochen, als man die Dattel deiner Lippen keimen ließ. Das Erz von deinem Antlitz ist der Schlüssel Edens, und daher bist du auch, wie Eden, unerreichbar. Luna ist in deine Anmut verliebt, das Zuckerrohr der Sklave deines Sklaven. Schläft deine Rose mit dem Zuckerrohr, so läuft dem Kandis das Wasser im Munde zusammen. In jeder Runde, wo dein Honig auf die Tafel kommt, verleiht er allen Wachsfiguren Leben. Die Muschel borgt, öffnet sie lustvoll ihren Mund, sich Perlen aus von deinen Perlenzähnen. Verkaufst du nur ein halbes deiner Haare, ich kaufe es, und koste es ein Reich!

Allein, mit dieser Schönheit, die des Mondes Neid ist, sieh nicht auf dich, denn Eitelkeit ist Sünde! Niemandes Auge hafte an seiner eigenen Schönheit, sonst wird der Böse Blick sie schädigen! Vergieße nicht, bist du auch meine Königin, auf diese Art mein Blut, da ich doch schuldlos bin! Und bist du Königin, wo ist dein Adelszeichen? Bist du Schirin, wo bleibt dann deine Süße?

Laß den Streit und öffne den Weg zur Versöhnung! Sei nicht so hart mit einem alten Freund! Bist du, o Schöne, streng, so bist du doch auch huldreich! Wie lange entfliehst du mir wie die Luft dem Feuer? Bin ich nicht dein Staub? Weshalb vergießest du mein Wasser?

Obschon ich Anspruch auf dich habe, bleibt deine Gunst mir vorenthalten. Doch allen Wissenden ist wohlbekannt: Der Würdige bleibt seines Rechts beraubt!

Solange ich ein Herz habe, bist du seine Herrin, zu schweigen von meiner Seele, deren Erzieherin du bist! Mag ich aus deinen Banden mich zu lösen suchen, wie könnte ich aus den Banden des Herzens entrinnen? Genug ist's nun, das Roß der Härte auf mich hetzen, bald mich in Staub und bald in Blut zu setzen, erst Süße in der Stadt ausrufen lassen, um dann mit bittrer Galle aufzuwarten!

Doch was ich jetzt erfahren, ist mir leicht. Gesegnet sei's; hab wirklich viel erfahren! Wie mancher Sprung liegt nicht am Grund von Festigkeiten, wie manche Kümmernis, die in sich Freuden birgt!

Doch Härte ist kein hoffnungsvolles Omen; entschlag dich ihrer diese eine Nacht, die doch kein Jahr lang währt! Mach mein Herz froh, denn ich kam trostbedürftig! Nach dir verlangt mich, dazu kam ich her. Und wie die Kerze weich ich nicht vom Platze, denn viele sind, die gleich mir Süße suchen. Weint doch die Kerze, weil sie von der süßen Wabe getrennt ist. Und warum leidet das Herz der Dattelpalme den Stich der Dornen, wenn nicht, weil es der Süße verfallen ist? Desgleichen auch die Milch: Wäre sie nicht süß, keine Mutter könnte ihr Kind beruhigen. Und Süße spenden alle diese Armen – bist du noch ‹Süß›, wenn jene sich erbarmen?»

* * *

Schirin antwortet Chosrou

Der in Brokat gehüllte Mond schickte sich an zu antworten. Sie gab dem Mond am Himmel ein Beispiel an stolzer Haltung, sprang wie eine Blüte auf und erglühte wie eine Rose, küßte die Zinnen des Daches, was die gebrannten Ziegel in frisches Ambra verwandelte, öffnete das rubinene Schloß des Perlenkästchens und goß aus dem Zucker ihrer Worte einen süßen Sklavenring, den sie dem Schah ans Ohr legte, indem sie sprach: «O Weltbeherrscher, dessen Wimpel über der Welt flattern, mit dessen Namen von China bis Byzanz die Edikte unterzeichnet sind, dem der Karachan untertan und der Kaiser ergeben ist – nicht nur der Chakan von China liegt vor dir im Staub, sondern noch andere Sterbliche küssen den Boden vor dir!

Paluda-Gebäck ist bekömmlich, wenn es von Fett und Süße gelblich glänzt. Doch ich bin ein Paluda, das entfettet und nur noch dem Namen nach süß ist.

Jawohl, seit ich der Welt gewahr ward, verlangte ich nach dir mit Herz und Seele. Ich verfolgte niemandes andern Fährte, ich beugte mich vor keinem andern Antlitz. Doch keinen Hauch von Liebe fand ich bei dir, nur Hochmut und Hartherzigkeit und die Erfüllung der eigenen Wünsche ohne Rücksicht auf andere. Das ist nicht Liebe, das ist Lüsternheit! Begierde! Wo ist die Liebe, und wo du, o Müßiger, wo bist du?

Wie kann der Löwe Gast der Gazelle sein, wie sich der Geier mit dem Sperling begnügen? Und doch: Magst du die Zypresse und ich das Unkraut zu deinen Füßen sein – sind wir nicht beide aus dem gleichen Staub? Denke daran: Raute und Aloe sind in der Räucherpfanne eines; Würze, Rauch und Asche sind eines!

Dem Tisch fehlt doch ein Braten, wohlgepökelt – was kann die Ameise, zermalmt vom Elefanten, dir da nützen? Deine Zunge entfacht zwar ein tüchtiges Feuer – tüchtiger wäre eines, das dir nicht den Topf verbrennt! Wie eine Flut stürzest du in den Fischteich, um dein Begehr davonzutragen. Ich aber will auf deine Flut verzichten, magst du nun sitzenbleiben oder weiterziehen! Wozu dein Lasso nach des Mondes Festung schwingen, wenn du zum Himmel keinen Zugang findest? Mit Gaukelspiel kannst du den Himmel nicht einfangen, mit Zaubersprüchen nicht den Mond umarmen. Willst du die undurchbohrte Perle durchbohren, so sag dem Meer das rechte Wort ins Ohr! Die Frucht im Garten Eden ist unzugänglich; doch halt, nein: Eines Tages wird die Pforte weit sein!

Ich bin das Wasser, dessen Name ‹Leben›, du bist das Feuer, dessen Name ‹Jugend› ist. Wasser und Feuer will ich nicht vermischen, aus denen Aufruhr in der Welt entsteht! Besser, ich werde nie, solang ich lebe, zum Staube dessen, der von mir genug hat, ja genug!

Geh und mach Jagd auf ‹Zucker›, denn mit dem süßen Honig[99] hast du nichts zu schaffen! Auch muß man Zucker nicht mit den Lippen küssen, vielmehr mit den Zähnen zerbeißen. Doch nur bei ‹Süß› gibt es den wahren Kuß, ist Süße doch der hausgeborene Sklave ihrer Lippen. Rede zu Schirin nicht soviel von ‹Zucker›! Niemandes Süße ist an Zucker je zerbrochen; doch Schirins Lippen sind der wahre Zuckerbrecher!

Als du kürzlich an Magenverstimmung littest, hast du dir aus ‹Zucker› eine Rosenpille bereitet; Schakkar willst du, und Schirin obendrein? Entweder jag den Mond oder den Molch! Schirins Schloß hast du nun genug genossen – wo Schakkar wohnt, das weißt du ja!

Ich will mir nicht das Haar kraulen, wo mir das

Herz blutet. Den Schah zu verehren, vermag ich nicht länger. Such dir eine gewandtere Verehrerin! Fürwahr, du spielst die Laute gut, solange die Saiten gespannt sind. Laß mich nicht länger daran denken müssen. Wie lange sprichst du heftig mit den Häftlingen? Sag's deinen Schreibern, daß sie's niederschreiben!

Frei ist dein Herz von jeder Schmerzempfindung, nur Wind aus deinem Kopf säuselt in deinen Worten. Was soll ich Blut trinken aus deinem Becher, den Schwanz mir mästen lassen wie das magere Schaf? Ward meine Sache durch dich schlecht, so laß es sein Bewenden haben. Es ist ein Gott da, der die Sachen gut macht.

Soll ich, in diesem Turmgemäuer sitzend, Rufer um Rufer künden lassen:

‹Welch Spiel trieb mit Schirin Parvez!
Hier ist die Braut! Wo streut er Zucker aus?›

Genug, daß ich dies eine Mal in die Schlinge fiel und an Rang und Namen zu Fall kam. Da mein Ruhm unter den Ruhmreichen Schiffbruch erlitt, bleibe der Ruhmlosen Pforte verschlossen! Verschließe ich die Tür, so hat der Wächter Ruhe; den Schatz bewahrt man hinter verschlossener Tür.

Doch wenn die Tür zu öffnen nicht in meiner Hand liegt, so vermöchte ich doch, dir ein Seil aus meinen Zöpfen zu flechten. Wenn ich dich brauchte, brächte ich dich mit meinem Lockenseil aufs Dach hinauf, nur daß der Wind in deinem Kopf deinen Fuß taumeln läßt, du kennst das Seilspiel nicht mit seinem Nutzen!

Nach aller Pein, die ich von dir erfahren, will ich mein Öl in deiner Lampe lieber nicht verbrennen! Und da ich meines Herzens Not nun ausgesprochen – gut Nacht und guten Tag! Ich gehe.»

Sprach's und ging davon, aufrecht wie eine Zypresse, die Stirne runzelnd und den Scheitel emporrichtend. Sie schüttelte ihre Seide, aus deren Säumen die Welt voll Zucker ward.

Dann öffnete sie nach der Weise der Schönen das Kinnband und flocht die Zöpfe und offenbarte ihre Schönheit, indem sie sie mit Seide und Samt verhüllte. In ihrer Erregung verknotete sie jedoch bald das Scheitelband, bald rieb sie Moschus auf den Mond. Beim Anlegen des Schmuckes verspätete sie sich, denn sie stand wie auf Schwertern. Sie ordnete ihre Fußspangen; doch die Gefühle ihres Gefangenen brachte sie dadurch nicht in Ordnung! Aus den Zöpfen machte sie bald einen Gürtel, bald eine Krone – jene Krone und jenen Gürtel, die der Schah ersehnte. Um den Nacken legte sie ein Korallenband, das sich dem König wie ein Lasso um den Hals schlang. Auf solche Weise buk sie mit milder Flamme jenes Halwa, welches in heißem Feuer verbrennt.

Sobald die Schöngesichtige die Sieben Gebote der weiblichen Schönheitspflege[100] befolgt hatte, kehrte sie dem König den Rücken zu, dem Himmel die Sonne entreißend. Und während sie bei ihrer Wendung die Locken schüttelte, ließ ihr Gesäß die Schenkel erbeben wie Quecksilber. Ihre Zöpfe hingen wie Seile über den Rücken und glichen Schlangen, die jeden frechen Betrachter getötet hätten. Ihr kristallener Nacken spielte mit jenen Moschusseilen Reifenschlagen; und jedes Herz, das in Liebe zu diesem Nacken dahinschwand, trug jenes Seil um den Nacken.

Zierlich verließ sie die Zinnen des Daches, und

des Königs Ruhe wich, wie jene Herzensruhe[101] entwichen war. Er beschwor sie bei seinem Leben so lange, bis die Bestrickende zurückkam, sich niedersetzte und Perlen aus den Narzissen vergoß, Wasser, das Feuer in der Welt entfachte. Jede List, die Herzen entwendet, jeglichen Zauber übte sie aus:

Die Zeichen, die den Liebenden bezwingen,
wie leicht sie der begabten Braut gelingen!

* * *

Chosrou antwortet Schirin

Als der König sah, wie Schirin trotz ihres Verlangens spröde blieb, warf er den Schild des Schwerterspiels zu Boden und hüllte seine Klagen – denn wie kann man sich über Süße beklagen! – in süße Worte.

«O du mein Auge und meine Leuchte!», so sprach er zu Schirin, «du Tau meiner Aue und Greifin meines Gartens, du meinem Haupt die Krone und meiner Krone Thron! Du stößt mich nieder, und du hilfst mir auf. Du raubst mir das Herz, und doch hab ich mein Herz von dir; trunken bin ich durch dich und klaren Sinnes durch dich. Ich habe keine außer dir, wo ich mein Lager bereiten möchte, und keine Krone, die, wo ich meinen Thron aufschlage, mich besser schmückte als du!

Gesetzt aber, du hättest durch mich gelitten – was ließ dich nach meinem Blute trachten? Da du so spät in meine Arme kommst, liefere mich nicht verfrüht dem Henker aus! Wie wahr sprach jener Gutsherr einst zu Nimrod: ‹Schlachten muß man spät, doch pflanzen früh!›

Was begehrst du von mir – Abbitte oder Tod? Hier sind sie beide! Fest oder Opfer? Hier sind beide! Bring uns mit deinem Stolze nicht in Not! Sei zärtlich, denn dein Stolz verlor das Maß! Brich mir nicht das Herz, indem du mir alle Hoffnung raubst! Der Gram verlor das Maß, und niemand ist mein Tröster. Du bist es, doch dein Trost ist karg. Den Gram des betrübten Herzens kann man nur Gleichaltrigen, Gleichgestimmten mitteilen; den Leichtherzigen muß man ihn verheimlichen – Moll und Dur vertragen sich nicht.

Nimm endlich die Schelle vom Schatzhaus, tu einmal einen leichten Atemzug! Die Welt hat deines- und meinesgleichen schon mehr gesehen. Sie wird uns überdauern wie je einen. Eh du an diesem irdischen Portal Hohes und Tiefes erkannt hast, ist es zu spät, zu spät!

Genug des Herzenstrugs, o Herzbetörende! Sei zärtlich – meine Geduld verlor das Maß! Erfülle, Freundin, meinen Wunsch, denn es ist an der Zeit! Stille die Gärung meines Hirns, denn es ist an der Zeit! Genug ist's nun, dieses Nicht-Öffnen deiner Brauenbögen, dieses Vor-der-Pforte-Lassen eines Fürsten!

Was lädst du dir den Gram der Welt auf? Laß den Gram fahren; denn es kam die Zeit der Freude! An Wolkentagen mag man Gram empfinden. Du freue dich; denn heute scheint die Sonne!

Wie lange noch bekämpfst du den Besiegten? Wie lange noch spielst du Fangen mit dem Gefangenen?

Der hat nicht Wissen noch Verständigkeit,
der, wenn Versöhnung winkt, vorrückt zum Streit!
Ein Kluger, der zum Kriege sich entschließt,
stets für Versöhnung eine Lücke läßt.

Zeig dich also in diesem Kriege versöhnlich, sei einmal zart – wie lange willst du noch hart sein? Erleuchte die Runde der Freunde, auf daß Augen und Tage helle werden! Ich kam in den Garten, um Früchte zu pflücken, stich mir nicht Dorn und Disteln in den Ärmel. Sag mir in diesem Garten: ‹Komm und pflück des Kinns Zitrone und des Busens Apfelsinen!›

Des Zornes Lanze und der Schelte Schwert – wie lange noch? Dies ist kein Krieg, verschließ das Tor der Schlacht! Du, o Gazelle, bist nicht zum Krieg geschaffen! Laß die Panther-Art den wilden Tieren! Steig herab von der Höhe deines Stolzes und Hochmuts; verstoß ihn nicht, dem du ein Unterkommen gabst. Und bedenke: Ist dein Fasan auch stolz – ein Königsfalke liegt im Hinterhalt! Zuletzt fällst du ja doch in meine Arme, kommst mir vorhanden, fällst in meine Hand! Dann spiele ich mit deiner Locke, deinem Schönheitsmal das Spiel, das jetzt schon Nacht für Nacht dein Wunschbild mit mir spielt. Was fiel denn vor, daß du den dir Verfallenen vor deinem Tor stehen lässest gleich wie dein Glück? Hast du denn keinen Hauch von Mitleid in der Brust? Spürst du nicht die Verpflichtung alter Freundschaft?

Jeder kann seinen Kelim auch allein aus dem Wasser ziehen – hüte dich, meine Freundin! Da es dir offensichtlich fernliegt, dich mir zuzuneigen, liegt es mir nahe, umzukehren. Willst du, durchkreuze meine Rechnung, bring mir den nahen Weg noch näher! Löse den Knoten auf der Halbmondbraue, mache dein Schatzhaus voll mit Edelsteinen und dein Haus – leer! Willst du nicht, daß ich wirken darf in deinem Haus, nun wohl, so mache ich mich auf den Weg. Den Weg, den ich herkam, den weiß ich auch zurückzugehen. So wie ich sonst die Saiten schlug, weiß ich sie auch fortan zu schlagen. An des Vergessens Trank will ich mich halten, mit einer andern Schenkin mich berauschen, mit anderem Rosensaft den Becher füllen, mit anderm Halwa mir den Gaumen versüßen! Das Siegel der Schirin brech ich ein andermal; einstweilen erobere ich mir eine Zuckernamige, von Zucker Rieselnde, genieße mit ihr bittern Wein und betäube mir mit süßer Bitternis die Ohren.»

* * *

Schirin antwortet Chosrou

Die Sonne der Schönen küßte ergeben den Boden und gab Antwort: «Dauernd, o Herrscher, lebe im Genuß, mächtig im Glück kraft deiner Sterne Stand! Den Sieben Klimata scheine ohne dich kein Licht! Der Böse Blick betrübe nicht dein Glück! Tausend fürstliche Wünsche seien dir erfüllt, noch tausend Jahre währe deine Herrschaft! Wer Wein trinkt auf dein Wohl, der dürfe – mich eingeschlossen – dir am Busen ruhn!

Genug nun des verzuckerten Gifts, das du mir hinstreust, der Märchen, die du der Verzauberten erzählst, der beschwörenden Worte und windigen Geschichten: Zur Jagd ausziehen mit goldenem Zelt, um Schirins Schloß eine Gnade zu erweisen! Dem Königreich tut es nicht Eintrag, eine Leidende zu verlachen, ein Rudel Hunde in die Jagd zu werfen und auf ein einzelnes Reh zu hetzen!

Allein, ein Schatz wie ich, dessen Siegel kein Staub getrübt, läßt sich nicht mit dem Stock erobern. Du magst wohl viele solche Spielchen kennen und viele solche Märchen mir erzählen – das Unglück ist, daß sie bei mir nicht verfangen: Die Weide blüht, doch Früchte trägt sie nicht.

Du bist der Strom, des Ziel mir unbekannt ist, dessen wie das Meer verborgenes Wesen ich nicht kenne. Ich bin der kleine Quellsee, dessen Wasser klar ist. Was ich im Herzen fühle, kommt mir auf die Zunge.

Wer gleich der Muschel Zähne in der Brust verhüllt,
hat wie das Meer ein Herz von Haß erfüllt.

Ward denn Schirin auf diesem Dache so gesalbt, daß sie durch süße Salbung zähmbar wäre? Wie sollt ich deiner Zuckerrede lauschen, die ich doch selber Zucker und Honig spende? Ich bemerke eine scharfe Zunge an dir, doch sonst nichts, Worte, die mir das Herz versengen, doch sonst nichts!

Wie lange noch willst du von Thron und Krone reden? Du sprichst hart und unbedacht zu mir!

Gallige Worte aussprechen – das ist ein galliger Rat,
wo jeder den gleichen Drachen in seiner Höhle hat!

Ich spreche kein Wort zu dir, das ich nicht wohl bedacht habe; sprich auch du zu mir bedacht, wenn du mich nicht kränken willst!

Die Dinge kommen so spät zu einer Entscheidung, weil ich den Spiegel schwinge, du jedoch das Schwert.

Die Sprache hat im Guten wie im Bösen viele Gesichter, und zwischen Gut und Bös ist nur ein Haar. Frohen Herzens aber sitzt nur *der* in dieser irdischen Sänfte, der an der häßlichen Krähe erstlich das schöne Auge wahrnimmt.

Ruhm und Schande sind wie Kopf und Stein – sei auf der Hut! Schlage nicht Stein auf Glas – sei auf der Hut!

Wie lange noch redest du aufs Geratewohl? So trunken wie du selber sind auch deine Worte! Worte, die aus dem Hirn des Verständigen kommen – und kämen sie aus dem Innern der Erde, sie sind erhaben.

Ein Sprecher, der nicht Unbedachtes spricht,
spricht er auch Schlechtes, spricht er doch nicht schlecht!

Worte braucht es, die geeicht sind; Geschwätz taugt, um es Eseln aufzuladen.

Von den hundert Dingen, die du mir sagst, würde ein Spielmann der Armee nicht eines sagen! Geht es darum, zu tilgen, was uns Kopfweh macht, so sprich, und ich will Punkt für Punkt dich hören! Willst du eine geheime Botschaft übermitteln, so kannst du es tun nach Belieben.

Eine Braut wie mich hast du zur Festungshaft verdammt, erwartest du eine Braut aus dem Jenseits? Betrachte nur die Perlen meiner Tränen; doch spiele nicht mit meinen Ohrenperlen. Hör, was mein Seufzer ambraduftend klagt: Mein ambraschwarzes Halsband ist voll Blut. Meine Granatenlippe, sieh, wie schmal sie ist; weil die Granatenfrucht der Dieb aus meinem Garten stahl! Gesegnet sei mein Angesicht, doch in der Sänfte! Gesegnet sei mir diese Weltabkehr!

Erdreiste dich nicht, enthalt dich meiner Augen, schwingt jeder Wimpernaufschlag doch geschliffene Dolche! In jedem Haar, verhüllt in meinen Locken, schläft eine Schlange, schwarz wie Pech.

Deine schönen Worte verfangen nicht bei mir;

Feuer verfängt nicht bei der gefrorenen Fackel. Ich falle nicht wie Joseph in den Brunnen, weil es mich nach dem Seil gelüstete; Begierde nach dem Wildbret treibt mich nicht ab vom Weg. Dein Herz dagegen verirrt sich weit vom Wege; man müßte ihm von Seufzern eine Glocke anbinden!

Du bist im Irrtum, wenn du glaubst, dein Schuß sei absolut treffsicher. Du hast auf den Rappen gezielt und den Schecken getroffen. Du hast dein Pferd nach Indien gelenkt, den Weg verfehlt und bist in Babel hängengeblieben. Du liefst nach dem Meer und landetest am Delta, trachtetest nach der Rose und pflücktest Tulpen, erstrebtest die Seelenarznei Schirin und brachst das Fasten mit ‹Zucker›!

Soll ich deine Freundin sein, während du eine Freundin außer mir hast? Wo du solches tust, willst du mit mir zu tun haben? Erniedrige die Betrübte nicht so arg – du hast sie schon reichlich gepeinigt! Geh! Vergiß die Dorf-Verbannte, laß die Verlassene in ihrem Dorf!

Dem Kinde gleich, das Vater und Mutter nicht kennt, nach Waisenart mit einem Happen abgespeist, dem Dämon gleich in einer Felsenschlucht, wo Jahr und Tag nicht eine Ameise vorüberkommt, so hause ich hier in diesem Gestein, ohne von dir eine Gunst zu erfahren, zur Zielscheibe für die Pfeile der Spötter geworden. Laß mich, elend und kraftlos wie ich bin, setz einen Stein hinzu, damit das Grabmal fertig wird! Oben und unten Steine über Steine – die decken Schande über Schande zu!

Es kommt mir so vor, o Geliebter, als sei ich am ersten Tag von Schabdez herabgestürzt. Erzeige Edelmut, nimm mir die Last ab! Rosen sind nun genug verstreut, räume die Dornen aus dem Wege!

Wie lange noch willst du Rosen verstreuen und

Staub aufrühren, Salz essen und das Salzfaß verschütten? Genügt es nicht, daß ich um deinetwillen in Not geriet, Haus und Hof hinter mir ließ und heimatlos ward? Die Freude trennte sich von mir an jenem Tage, da du mich in Schahrud verließest. Was soll ich Arme in der Stadt Ktesiphon tun? Was verhängt ist, muß geschehen! Du brauchst eine Glorreiche deinesgleichen; was kann eine Elende wie ich dir einbringen?

Grabe den Brunnen da, wo er Wasser bringt!
Lasse zur Ader da, wo Blut aufspringt!

Du hast das Haus der Freundschaft auf Wind gebaut; glaubst du vielleicht, du könntest jetzt ein neues Fundament legen?

Ein Kelim, welcher neu schon kalt ist,
wie soll er wärmen, wenn er alt ist?
Ein Baum, der in der Jugend sich verkrümmt,
er wird nicht grade, wenn er alt und dürr!

Du unternahmst Schritte, manche mühevoll, erwiesest Huld und zeigtest Herrentum. Doch heute nacht ist nicht der Zeitpunkt für Vereinigung, keine Hoffnung darauf, das Brautgemach zu richten. Das Siedefleisch im Topf ist noch nicht gar, die Zutaten des Halwa sind noch unvollständig. Du kehre um heut nacht, statt zu befehlen! Berauschte kann man nicht bewirten. Kommt einst die Zeit, daß diese Sache reif ist, so kann ich dich wohl wieder zu Gast bitten. Alles Ding in der Welt hat seine Zeit; Zeit ist der Schlüssel jeden Schatzes.

Der Vogel, der zur Unzeit tiriliert,
schau hin: Statt Federn er den Kopf verliert!»

Als Chosrou erkannte, daß die spöttische Geliebte ihre Sprödheit nicht aus dem Kopf tun wollte, versuchte er, sein Anliegen mit einigen Zaubersprüchen zu erlangen. Doch was hilft es, Zaubersprüche nach Babel zu tragen?

Flehentlich sprach er: «O Ziel meines Lebens! Leuchte meiner Augen und Kerze meiner Sinne! Glück meines Denkens und Jugend meines Glücks, Sein meines Herzens und Leben meines Seins!

Wie lange führst du, den Sphären gleich, Krieg mit meinem Herzen, wie lange salbst du mein Haupt aus leerem Salbtopf? Erfreu einen Liebenden endlich durch Zärtlichkeit! Befreie einen todgeweihten Sklaven! Empfindest du nicht den Fehler in deiner Heftigkeit? Wie lange noch wirfst du mir solcherart Fehler vor? Wie ein Blinder, der, die eigene Blindheit nicht sehend, hundertfach anderer Fehler hervorzieht? Laß den Rubin (deines Mundes) nicht solche Steine schleudern, tauche mich nicht in Blut, indem du mich zu Boden schleuderst!

Du hast mich zugrunde gerichtet durch deine Sorge. Gott hab dich selig! Du bist sehr besorgt! Die Nacht brach schon herein. Schnee rieselt wie Quecksilber. Rück ab vom innern Eis, erglüh wie Feuer! Laß nicht zu, daß mich ob dieses Schnees die Glut der Wut packt! Weh sonst dem Tag, wenn dieser Schnee verschmilzt!

Empfang mich heute nacht an deiner Tür, laß mich deine Schwelle küssen, ergeben vor dir niederknien, das Auge schließen, um dich alsdann zu erblicken! Soll doch zu deinem Horste *der* nur Zugang haben, der das Auge vor deinem Haus verschließt. Halte *den* Freund für deinen Feind, dessen Auge an deinem Fenster hängt! Mit jenem nur ist dir Freundschaft erlaubt, der Mehrung deines Ruhms und Reichtums anstrebt. Einen Gefährten, der auf dich neidisch ist, den gib dem Staub anheim, denn seine Freundschaft ist kein Staubkorn wert!

O feuchte meine Kehle nicht mit Blut, halt mich nicht wie den Klopfer an der Pforte. Du quälst mich sehr – und das ist gar nicht recht: Hier ist das Paradies – und Qual gehört zur Hölle! Reife, paradiesische Frucht besitzest du, die nur der Garten Eden bisher sah. So öffne die Pforte deines Paradiesesschlosses, laß die Frucht deines Baumes nicht verderben! Die Datteln liegen auf dem Tisch, und der Dattelesser soll nicht Platz nehmen dürfen? Alexander soll durstig bleiben am Ufer der Lebensquelle?

Öffne die Tür und verschließe den Weg des Hasses! Gürte dich zum längst fälligen Dienst! Geht es aber nicht an, die Tür zu öffnen und einem Fremden eine kurze Audienz zu gewähren, so hebe den Schleier von deinem Antlitz – die Sonne bedarf keines Schleiers!

Bin ich verwirrt, so bist du es, die mir die Sinne geraubt! Nimm mir die Wallung, da du den Topf zum Brodeln gebracht hast. Du weißt den Seelen-Erquicker[102] zu bereiten, denn Ambra und Rubin hast du. Eine Lippe wie Honig enthältst du mir vor und streckst mir eine Zunge wie einen Bienenstachel hin? Bei soviel Weichheit sei nicht so rauh – das Hermelin kann nicht zum Igel werden.

Mach, daß ich heiter von dir scheide, daß ich dich sehe und beseligt werde und, wenn auch staubbedeckten Fußes, ein froh-vergnügtes Herz hab! Will aber dein Herz mir nicht Recht geben, so wirst du schwerlich eine Entschuldigung dafür finden.

Laß nicht Steine regnen auf Chosrous Scheitel, töte ihn nicht, wie du Farhad getötet hast im Steingefilde! Wer einen Stein in den Himmel wirft, legt's darauf an, dem eigenen Kopf zu schaden!

Verschaff der Liebe Zugang wie die Zärtlichen, spiel nicht mit mir wie Taschenspieler! Nicht jeder Liebende ist trunken; nicht jeder, der sich vergißt, tut es aus diesem Grund.

Bald bist du mit mir im Streit und bald im Frieden. Gott gebe dir Umkehr von dieser Zweideutigkeit! Zeig dich in Wahrheit entweder weiß oder schwarz; der Schlangenfisch ist weder Fisch noch Schlange!

Du bist bösartig geworden; ich kann mir deinen Zorn nicht erklären – oder ist das vielleicht die Weise der Liebenden? Allein, je mehr du mich bedrängst, zu schweigen, desto lauter werde ich tosen, dem Meere gleich! Je dringlicher ich dich auffordere, zu mir zu eilen, desto weiter weichst du zurück wie der Seilerlehrling beim Seildrehen.

Schlag nicht solche Wunden in mein beklommenes Herz; ist doch dies Herz ein Herz, nicht Stein noch Stahl! Feindselig hast du mich behandelt, das ist nicht gut. Feindseligkeit ist Bosheit, meine Freundin. Gib ein Versprechen, aufrichtig wie meine Rede, und wart mir nicht mit soviel Krummheit auf! Der Gegner ungeachtet, schmeichle mir! Lodere innerlich, nach außen sei gelind!

Ich suchte dich in Wolken wie den Mondschein, jetzt fand ich dich – als Wolke ohne Wasser. Eine welterleuchtende Lampe warst du, doch als du in die Hand kamst, versengtest du sie. Von ferne sah ich eine Rose rot und reizend; wie du dich nähertest, da warst du nichts als Feuer. Tadel, der maßlos wird, ist Krieg. Erde, die sich verhärtet, wird zu Stein.

Nicht jedes Schwert hält jedem Schlage stand,
nicht gleich lang sind die Finger an der Hand.

Ich kann umkehren von hier und eine bessere Vertraute finden. Doch lasse ich deine Verdienste gelten und stelle die alte Freundschaft in Rechnung.»

* * *

Schirin antwortet Chosrou

Nochmals erlaubte Schirin ihren Lippen, die süßen Datteln zum Tönen zu bringen; sie hob den Karneol vom Perlmuttkästchen, reihte Edelsteine aneinander und rieselte Perlen.

«O Schah von jungem Glück», so begann sie, «durch den Thron und Krone geschmückt sind, dessen Macht der Fahne den Halt und dem Schwert den Schwung über die Widersacher verleiht! Das Glück umflattere deine Gestalt, deinem Arm sei der Bogen des Schicksals gefügig! Ja, dein Glück fließe über, denn du bist der Beistand wider die Wechselfälle der Zeit!»

Dann wurde sie heftig wie ein Vulkan und sprach zu Chosrou: «O stolzer Heermann! Du bist Schah! Geh! Liebe ist für den Schah eine bloße Förmlichkeit, eine Metapher. Wahre Liebe ist nur für den, dem in der Welt Verliebtsein genügt.

Verspotte mich nicht wegen der Liebe zu Farhad; tu eines toten Fremden in Gutem Erwähnung! Farhad war für mich bei all seiner Liebe wie ein jenseitiger Bruder. Nicht einen Augenblick hat er begehrlich auf mich geschaut, nichts von Schirin vernommen außer ihrer Stimme. Bei jener Bitterkeit, die seinen Tag versüßte – süß wie ein bitteres Holz ist er verglüht! Von ihm erfuhr ich tausend scheue herzerwärmende Liebeserweise, wie ich sie in keiner deiner Botschaften je gefunden habe.

Ein Dorn, über dem eine Rose blüht, ist mir lieber als eine Zypresse, die nie Früchte bringt. Einen eisernen Sockel mir unter den Kopf zu legen, erscheint mir besser, als einen goldenen Gürtel mit meinem Blut zu bezahlen. Messing, aus dem man mir ein Armband macht, besser als silberne Handschellen; eine Lampe, die mir die Nacht erhellt, besser als Kerzen, die mein Bett verbrennen!

Der Liebende ist wie der Strom, der Steine in der Brust hat; ich hab dem Berg gleich Steine auf dem Kopf. Im Kerker verlassen, stecke ich wie Eisen hier im Stein, das Herz von Freude und von Freunden abgetrennt.

Ach, wären den Herzbeklommenen nicht auch noch die Hände gebunden! Trunkenheit ist mit Wahnsinn schwer vereinbar. Ich habe Trunkenheit, Wahnsinn ist ebenso da; trunkene Irre taugen nicht zur Freundschaft.

Streich dessen Worte aus, der mich bekrittelt; Hände von Krittelern sind mein nicht wert! Wähne, ein Sturmwind sei gekommen eines Tags und hab ein Blatt aus deinem Garten fortgetragen! Mich hat die Flut der Prüfung obdachlos gemacht, indem sie sprach: ‹Nimm dein Bett und geh fort.› Seither bin ich den Flammen ausgesetzt. Du blick auf mich, laß es dir Warnung sein und flieh!

Die Luft scheint Kampfer zu zerreiben; kein Wunder, daß unsere Leidenschaft abkühlt![103] Da die Wolken aus lauter Verwirrung Salz regnen, zieh die Hand ab von der Verwirrung stiftenden ‹Süß›!

Schweif nicht bei Nacht umher wie Fledermäuse, wandere dem Falken gleich bei Tageslicht!

Vergangen sind die Märchen, die du von mir vernahmst, verflossen die Liebeszeichen, die du von mir erfuhrst. Kein blasser Hauch verblieb von der einstigen Losung! Und magst du es leugnen, solange du lebst – sie verflog.

Ich bin nicht jene schöne Türkin, die vom Reiterkampf nichts versteht, Niederwerfen und Verspotten nicht auszuüben weiß. Meine Gasse ist ein Ort, wo man die Sphären verspottet, Niederwerfen das Wesen meiner Locken. Mag dein Herz also ein Vogel sein, er kann die Schwingen nicht heben; mag dein Atem ein Morgenwind sein, er berührt mich nicht!

Magst du auch hundert Träume Josephs hersagen, du bleibst der, der du bist. Jesus bleibt Jesus – ihm genügt der Esel.

Einst schwangst du wie die Wolke, wenn sie blitzt, nur einen Speer; jetzt schwingst du wie das Morgengrau Schwerter in beiden Händen. Du bist ein Landsknecht, der die Herrschaft wählte, und hast die Lanze um die Hacke eingehandelt.

Geh, denn du hast hier keinen Platz, magst du auch jammern. Mit allem Reichtum, den Gewalt und List dir angehäuft, kannst du doch nur dein täglich Brot verzehren. Ermanne dich, stöhne nicht ohne Gram; zähme die Liebelei, kurz: schweig! Verzehr Erlaubtes wie die Falken, geh nicht an Aas, wie es die Geier tun!

Man nennt mich ja ‹Süß› auch deswegen, weil ich süße Spiele vollführe: Den einen laß ich weinen bitterlich, dem andern versüße ich das Leben. Mache ich meinen Rosensaft bitter – was schadet's? Rosensaft schmeckt bitter ja am besten.

Tödlichen Wein reiche ich dar, von dessen Duft du jahrelang berauscht bleibst.

Da meinem Namen Süße innewohnt, steht es wohl an, wenn meine Worte bitter sind. Wo finden sich zwei Süßen denn vereint? Die Dattel taugt nichts ohne Kern, die Nuß nichts ohne Mark. Wenn ich mich stachelig zeige, so nicht aus Igelhaftigkeit. Unter den Stacheln wohnt Weichheit in Fülle. Erz steckt im Stein, die Dattel steckt in Dornen, und gleichermaßen Schätze in Ruinen.

Nimm dir Langmut zum Wegweiser! Es trüge dir nichts ein, mich zu erniedrigen. Erniedrigung, die maßlos werden kann, ist Judenart; wie darf man jüdisch handeln? Solange der Esel die Ohren nicht steif hält, kann jedes Kind ihn besteigen.

> Der Falke, der nicht fliegt, muß rosten
> und wird des Sperlings Tritte kosten.
> Ein Kamel, dessen Zug auseinanderschweift,
> folgt in der Wüste der Maus, die pfeift.

Wer mit Löwen zu kämpfen genötigt ist, muß wie Löwen die Zähne zeigen. Wenn Hunde wild werden, gehen sie aufeinander mit den Zähnen los.»

Dann tat sie einen Eid und sprach also: «Beim Intellekt des Klugen und der Seele des Verständigen, bei der Macht der türkisblütigen Himmelskuppel und beim Lichte der Sonnenquelle, bei jedem Bild im Himmelsgarten und jedem Wort der irdischen Ordnung, bei jenem Lebendigen, der nie stirbt, dem Wachen, den kein Schlaf befällt, dem Waltenden, der die Leiber ernährt, dem Angebeteten, der die Seelen läutert! Ohne Eheschließung wirst du, bist du auch der König, was du von mir begehrst, nie erlangen!»

Mit diesen heftigen Worten kehrte sie Chosrou den Rücken, den Schatz fortschleudernd, den sie gefunden hatte.

* * *

Chosrou kehrt von Schirins Schloß zurück

In jener Nacht, da Tausende von Rehkitzen mit milchweißen Lippen sich auf der grünen Himmelsweide zur Ruhe legten, erfuhr der König den Tadel von seiner rehäugigen Freundin. Ringsumher fielen Schnee und Regen mit der Gewalt von Frühlingswolken, ließen den Berg wie Lehm zerfließen und gossen dem König geschmolzenes Blei aufs Herz. Und auch dem Rappen Schabdez, auf dem Chosrou saß, legte der drachmenrieselnde Schnee einen silbernen Schleier um.

Ihm wuchsen Haare auf der Zunge; doch keines davon verfing auch nur von ferne bei der moschushaarigen Dame. Lange flehte er die Freundin an, sich zu erbarmen, aber von hundert Begründungen wirkte nicht eine. Wurde sein Klagen jeden Augenblick heftiger, so wurde ihre Entgegnung von Mal zu Mal grausamer.

Und als die Stunde der Mitternacht verstrichen war, verließ der Schah gemarterten Herzens den Ort. Er trieb sein Pferd an wie ein Kranker, der sich zu früh erhebt, blutige Tränen auf es niederträufelnd. Das Haupt rückwärtsgewandt, das Herz wund, ritt er davon, achtlos irgendeinen Weg einschlagend; zu schlaff sein Fuß, das Roß zu schnellerem Ritt zu spornen, zu matt die Hand, um ihm die Flechsen zu durchschneiden.

Tränen und Seufzer waren seine Wegzehrung,

mit Perlen schmückte er die Rose. «Ach, wenn doch», sprach er voll Sehnsucht zu sich selber, «Berg oder Schlucht hier vor mir auftauchten und meinem Zögern einen Vorwand böten, so daß ich hier verweilen müßte bis in Ewigkeit!»

Bald schlug er die Hände zusammen aus Zorn, bald band er gegen den Schnee ein Tuch um die Augen. Als er zum Lagerplatz kam, brannte sein Herz vor Verzweiflung. Da zerriß das schwarze Gewölk, und in dem grünen Rosenhag des Himmels trat ein hell scheinender Mond hervor. Der Schahanschah ließ sich ein Rundzelt errichten und den Eingangsspalt verschließen. Er wollte von ganzem Herzen nichts von der Welt sehen, und statt Gewändern hätte er lieber das eigene Herz zerrissen. Sehnsüchtig legte er das Haupt aufs Knie, unlustig, Ruhe vorzuspiegeln. Kämmerer, Leibwächter, Wesir und Zechgenoß – alle gingen weg; nur Chosrou und Schapur blieben zurück. Kunstreich stellte der Meister der Malkunst Chosrou heitere Bilder vor, goß Wasser in seinen inneren Brand und lachte ihm ins Gesicht wie der Mondschein.

«Schirin ist liebevoll», so sprach er ihm Trost zu, «achte nicht auf die Bitterkeit, die sie auf der Zunge führt! Und liebt Schirin den Streit – nun, Datteln wachsen, wie du weißt, dicht bei den Dornen! Werde nicht melancholisch, weil Schirin Zorn entfaltet, du weißt doch, daß Süße cholerisch macht! Auch ihre Hitze laß dich nicht betrüben: Süße ist warmer Qualität – das ist bekannt![104]»

Da keine Lauscher im Raume waren, beklagte sich Chosrou bei Schapur heftig über Schirin, indem er sprach: «Siehst du, wie weit sie's heute mit mir getrieben, was diese weltverbrennende Schelmin mir angetan hat? Wie unverschämt die jeder Gottesfurcht Ermangelnde gehandelt hat? Welch eine Frau! Wo bleiben Scham und Ehrfurcht? Die Krone habe ich vor ihr geneigt wie eine Ulme; zypressengleich vor ihr gestanden, Verzeihung erheischend. Doch mit dem Beil hat sie die Ulme frech getroffen und der Zypresse mit der Hippe Zweige abgeschlagen. Die Kälte ließ ihr Zartgefühl nicht sich erwärmen, noch ward ihr Herz nach solcher Härte weich. Was sie sprach, war ganz und gar Beil und Pfeil, und ihre Entschuldigungen schlimmer als ihr Vergehen.

Natürlich zeigt der Freund dem Freunde Spitzen, nur nicht so scharf wie zwischen Dorn und Dorn! Auch ich verspüre doch die Schärfe, denn ich habe in meinem Schragen eine Seele!

Mag an Zauberkraft ihre Anmut der babylonische Harut und mag ihr Schönheitsmal ein indischer Serubabel sein – vor Kälte ist mein Wesen so erstarrt, daß ich beider Zauber auf Eis legen kann!

Den Gram um sie, der größer ist, als man ertragen kann – ich Gramgeschlagener weiß, welcher Art er ist! Des bösen Kindes Wesen kennt die Amme, den bösen Nachbarn kennt der Nachbar. Sie ward ja zu meiner heimlichen Feindin – innerlich Haß, nach außen Liebe!

Wie hab ich sie gestern nicht mit Bitten bestürmt! Sie aber ging auf nichts ein und war von aller Vernunft verlassen. Alle erdenklichen schönen Worte sprach ich stundenlang; doch sie hörte mich nicht einen Augenblick. Es kam die Nacht, sie spendete kein Licht; es kam Zerschlagenheit über mich, doch sie spendete keinen Balsam.

Ist auch die Verbindung mit Schirin nicht ohne

Reiz und keine unter dem Himmel reizender als sie, so ist sie mir doch keine Erniedrigung, ihr Reiz mir keine Gallenreizung wert.

Besser von Elefanten zertrampelt werden, als sich vor Wichten erniedrigen! Besser im Wasser versinken wie ein Fisch, als eine Kröte um Gnade betteln! Besser mit dem Fingernagel den Felsen ankratzen, als Bedürfnisse haben vor den Unwürdigen.

Die Perle findet man im Meer;
wer sucht im Schlamm, der findet Schlamm!

Was grabe ich einen Minenschacht im Schotter, im Schutt, und suche eine Lampe ohne Öl zu beleben – ohne Öl! Das Leben darf man nicht einer Schelmin opfern, auf deren Quadern sich kein Rabe niederläßt! Ich brauche eine, die meiner Ehre entspricht; denn mit dem Pfau verbindet sich der Pfau!»

* * *

Schapur antwortet Chosrou

Schapur küßte zunächst den Staub vor Chosrou, um alsdann sein Feuer mit Kampferwasser zu dämpfen: «Man darf diese Heftigkeit nicht verübeln, der edle Mann entschuldigt gern. Auch ist der Streit der Liebenden von der Art des Blitzes, und Nekken und Beleidigen sind nicht das gleiche! Schirins Hitze ist im übrigen verzeihlich, ist doch die Qualität der Süße bekanntermaßen die Hitze!

Mag dir auch schwindeln ob Schirins cholerischer Natur, deines melancholischen Hangs zu ihr begib dich nicht! Süßes und Saures sind im Spiel, laß beides wirken: Cholerisches und Melancholisches! Rascher Überdruß gehört zur Art der Schönen wie Löwentum zum Löwen, Hündisches zum Hund. Auch sind Gagat und Perle für gewöhnlich beieinander, der Schlüssel für den Goldschatz ist aus Eisen!

Mit Gewalt jedenfalls kann man sich Schöner nicht entschlagen, das Scharmützel der Geliebten muß man ertragen. Alle Zierlichen sind so launisch, und was wäre denn eine Braut ohne Charme und Würze? Ungestüm ist der Schönen alter Brauch, doch der Stich der Seeschlange ist nicht schädlich. Suchst du Rettung aus dem Strudel der Sorge, so darf dein Fuß nicht wanken, wie der Fels. Wenn du aber in jedem Windhauch zitterst wie ein Grashalm, bist du, mag deine Macht auch groß sein, keinen Grashalm wert.

Es bekommt dir besser, wenn dein Wunsch sich durch Wunschversagung erfüllt, so wie auch Ambra anfangs roh sein muß, um später gut zu duften. Du kannst die Mondmaid nicht im Reiterangriff erobern, wie man ja auch den Mond nicht mit den Händen vom Himmel herunterholen kann. Aber sie ist doch schließlich eine Frau. Verschließ die Tür und warte ruhig: Bald wird sie durch die Luke steigen wie der Mondschein!

So Mond wie Frau sich darin fertig zeigen:
Schließt man die Tür, sie durch die Luke steigen.

Meinst du denn, sie leide nicht auch Gram? Sie leidet sehr wohl, und ich wüßte auch nicht, daß sie überaus standhaft wäre! Wenn vom Berg der Härte ein Stein herabfällt, fällt er auf deinen Schatten, ihr aber auf den Kopf. Wenn Rauheit Stacheln bekommt, stechen sie dir in den Saum, ihr aber ins Herz. Nur heute nacht noch mußt du dich gedulden:

Die Nacht ist schwanger, was sie wohl bald
gebiert?

Das ewige Geschick hat nicht nur *eine* Laune. Wasser bleibt nicht immer im gleichen Bett. Nicht jedes Jahr ist eines der Wunscherfüllung, denn bald herrscht Teuerung, bald Wohlfeilheit. Des Glücks Scharmützel darf der Glückliche nicht tragisch nehmen! Der Zirkel, der den Kreis vollführt, kehrt ja doch stets zum Ausgangspunkt zurück. Jeder Bereiter, der ein wildes Roß zähmt, braucht für das rohe Tier Behutsamkeit. Doch mit Geduld bringt er es schließlich dahin, daß er jeden beliebigen darauf reiten lassen kann.

Geduld befreit den Mann aus allen Banden,
sie hat den Schlüssel des Verschlossenen
zuhanden.
Sie öffnet das Band, wenn's Beschwerden macht:
Der Morgen lacht nach der dunkelsten Nacht.

Ich hege die Hoffnung, daß diese Prüfung zu Ende geht und sich des Königs Wunsch in Bälde erfüllt!»

Mit diesem Versprechen heiterte er den König auf; das Brachfeld bepflanzte er mit Zuspruch, schmückte des Königs Wangen mit einem Glückszeichen und entnahm dem gleitenden Gestirn ein günstiges Omen.

* * *

Schirin empfindet wegen Chosrous Aufbruch Reue

Wie jener wortgewaltige Greis berichtet, schlug Schirin, verzweifelt über den Weggang des Schahs, sich auf die Brust so heftig, als wollte sie das versteinerte Herz mit Steinen zertrümmern. Aus ihren Wimpern verströmte sie blutige Tränen, immer neue bei jedem Seufzer. Wie ein flügellahmer Vogel sich erhebend und wieder zu Boden fallend, das Haupt mit den Händen schlagend, trocknete sie mit ihren glühenden Seufzern die Luft aus, während die Erde von ihren Tränen befeuchtet wurde. Unfähig, ihren Gram zu bezwingen oder ihr Herz zu festigen, spürte sie in ihrer Ohnmacht, wie ihr Herz sich empörte, und sie begann, sich ihrer dreisten Worte zu schämen.

So sattelte sie beklommenen Herzens Rosenhold – rosa das Roß und Rosentau die Tränen – und ritt auf dem glorreichen Tier, wie Wasser auf Feuer sitzend, davon.

Der Weg war schmal wie ihre Augenbrauen, die Nacht schwarz wie die Finsternis ihrer Haare; doch sie trieb den Traber über den schmalen Weg und flehte zu Gott in der schwarzen Nacht.

Wie ein Page nahm sie die Spur von Chosrous Schabdez auf; bei jedem Tritt, den Rosenhold trabte, tränkte ein Tropfen Tränenblut den Boden.

So kam sie zum Heerlager Chosrous und trieb ihr Roß vor sein Zelt. Die Zungen der Wächter fand sie von Schlaf gelähmt, die Schärpen der Offiziere gelockert. Alle waren zu Opiumessern des Mondscheins geworden, hingesunken und schlafestrunken. Dieser Anblick ängstete Schirin, und sie wußte nicht, was sie tun sollte.

Nun hatte aber vom Zelt des Königs aus Schapur gesehen, daß ein Reiter in raschem Trab von ferne geritten kam; den König dagegen hatte in diesem schimmernden Mondlicht der Schlaf in seinen Bann geschlagen. So schritt er hinaus zu Schirin, ohne einen der Pagen zu wecken, und sagte zu ihr: «O Feengestalt! Bist du ein Mensch? Und bist du kein Geist – was streifst du hier herum? Hüte dich! Der Löwe, der hier eindringt, ist verloren, und kommt eine Viper, wird sie zum Wurm gemacht!»

Als das Rosenantlitz Schapur erkannte, schwang sie sich hurtig von Rosenhold herab. Schapur erstaunte ob ihres Tuns, trat näher, um ihr Gesicht zu erkennen, und als sein Blick auf ihre reizende Anmut fiel, warf er vor Freude die Mütze in die Luft, und sich zu Boden, und fragte alsdann: «Was kam dir in den Sinn, o deren Fußstaub für uns Augensalbe ist?»

Die Feengestaltige sagte ihm Artigkeiten, lobte ihn mit weiblichen Worten eine Weile, ergriff ihn bei der Hand, zog ihn ein wenig beiseite und erzählte ihm ihre Geschichte: Wie sie sich dreist und töricht gezeigt und dann geschämt und große Reue empfunden über die rohen Reden, die zur Unzeit gesprochenen Worte.

«Als dann», so fuhr sie fort, «der Schah davonritt, fiel plötzlich auf mein Herz die Last des Grams. Ich wurde so verzweifelt, daß ich alle Vernunft meilenweit hinter mir ließ. Und die Verzweiflung trieb mich zur Verwegenheit – zeigt in der Not doch auch der Onager den Mut des Löwen. Sieh nun aber das Glück, daß mich Gottes Ratschluß nicht in die Hände eines Bösewichts geworfen hat! Da die Begehrte immer noch begehrt ist, kam sie des guten Endes wegen stracks hierher. Jetzt aber will ich alle Furcht vor dir fahrenlassen und mein Heil dir anvertrauen. Zwei Anliegen habe ich, die mich binden. Erfülle mir, wessen ich bedürftig bin! Einmal solltest du, wenn der Schah dem Saitenspiel lauscht und die Welt ihn mit lieblicher Stimme gefangennimmt, mich abseits in einen Winkel setzen, ohne dem Schah meine Anwesenheit zu verraten, damit ich seine heitere, übermütige Laune und seine seelenlabende Schönheit erblicke. Zum zweiten soll der Schahanschah, wenn er den Weg zu mir finden will, die Ehe ins Auge fassen! Willst du mir dies zustande bringen, so geh ans Werk, ehe es dunkel wird! Falls aber nicht, so will ich mich auf den Weg machen und in mein Schloß zurückkehren!»

Kaum hatte Schapur ihre Lage begriffen, da ging er mit hundert Schwüren auf ihre Wünsche ein. Rosenhold band er im Stall an wie Schabdez, und Schirin führte er zum Liwan wie Parwez.

Chosrou hatte ständig zwei Zelte gerüstet, die glitzerten vor Juwelen wie die Plejaden; eines, weithin sichtbar, diente dem Zechen, das andere, den Blicken verborgen, dem Schlafen. Schapur führte nun das einem Lichtfunken gleichende Feenantlitz in jenes Schlafzelt, indem er ihre Hand ergriff und sie zu jenem Lager geleitete. Dann ging er hinaus und ließ die Plane herab. Heitern Sinnes trat er hierauf zum Pfühle des Schahs und widmete sich von Herzen seinen Diensten, bald die Runde um die Rosenlaube machend, bald Kerzen entzündend.

* * *

Chosrou hat einen Traum, und Schapur deutet ihn

Aus wohligem Schlafe erwacht, wandte sich, während die Stirne ihm glänzte wie der Mond am Himmel, der Schah mit überschwenglichem Lobspruch an Schapur: «O du mein Glück, das wacht, während ich schlafe! Dank deiner Gunst hatte ich einen guten Traum und reckte den Kopf aus Freude darüber bis zu den Sphären empor. Mir träumte, ich ging durch einen breiten Garten und trug eine Lampe. Bei Kerzenlicht und Mondschein diese meine Lampe – deute mir, was es mit diesem Traume auf sich hat!»

Und Schapur deutete: «Dein Auge wird durch jenes Licht erhellt! So wahr Gott diese dunkle Nacht zum Tage führt, wirst du die Nektarlippige in die Arme schließen! Komm! Laß uns Wein trinken ob dieser Freudenpost, die Erde mit dem roten Elixier bedecken! Laß uns morgen ein Gelage halten mit altem Wein und jungen Narzissen! Wenn von Osten die Quelle des Lichts emporsteigt und aus dem Weltmeer den kampferweißen Gischt aufwirbelt, laß uns kampferduftenden Wein in Becher gießen und in solchem Boot aus diesem Meer entfliehen!»

Die Wangen des Königs erblühten wie Tulpen vor Lust, und vor Begeisterung über die Worte Schapurs entschlummerte er wie eine Narzisse.

* * *

Chosrou rüstet ein Fest im Jagdlager

Im Morgendämmer, als die Sänfte der Sonne in Bewegung geriet, während die Welt noch ihren Dschamschid-Zierat versteckte, kam plötzlich von Osten ein hurtiger Dieb herauf und raffte den Schmuck für die Braut des Morgens zusammen[105], worauf die Vögel Federn und Schwingen bewegten und die Schönen mit ihren Fußringen läuteten.

Der Herrscher erwachte aus köstlichem Schlummer, das Herz noch heiter vom gestrigen Traume. Er ließ ein neues Empfangszelt errichten, das die Gebirge überragte und an die Sphären anstieß, so daß der Böse Blick sich im Boden verbarg. Ein Areal von sechzig mal sechzig Ellen bedeckte es; die Menschen drängten sich an seiner Pforte. Offiziere mit ihren herrschaftlichen Schärpen verliehen Tür und Halle goldenen Schimmer, überall standen dailamitische Sklaven, von deren hochgereckten Häuptern Troddeln herabhingen wie die Quasten an Standarten. Den Vorraum des Königszelts bewachten Neger, die abessinische Schwärze in persische Borten gehüllt und friedlich beisammensitzend mit hellen chinesischen Türken wie Nacht und Mondlicht. Die Schwerter, die die Schlitzäugigen zu Füßen des Thrones hielten, ließen kaum dem Zephir einen Durchschlupf. Eine Meile im Quadrat spannten sich die Seile des Empfangszelts, Elefanten über Elefanten waren vor der Zelttür an Pflöcke gebunden. Die weit umher errichteten Rundzelte verdunkelten das Licht von Sonne und Mond; in diesem Rundzelt saß der weltmächtige Chosrou, in jenem andern die unruhvolle Schirin. Dazwischen war ein königlicher Teppich aus Goldbrokat gebreitet, dem jeder vorüberwehende Wind Schätze entführte, wenn er nicht gar selber ein vom Wind hergetragener Schatz war.

Nun wurden die Gleichgestimmten durch den Ausrufer versammelt und jeder Fernerstehende fortgeschickt, so daß außer den Pagen des Serails kein Diener im königlichen Gemach verblieb. Nur einige wohlerzogene und verständige Zechgenossen saßen noch um den Thronstuhl her. In Schalen aus Rubinen und Smaragden waren Erfrischungen aufgehäuft; auch hielt jeder einen seltsamen Zierat, eine ambragekrönte Zitrone[106], in der Hand, während der König weiches Gold in den Händen knetete, das beim Drücken zwischen den Fingern hervorquoll.

Randvoll füllte der Schenke die Kelche mit Nektar, unermüdlich brachte der Musikant Lieder zu Gehör. Es war Barbad, der das Barbyton ergriffen hatte und mit seiner Sphärenmusik die Welt umspannte, mit seinen Tönen die Freunde gleichsam frottierend und mit dem Saitenschlag des Herzens Wunden heilend. Aus dem Rauch seines Herzens schlug er solche Zauberknoten über die Laute, daß diese den Harfenton Davids übertraf, ja sein Hirn verfügte über die gleichen Klänge wie einst der lebenspendende Odem des Musikers Jesus[107]. Mit seinem Spiel verwandelte er die Herzen gewissermaßen in Räucherpfannen, die, während er die Lautensaiten rührte, duftende Aloe verbrannten.[108] Wenn er mit gewandter Hand liebliche Weisen erklingen ließ, schliefen die Nachtschwärmer unter den Vögeln ein. Er zupfte das Barbyton so heftig am Ohr, daß dieses darob von ganzer Seele zu seufzen begann, ja, er brachte, wenn er die seidenen Saiten des Instruments anschlug, die ganze Schöpfung zum Tönen.

Auch war da ein Harfner namens Nakisa, ein Vertrauter und würdiger Zechgenosse des Fürsten. Der himmlische Orgelbauer mit dem harfenkrummen Rücken hatte nie einen klangvolleren Sänger als ihn gesehen. Er entlockte der Laute harmonische Töne und trug den Gesang in der Art mensurierter Musik vor.[109] So rührende Weisen spielte er, daß die Vögel vor Traurigkeit die Flügel auf den Boden schlugen; so harmonische Melodien erfand er, daß Venus um den Himmel herum tanzte. Und er, der sich der Venus überlegen fühlen durfte, war der einzige Freund Barbads.

Als man auf diesem Fest mit den Lustbarkeiten begann, stimmten sie Harfe und Barbyton miteinander, und die Klänge der beiden Saitenspiele verschmolzen wie Duft und Farbe. Ihre Lieder nahmen den Ohren die Dumpfheit, ermunterten den einen und entrückten den andern. Ihre klagenden Lieder öffneten die Luken der Herzen und machten die Pagen keck gegen den König, so daß dieser sie fortschickte, und nur die Sänger, der Schah und Schapur verblieben.

Barbad spielte mit Eifer auf seinem Barbyton klaren Sinnes betörende Weisen. Nakisa griff in die Saiten der Harfe, die unter seiner Berührung wie eine Orgel aufrauschten. Der König lauschte beiden hingegeben, die Tür der Schatzkammer ebenso wie die Tür des Herzens offenhaltend.

Als dann der Schah des kreisenden Himmelszeltes sich entfernte und hell wie die Wangen der Hofdamen der Mond aufging, und als Schapur das Zelt jener Quelle des Lichts wie ein Falter umkreiste, ertönte wie aus dem Jenseits Schirins Feenstimme: «Ruf mir einen dieser Sänger; laß ihn mit seinem Instrument an dieser Zelttür sitzen, auf daß er meine Glut in seine Lieder nehme, den Ton nach meiner Weisung richte, singe, was ich ihm zuflüstere!»

Schapur brachte Nakisa an jene Tür, hieß ihn ein, zwei Schritte vom Eingang Platz zu nehmen und sagte zu ihm: «Verschließ deine Augen vor der Dame in diesem Zelt, aber lerne von ihr die Worte für deine Musik! Spiele nach der Weisung der Zeltinsassin in dem Modus, den sie dir angibt!»

So setzten sich also Nakisa mit seiner Harfe und ihm gegenüber Barbad wie eine trunkene Nachtigall nieder. Im ambratrüben Glanz der Kerzen schienen ein Paradies aus Feuer und ein Garten aus Rauch zu verschmelzen, die Melodien spielten im engen Gewand der musikalischen Form, Liebesverse glitten an den Saiten der Harfe entlang wie Hände an Zöpfen; und die Töne, die in den Seidenfäden des Instruments erklangen, schienen den Ohren Sklavenringe anzulegen.

Der König neigte das Ohr und lauschte neugierig, was der Sänger spielen, welche Weise und welchen Modus er wählen werde. Und die Schöne im Zelt sagte ihrem Spielmann, was ihr Herz bewegte: «Dies sing und sei unbesorgt!»

* * *

Nakisa singt nach den Worten Schirins

So sang denn Nakisa, wie es die schöne Götzin gebot, diese Worte im Modus «Aufrecht»[110]:

«Laß, Glück, den Schlaf aus deinen Augen
weichen,
bis du erlangt der Herzensfreude Zeichen!

Geh überm Berg des Harrens auf, o Hoffnungs-
quell,
mach meinen Blick, o Morgensonne, hell!
Schicksal, sei ein paar Tage mild mir zugewandt,
verschaff den Schlüssel, öffne dieses Band!
Nimm mir die Dumpfheit aus dem Haupt,
o Himmelsstern,
halt mich, so du's vermagst, dem Unvermögen
fern!
Reich deine Hand ihr, die da ohne Wehr,
vertilge du für sie der Qualen Heer!
Die Leber glüht, das Herz ist ihr verletzt,
willst dich erbarmen, ist die Stunde jetzt.
Kein Schwacher ist in größerer Beschwerde,
kein Armer ärmer dran auf dieser Erde.

Weiß ich auch Wasser nicht zu reichen deinen
Gästen,
kann ich das Fleisch doch überm Feuer rösten.
Ist Rosenwasser spenden nicht mein Stand,
kann ich ein Bier doch öffnen mit der Hand.
Kenn ich mich in der Stickerei nicht aus,
Raute verbrenn ich wohl in deinem Haus.
Und weiß ich das Geschirr nicht recht zu
räumen,
so schüttl' ich doch den Staub von deinen
Säumen.
Wirf mich nicht so wie deinen Schatten hin,
die ich schon arg genug gefallen bin!
Du bist der Mond, so brauchst du ja Plejaden,
brauchst Venus, dich der Schmerzen zu ent-
laden.
Zu jedem Dienst bin ich bereit in deinem
Schloß,
und das als Magd, und nicht als Herrin groß.

Du fragst mich, wie mir's geh, willst du mich plagen?
Du weißt es, und du fragst – was soll ich sagen?
Wie geht's dem Fremdling denn, der keinen Tröster hat,
der, seines Ziels beraubt, am Weg liegt matt,
der Rose gleich in Liebe sein Gewand
zerriß, der Welt entfloh, eh er die Welt gekannt,
den Pfeilen Zielscheibe geworden wie der Staub,
der Tulpe gleich noch jung des Alters Raub,
die Welt aus Hoffnung in den Wind geschlagen,
um einen Wahn gestürzt in soviel Plagen?

Hab kein Gemahl, das mir den Rücken wärmt,
kein Schicksal, das sich schämt der, die sich härmt.
Wie wahr sprach, der ertrank einst ohne Bette:
‹Daß man im Tod des Todes Anteil hätte!›
Aus Wunschverwehrung weilt mein Herz allein –
so dir's gefällt, mag's hinfort auch so sein!
Kommt nicht der Wunsch zu mir, der nötig ist,
so wart ich, bis du voller Wunsches bist.
War ich denn deinen Lippen bittre Aloe,
daß ich Versengen statt Versöhnen von dir seh?
Doch auch dies Brennen mich gewaltig freut –
die Liebesglut kein Liebender bereut!
Ein Urteil über dich steht mir nicht an.
Willst du mir Besserung? Du kannst es – denke dran!»

* * *

Barbad singt als Sprachrohr Chosrous

Als Nakisa diese Worte zur Harfe gesungen hatte, ergriff Barbad sein Instrument und schlug mit dem Selbstbewußtsein eines irakischen Notabeln den Modus «Irak» an:

«Die Brise der Freundin berührt mir den
Geist,
die Lampe den Schimmer des Schatzes mir
weist!
Welch köstliches Wasser führt dieser Fluß?
Der Wind, was bringt er für duftigen Gruß?
Hat etwa der schwindenden Sonne Pfau
uns Federn herabgestreut auf die Au?
Hat eine Zypresse das Haupt gereckt
und uns durch Hochsinn zu Boden gestreckt?
Fiel Mondlicht durch die Luke herein
und gab der Nacht einen helleren Schein?
Hat Wind aus dem Paradies uns berührt,
daß solche Freude wir plötzlich verspürt?
Stieß nieder der weiße Falke mit Macht,
vertreibend den Raben vom Anger der Nacht?
Ward uns das Wasser des Lebens gegeben,
das unser Herz tränkt mit heimlichem Leben?
Hat neue Kerzen das Glück entflammt,
dem Falter des Grams die Flügel verbrannt?
Ist's von Schirins Lippen lieblicher Schall,
daß aus allen Winkeln tönt Widerhall?

O Glück! Bestell der schönsten der Feen:
Laß uns den guten Stern wiedersehn!
O Schöne, mit Tugenden angetan,
wahr will ich sprechen, denn wahr spricht der
Mann:

Ich bin's, der Weizen schnitt, wo er Gerste bestellt,
und den Weizenkäufer mit Gerste geprellt.
Des Ungestüms Zorn, o sieh ihn nicht an!
Der Demut gedenk, wenn mich zähmte dein Bann!
Dem indischen Dieb wird die Strafe erspart,
dieweil sich sein Diebstahl mit Edelmut paart![111]

Dem Reich und der Macht gehört nicht mein Herz;
doch voll ist mein Herz von der Liebe Schmerz.
Zerschlagen von Gram um dich ist mein Sinn,
denn Unheil zerschlug meiner Seele Gewinn.
Blut weint vor Gram mein Herz – und wie nicht?
Weint denn der Tyrann nicht Blut im Gericht?
Mein Leib fürchtet Meidung; und fürwahr! –
welch Kluger fürchtete nicht den Narr?
Fehlt mir dein Haar, fällt das Herz aus der Hand,
an deine Locken mein Herz ich band.
Mit deinen Lippen geheim ein Geschäft
ich hab – an nichts ich mich dringlicher heft.
Willst du die Frucht heimlich geben mir,
genug dann der Dornen! Rosen sind hier!
Gib aus dem Becher, der Balsam spendet
und dessen Gabe durch Geben nicht endet!
Was tut's, wenn du dem beraubten Gesell
ein Almosen gibst aus dem Lebensquell?!»

* * *

Nakisa singt mit den Worten Schirins

Als Barbad ein solches Lied gesungen hatte, führte Nakisa sogleich ein schöneres Stück auf. Erblüht wie eine Neujahrsrose mit frischen Farben, sang er im Modus «Neujahr» diese Worte zur Harfe:

«Wie wird mein Auge hell, wenn es dich sieht!
Schöner als Gärten deine Gasse blüht!
Dein Wunschbild ist mein Traum und meine
Kost,
dein Wegstaub meines kranken Auges Trost.
Durch dich wird froh mein Blick, der tränen-
feuchte,
du machst, daß mir des Morgens Lampe leuchte.
Du bist mir Auge, meinen Augen Tag,
mein Augenlicht, augenerhellender Hag!
Den Sternen deine Schönheit Glanz verlieh,
die Schöpfung dir der Anmut Kranz verlieh.
Wie Jugend lockt die Seelen deine Schöne!
Wer ist, der nicht der schönen Jugend fröne?
Bist du doch, hast im Spiegel dich erblickt,
in Liebe zu dir selber ganz verzückt.
Blick in den Spiegel, schöner Götze, nicht;
denn Eigensucht erwächst aus Eigensicht!
Wozu soll wer nach jenen Spiegeln fassen,
die ständig andre Bilder in sich lassen?
Der Spiegel meiner Augen ist dir not, die keinen
andern als dich, dein Antlitz, widerscheinen!

Bei jenem Herrscher, der die Zeit in Händen
hält:
Mein Leben ist mir ohne dich vergällt!
Du hast den Theriak, in mir brennt Gift,
du hast das Heil, wo mich das Unheil trifft!

Die Herzverlorne läßt dein Herz in Pein?
Ist das Erbarmen? Gott erbarm sich dein!
Ich glaubte einst, daß, wenn die Kraft mir
schwände,
du kämst und reichtest helfend mir die Hände.
Jüngst, da ich schwach, da mir die Sinne
schwanden,
reichtest du mir nur Hände, die mich banden.

Genug des Marterns jetzt der, die man liebt!
Die Freunde töten – wo wird das geübt?!
Du stichst mir Dornen in den Busen
ohne Zahl –
stich nicht! Und stichst du, streichle auch
einmal!
Den Wunsch, der wortlos, laß zu Worte
kommen,
laß die Gegürtete zu ihrem Orte kommen!
Ihr Bett trug sie, der nicht gebettet ward,
zu dir: Die Härte macht des Menschen Antlitz
hart!
Denn sonst: Wie käme sie dazu, aus Schlosses
Schragen
hinaus die Lampe in den Wind zu tragen?

Was hältst du mich von deiner Schönheit ab-
getrennt?
Sei dich von fern zu sehen mir vergönnt!
Doch Heil dem Tag, da du mich eng umfängst,
bei Harfenklang mir puren Wein einschenkst,
da ich im Übermut der Mitternacht dich herze
und vor dir schwinde wie die Morgenkerze!
Wenn dein Rubin wie Wein mich trunken
macht,
nie ende bis zum Jüngsten Tag die Nacht!

In deinem Haus will ich hinfort den Boden
küssen,
ich will von dir mich nicht mehr trennen
müssen!
Die Zügel gab ich dir für Fahrt und Tat:
Töte, verwöhne mich! Tu ganz nach deinem
Rat!
Läg ich getötet hingestreckt vor dir,
lieber als lebend ohne dich wär's mir!»

* * *

Barbad singt als Sprachrohr Chosrous

Als Nakisa diesen Gesang zur Harfe vorgetragen hatte, begann wieder Barbads Instrument zu erklingen. Mit trauriger Stimme, wie um Entschuldigung bittend, sang er im Modus «Isfahan»:

«Im Morgendämmer, trunken von Wein,
trat jüngst in einen Garten ich ein.
Ein moschusduftender Lenz da ruht'
in Rabenklauen, die Klauen voll Blut.
Ein Rosenbusch hinter Dornengespieß,
ein kostbarer Schatz im Burgverlies,
ein Burgfräulein, das mir die Pforte verschloß,
der ärgste Feind nicht erbräche ihr Schloß!
Ein Wesen, an Seele und Leib paradiesen,
dem alle himmlischen Früchte sprießen!

Noch schmeckt von den Früchten so feucht
und so frisch
ich nichts als im Kopfe ein trocknes Gemisch!
Im Wachen ist mein Gemüt bedrückt,
denn nie ist die Fee meinem Geiste entrückt;

und schlafe ich, dreht sie mir um das Mark
und macht mich närrisch, wie Elfenvolk arg.
Das Volk der Narren die Feen ja sucht,
doch nicht bei den Menschen – in Trümmern
und Schlucht!
Darum hat die Fee, die Beschwörungen heckt,
auch dort sich in jenen Trümmern versteckt!
Ach, käm sie hervor aus den Trümmern zu mir,
der Krone gewönn ich die höchste Zier!

Ich schwör's bei der zaubrischen Augenpracht,
die alle Zauberer sprachlos macht,
bei jenen Locken, die schwarzdrohend rauchen,
wie Flammenwerfer in Gluten mich tauchen,
beim Spiel ihrer Fußringe, das, wenn es klingt,
die hundertjährigen Greise beschwingt,
bei den Perlen, die sind auf ihr Polster gestickt,
und denen, womit sich ihr Honigmund
schmückt,
bei ihrem Stolz, der nach Steuern nicht fragt,
bei ihrem Verzeihn, das den Stolz überragt,
bei den zwei Augenbrauen gebogen,
die wie zwei Toghras des Sultans gezogen,
bei jenen Wimpern, die, lanzenbewehrt,
das Herz des Engels Harut versehrt,
der Wange, die sich am Auge netzt,
daß feuchten Glanzes den Mondschein sie
letzt,
beim Schlangentanz, den die Locken belieben,
beim Reifenspiel, das die Ohrringe üben,
den zweiunddreißig Perlen, dem Mund,
der sie verschließt wie ein roter Korund,
beim Quell ihres Monds und dem Brunn ihr im
Kinn,
zu denen das Herz, wenn es dürstet, strebt hin,

den zwei Silbergranaten, narzissenverziert,
die Apfelsinen die Rundung entführt[112],
bei jenen Fingern pistazien-zierlich,
auf die das Hermelin schaut begierlich,
bei jenem Arm, der vor Glanz und Geblitz
ein Silberstück scheint auf dem Quecksilber-Sitz,
bei jener Taille, Metallbarren gleich
und doch ein Barren wie Rohsilber weich,
bei den silbernen Schenkeln (mehr sage ich nicht,
denn sag ich's, zu schlafen wage ich nicht!),
beim Staub ihrer Füße, der hell macht die Flur,
mein Wort ist gesprochen, getan ist mein
  Schwur:
So mir in die Hand ihre Hand legt mein Lauf,
inmitten der Seele nehm ich sie auf!
Solange ich lebe – nie geb sie mich frei!
Der König der Welt und ihr Diener ich sei!»

* * *

Nakisa singt mit den Worten der Schirin

Als Barbad diese Weise beendet hatte, stimmte alsbald wieder Nakisa die Harfe an und ließ in der Weise, die man «Hisari» nennt, die Jungfrau seiner Töne aus der Sänfte steigen:

«Zypressengleicher, dessen Staub mein Herz,
wirf wie der Baum den Schatten bodenwärts!
Entzieh dem Moschusseil nicht deinen Nacken!
Schau her, das Seil, es liegt um *meinen* Nacken!
Wenn ich den Hals gereckt, herrisch gewesen
  bin –
ein Seil am Hals, tret ich gefangen vor dich hin.

Der Himmel hat nicht Platz in meinem Hause,
die beiden Welten nicht in meiner Klause.
Der Emse Bau zertritt der Elefant,
nicht hält die Mücke Simorghs Maßen stand.
Wann stiege denn der Himmel in die Grube?
Ein Engel fände Raum in enger Stube?!
Wer zu gering, daß er den Kämmrer labe,
der taugt nicht vor dem Sultansthron als Gabe!

Vergiß den Zorn, den gestern ich erregt!
Sieh meine Seele vor dich hingelegt!
An diesem Hof, wo fremder Wille ruht,
hilft nur ein Fürsprech mir: dein Edelmut!
Da ich Verzeihung heisch für soviel Sünden,
will ich, vermag Verzeihung ich zu finden,
den Boden küssen und so oft ihn küssen,
daß vor Gewährung Pauken pauken müssen,
will mit der Stirn in lauter Niederwürfen
den Abdruck meiner Brau'n dem Staub ein-
schürfen,
will deinen Teppich glätten mit der Wangen
Weiche,
bis mir das Glück der Demut Urbrief reiche!

Das Horoskop des Schahs hab ich studiert:
Der Mond darin die Reisigen regiert.[113]
Ich bin die Reisige, mein Aszendent der Mond,
wie Boten drum zu wandern ich gewohnt.
Aus Wallung dieses Herzens, das dir wallt,
ich eine Botschaft noch geheim dir halt.
Jetzt bring ich diese Botschaft als Kurier;
aus deinem Schatz das Pfand – ich bring es dir:

Mein Mund, der winzige, war er mal keck,
ich wies den Wicht sogleich an seinen Fleck.

Hat meine Zunge züngelnd Glut entfacht,
mit zwei Rubinen hab ich's gutgemacht.[114]
Wenn meine Locken widerspenstig waren,
sie haben längstens Züchtigung erfahren.
Wenn je mein Auge türkisch enge ward,
hielt's um Vergebung an nach edler Inder Art.
So ich gespannte Brauenbögen hab,
dein sind die Bögen! – schieß den Pfeil doch ab!
Und warf ich Wimpernspeere auf dich Rausches
halbe,
nüchtern mach ich aus Staub dir Augensalbe!

Wie eine Fackel trat ich hier herein,
wie Kerzenwachs mein Leben dir zu weihn.
Wenn deine Schrift sich meines Bluts versieht,
bin ich der Punkt, der nicht die Letter flieht.[115]
Doch machst du mir die Herzenseinung leicht,
mach ich den Saum ihr freudig tränenfeucht!

Ich bin der Garten ungepflückter Frucht:
Die Tür ist da – der Schlüssel wird gesucht!
Den Fremden, der nach den Granaten gafft,
berausche meiner Sprödheit Traubensaft!
Außer den Lippen, deinen zuckersüßen,
soll keiner meine Mandel-Augen grüßen!
Mag Stein auf meine Hasel-Finger schlagen,
nur dir soll mein Jujuben-Mund behagen!
Wer unerlaubt an mein Pistazien-Haus
sich wagt, lach ich pistazien-mündig aus.
Der Dattelfreund, der meiner Palme naht,
mit Dornen, und sonst nichts, ich ihn belad.
Und jener Mund, der meinen Apfel heischt,
wird wie ein Kind mit rotem Wachs getäuscht.
Begäben Sonn und Mond sich ihrer Orte,
nur dir steht offen dieses Gartens Pforte!»

Barbad singt als Sprachrohr Chosrous

Als Nakisa diese Worte in Töne verwoben hatte, erscholl wieder das Saitenspiel Barbads. Er wählte diesmal den «Ton der Liebenden» und ließ das folgende Minnelied nach allen Regeln der Kunst erklingen:

«O Schöne! Mir geht es an deinem Rain
gleich wie dem Schaf mit dem Ziegenbein,
mit dem der Schlächter ihm blendet den Sinn:
Mir warf der Himmel ein Ziegenbein[116] hin.
Und willst du mich köpfen, ich nehm es in
Kauf,
zu dir wie der Hund hin zur Haustür ich lauf!
Und raubst du das Herz mir, ich willige ein –
kein beßrer Beruf ist als Herzberaubtsein!
Ward einem das Herz zu schwer, gibt er das
Haupt
mit Freuden dem hin, der das Herz ihm raubt.
Nicht wohl der Gemarterte Dienste versieht –
mir taugt nicht ein Herz, das dem Dienst ent-
flieht.
Wie müht' ich mich, jener mein Herz zu ent-
ziehn,
bei der die Geschäfte nicht eben mir blühn!
Doch weder läßt sich das Herz ihr entwenden,
noch läßt sich der Druck auf dem Herzen
beenden.
Bei jener Seele, die Seelen beglückt,
fehlst du meiner Seele, in Blut sie erstickt!
Ohn dich bin ich mutlos und glanzentleert
wie Flimmerstaub, der der Sonne entbehrt.
Bin ohne dich elend daran und verlassen
gleich wie der Fisch, der geschieden vom Nassen.

Verweil nicht als Mond, den die Wolke
verwehrt!
Hier ist mein Haupt, verleih Kron' oder
Schwert!
Im Reich deiner Schönheit ward anderer Rat?
So zeige dem Schicksal ein Beispiel an Tat!
Solang du schon meines Augs Einwohner bist –
noch nie hab ich nachts deine Füße geküßt!
Doch wisse dies: Lässest die Lippen mir
lachen,
kannst du einen Toten lebendig machen!
Mit einem Kuß den Gefallnen erheb,
mit einem Duft den Erstorbnen beleb!
Dein Angesicht schaun ist mir Überschwang,
ein Segensgruß deiner Stimme Gesang!
Nur leider verhüllt meinen Augen du bist,
wie Bösem Blick es der Lebensborn ist.
Der Herr aber, dem die Schöpfung gelungen,
aus dessen Werk Seelen und Leiber entsprungen,
er schenke, daß ich dich schauen mag
am Tag, der meine Nacht wandelt zum Tag!»

* * *

Nakisa singt mit den Worten der Schirin

Als Schirin die machtvollen Worte Barbads vernahm, spürte sie, wie die Liebe sie übermächtigte. Da zog sie aus der bedrängten Brust ein Lied hervor, reichte es Nakisa und sprach: «Sing dies zur Harfe in einem Ton, der den Schah tonlos macht! Wir wollen doch sehen, ob dieser Disput sich abkürzen läßt!» Und Nakisa entfaltete nochmals den Zauber seiner Töne und sang dieses Minnelied im Modus «Rahawi»:

«Versöhn dich, o Freund, nun dem liebenden
Freunde!
Das Gestern verstrich und nicht wartet das Heute.
Den Knoten lös auf! Wie lang währt der Bann?
Das Leben eilt hin! Dein Zaudern – bis wann?
O prüfe die Welt: Ob Freund oder Fürst –
du keinen auf ewigem Grund finden wirst!
Die wenigen Tage im windschiefen Haus –
da treibt man die Härte mit Härte nicht aus!
Das Leben währt fünfzig Jahr oder sechzig –
was nestelt man in ein Knotengeflecht sich?
Wie manche Flamme geht flüchtig zugrund!
Der Hirt kocht die Suppe – dann frißt sie der
Hund!
Heut nacht, dünkt mich, sollten des Weins wir
genießen!
Wer weiß gewiß, ob wir morgen noch sprießen?
Da auf den Morgen nicht Hoffnung ist,
so sei heut nacht der Verständigung Frist!
Mit Schattenspiel hat die Welt uns geneckt –
was nutzt das? Wir haben die Welt nicht
geschmeckt.
Du hast einen Frühling, so koste ihn heut!
Nicht jede Jahrzeit durch Neujahr erfreut.
Die stolze Rose, die kein Mensch beroch,
im Herbst kommt der Sturmwind und knickt
sie doch.
Die Rose erlabe mit Rosensaft,
denn läßt man ihn ihr, sie samt ihm erschlafft.

An diesem Hofe, wo Gold man betrachtet
wie Lehm, man schwerlich mich Messing
beachtet.
Ein Tropfen – was ist er vorm mächtigen Meer?
Vorm Antlitz der Sonne der Glühwurm – wer?

Im Laden, der blüht von der Schönheit Kranz,
bring endlich mich Ladenhüter zu Glanz!
Jetzt kaufe die Ware, da günstig ihr Preis!
Dereinst mag sie nützlich dir werden – wer weiß?
Der Taler zwar bietet mehr Nutz und Gewinn;
und doch hat der Pfennig auch seinen Sinn!
Und obzwar die Prägung den Goldwert erhöht –
man dennoch den goldenen Span nicht verschmäht.
Mit Mängeln einst kauftest und schmücktest du
mich
mit dem Ohrring der Liebe – verkauf mich nun
nicht!
Mein Wunsch, dran ich möcht meine Jugend
hingeben,
ist, mit dir vereint sein und dann: das Leben!

Ein Wort von dir ist genug meinem Ohr,
verlang ich noch mehr, ich leicht alles verlor.
Der Liebe zu Fuß fiel ich mir aus der Hand,
allein trank ich Wein und bin einsam entbrannt.
Der Schatten bin ich um dich her, dem kehrt
von deinem Fuße den Kopf ab kein Schwert!
Ich kehre nicht um, ob den Kopf man mir raub,
ich kehr nicht um, eher kehr ich mich zu Staub!
Wie lange noch soll mich dein Scheinbild
verweilen?
Ich will zu dir, deiner Schönheit hineilen!

Bisher, ob auch heftig mit Wort oder Blick,
blieb ich hinterm Schleier verhüllt wie Musik.[117]
Jetzt, ob es auch ende in blutigem Flor,
brech ich gleich dem Blitz aus dem Schleier
hervor!
Die Lampe verhüllt nur so lange den Docht
dem Aug, als im Innern das Öl ihr nicht kocht.

Will schläfrig dich machen, mich trunken von Wein,
dann mög ich im Rausch, du im Traume gedeihn!
Statt Antimon kühle dein Staub mir die Augen[118],
bald Kuß und bald Qual laß von dir mich dann saugen!
Will meinen Zopf deinen Locken vereinen,
ob deiner Liebe bald lachen, bald weinen!
Mein Herz deines Ringsteines Bild heg und trag,
so wie es kein Ärmel der Hand dir vermag.
Will ziehn deinen Körper so eng an die Brust,
daß wir keines Rocks, keines Hemds mehr bewußt!
Doch wenn die Nacht endet ihr Schattenspielstück,
schlüpf ich als Figur in den Schleier zurück.
Wenn diese Werke den Händen gelingen,
aus allen Dornen mir Rosen entspringen.
O Gott, verleih zu dem Sieg mir den Weg,
ja, solchen Sieg auf den Weg du mir leg!»

Als Chosrou diese geschmeidigen Verse vernommen hatte, zerriß er sich vor Begeisterung das Gewand und rief unter Seufzern: «Barbad, auf! Laß meine Seele im Leibe erstarken – hurtig!»

* * *

Barbad singt als Sprachrohr Chosrous

Hatte Nakisa im König ein Feuer auflodern lassen, so goß Barbad mit seinen Klängen Wasser in die Flammen; er nahm der königlichen Natur diesen Schaden, indem er im Modus «Zirafkan» dies Minnelied sang:

«Gewähre, o Götterbild, jenem Vergebung,
der hundert ‹Vergib!› ruft für jede Verfehlung!
Und hab ich einst einen Wunsch dir verwehrt,
so hab ich den Gifttrunk der Reue geleert.
Gesetzt auch, all mein Tun war Verfehlung –
sind nicht meine Tränen Gewähr für
Vergebung?
Jetzt reut mich ja jeder Kelch, den ich nahm,
und jeder Vorwand bereitet mir Scham.
Vergiß es, wo du mich glanzlos erfunden!
Mein Fürsprech sei'n meine schlaflosen Stunden!
Nicht heb ich mein Haupt auf vom Fuß dir
fortan,
nicht heb ich mein Haupt aus dem Staub deiner
Bahn.
Im einen Auge dir schmück ich die Flur,
das andere küsse den Staub deiner Spur!
Ein Hund will ich sein und noch unter dem
Hund,
nenn ich dich nicht ‹Seele!› und tu es nicht
kund!
Zwar ist, was von deinem Sein ich genossen,
ein Gruß nur – und *die* Tür hast auch du
verschlossen.
Doch wenn auch den Ohren geraubt ward dein
Gruß,
der Zunge blieb deines Namens Genuß!

Ich liege im Fieber, und wenn ich nicht klage,
so hörte ich gern doch von dir eine Frage!
Doch daß du mich fragest – die Hoffnung
scheint roh;
gedenkst du nur meiner, so bin ich schon froh!
Du hast nicht das Herz, meinem Lager zu nahn,
und hast du es, hat mein Gestirn nicht die Bahn.

Gefällt es dir, daß das Herz mir zerbricht –
der Freundin Gefallen zu finden ist Pflicht!
Magst immer nach Kräften mit Stolztun mich
plagen –
geduldig will ich dein Stolztun ertragen!
Ich bin der Liebende, leide drum gern;
du bist die Geliebte, Leid bleibe dir fern!
Ist mir dich zu sehen im Los nicht bestellt –
du bleibe auf ewig die Leuchte der Welt!
Und müßt ich aus Liebe das Leben hingeben,
dich darf es nicht treffen, lang währe dein Leben!
Mag ich ohne Früchte der Schönheit vergehen,
dir sollen die Früchte der Anmut erstehen!
Du bleibe! Das Freundsein – nicht ewiglich
währt's.
Ich bleib oder bleib nicht – was tut es, wen
schert's?!
Man sagt mir, ich würde glücklos durch dich –
nun wohl: Wirst du nur glücklich durch mich!
Vergeht mir der Tag und des Tages Ertrag –
dein Tag werde heller von Tage zu Tag!»

Als Barbad dem hölzernen Instrument dieses quellende Lied, das ich soeben wiedergegeben habe, entlockte, entbrannte das Herz Schirins in solcher Glut, daß ihr das Öl des Verstandes mitsamt seiner Lampe verglühte. Sie stieß einen solchen Seufzer aus, daß es den Schah bestürzte. Kaum hatte er die liebliche Stimme vernommen, da flog sein Herz sehnsuchtsvoll zu Schirin hin, und seine Stimme verschmolz mit der ihren zu schönstem Gleichklang, wie wenn ein Mensch einem Berg ein Geheimnis zuruft und das Echo ihm seine Worte erwidert. Hier sang die Mondholde ihre Melodie, dort zerriß der König sein Gewand. Die Seufzer, die aus der Glut der beiden Liebenden aufstiegen, verwirrten die Musikanten in ihrem Spiel; Chosrou befahl Schapur, sie wegzuschicken – dann schritt er ungeduldig und wie von Sinnen auf jenes Zelt zu, aus dem die erregende Stimme erklungen war. Der kluge Schapur aber trat ihm beizeiten entgegen, ergriff ihn am Arm und sagte: «Behalte doch Platz!»

Und Chosrou, obzwar sich selber abhanden gekommen, setzte sich, da er sich in der Hand seines Helfers sah, wieder nieder, fragte dann aber Schapur: «Diese betörende Stimme – welche Bewandtnis hat es mit ihr? Kläre mich auf!»

* * *

Schirin tritt aus dem Zelt heraus

Während der Schah und Schapur mit Plaudern beschäftigt waren, sahen sie plötzlich die Welt in lauter Licht getaucht; die Feengestalt kam heraus aus dem Zelt, so wie der Mond aus den Wolken hervorkommt. Wie eine trunkene Schelmin fiel sie vor Liebe zu Füßen des Schahs nieder. Wie da der Schah die Geliebte als seine Vasallin erblickte, war ihm, als sähe er seinen eigenen Kopf zu seinen Füßen, und freudig hob er sie empor zu seinem Scheitel – die Krone des Königs gehört auf sein Haupt, nicht unter den Fuß! Jenen Dienst, den ihm die Freundin nun erwies, erwiderte er mit zehnfacher Belohnung, und als man über das Füßeküssen hinaus war, verlangten auch die Lippen ihr Recht. Doch mitten im Feuer, das ihr Gefühl überwältigte, wirkte auf ihre Züge eine Verstimmung ein. Den König verwirrte es, warum das Rosenantlitz, eben noch so froh, nun schon wieder bedrückt aussah.

Da flüsterte ihm Schapur ins Ohr: «Wenn die Schöne sich Sorgen macht, so ist das verzeihlich! Hat sie doch ihrem Liebreiz bis zum heutigen Tage den guten Namen bewahrt und fürchtet nun, die uneingeschränkte Macht des Königs werde ihr das Mal der Schmach auf die Wange drücken.»

Da nun der Schah schon wußte, daß sich Schirin mit ihm nie ohne Vermählung einlassen würde, schwor er heilige Eide und verpflichtete sich, sie ohne Eheschließung nicht anzutasten. Die Großen der Welt würde er versammeln und ihr durch eine standesgemäße Hochzeit das Haupt erheben. Zuvor aber müsse sie nun den Wein einschenken, da die Hochzeit im Augenblick noch nicht möglich sei. «Nur eine Nacht wollen wir heute gemeinsam verbringen und uns einer am Anblick des andern erlaben!»

Als Schirin den Schwur Chosrous vernommen hatte, lächelte sie aus mondhellem Antlitz mit Zähnen, die schimmerten wie die Plejaden; ihre Lippen zeigten die Schätze von Perlentauchern, und ihre Zöpfe führten Tänze auf. Ihr goldener Schmuck begann zu klingeln und schläferte die Musiker ein; der Wein ihrer Lippen, im Kelch ihrer Hände gereicht, machte die Schenken trunken – wie soll man auch nüchtern bleiben, wo ein Mond der Spielmann und eine Sonne der Schenke ist?!

Ihre Herzen gerieten in einen solchen seligen Taumel, daß alle Absichten ihnen entglitten; vor lauter ungewohntem und köstlichem Vorgeschmack vergaßen sie die Begierde.

Schwaden von Duft – und mitten darin das liebliche Antlitz –, wie könnte das Herz sich vor

Freude da halten? Bestrickende Spiele tauchten den Quell Schirin und die Flamme Chosrou in Wasser und Feuer, Anziehung wirkte mit unwiderstehlichem Drang wie bei Magnetstein und Eisen. Doch blieb es ein behütetes Miteinander, und kein Gelöbnis wurde verletzt.

Vor Freude darüber, daß er Schirins Herz besaß, wollte der König aus seiner Hülle springen gleich einer Knospe. Wie eine Kerze ergoß er sein Herz in Tränen, die er der Mondglanz-Seide ihrer Wangen aufstickte wie Plejadenglanz, ja er preßte die Augen auf ihre Wangen, als wollte er mit seinen Wimpern-Nadeln sie dort festnähen. Bald griff er nach ihren silbernen Granatfrüchten, und bald erbebte er wie Quecksilber, bald spielte er mit ihren krausen Locken und warf die Moschusnacht ihrer Haare über den Mond ihrer Wangen, bald löste er ihr den Schleier vom Scheitel und setzte ihr wie einem Pagen seine Mütze auf, bald schlang er sich ihren Zopf um die Lenden, bald sog er am Kandis ihres Rubinenmunds, bald berührte er ihren Lippenkorund mit den Fingern, bald nahm er wie einen Apfel ihr Kinn in die Hand, bald raubte er ihr das Armband vom Arm und bot ihr den Einsatz seiner Ärmel als Ersatz an, bald löste er ihr die Reifen von den Fesseln und legte sie sich als Halsband um, bald streckte er ihr eine leuchtende Kerze entgegen, um sie erneut in Augenschein zu nehmen, bald rief er: «O du Seele meines Körpers, du!» und bald: «Bin dies denn wirklich ich – und bist dies wirklich du?»

Sein Herz war umstrickt von der bestrickenden Unschuld; und mit anmutigem, von Schönheit gesporntem Spiel verstrich die Nacht aufs angenehmste. Die Muschel hütete ihr Geheimnis, auf daß der diamantene Kegel ihre Pforte nicht berühre. Ob des Klingens der Küsse, süßer als Nektar, vergaß die Zeit ihren Orgelton. Und als der Trommler des Morgens die Trommel rührte, warb dieser noch immer um Gunst, und jene spielte noch immer die Spröde.

So verweilten sie eine Woche traulich miteinander, bald Stolz, bald Demut übend; tagsüber schwelgten sie in Lustbarkeit, keinen Augenblick ohne Vergnügen verbringend, nachts spielten sie das Nardspiel der Zufriedenheit und würfelten sich Küsse zu.

In der siebenten Nacht, als sie die Herrschaft über ihr Tun zu verlieren drohten, das Verlangen wahnsinnig und die Begierde rasend geworden war, befahl der König, der Mond solle, noch in der gleichen Nacht, die leuchtende Bahn in sein Zodiakalzeichen antreten, ein Heer von glänzenden Sternen im Gefolge, die Gott allein von Feen unterscheiden mochte.[119] Mit solchem Geleitschutz sollte man sie in goldener Sänfte befördern. Und wirklich, wie der Mond in sein Zeichen tritt, gelangte Schirin aus dem Pavillon wiederum in ihr Schloß. Als dieses lautere Silber in seinen Stein zurückstieg, schien mit ihr alles Silber der Welt zu entweichen.[120] Und als der Himmel nun wieder sein goldenes Segel hißte, erlosch auch aller Silberglanz der glitzernden himmlischen Fregatte.[121]

Auch der König machte sich auf die Reise, den Weg zum Palast in Ktesiphon einschlagend. In der Stadt angelangt, ordnete er ein Freudenfest an; er gönnte sich Ruhe, wenn freilich auch nicht vom Zechen, und verlieh der Welt erneuten Glanz, indem er mit einem Winken seiner schimmernden Brauen Schätze verschenkte.

Nur wer da nimmt, der kann auch geben,
auf kargem Boden wachsen keine Reben.
Die Wolke gießt nicht, wo das Meer nicht gibt,
und ohne Regen bald das Meer versiegt.
Tribut zahlt nicht der mittellose Mann,
wie man Ruinen nicht besteuern kann.

Eines Nachts befahl Chosrou den Sterndeutern, sie sollten alle Aspekte bedenken und aus der dunkelhäuptigen Nacht mit Hilfe ihres erleuchteten Geistes einen gesegneten Tag auswählen, geeignet, den herzerhellenden Mond auf fürstlichem Pfühle ins Zeichen der Sonne zu geleiten.[122] Und die Observatoren meisterten das Problem und errechneten einen günstigen Zeitpunkt für das festliche Ereignis.

* * *

Chosrou führt Schirin aus dem Bergschloß nach Ktesiphon

Als der Braut des Morgens auf dem grünen Türkisthron des Himmels der Sieg zuteil und die Welt vom Flickwerk des Dämmerzwielichts erlöst ward, rüstete der Schah einen Festzug für seine Braut, der die Sonne mit all ihrem Glanze beschämte. Tausend junge schwarzäugige Kamele mit rötlichem Fell und gelben Fesseln, tausend vom Kopf bis zum Schweif in Juwelen funkelnde Pferde mit goldenem Rist und stählerner Kruppe, tausend schöne Damen mit Granatenbrüsten und dem Schimmer für Götzenanbeter im Antlitz, tausend in Brokat gekleidete mondschöne Sklaven mit Perlen an der Mütze und Ringen an den Ohren, etliche Esellasten von Kisten und Truhen, alle mit königlichen lichem Geschmeide gefüllt, Tuchwerk von Goldstickerei und Brokat, wohl mehr als fünfhundert Stück, wie man sie heute nirgends mehr sieht, zehn Sänften, schimmernd wie goldene Pfauen, deren jede ein lenzjunges Rebhuhn barg, und schließlich ein tragbarer Pfühl aus purem Golde, der eigens für Schirin hergestellt worden war.

Von Bisotun bis Tak-i Gara tummelten sich die mit Halsringen und silbernen Schellen am Zaumzeug ausgestatteten Zelter. Die Erde war dicht besetzt mit Lanzen, die Luft bunt vom Wogen der Wimpel. Die ganze Straße füllte der Festzug der Schönen, Sänfte an Sänfte und Sessel an Sessel, zuckerrieselnde Bräute, in zuckerweiße Gewänder gehüllt, feengesichtige, kecke, reizende Götzinnen, die nach irakischer Sitte ein Band um den Scheitel trugen und deren Zöpfe, geschmückt mit schimmernden, in Gold gefaßten Perlen, beim Reiten wie Peitschen aus Moschus hinter den Sätteln schwebten. Ein Aufzug von solchem Glanz, von solcher Pracht und Würde – ihm mußte der Böse Blick wohl weichen!

So zogen sie alle mit Eifer und zierlichen Gesten des Wegs, um Schirin zu empfangen. Statt Haselnüssen verstreuten sie Perlen vor sie hin, statt Rosenblättern Moschus und in Gold gefaßtes Perlmutt. Und so, den ganzen Weg entlang Juwelen und Münzen regnend, brachten sie Schirin mit hundert zierlichen Gesten zum Ziel. Und als Schirin auf ihrem Thronstuhl in Ktesiphon anlangte, füllte auch dort sich der Saum des Staubes mit Schätzen. Jedem ihrer frühlingsjungen Schritte streute der Schahanschah Gaben hin, so viele glänzende Münzen, daß sie noch immer am Rücken des Erdenfisches[123] als Schuppen schimmern! Und wie die strahlende Sonne ins Zeichen des Widder, so trat Chosrou Parvez nun wieder in die Machtsphäre des Dschamschid ein. Er ließ die Priester sowie den Rat der Weisen rufen und gab ihnen solchen Bericht von Schirin, daß jeder den Wunsch verspürte, sein Leben für sie zu opfern.

«Schirin», sprach er, «ist meine Gattin und meine Freundin, würdig, mit all meiner Liebe gehegt zu werden. Trotz dieser Liebe aber ist sie rein; denn sie weiß ein solches Leben zu führen. So ist es nur geziemend, daß ich sie jetzt zu meiner Gattin mache. Sie soll mein Stolz sein – das ist mein Beschluß! Denn so heißt es im Vers:

‹Wein in den Kelch der Rose gehört,
die Ruhe dem Vogel das Weibchen gewährt.
Und ist kein Paar im Ochsengespann,
der Pflug die Furche nicht graben kann.›»

Alle erhoben, den Staub von der Stirne schüttelnd, die Häupter und priesen das angekündigte Vorhaben. Da ergriff Chosrou Schirins Hand und hieß den Priester neben sich Platz nehmen. Dieser aber sprach nun die altehrwürdigen Worte und schloß nach der Ordnung der Priester die Ehe. Nach dieser Zeremonie schickte Chosrou Schirin in ihre Privatgemächer.

* * *

Chosrou und Schirin halten Hochzeit

Will das Glück sich eine Rose hegen, so läßt es sie heranreifen und schickt ihr dann – einen Mann. Erst näht es die Tiara, dann setzt es sie dem Herrscher auf's Haupt. Der Taucher holt die Perlen aus dem Meer, wenig später schon zieren sie Kronen.

Nun, da Schirin die Süße des Rosensaftes übertraf, rief sie Chosrou zu: «Greife zu und genieße! Möge der süße Becher dir munden und mögest du alles vergessen außer Schirin!»

Aus dem Brautgemach aber sandte sie ihm in wohlgesetzten Worten diese besonnene Botschaft: «Laß den Becher heut nacht beiseite und nimm als Deinen Wein und Deinen Schenken mich in Anspruch! Genieße Schirin nicht, wenn Du Wein genießt – ein Herz erträgt nicht doppelte Trunkenheit! Wenn Trunkenheit des Mannes Kopf umnebelt, sind saftiger Braten und Dörrfleisch ihm eines! Und hat er sein Ziel erreicht, dann sagt er: ‹Ich war betrunken!› – der Trunkenbold! Ein Trunkenbold mag mit hundert Jungfrauen schlafen; sobald er nüchtern ist, zieht er die Nüchternen zur Rechenschaft. Wie mancher Trunkenbold, der selber sein Schloß entriegelt hat, zetert, sobald er nüchtern ist, über Diebe!»

Dem König der Perser gefielen diese Worte, und er sprach: «Ganz, wie das Götterbild es befiehlt!»

Nun war es aber doch ein Tag, um Wein zu trinken, und nicht, um Trübsal zu blasen. Die Lieder Barbads und die Weisen Nakisas bewegten Venus, die Erde zu küssen. Bald rief der Klang der Laute dem Schenken: «Reich einen Becher! Gesegnet sei diese Lustbarkeit!» Bald sprach der Wein im Becher zu Barbad: «Spiele! Und habe ein glückliches Jahr!»

So trank der König den herben Wein, an «Süß» gedenkend, aus randvollen Kelchen freudig und unablässig, bis die erste Wache der Nacht vergangen war. Und als die Zeit kam, da der Bräutigam heiter und hehr zu seiner Braut gehen sollte, war er so arg betrunken, daß er besinnungslos dalag und man ihn auf den Schultern zu seinem Lager tragen mußte wie einen in Ohnmacht Gesunkenen.

Als Schirin gewahr wurde, daß der Rausch dem Schah das Bewußtsein geraubt, verbarg sie ihm – echt Schirin! – ihre Schönheit und gab ihm eine Kumpanin bei, mit deren Süße selbst seine Gattin nicht wetteifern konnte. Sie trieb eine Posse, denn außer Possenspiel sollte man mit Betrunkenen nichts treiben!

Schirin rief eine Greisin, die sie «Mutter» nannte und die aus der Generation ihrer Mutter noch übrig war. Wie soll ich sie nur beschreiben? Sie glich einem Wolf, doch keinem jungen, weit eher einer alten Füchsin! Ihre zwei Brüste ähnelten ausgelaugten Wasserschläuchen, den Knien war die Kraft und dem Körper der Saft entwichen. Ihr Rücken war krumm wie ein Bogen vor dem Abschuß und ihre Haut zäh wie Leder. Ihre Wangen waren runzelig wie Walnüsse und voller Gift wie Koloquintenkapseln, ihr Mund und ihre Lefzen klafften so weit, daß sie einem engen Grabe glichen, die Zotten über den Brauen hingen ihr bis zu den Lippen herab. Statt der Nase schien sie ein Zelt im Gesicht und statt der Zähne ein, zwei Arsensplitter im Munde zu haben.

Diese also kleidete Schirin absichtsvoll in ihren bräutlichen Schmuck und schickte sie zum Schah, auf daß sie erprobe, ob er in seiner Trunkenheit noch Mond von Wolke zu unterscheiden vermöchte.

So trat nun die Alte aus dem Schleier heraus wie eine Schlange aus ihrem Loch, schwerfällig und wie seelenlos, ja, wie ein Nagetier ohne Zähne.

Der Schah war in diesem Moment noch so betrunken, daß ihm Himmel und Bommel gleich erschienen. So viel klaren Verstand besaß er freilich doch noch, um zu erkennen, daß sein Rebhuhn hübscher war als diese da. Er spannte die Brauenbögen in der Absicht, das stattliche Reh zu erlegen; doch wie es erlegt war, da war es keinen Pfifferling wert, ja hundert solcher Wölfe waren nicht einen Fuchs wert. Eine Krähe erblickte er statt der Greifin, einen Drachen anstelle des Mondes.

«Was ist das für ein Drachenspuk?» fragte er in seinem Herzen. «Ist es ein Traumgespinst oder der Gallensud der Trunkenheit? Dieses bucklige Scheusal ist alles andere als süß! Wie? Diese da soll Schirin sein, die mich mit ihrer Leichenbittermiene tötet?»

Da ihn aber der Dämon der Trunkenheit ritt, vermeinte er trotz allem, diese alte Vettel sei seine Braut, und streckte die Hand nach ihr aus, worauf der Becher ihm aus der Hand fiel und beider Glas zerbrach. Völlig verstört und verzweifelt erhob er seine Stimme: «Ich sterbe! Mütterchen – rette mich!»

Als Schirin den Ruf nach der Mutter vernahm, erschien es ihr angezeigt, ihm zu Hilfe zu eilen. Sie kam aus den sieben Schleiern ihres Gemaches heraus, gleich wie – was soll ich sagen? – wie die Zypresse, falls diese Nektar in sich bärge, und gleich dem Mond, falls dieser sich in Brokat gewandete; ja, ein Mond, vor dessen Schönheit die Sonne ärmlich erschien, eine Rose, die über ein Reich gebot, das hundert Lenze überstrahlt, ein Götterbild, das anzubeten erlaubt war, ein Paradies der Reinertrag ihrer Schönheit, ein Himmelstrunk aus Seelenstoff, der jedoch alle Lüsternheit gefrieren ließ, ein Wesen von welterhellendem Liebreiz, dessen strahlendes Antlitz den Glanz des Jupiter und dessen zierlicher Gang das Rebhuhn beschämte. Ein Hauch von ihr wog das Leben auf – das war es, wovon ihre Zöpfe sich wiegten. Ihr Schönheitsmal hatte durch seinen Anblick den Bösen Blick eingeschläfert. Und da es wie ein Gewicht von Moschus auf dem Ladentisch der Wangen thronte, pendelten alle Waagschalen neidisch auf und nieder. Lippen und Zähne waren aus Liebe erschaffen, doch außer Chosrou hatte kein Zahn diese Lippen, keine Lippe diese Zähne berührt. Ihr Antlitz war ein Dufthauch aus dem Reiche der Geister, ihr Mund so klein wie ein gedachter Punkt, um den Mond schwang sich das Moschuslasso gleich einer von Rautenrauch verhüllten Lampe. Mit einer koketten Geste zersprengte sie die Besatzung Turkistans, und mit einem Kuß kaufte sie die Jahreseinkünfte Chuzistans, weich und weiß war sie an Bauch und Rücken wie ein Hermelin, und ihre Finger und Zehen geschwungen wie ein Hermelinschwanz. Ihr Körper war wie aus Milch und Zukker gemischt und schimmerte wie ein Schwert, das gegen Löwen gezückt ist. Vor Feuchte wollten ihre Glieder schier zerfließen und vor Spieltrieb ihre Zöpfe davonfliegen. Scharmützelbereit, dem Herzen Zügel anlegend, trunken und karawanenauflauernd blickten ihre Augen – wie Wein vertrieb sie die Trübung aus den Gemütern, wie der Sorgentilger den Schmerz aus den Herzen. Rose und Zucker! Doch welche Rose und welcher Zucker glichen ihr denn? Sie gleicht nur sich selber – und Gott ist am größten!

Als der König die Erscheinung des neuen Liebchens bemerkte, war es, wie wenn ein Mondsüchtiger den Vollmond erblickt. Wie im Wahnsinn verwirrte ihn diese Mondgestalt, und infolge all dieser Trunkenheit und Verwirrung – übermannte ihn der Schlaf.

Als er nach seiner Gewohnheit im Morgendämmer erwachte, fiel sein Blick auf die Dattel ohne Dornen. Da war eine Braut, der er sich hinzugeben, ein heißer Ofen, in dem er sein Brot zu backen gedachte. Den bitteren Wein hatte er mittlerweile verdaut. War denn der Schah Chiser und jene Nacht die ewige Finsternis, daß er den Fisch in den Lebensquell werfen durfte? Als der Läufer des Schahs zum Turm aus Elfenbein ward, spielten Thron und Krone im Hauptbuch der Liebe keine Rolle mehr. Es galt nur noch die Rechnung der Leidenschaft beider, wenn die Eins sich der Null gesellt und die Summe unendlich ist. Doch sage ich nicht: «Der Pfeil traf ins Ziel!» Vielmehr: «Die steinlose Dattel fiel in die Milch.» Zwei Kreise wurden um einen Mittelpunkt geschlagen, und in dem Mittelpunkt vereinten sich zwei Seelen. Rosenwasser träufte in die silberne Schale, Zucker verschmolz mit Mandelkern, die Muschel schloß die Perle in ihr Polster. Wasser und Feuer kamen zusammen und schlossen einen Bund. Und wie sich die Farben dieses Feuers und dieses Wassers vermischten, füllten sie das Schlafgemach mit Quecksilber und Zinnober.[124]

Tage- und nächtelang verzichteten sie auf Schlaf und spalteten Rubinen mit Perlen (Lippen mit Zähnen). Andere Tage und Nächte schliefen sie taumelig, Veilchen an der Brust und Eglantine im Arm, schliefen beieinander wie zwei Pfauen; schlafende Pfauen – wahrhaftig ein prächtiger Anblick!

Wenn sie dann aus dem köstlichen Schlummer das Haupt erhoben, priesen sie Gott, reinigten die

Glieder mit Wasser und begaben sich in das Gebetshaus.

Einen ganzen Monat lang blieben die Zofen und die Leibdiener des Königs mit der Hochzeit beschäftigt. Eines Tages saß der König im Privatgemach und ließ die zierlichen Damen Homaila, Saman-Tork und Homayun, die sich die Hände mit Henna gefärbt hatten, neben sich Platz nehmen; er schmückte sie gebührend, so daß sie rot und gelb glänzten vor Gold und Juwelen, und gab dann Homayun dem erlauchten Schapur – Zucker als Speise und Honig als Belohnung! In Homaila verliebte sich allen Ernstes Nakisa, und Saman-Tork bestimmte der Schah für Barbad. Schließlich ließ er Chotan-Chatun sich mit Bozorg-Omid vermählen, auf daß sie von ihm Lehre und Weisheit empfange.

Dann übertrug er mit allen Ehren und entsprechenden Urkunden das ganze Reich der Mahin Banu an Schapur, und dieser schuf, sobald seine Regentschaft begann, in jenem Lande Wohlstand und Gedeihen. Die Festung Akna, die noch heute leuchtet, soll von Schapur erbaut worden sein.

Von da ab waren Chosrous Tage heiter, Glück gesellte sich seinen Wünschen. Jugend, erfüllte Wünsche und königliche Macht – was will man mehr, wenn diese vereinigt sind? An keinem Tag verzichtete er auf Wein und Saitenspiel, er genoß die Freuden dieser Welt, ohne sich um das Weitere zu bekümmern.

Genieß die Welt, denn sie schmeckt angenehm!
Sich grämen um die Welt ist unbequem.

Mit seiner frohen Natur verschenkte und verzehrte er Welten und lebte so einige Jahre lang in Lustbarkeit. Dann aber kam ihm sein Tun zum Bewußtsein, und er schämte sich seiner Ausgelassenheit. Früher, als ihm der erste Flaum auf den Wangen sproß, hätte er sich der Jugend zuliebe wohl die Wimpern ausgerissen. Doch das Sein scheidet vom Nichtsein nur ein Härchen Hoffnung; und dieses Haar ist weiß. Als sich sein schwarzes Haar weiß zu färben begann, erschien ihm das als das Zeichen schwindender Hoffnung.

Das Veilchen nur solange an der Macht ist,
als der Jasmin noch nicht erwacht ist.
Die Nacht solang sich dunkel zeigt,
als nicht das Morgendämmer steigt.
Den Garten warme Luft bewohnt,
solang der Schnee der Blumen schont.
Doch wenn Schnee Kampfer in ihn streut,
man ihm den kalten Hauch verzeiht.
Der Jagdhund, der die schwachen Rehe jagt,
ihn jagt die Schwäche einst, wenn er betagt.
Der Bogen, der zerbricht am Pfeil dem
Schützen,
mag noch dem Spielmann-Greis zum Tambour
nützen.
Der Weizen, wenn er weiß gemahlen ist,
wird bitter noch vor Jahresfrist.
Wenn weiß gewaschen ist das Linnen,
kann es der Schere nicht entrinnen.
Wenn Dampf im Topf den Schaum nach oben
treibt,
zurück die Küche voller Asche bleibt.
Die schwarze Küche möge sich nicht sorgen,
auch sie mahlt weiß ein bald genahter Morgen.
Bist heute in der Lebensküche Amber –
die Mühle mahlt dich bald genug zu Kampfer!

Wen dieser Mühle Staub betüttelt,
verweht wie Staub, wenn er sich schüttelt.
Wen dieser Mühle Staub befällt,
den wäscht kein See mehr rein der ganzen Welt.

Was ist denn Jugend? Gallensud im Haupte
und Wünsche, nur im Gallensud erlaubte.
Sobald das Alter Herrscher wird im Haus,
treibt es sogleich den Gallenbrodem aus.
Ein Jüngling sich bei einem Greis beriet:
«Was tun, wenn mich das Lieb im Alter flieht?»
«Du selber», war des alten Manns Bescheiden,
«wirst, wenn du älter bist, dein Liebchen meiden.»
Auf wessen Haupt sich Silbersträhnen setzen,
der flieht wie Quecksilber die Silbergötzen.
Das schwarze Haar feit Jugend wider Gram,
wie Gram bei Schwarzen nie zum Zuge kam.
Des Kummers Fahne meidet Negerland,
da Kummers Name Negern unbekannt.[125]
Das schwarze Antimon den Augen frommt
wohl darum, weil's vom dunklen Indien kommt.[126]
Schlaf nicht, o Haupt! Das Alter meldet sich,
des Morgens Trupp in deine Kammer schlich!
Am Ohrlapp schon für's Totenhemd die Wolle,
verstopfst du immer noch die Ohr'n mit Wolle?[127]

Als Chosrou im Veilchen den Jasmin, die weißen Flecken im schwarzen Haar entdeckte, befiel ihn die gleiche Verzweiflung wie mich ob des in der Jugend angebrochenen Alters. Obwohl er Verläßlichkeit sich zum Vorsatz genommen – die Welt blieb hinterhältig; er machte sich Sorgen.

Bald spielte er Nard auf goldenem Thron, bald jagte er auf Schabdez dahin wie sein eigenes Glück, bald schlürfte er den Nektar Barbads, und bald hielt er Schirin umfangen. Wie nun Thron und Schabdez, Barbad und Schirin alle zu Chosrous Verfügung und Vergnügen standen, gedachte er jenes einstigen Traums, und in sein blühendes Herz fiel Verwüstung ein; denn er ward sich bewußt, daß alles Lebendige der Verwesung anheimfällt.

Der Mond nimmt bis zur Fülle zu;
kaum ist er rund, schon schrumpft er wieder.
Der Baum trägt, bis sie reift, die Frucht;
kaum ist sie reif, wirft er sie nieder.

* * *

Schirin ermahnt Chosrou zu Gerechtigkeit und Weisheit

Eines Tages spazierte Chosrou mit der Herzerhellenden; da entspann sich ein Gespräch über Gerechtigkeit und Weisheit.

Schirin küßte den Boden und sagte: «O Herr, strebe vom Leichtsinn weg ein wenig mehr hin zur Weisheit! Lang genug hast du dir deine Wünsche erfüllt und mögest auch weiterhin deinem Herzensbegehr Genüge tun! Die Welt hast du durch Wohltat zu Wohlstand gebracht – wie dürfte man sie durch Willkür zerstören? Das gliche ja der Kuh, die die Milch, die ihr eben entflossen, mit einem Fußtritt vergießt! Sei auf der Hut, daß nicht plötzlich im Hinterhalt einer lauert, der dich verflucht, und sei es die alte Frau, die im Morgendämmer den jungen Pfeil ihrer Seufzer ins Ziel schießt! Da hilft dir kein Rufen und Lärmen, wenn ein Fluch das Reich zugrunde richtet. Wie mancher Spiegel in Königshand wurde rostig vom Notschrei der ihr

Recht Verlangenden! Wenn das Glück der Macht sich abwendet, ist alles, was der König tut, vergeblich.

Wenn das Laub im Garten zu welken beginnt, trägt der Herbstwind zuvor die Kunde herum. Der Lampe, die ihrer Runde fern verlöschen soll, weil sie kein Licht mehr gibt, der sticht man mit dem Draht zuvor die Augen aus. Will eine Regenflut sich ergießen, so donnert zuvor der Wolkenberg überm Gebirge. Wenn Hagel die Koriander-Ernte vernichtet, steigt Koriander-Duft bis zu den Sternen auf. Der Baum, der in der Jugend krumm gewachsen ist, den kann man nur im Feuer geradebiegen. Tyrannei ist ebenso schlimm wie Sengen und Morden – du solltest deine Herde freundlicher behandeln! Ich fürchte nämlich, daß das Wort jenes Königs wahr werden könnte, den niemand leiden mochte:

‹Wenn alt gewordene Macht im Handeln säumig ist,
sind bald die Untertanen außer Rand und Band!›

Er sieht die Welt entblößt von seinesgleichen und daher als seinen rechtmäßigen Besitz an. Von Stolz verblendet, entzieht er den Untertanen alle Leutseligkeit, bis plötzlich einer im Zeichen neuen Glücks die Hand erhebt und das Volk aus den Pranken der Macht befreit. Und, weil er das Beste des Volkes will, mit Zustimmung des Volkes neuer König wird.

Du besitzest Klugheit und Macht, das Weiße und das Schwarze, alle beide. Sorge jetzt auch für deine Rettung im Jenseits! Sei eingedenk, daß du aus dieser Herberge aufbrechen mußt. Wer Silber und Gold zusammenschmiedet, wie sollte der Zeit finden, sich für den Jüngsten Tag zu rüsten? Schau doch auf all die Könige, die vor dir gestorben sind, ohne etwas von ihrem Reichtum und ihrer Macht davonzutragen! Lies die Geschichte von Dschamschid und Darius und wie das Zeitrad ihnen mitgespielt hat! Was du auch tust im Innern dieser neun Schleier, denke daran, daß es Geheimnisse hinter dem Schleier gibt!»

* * *

Chosrou befragt Bozorg-Omid

Da Chosrou erkannte, daß seine Freundin Ruhm durch Weisheit für ihn erstrebte, setzte er seine Hoffnung auf Bozorg-Omid, rief ihn zu sich und hieß ihn neben sich Platz nehmen.

«O Hoffnung der Menschheit!», so redete er ihn an, «mach auch mich durch deine Weisheit hoffnungsreich!»

Die Erste Bewegung

«Gib mir Auskunft über die Erste Bewegung, denn dies zu wissen ist für den Weisen teuer!»

«Wir sind», erwiderte jener, «wie aus dem Dorf Verbannte; vom Ersten Ereignis waren wir ausgeschlossen. Wie soll ein Nachgeborener dies wissen? Das Erste kennt allein der Erste!»

Die Beschaffenheit der Sphären

Der Weltbeherrscher fuhr fort: «Ich habe viele Fragen dieser Art. Zunächst einmal beschäftigt es mich, was der Himmel der Sphären ist. In seinem Inneren sind Lebewesen – doch was ist außerhalb?»

Und Antwort gab der Lehrer feiner Weisheit: «In so entfernte Feinheiten sollst du nicht eindringen wollen! Was außerhalb dieser Himmelskuppel vorgeht, darüber weiß außer Gott keiner Bescheid. Alles, was sich auf dieser Erde abspielt, das zu erkunden steht an. Über Formen, die unsern Augen nicht vertraut sind, kühnlich zu reden, ziemt sich nicht. Die Großen der Wissenschaft, die ein Geheimnis gelassen aussprechen, sprechen versiegelte Worte über die Sphären. Die Pforten der Sphären sind den Menschen verschlossen gleich wie die dunklen Worte eines Magiers.»

Die Himmelskörper

Weiter sprach Chosrou: «Die Himmelskörper – ich möchte wissen, auf welchem Gefährt sie fahren. Ich habe vernommen, daß jeder Stern eine Welt ist, eine gesonderte Erde mit ihrem eigenen Himmel.[128]»

Jener erwiderte: «Das haben wir auch vernommen, doch schien uns die Richtigkeit nicht erwiesen. Unsere Beobachtungen an den gegenwärtigen Formen der Sterne ergaben vielmehr, daß dieser Gedanke abwegig ist.»

Anfang und Ende

Wieder ergriff Chosrou das Wort und fragte: «Weshalb sind wir hier? Wo stammen wir her und wohin werden wir gehen?»

«Auch dieser Geheimnisschleier», sprach Bozorg-Omid, «enthüllt sich dir nicht. Finde dich mit dem Schleier ab! Der Weg aus dieser Herberge ist weit – wie könnten wir den nie geschauten Pfad zur Heimat weisen? So du aus dieser Schar Verbannter die Erlösung findest, dann wirst du selber wissen, was und woher du bist.»

Der Austritt aus der Welt

Und weiter sprach Chosrou: «O perlenspendendes Meer! O du, wie eine Perle rein und wie ein Meer gewaltig! Es nimmt mich wunder, daß von den entschlafenen Freunden noch keiner seinen Traum erzählt hat. Alle sprachen: ‹Komm mit uns in dies Land!› Doch keiner sagt: ‹So bin ich hingelangt, so komm auch du!›»

Der Kenner des Verborgenen erwiderte: «Jene Welt ist das Urbild dieser Welt. Jener Gesang – ihn faßt kein irdisches Instrument! Ihn anzustimmen widerspricht der Wirklichkeit.

Bläst du ins Feuer, hält's den Atem an,
und bringst du es ins Wasser, stirbt es.»

Das Ewige Leben der Seele

Der glückliche König bedrängte ihn mit einer weiteren klug gestellten Frage: «Wenn die Welt die Seele mitsamt dem Körper aufzehrt – wieso ringt diese dann mit uns in unsern Träumen? Wenn aber die Seele ewig ist und sich vom Körper trennt, wohin sind dann – sag mir! – die Seelen so vieler entschwunden?»

«Das ist», erwiderte jener, «eine berechtigte Frage. Indessen, die Seele ohne Leib zu sehen ist unmöglich. Nach der körperlosen Seele darf man sowenig fragen, wie man die mittellose Bewegung sehen kann. Wenn das Werkzeug des Körpers der

Seele keine Arbeit mehr gibt, entweicht sie in die Sphären und wirkt mit an deren Bewegung.»

Über das Wesen der Träume

«Wenn es allein um die Seelen geht», fuhr Chosrou fort zu fragen, «sind dann die Körper mit ihrer Gestalt nicht überflüssig? Was sind die Gestalten, die wir im Traume erblicken, und wer ist ihr Hüter?»

Jener erwiderte: «Aufgrund des häufigen Augenscheins ist dir das Abbild der toten Dinge vertraut. Bemächtigt sich dann die Denkkraft des Traumes, so erscheinen auch die beseelten Wesen.»

Ob man sich im Jenseits des vergangenen Lebens erinnere

«Werde ich nach diesem Leben mich der Vorfälle in dieser Welt erinnern?» fragte Chosrou weiter.

Der gelehrte Greis gab die folgende Antwort: «O helle, welterleuchtende Fackel! Vor deiner Erdenreise warst du ein Licht, das über den Sphären wohnte. Fragt man dich aber nach jenem Reich, so weißt du kein Zeichen davon zu erinnern. Ich fürchte, daß, wenn du dereinst diesen Ort der Prüfungen verlassen hast, du dich auch seiner nicht erinnern wirst!

Wer nicht erinnert, was gestern geschehen,
dem wird auch das Heute vergessen gehen.»

Die Beschaffenheit von Luft und Erde

Weiter sprach Chosrou: «Von den Dingen, die dem Lauf der Sphären entspringen, erkläre mir die Luft und die Erde!»

Bozorg-Omid erwiderte: «Wie lange fragst du nach Luft und Erde? Du solltest lieber nach guten Lehren fragen! Die Luft ist ein Wind, den ein Wind erzittern macht, die Erde ein Staub, der keinen Staub wert ist. Der erste Leib der Welt war diese Erde, der letzte Leib der Erde war der Mensch.»

Wie man die Gesundheit durch Maßhalten schützt

«O verständiger Mann», sprach Chosrou, «so lehre mich einen ärztlichen Rat!»

Er antwortete ihm: «O scharfsinniger Herrscher, Welt der Seelen und Seele der Schöpfung! Die ganze Heilkunst ist in einer Regel verborgen, die Gott seinen Geschöpfen mitgeteilt hat: ‹Trink und iß die Speise, die du willst, doch weder zuviel noch zuwenig, denn das bringt Verderben.› Meide also Zuviel und Zuwenig und halte dich an das mittlere Maß, das genügt![129]

Zwei kluge Männer, so las ich einmal, gelangten einst unverhofft an eine Quelle. Der eine trank wenig, um seine Seele zu kasteien, der andere trank viel, um seine Seele zu erfreuen. Da sie aber beide vom Wege des Maßhaltens abwichen, starben sie beide, der eine an Überfüllung und der andere an Entbehrung.»

Über die Art des Austritts der Seele aus dem Körper

Nun fragte er: «Wie fliegen die Seelen aus ihren Nestern?»

«Über den ungesehenen Pfad», sprach jener, «kann man nur sagen, was man vernommen hat. Ich vernahm von vier Priestern, deren Seelen eng miteinander verbunden waren und die sich mit der

Frage, wie die Vernunft-Seele den Körper verläßt, eine Weile beschäftigten.

Der erste sprach: ‹Es ist, wie wenn einer im Traum sich in einen Strudel stürzt. Er kämpft sehr, sich aus den Wogen zu retten; aber wie hart er auch ringt, seine Anstrengung ist vergeblich. Wenn dann der Heimgesuchte aus dem Traum erwacht, war aller Schrecken nur ein Traum.›

Der zweite Priester brachte das Gleichnis eines Schlosses, welches der Herr der Welt auf dem Himmelsgewölbe errichtet hat. Von ihm stürzt ein gewichtiger Mensch herab und klammert sich in seiner Todesfurcht an einer Zinne fest. Hände und Arme werden ihm wund, und der Schaden ist weit schlimmer, als wenn er gleich herabfiele. Obwohl ihm der Schmerz die Hand erlahmen läßt, packt er mit aller Macht die Zinne, so daß, als schließlich seine Kräfte schwinden, er samt der Zinne herabstürzt.

Der dritte Priester erzählte das Folgende: ‹Ein Hirt hütet eine Herde, die von einem Wolf bedroht ist. Der blutrünstige Wolf raubt ein Schaf; der Hirte stürzt sich auf ihn und ringt mit ihm. Von einer Seite zerrt, was er kann, der Wolf, von der andern der Hirte, um das Schaf zu befreien. Doch da der Wolf die stärkeren Kräfte besitzt, bleibt schließlich dem Hirten nur die Einsicht, daß er den Rock verspielt hat.›

Der vierte Priester sprach: ‹Dieses Geheimnis gleicht einem Manne im Brautgemach. Er hat eine Braut im Arme, schön wie ein Mond, jedoch von Wahnsinn befallen. Man kann den Blick nicht von ihr abkehren, wegen des Wahnsinns aber auch nicht mit ihr umgehen. Daher ergreift der Mann, als jener Wahnsinn siegt, vor ihr die Flucht wie die Gazelle vor dem Löwen.› »

So plauderten sie eine Weile über diese Fragen und sprachen Worte aus, die noch in keinem Buche standen. Wären sie aber plötzlich gestorben, so hätten sie eingesehen, wie weit von ihrem harmlosen Spiel jenes letzte Schachmatt entfernt ist.

Jeder faselt über das Sterben; und doch kennt der Lebende das Geheimnis des Verstorbenen nicht, es sei denn, die verläßlichen Propheten, die aber, was sie geschaut, keinem Unberufenen anvertrauen.

Über die Sendung des Propheten Muhammad

Als die Rede auf die Sündlosen kam, fragte ihn der König über die Krone der Apostel: «Wer ist der Mensch, der bei den Arabern als Prophet auftritt, und wie verhält sich seine Religion zu der unsrigen?»

Bozorg-Omid erwiderte: «Jenes göttliche Wort ist jenseits von Licht und Finsternis. Diese unsere Gemeinschaft ringt innerhalb der Himmelskuppel, von jenseits der Kuppel aber kommt die Stimme jenes Mannes. Er spricht nicht über Gestirne und Sphären, denn diese sind Gemälde, und er ist der Schüler des Malers. Er schwebt oberhalb dieser neun Schleier. Ich bin nicht von jenem Ort, wie könnte ich sein Geheimnis enthüllen? Aber, o König, treibe nicht Scherz mit der Religion des Arabers; denn Religion ist Wahrheit, und mit der Wahrheit ist nicht zu scherzen!»

Parvez erschauerte am Leibe vor Furcht wie ein Braten in glühendem Feuer. Doch da sein Schicksal solchen Triumph nicht einbeschloß, war es ihm nicht vergönnt, dem Ruf Muhammads zu folgen.

Als Schirin bemerkte, daß der alte Meister die Schatzkammer des Geistes dem König geöffnet hatte, lobte sie ihn und sprach: «O einzigartiger Greis, desgleichen die Zeit nicht gesehen! Wie du Chosrou den Schacht der Schätze geöffnet, so gib auch mir einen Anteil, so du's vermagst. Sei der Schlüssel, nicht die Kette, unserer irdischen Fessel – gib mir einigen Aufschluß über ‹Kalila und Dimna›[130]!»

* * *

Anspielung auf vierzig Erzählungen aus «Kalila und Dimna»

Bozorg-Omid erblühte wie ein Rosenblatt und spielte fein auf vierzig Erzählungen aus «Kalila und Dimna» an:

«1. Sei stets auf der Hut und beherzige dir
die Fabel vom Leu und Schansaba, dem Stier!
2. Besiege die Wollust, denn leisten sie kann
soviel wie der Affe als Zimmermann!
3. Betrogen wird, wen die Gier treibt, gewiß
wie jener Fuchs, der die Trommel zerbiß.
4. Nicht wie jener Derwisch aus Geiz dein Kleid schon'!
Ein Dieb hat's gestohlen; Verdruß war sein Lohn.
5. Vergeh dich an niemand, auf daß dir's nicht gehe
so schlimm wie der Schlange, die kränkte die Krähe!
6. Der letzte Lohn jedes Lügengewebs
des Reihers Lohn ist, den erwürgte der Krebs.
7. Verschone die Schwachen! Die Fabel berichtet
vom Hasen, der listig den Löwen vernichtet.

8. Den Tod selbst sich gebend, entrinnt man der Welt,
wie der Fisch einst entrann, welcher tot sich gestellt.

9. Wolf, Krähe, Schakal, die leiteten fehl,
von Opfertod faselnd, zum Tod das Kamel.

10. Mit Zorn kann man zwingen ein feindliches Heer,
so wie einst der Stieglitz besiegte das Meer.

11. Der Schildkröte Wort war der Grund ihres Falls.
Schon manchem brach seine Zunge den Hals.

12. Zuteil wird dir, wenn du belehren willst Laffen,
der Schlag, den dem Vogel verpaßt ein paar Affen.

13. Wer Güter ergaunern will, denke daran:
Der Schlaue des Einfält'gen Gold nicht gewann!

14. Wer Schelme beschäftigt, nimmt Willkür in Kauf:
Dem Frosch half das Wiesel, dann fraß es ihn auf.

15. Hör nicht auf den Gauner, falsch redet der Schalk:
‹Die Maus fraß das Eisen! Das Kind stahl der Falk!›

16. Der Schleier verrät, der zum Truge verwandte:
Betrogener Betrüger den Schleier verbrannte.

17. Der kundige Arzt, was dem Körper frommt, trifft.
Der Pfuscher verwandelt den Heiltrank in Gift.

18. Mit Klugheit entrinnt man des Schicksales Schlichen:
Dem Jäger samt Fangnetz die Tauben entwichen.

19. Lern ohne Spott Treue von Rabe und Maus:
Sie nagte das Netz durch und er flog sie aus!
20. Kein Korn eines andern ihr fortnehmen sollt:
Die Maus, die dem Derwisch Korn stahl,
bracht' ihm Gold.
21. Laß dich nicht verblenden, wird Glück dir
zuteil:
Der Jäger war tot; doch den Wolf traf der Pfeil.
22. Entsage der Gier, sie ist feind der Vernunft,
wie feind sich sind Krähen- und Eulenzunft!
23. Den Gegner miß nicht nach des Körpers Maß:
Vom Quell vertrieb Elefanten ein Has'.
24. In Gier nicht noch Heucheln die Tugend
besteht:
Für fetten Schmaus spielt die Katze Asket.
25. So kätzisch betrog man den Mann mit dem
Lamm,
daß es wie ein Hund ihm abhanden kam.
26. In Not klammre fest an den Nächsten dich an:
Die Frau, als der Dieb kam, umarmt' ihren
Mann.
27. Verfall'n deine Feinde in Streit, kommst davon
wie jener Fromme vor Dieb und Dämon.
28. Wer ist wie der Tischler gerührt, wenn er hört,
wie die Frau ihm, den Fremden im Bett, Liebe
schwört?
29. Bist selber nicht schlecht, schlechte Freunde
nicht hab!
Der Mäuserich lehnte die Menschenbraut ab.
30. Kehr um! Das schafft dir vorm Untergang Rat,
so wie es der Aff' auf der Schildkröte tat.
31. Mißtraue der Welt, die voll Lugs ist und
Trugs!
Des Esels, des fahrläss'gen, Herz fraß der
Fuchs.

32. Leb nicht gleich dem Mann in der Zukunft
statt heute,
der träumte vom Sohn und den Seimtopf
verbleute!
33. Entschuld nicht den Frommen, der vorschnell
getötet
das Wiesel, das eben sein Kind ihm gerettet!
34. Nicht taste ein Leben in blinder Wut an,
wie jener Täub'rich der Taube getan!
35. Befrei dich, der Maus gleich, in äußerster Not:
Der Katz' hilf, von Wiesel und Uhu bedroht!
36. Entflieg wie die Drossel den Kuppeln der
Macht!
Der Fürsten Versprechen ist hohl oft. Hab
acht!
37. Wahrhaftigkeit schützt vor des Scharfrichters
Qual
wie einst vor dem Löwen den lautern Schakal.
38. Tu Gutes! Des mache kein Schurke dich bang.
Zum Dank half die Schlange dem Pilger vorm
Strang.
39. Streck nicht deine Krallen aus, gierig nach Blut,
denn so ward die Löwin beraubt ihrer Brut!
40. Das Glücksteil des Mannes – nach Rang er
gewinnt's,
ob Bauer, ob Kaufmann, ob Edler, ob Prinz.»

Als der wortgewaltige Alte diese Worte gesprochen hatte, barg Chosrou diesen Schatz wie eine Burg, bereute alle seine Verstöße gegen das Recht und errichtete der Gerechtigkeit ein neues Gebäude.

* * *

Ermahnung und Weisheitssprüche des Weisen Nizami

O Herz, brenne hell, laß die Kerze dich lehren,
dem Wachs gleich die Flamme, das Licht zu verehren!
O schmücke den Geist, wenn die Flamme du achtest –
im Geist-Feuertempel du lange nicht wachtest!
Ich bin nur ein Staub in des Kosmos Mihrab,
doch Weisheit für mehr Universen ich hab.
Hab Worte genug, was gefällt und was frommt!
Was sag ich, wenn keiner mir zuhören kommt?
Ich bin ein Bekannter im Zirkel der Welt,
vertraut der Grammatik der Rätsel der Welt.
Für's Wahrbuch der Sphären, Quadrat um Quadrat,
zog Weisheit als Astrolab ich zu Rat.
Wer hat mich befragt nach den Rätseln der Sphären,
den nicht ich gewußt Stück um Stück zu belehren?
Vom A bis zum O dieses alte Geheg,
willst du mir Gehör leihn, ich offen dir leg:
Zunächst war ein Punkt, aus ihm ward ein Strich
beim ersten Schwung, der dem Alif[131] glich.
Als diesem Strich sich ein zweiter verband,
aus beiden die einfache Fläche entstand.
Drei Striche, ums Zentrum als Umfang geballt,
ergaben des Körpers einfache Gestalt.
So zeichnet bald Flächen der Strich und bald Leib,
denn Körper entstehn, wenn drei Tiefen er schreibt.

Auf diese Weise von Anfang bis End
vollkommen die Welt man durchschaut und
erkennt.
Ward erst der Vernunft offenbar dieses Spiel,
durcheilt sie die Welt vom Beginn bis zum Ziel.
Nur Gott ist's, der keine Grenzen hat,
des Sein weder Anfang noch Ende hat.
Erkenne Gott! Dem, der Gott hat erkannt,
wird fadenscheinig die Schöpfungswand.
Erkenne dich selbst! Denn innerlich
du Gott erkennst, erkanntest du dich.
Vom nahen Spiegel du Weisheit erlerne!
Was sind denn die Sphären? Sorg nicht um die
Ferne!
Die Kerze du bist, die den Kosmos erhellt,
in dir erscheint diese und jene Welt.
Nizami, nicht mehr an verborgenem Wort
sprich aus; in deiner Erzählung fahr fort!

* * *

Schiroyes Charakter – Chosrous Vollendung

Sobald Chosrou die Tafeln der Weisheit erlernt hatte, schlug er die Läden der Welt freiwillig zu.

Nun hatte er aber von Maryam einen Sohn namens Schiroye, der jedoch trotz seines Namens «Kleiner Löwe» vom Löwen nur den Mundgeruch besaß.

Wie ich vernahm, so hatte dieser mörderische Knabe schon mit knapp neun Jahren bei der Hochzeit Schirins gesagt: «Würde Schirin doch *mir* vermählt!» Soll ich von seiner Liebe reden oder seinem Haß, von seiner Weisheit, seinem Glück, seinem Gewissen? Die Luft im Schloß des Königs war durch ihn stickig, Chosrou war ständig über ihn verstimmt.

So sprach er denn zu Bozorg-Omid: «Ich bin ergrimmt wegen dieses mißratenen Sohnes! Ich fürchte seinen unheilvollen Stern, dessen verderbliches Horoskop ich kenne. Die bösen Taten, die er plant, bedrohen meine Pforte wie ein Wolf. Der Häßliche bringt keine schöne Tat hervor. Feuer zeugt Asche! Nie sagt er Dinge, die ein Herz gewinnen – wem hätte je gefallen, was er spricht?! Ich vermisse an ihm die Glorie des Königs und die Würde; von beiden ist er meilenweit entfernt. Gewiß, wie Rauch dem Feuer ist er mir entsprungen, doch ebenso entflieht er mir!

Ich habe einst Rebellen die Krone geraubt, jedoch wozu – da ich einen nichtswürdigen Nachfolger habe? Weder Schirin noch mir bringt er Liebe entgegen, noch hat er für seine Schwestern ein freundliches Wort. Auf Schirin wirft er Blicke wie der Esel auf den Sattelmacher, von mir zu schweigen, der ich in seinen Augen eine Viper bin!

Nicht jede Frau ist Frau, nicht jeder Sprößling Kind, nicht jeder Baum bringt Frucht, nicht jedes Rohr trägt Zucker. Wie manches Kind tötete seinen Erzeuger, so wie das Eisen in Stein schlägt, dem es entstammt. Wie mancher Fremde erweist sich in der Freundschaft getreuer als die eigenen Angehörigen.»

Bozorg-Omid erwiderte: «Angenommen, dieser Sohn bereite dir Kummer – ist er nicht dennoch ein Stück von deinem Wesen? Das eigene Kind darf man nicht befehden, das Herz dem eigenen Sproß nicht entreißen. Den Granatbaum tritt keiner mit Füßen, weil er die Frucht zur Krone seines Hauptes macht; der Maulbeerbaum dagegen wird getreten, weil er seine Früchte nach unten kehrt.

Du bist gut, so wird auch der Sohn nicht schlecht sein; die Kresse gleicht der Saat!

Wenn man das Goldgewand zuschneidet, fallen nur goldene Borten herab. Mag dieser Knabe jetzt auch ein wilder Hengst sein, die Zeit wird ihn schon zähmen – sei guter Dinge! Es ist die Jugend, die ihn so voll Übermut macht; mit den Jahren verliert sich die Wildheit.»

* * *

Chosrou weilt im Feuertempel

Chosrou beschloß, sich fürderhin im Feuertempel aufzuhalten, nicht mehr mit den Genossen Umgang zu pflegen, sondern wie ein Priester das Feuer zu verehren.

Als Chosrou im Feuertempel zu wohnen begann, da bestieg Schiroye wie ein brünstiger Löwe den Thron, füllte die Becher mit Wein zum Gelage und ließ den Schah von allen Seiten bewachen. Doch damit nicht genug, er ließ ihn schließlich in Fesseln legen und zwang ihn, mit einem Winkel der Welt vorliebzunehmen. Er trieb die Härte so weit, daß er keinem den Zutritt zu ihm gestattete außer Schirin.

Chosrou aber war so froh über Schirins Gegenwart, daß er, in hundert Banden, sagte: «Ich bin frei!» Er hieß sie neben sich sitzen und sprach: «Gräm dich nicht! Dergleichen steht jedem von uns bevor. Der Wind, der die Mütze vom Kopf weht, läßt das Gras in Ruhe und zaust die Zypresse. Je stattlicher das Wild, desto froher erlegt es der Jäger. Das Erdbeben spaltet den Berg, daher fürchten die Großen den Fall.

Du bist vorhanden, wenn auch die Macht abhanden kam; solange du da bist, ist mein Glück vollkommen!»

Und die süßlippige Schirin verließ ihn nicht, tröstete ihn und sprach: «So ist nun einmal das irdische Glück: Bald bringt es Freude, bald Kummer. Doch wenn uns etwas in die Zange nimmt, dann ist es tödlich, traurig dazusitzen. Man muß die Miene ein wenig aufhellen! Sind die Füße gefesselt, so soll es nicht auch der Kopf sein! Man darf sich nicht aus Qual Gewalt antun. Schon mancher Kranke kehrte vom Rande des Grabes zurück. Und wie Gesundheit nicht vor Fieber schützt, so stirbt nicht jeder, den ein Fieber befiel.

Wie manches Schloß, das keinen Riegel zeigt, erweist sich, wenn du hinschaust, als Schlüssel.

Vertrieb den Gram des Herzens mit Weisheit, denn Gram zieht Gram an wie Sand das Feuchte! Hat ein Bösewicht dich verdrängt, so denke daran: Al-Mukanna vermochte zwar einen trügerischen Mond zu bewerkstelligen, indem er Eisen in einem Brunnen versteckte. Wie aber könnte Eisen die Welt erleuchten? Als der Brunnen sich mit Wasser füllte, war der Spuk zu Ende.

In diesem Lande, wo man vor geistiger Trübung die Schwärze für Kampfer und die Blinden für hellsichtig hält, muß man mit jedem Kümmerling auszukommen suchen. Ein Ziegenbart ist nur ein Lächeln mit dem Bart wert. Der Zeit Gezänk ist schamlos. Halte dich von ihr fern, denn sie kennt keine Schonung! Vielmehr schont sie nur zwei: Wer schon gestorben und wer noch nicht geboren ist.

Keiner verbleibt in diesem baufälligen Kloster. Laß dich's nicht grämen, daß auch du nicht bleiben wirst. Hätte die Welt Bestand, wie könnte die

Macht dann ihren Besitzer wechseln? Gäbe der Himmel eine beständige Herrschaft, wie wäre sie dann von Kaichosrou an Chosrou gelangt?

Wer sein Herz an diesen Rosenhag hängt, wird wie die Rose mehr weinen als lachen. Wenn dir die Welt nicht bleibt, so klage nicht! Denke daran, daß dann die Last von deinen Schultern fällt!

Die Saiten des Barbytons müssen vom Künstler geschlagen werden, wenn ihnen Freudentöne entlockt werden sollen! Der Sonne gleich, entzünde in diesem Kloster ein Feuer, denn ohne Jesus findest du bei den Eseln nichts Gutes! Welch eine Schlange, die, dem blutrünstigen Zahhak gleich, dir aus den Lenden eine Schlange lockte! Von jenem Lusterguß aus deinem Rückenmark sieh jetzt die Folge, die dich ohne Rückhalt läßt!

Lad auf dem Erdenbuckel nichts deinem Rücken auf!
Ein Lendenschurz dient besser statt Rucksack deinem Lauf.

Sieh auch, wie frei der Impotente und die Unfruchtbare sind, weil weder ihre Lende noch ihr Schoß an etwas hangen! Bist du verständig, bleibe ungebunden, zufrieden mit dem, was die Natur dir gab. Kein Reich ist sicherer als die Genügsamkeit, keine Zuflucht ist besser als der Gleichmut. Hast du nur Brot und Wasser, innere Freiheit ist ein wunderbares Land! So dich begnügend, bist du gerettet und darfst dein Haupt erheben. Sorge für andere Häupter bringt nur Klagen. Der Eremit, der in der Höhle wohnt, ist durch Genügsamkeit sicher vor Gegnern. Den Einsiedler, der sich im Berg verbirgt, entledigt des Begnügens Flug der Menge.

Die Welt ist voller Windungen wie eine Viper; nimm sie am besten gar nicht in die Hand! Will dir nichts von der Hand gehen, so schreib es der Schlange zu in den Händen der andern! Verschließ die Tür und sei zufrieden! Bist du der Schatz, so ist er wohlverwahrt. Findest du dich aber in einen Brunnen geworfen, so halt dir Josephs glückliches Schicksal vor Augen! Findest du deine Stellung unter deinem Rang, so sieh in einem jeden, der dich überragt, deine Standarte! Du glaubst, dein Rang sei niedrig, und doch bist du es, der den Thron der beiden Welten innehat. Das Herz der Welt bist du, achte dich nicht gering! Mit solchem Mut kann man die Welt besiegen! Wisse, daß Gott von den Geschöpfen dich erwählt, um deinetwillen eine Welt erschaffen hat! Macht dieser Gedanke dir das Herz froh, so bist du der Fesseln von Thron und Krone ledig. Sooft du ihrer bedürftig bist, mach dir die Erde zum Thron, die Sonne zur Krone!»

Und mit solchem Zuspruch heilte sie Chosrous Brand, so daß er mit ihren Worten die Tage froh verbrachte; abends aber kam die ranke Zypresse, redete mit dem Schah und tröstete ihn.

* * *

Schiroye tötet Chosrou

In einer Nacht, deren Dunkel dem Mond das Licht geraubt, ja wie mit Spukgewalt die ganze Himmelskuppel verschlungen hatte, und da trotz seinen Tausenden von Händen der Äon kraftlos, trotz seinen Tausenden von Augen der Himmel nachtblind war, ruhte der Schahanschah bei Schirin, seine Füße mit den goldenen Fesseln bei ihren silbernen Schenkeln. Das Götterbild mit den kettengleichen Locken schmückte mit silberheller Hand ihm die goldenen Ketten, streichelte mitleidvoll seine gefesselten Schenkel und küßte ihm die Füße. Liebeweckende Geschichten erzählte sie; ist doch der Laut von Geschichten der beste Schlaftrunk. Bei jedem Wort, das ihren Mund mit Nektar füllte, achtete sie auf die Stimme des Königs. Schlief Chosrou ein, verstummte seine Antwort, dann schlich sein Schlaf alsbald auch in Schirin. So schliefen denn die beiden großen Liebenden, und nur der Himmel wachte, glanzentleerten Blickes. Die Welt wollte rufen: «Es naht der trunkene Rebell!» Finsternis aber hatte ihr den Mund vernagelt.

Durch eine Luke stieg die Dämonenfratze herab, die aller Liebe entkleidet war, blutfleckig vor Mißgunst wie ein Metzger und mit einem Schnurrbart, feuerspeiend wie ein Naphthawerfer.[132] Wie ein Dieb nach Hausgerät sucht, so tappte er nach dem Lager des Königs, kam an sein Kissen, den Dolch in der Faust, spaltete ihm die Leber und löschte die Kerze seines Lebens aus. Und so heftig stieß er ihm den Stahl in die Leber, daß das Blut hervorsprang wie der Blitz aus einer Wolke. Kaum hatte er solchermaßen die Sonne vom Mond getrennt, entschwand er wie ein Rabe wieder durch die Luke.

Der König, mitten im wohligen Schlafe aufgeschlitzt, öffnete die Augen und fand sich gemeuchelt. Sein Lager war von Blut überströmt, ihn selber quälte brennender Durst.

«Ich möchte Schirin wecken», sprach er bei sich, «und sie um einen Schluck Wasser bitten!»

Gleichzeitig überlegte er jedoch im Innern seines Gemütes: «Sie hat nächtelang nicht geschlafen, die

Liebe – wenn sie das Unrecht und das Elend an mir sieht, so schläft sie vor Herzeleid nicht mehr ein. Besser also, dies Wort bleibt ungesagt, und ich sterbe, während sie schläft!»

So gab der treue Mann in Bitternis den Geist auf, ohne Schirin aus ihrem Schlummer geweckt zu haben.

Sieh einen Blütenhag, wie Sonne lachend
und durch sein Grün die Welt voll Hoffnung
machend!
Jäh kommt ein Wind daher in trunkner Wut,
der zückt sein Schwert, vergießt der Blumen
Blut.
Ein Hagel solcher Härte niedertreibt,
daß von dem Hag kein Halm noch Blatt
verbleibt.
Erwacht, der Gärtner in den Garten geht,
sieht weder Rosen dort noch Rosenbeet.
Soll er vor Gram nicht Tränenblut vergießen,
nicht Rosensaft auf seine Rosen fließen?

* * *

Schirin erwacht

Vom Blutstrom, der aus dem Körper floß wie Wasser, erwachte Schirin aus sanftem Schlummer. In früheren Zeiten, als das Glück ihr hold war, hatte der Klang von Flöte und Tambour sie wach gemacht. Welche Kälte des Schicksals, daß nun des Königs warmes Blut sie weckte! Sie war bestürzt wie ein Vogel, den im Traum der Pfeil ereilt hat. Die Seidendecke von seinem Lager aufhebend, sah sie ein Meer von Blut und stöhnte auf. Sie suchte die Sonne bei Nacht, doch ach, sie verdarb sich die

Augen. Fand auf dem Throne ein entkröntes Haupt, fand eine Lampe, deren Öl verschüttet, die Tür der Schatzkammer erbrochen, den Schatz geraubt, das Heer zersprengt, den Heerführer gestorben.

Sie weinte, weinte lange und raffte sich dann auf, mischte Rosensaft mit Moschus und Ambra und vergoß es auf den blutigen Leichnam, wusch ihn alsdann mit Rosensaft und Kampfer[133] so blank, daß er wie Licht erglänzte, und bereitete ihm ein Lager, wie man es Königen nicht besser richten kann. Und als sie den König solchermaßen geschmückt, schmückte sie auch sich selber erneut und machte sich damit hundert Herzen gewogen.

* * *

Schiroye wirbt um Schirin

Schiroyes Herz verlangte nach Schirin; doch durfte er das nicht öffentlich sagen. Heimlich schickte er ihr daher die folgende Botschaft: «Sei guter Dinge! Nimm eine Woche lang die Last der Trauer auf Dich! Verstrich die Woche, soll der Vollmond in meinem Garten rosengleich erblühen. Ich gebe ihm die Herrschaft über den ganzen Hofstaat, verleihe ihm mehr Glanz, als Chosrou je getan, kleide ihn wie ein Kleinod ganz in Gold und vertraue ihm die Schlüssel aller Schätze.»

Als Schirin diese Worte vernahm, wallte sie auf wie Wein, wurde sie scharf wie Essig. Doch täuschte sie ihn, ließ, um ihn hinzuhalten, ihm ihr todeswundes Herz geneigt erscheinen.

Dann verschenkte sie alle Habe Chosrous, vom alten Linnen bis zur neuen Robe, an die Bedürftigen und Beraubten, zum Besten der Seele Chosrous.

Schirin entleibt sich im Grabmal Chosrous

Als der Morgen aus köstlichem Schlummer das Haupt erhob, war das Verderben Schirins in seinem Haupte beschlossen.

Ein Schwarzer brachte Kampfer aus Äthiopien, jedoch auf halbem Weg zerbrach das Kampferkästchen. Ein Neger blickte aus der Festung auf den Mond, sah, wie er in die Festung trat, und lachte.

Schirin befahl nun, für Chosrou eine königliche Bahre aus indischer Aloe, in Gold gefaßt und mit Perlen und Juwelen verziert, zu rüsten. Nach der Sitte der persischen Könige bettete sie Chosrou auf dieser Bahre, Könige hoben sie auf ihre Schultern und trugen sie am frühen Morgen zum Begräbnisort. Weltenherrscher stiegen ab und standen um jene Bahre her.

Barbad war das Schreibrohr entsunken, Bozorg-Omids Hoffnung geschrumpft; zitternd wie Weidenlaub erhob er mit matter Stimme die folgende Klage: «Der Tod des Königs hat uns der Lebenskraft beraubt. Wo ist nun der Schild und Schutz der persischen Könige, ihr Anführer, Banner und Schwert – wo ist er? Den sie bald Chosrou der Welt, bald Cäsar und Siegesheld nannten – wo ist er? Wenn die letzte Reise den Erdenlauf endet, was gelten da Dschamschid, Cäsar und Chosrou?»

Entblößten Hauptes standen die Zofen und die Pagen und wie eine ranke Zypresse inmitten von ihnen Schirin. Sie hatte juwelenbesetzte Ohrringe angelegt und die Ringe ihrer Locken über die Schultern geworfen, die Narzissenaugen mit Antimon geschminkt und die Hände wie eine Braut mit Henna gefärbt. Den Kopf bedeckte ein durchscheinender Schleier, gelb wie die Sonne, den Busen ein

Seidenschal, rötlich wie Venus. So folgte sie wie im Rausche der Bahre Chosrous; wer die Betörende sah, geriet außer Fassung. So schritt sie wie zum Kampfplatz ihres Bundes, tanzend den Leichenzug beschließend, daß jedermann vermeinte, sie trauere gar nicht um Chosrous Tod, und daß Schiroye wähnte, Schirin sei in ihn verliebt. Den ganzen Weg entlang tänzelte sie so hinter ihm her, bis sie zum überkuppelten Grabmal des Königs gelangte, gefolgt von Zofen und Pagen, denen Quecksilbertränen auf ihre Jasminbrüste tropften.

Als man die Bahre in der Kuppelhalle niedergesetzt, blieben die Großen außerhalb stehen, während Schirin sich für den Priester gürtete und dienstbereit ins Innere der Kuppel trat. Sie verschloß die Tür hinter sich und schritt, einen Dolch in der Hand, zur Bahre des Königs. Dort drückte sie dem Munde seiner Wunde an der Leber ihr Lippensiegel auf und stieß sich alsdann genau an jener Stelle, wo sie sie bei ihm klaffen sah, den Dolch in ihren Leib. Mit warmem Blute wusch sie seine Ruhestatt, erneuerte so gleichsam seine Verwundung und schloß den König dann in ihre Arme, Lippe auf Lippe und Schulter an Schulter schmiegend.

Hierauf erhob sie mit solcher Stärke ihre Stimme, daß alle es vernahmen, und rief: «Leib ward mit Leib, Seele mit Seele vereint! Die Leiber sind der Trennung, die Seelen dem Gericht entronnen! Der welterhellenden Kerze auf Chosrous Festmahl, Schirin, sei nun der süße Schlaf gesegnet! Möge jeder Wahrhaftige Gottes Verzeihung erlangen, der, wenn er hier vorüberkommt, betet: ‹O Herr, erhalte dieses Grabmal! Verleih den beiden Liebenden Vergebung!›»

Heil über «Süß»! Wie süß ihr Sterben war! Wie sie ihr Leben gab und es davontrug! So gilt es, in der Liebe zu sterben, so für den Seelenschatz die Seele hinzugeben!

Nicht jede Frau ist unmännlich; weibisch aber ist der Mann, der keinen Schmerz kennt. Wie manche zierliche Frau besitzt doch Löwenmut, wie mancher Brokat zeigt, wenn man ihn entfaltet, süße Bilder!

Ein Staub von böser Art sich jäh empörte,
den Buchsbaum und die Rose er zerstörte.
Vom großen Meer stieg eine Wolke auf,
von Berg zu Berge drang der Fluten Lauf.
Weit von der Wüste sich ein Sturm erhob,
der Luft und Staub in eins zusammen stob.

Als die Großen das Geheimnis erfuhren, das da geschehen war, riefen sie alsbald einmütig: «Heil euch, Erde und Äon! So sollt ihr Braut und Bräutigam vereinen! Da die Musikanten russisch und äthiopisch[134] sind, gibt es keine bessere Hochzeit als diese!»

Dann begruben sie die beiden Gekrönten nebeneinander, verschlossen die Tür des Kuppelbaues und kehrten in Trauer zurück, nachdem sie folgenden Spruch auf ihren Grabstein geschrieben hatten:

Hier ruht in harter Erde
Schirin. Wie sie hat keiner
aus Liebe zum Geliebten
sich selbst getötet.

* * *

Trau nicht der kalten nichtswürdigen Welt,
die keinem Menschen je die Treue hält!
Was schenkt denn diese Erdenzeit an Glück,
das sie zuletzt nicht einheimst Stück um Stück?
Sie gibt das Leben zaudernd Tag um Tage,
und nimmt es dann zurück mit einem Schlage.
Du gleichst dem Talisman, verzwickt ersonnen,
der fällt, zerbricht und ist zu nichts zerronnen.

Des Menschen Schönheit, ob ihr Rang auch werde
dem Himmel ähnlich, sie gehört der Erde.
Die Erde bröckelt, es zerbricht der Stein;
in dieser engen Höhle währt kein Sein.
Der Höhle Höllengeistern folge nicht,
ein Engel werde, schwing dich auf ins Licht!
Nicht bleiben, die nach irdner Bleibe streben,
nur wer sich selber stirbt, wird ewig leben.

Nizami, still! Kein weitres Wort verloren!
Was lehrst du Menschen mit verstopften Ohren?

Du, dem diese Erzählung etwas zu sagen hat – was wähnst du, du hättest nur eine Sage gelesen? Bei dieser Erzählung gilt es, Tränen zu vergießen, bitteres Rosenwasser über Schirin zu verströmen im Gedanken daran, daß diese kurzlebige Rose in ihrer Jugend dem Sturm anheimfiel. Flüchtig wie mein kiptschakisches Götterbild war sie, ja, mir war oft, als sei sie selber Apak, die greifengestaltige, feine, kluge, die der Fürst von Darband mir gesandt, in Seide gehüllt; doch dieser ihr Panzer war stärker als Eisen, wenn einer ihr zu nahe kommen wollte. Die Großen am Hofe hatte sie sich vom

Leibe gehalten, doch mir bettete sie das gemeinsame Lager. Nun ist sie wie eine Turkmenen-Nomadin entschwunden, hat mir nach Türkenart das Lager leer geplündert.

Die schöne Türkin entschwand aus meinem Zelt, o Gott, du aber weißt um meinen Türken-Sprößling!

* * *

Mahnung an seinen Sohn Muhammad

O siebenjähriger Augentrost! Erkenne deinen Standort innerhalb der «zwei Bögenwürfe»[135]! Zwar hab ich dich erzogen, doch Gott gewährte den Unterhalt. Mögest du dermaleinst nicht meinen, sondern Gottes Namen tragen! Lach du in diesem Alter des Sichelmonds, so wie auch wir zu seiner Zeit für eine Weile gelacht haben! Wächst dein Sichelmond zum Vollmond heran, so daß man mit deiner Schönheit die Sterne entfacht, dann tilge alles, was Begierde heißt, und hiß die Standarte göttlicher Wissenschaft, so daß die Klugen sagen: «Was für ein Weiser ist der Sohn Nizamis!»

* * *

[Es folgt ein längerer Bericht über einen Traum, in welchem Chosrou den Propheten Muhammad erblickt, und über einen Brief, den dieser an ihn schreibt, um ihn zur Annahme des Islam zu bewegen. Chosrou ist jedoch über die Anrede «Von Muhammad an Parvez» so erzürnt, daß er den Brief zerreißt, worauf das göttliche Strafgericht über ihn hereinzubrechen beginnt. Der Abschnitt endet mit einem gewaltigen Loblied der Macht und Herrlichkeit des Propheten.]

Seht euch das Reich unserer irdischen Wanderschaft an! Das ist kein Reich, es ist ein Kerker. Wärme läßt uns wie Hitze erglühen, so daß wir unser Gekröse mit Gefrorenem kühlen. Fallen aber nur einige Flocken Schnee, so fallen uns die Federn aus, und wir flüchten uns in die Pelze von wilden Tieren. Wohin soll man mit solchem Gebein schon gelangen, wohin mit solchem Gefieder entfliegen?

Und daher tun wir überall Unrecht – wahrlich, eine Handvoll schwächlicher Frevler! Doch wer nur einer Ameise die Flügel krümmt, empfängt dafür am Ende seine Strafe!

Mit eigenen Augen sah ich einmal, wie ein Vogel sich auf eine Ameise stürzte. Er hatte sie jedoch noch nicht hinuntergeschlungen, da kam ein anderer Vogel und machte ihm den Garaus.

Hast du Böses getan, so fürchte Unheil! Denn die Natur muß ihren Lohn empfangen. Der Himmel ist ein Spiegel der Gerechtigkeit; keine deiner Taten bleibt ihm verborgen. Wenn die Zeit des Endes herannaht und man die Geheimnisse hinter dem Schleier enthüllt, wirst du vom Äon, der dir jetzt vor Augen ist, kein Staubkorn sehen, es sei denn jene Form, die du dir jetzt ins Herz legst.

Nimm Wegzehrung mit von hier, denn dort ist keine Weide mehr. Hier suche Perlen, denn dort gibt's keine Muscheln mehr.

Hier, in den verborgenen Moschus-Muscheln meines Buches, findest du viele leuchtende Gedanken-Perlen, eine neuartige, herzbetörende Musik, deren Melodien an erweckenden Wendungen reich sind.

Da ich wußte, daß man in jedem Haus mein

Werk wie eine Braut verliebt in die Arme schließt, habe ich meinen Talisman aufgelöst und jedem Vers ein Zeichen davon eingefügt, auf daß jeder, der mich zu sehen begehrt, meine Seele in dieser Schale erblicke. Ist meine Seele verborgen – hier ist der Körper; entschwand ich Joseph gleich – mein Hemd ist hier![136] Eine Braut, die kein irdener Schleier verhüllt, oder jedenfalls nur dem Auge, nicht aber dem Herzen.

Alles Verborgene ist uns erscheinbar. Sagst du Chiser, so ist er zugegen. Und so auch mit Nizami: Liest du dies Epos, so findest du im Worte seine Gegenwart wie Augenschein.

Wie könnte dir auch eine Erscheinung verborgen bleiben, die aus jedem Vers geheimnisvoll zu dir redet? Wenn du in hundert Jahren fragen wirst: «Wo ist er?», so tönt es dir aus jedem Vers entgegen: «Da! Da!»

Wie ein Seidenwurm bin ich in meinem Schaffen: Ich spende Seide, indem ich Blätter in Garn verwandle. Ich schlafe keine Nacht, ohne einen Schatz zu wägen; mein Schatzhaus hat eine unverschlossene Tür. Ich bin wie der Mutterboden, der nicht umsonst sich abmüht. Ein Korn verwandle ich in reiche Frucht, ich nehme eine Handvoll Körner auf und bringe ein Fuder hervor zur Erntezeit.

* * *

Die Worte, die ich schrieb, glücklich zu Ende
  kamen,
die Blätter, so gefüllt, falt ich zusammen.
Wo mir ein Fehler unterlaufen ist,
verzeih es, Herr, der Du barmherzig bist!
Und mache jedes Menschen Seele fröhlich,
der betend spricht: «Gott hab Nizami selig!»

NACHWORT

Zu den schönsten Früchten der an künstlerischen Hervorbringungen so reichen Hochblüte der islamischen Kultur gehört die persische Dichtung, die sowohl in der Lyrik – man denke an den von Goethe als «Zwilling» apostrophierten Hafis! – wie in der Versepik eines Firdousi und Nizami und in einzelnen Prosawerken – Sa'dis «Persianischer Rosenthal» sei genannt – weltliterarischen Rang erreicht hat.

Ähnlich wie in der – übrigens durch die poetischen Werke vornehmlich inspirierten – persischen Miniatur die Verschmelzung verschiedenartiger Einflüsse, also iranischer, byzantinischer, türkischer, indischer und chinesischer Elemente, ein bezauberndes Amalgam erzeugte, so zeitigte auch in der persischen Dichtung die Synthese zwischen altiranischen, byzantinischen, indischen und arabischen Traditionen ein äußerst reizvolles Ergebnis.

Die altiranische Tradition war nach der arabisch-islamischen Eroberung nur scheinbar abgerissen, wenn auch der ohnehin weitgehend in Orthodoxie erstarrte Zoroastrismus der neuen Religion, das sassanidische Königtum arabischen Regenten und das Mittelpersische oder Pahlawi dem Arabischen als Sprache der Literatur und der offiziellen Verlautbarungen weichen mußte. Mündlich lebte die persische Sprache, die persische Dichtung jedoch weiter, und mit dem Zerfall des Weltreichs der arabischen Kalifen von Bagdad und der Entstehung regionaler Dynastien kam es zu einer regelrechten Renaissance iranischen Selbst- und Kulturbewußtseins. Bald hatte sich unter Abstoßung altertümlicher Endungen und Aufnahme arabischen Sprachguts aus dem Mittelpersischen das Neupersische entwickelt, und in diesem sprachlichen Medium entstand die persische Dichtung im Zeichen arabischer Metrik und Poetik sowie in wachsendem Maße geprägt von islamischem Geist. Doch auch indischer Einfluß wirkte auf die Entwicklung der persischen Epik ein. Indische Werke waren schon in vorislamischer Zeit ins Pahlawi übertragen worden, so der berühmte Fabelzyklus «Pançatantra», der unter seinem arabischen Titel «Kalila wa Dimna» sich im islamischen Mittelalter größter Beliebtheit erfreute und auch in unserem Epos figuriert. Ein Kern der späteren Erzählungen aus «Tausendundeiner Nacht» kam ebenfalls aus Indien und wurde schon einige Jahrhunderte vor Nizami in persischer und arabischer Sprache verbreitet, während das gleichfalls sehr bekannte und beliebte «Papageienbuch», eine durch Rahmenerzählung zusammengehaltene Sammlung vor allem das Thema der Liebe auf mannigfaltige Weise beleuchtender Märchen, Novellen und Schwänke, wohl erst nach Nizami aus dem Indischen ins Persische übersetzt und später auch auf türkisch bearbeitet wurde. Von den Indern dürften die Perser die kunstvolle Technik der Einrahmung gelernt haben, die Nizami etwa in den «Sieben Bildnissen» verwendet. Doch auch das paränetische Element in der persischen Epik mag teilweise indischen Ursprungs sein. Die Byzantiner haben vor allem den Alexander-Roman des Pseudo-Kallisthenes beigesteuert, der allen persischen Alexander-Epen indirekt mehr oder weniger zugrunde liegt. Ebenso aber hat der späthellenistische Liebesroman seine Spuren hinterlassen. Lange, immer neue und tränenreiche Trennungen und schließliche glückliche Vereinigung sind charakteristisch für ihren Handlungsbogen. Das bis auf wenige Fragmente, die ein pakistanischer Gelehrter unlängst in der Einband-Verklebung eines unbedeutenden Manuskripts entdeckte, verlorene Epos «Wamik und Adhra» des Dichters Onsori (gestorben 1040) weist, wie G. E. von Grunebaum kürzlich vermerkt hat, griechische Namen auf, war also sicherlich griechischen Ursprungs. Das heißt aber, daß vielleicht gerade die romantische persische Epik den Griechen wesentliche Impulse verdanken könnte. Doch hat sie, wie wir noch sehen werden, auch durchaus eigene alte iranische Wurzeln.

Die erwähnte iranische Renaissance gipfelte Ende des 10. Jahrhunderts in der gigantischen Schöpfung des persischen Nationalepos, des – je nach Handschrift – 50 000 bis 60 000 Verse umfassenden «Schahname» oder «Königsbuch» des Firdousi, das von den vorgeschichtlichen Anfängen bis zum Zusammenbruch der Sassanidenherrschaft unter dem Anprall der islamischen Heere die Geschichte der mythischen und historischen Herrscher und Helden Irans in Versen von balladeskem Ton und archaischer Wucht beschwört. Mit der Schaffung dieses gewaltigen Werkes, das sich noch heutigentags in Iran größter Beliebtheit erfreut, war der Durchbruch zu eigener epischer Dichtung besiegelt, einer Gattung übrigens, die die arabische Welt nie hervorgebracht hat. In reichem Strom floß sie nun bis an die Schwelle der Neuzeit, um erst durch die von Europa kommenden modernen Prosaformen endgültig verdrängt zu werden.

Drei epische Gattungen lassen sich unterscheiden: das im «Schahname» verkörperte Heldenepos, das vor allem in der persischen Mystik zu üppiger Blüte gelangte lehrhaft-erbauliche und das romantische, dem Thema der Liebe gewidmete Epos, dessen bedeutendster Repräsentant Nizami ist. Ganz säuberlich sind zwar die Gattungen selten geschieden. Das «Königsbuch» enthält einige ausgesprochen romantische Liebesgeschichten, in den romantischen Epen finden sich in der Regel auch einzelne Kampf- oder Schlachtszenen, und beide Gattungen weisen lehrhafte, paränetische Passagen auf, wie andererseits das didaktische Epos vor allem der Mystik seine Lehren durch Predigtmärlein, darunter oft rührende Romanzen, zu veranschaulichen pflegt. Dennoch ist die Unterscheidung der Gattungen sinnvoll und die Zuordnung in der Regel problemlos.

Romantische Epen entstanden schon zur Zeit Firdousis. Eines darunter, die erste persische Gestaltung des biblisch-koranischen, durch jüdische Überlieferung angereicherten und auf die Liebesthematik zugespitzten Stoffes der Geschichte von Joseph und seiner Neigung zu Sulaika – denn der in Bibel und Koran berichteten Flucht Josephs vor Sulaikas Verführungskünsten fügt die Legende das Auflodern beiderseitiger Leidenschaft, tragische Trennung und schließliche eheliche Verbindung hinzu – wurde bis vor kurzem sogar als Werk Firdousis angesehen; inzwischen weiß man aber, daß der Verfasser ein sonst unbekannter Dichter namens Amani (Ende des 11. Jahrhunderts) ist.

Noch vor Amanis Josephs-Epos entstand eines der großartigsten romantischen Epen der persischen, ja der orientalischen und wahrscheinlich der Weltliteratur. Es ist das wegen seiner auffälligen Parallelen zum Tristan-Stoff auch im Abendland besonders bekannt gewordene, um 1050 entstandene Epos «Wis und Ramin» von Gorgani, das dem Dichter zufolge auf einer alten persischen Erzählung beruht, die zu seiner Zeit noch auf pahlawi existierte. Das Werk war Nizami nicht nur bekannt, sondern beeinflußte ihn bei seiner Arbeit an «Chosrou und Schirin», wie wir später noch des Näheren sehen werden.

Ebenfalls vor Nizami wirkte der erste große mystische persische Dichter Sana'i (gest. 1131), dessen umfangreiche Lehrdichtung «Garten der Wahrheit» in noch näher zu untersuchender Beziehung zum ersten Epos des jüngeren Dichters, der «Schatzkammer der Geheimnisse», steht.

* * *

Nizami konnte also auf einer stattlichen und mannigfaltigen epischen Literatur aufbauen, als er in der zweiten Hälfte des 12. Jahrhunderts zu schreiben begann. Dennoch bleibt es ein Wunder, daß und wie er die persische Epik zur Vollendung führte.

Seine Meisterschaft tritt bereits im ersten Epos klar zutage; auch kennt der Dichter seinen eigenen Rang sehr wohl und macht, ohne Sana'is Größe und Einfluß zu leugnen, keinen Hehl daraus, daß er sich ihm überlegen fühlt:

> Wenn auch manch Wort wie Gold geprägt hat jener,
> das Gold aus meinem Prägestock ist schöner.
> An Umfang ist mein Gut vor seinem klein,
> doch dafür nahm's den bessern Käufer ein.

Das sind selbstbewußte Töne. Doch die Dichter pflegten damals ihr Licht nicht unter den Scheffel zu stellen. Entscheidend ist, daß Nizami sich in der Einschätzung seiner Bedeutung nicht getäuscht hat. Es stimmt: Die «Schatzkammer der Geheimnisse» ist im Vergleich zum weitaus umfangreicheren «Garten der Wahrheit» ein schmales Opus, übertrifft die Vorlage aber durch Straffheit und Klarheit der Disposition.

Es folgten drei romantische Epen, zunächst das hier vorliegende «Chosrou und Schirin», ein dem «Schahname» und andern Quellen entnommener Stoff aus der iranischen höfischen Tradition – das Epos wurde übrigens zwischen 1180 und 1181, also ziemlich genau vor 800 Jahren verfaßt –, sodann «Madschnun und Laila», das herzzerreißende Drama einer tragisch endenden Beduinenliebe, und als drittes das Epos «Die Sieben Bildnisse», dessen Held Bahram Gur (Vahram V., regierte 421–438) wieder ein sassanidischer Herrscher ist.

Im fünften und letzten Epos schließlich, das Alexanders des Großen Leben und Wirken zum Gegenstand hat, faßt der Dichter die drei Gattungen des Heldischen, Didaktischen und Romantischen – letztere hier mehr im Sinne märchenhafter Abenteuer als von Liebeserleben – auf geniale Weise zusammen und schildert in der Gestalt des griechischen, orientalisch verklärten Eroberers die Emporentwicklung des Vollkommenen Menschen durch die drei Stufen des Heerführers, Philosophen und Propheten – war doch mit dem in der 18. Sure des Koran erwähnten «Zweigehörnten» nach weitverbreiteter Exegese kein anderer als Alexander der Große gemeint! Alexander der Große, der Persepolis zerstörte und das iranische Reich der Achämeniden, das größte Weltreich der Antike, zum Einsturz brachte, wurde so ausgerechnet bei den Persern zum Prototyp jenes Ideals einer Führergestalt, das Farabi und andere islamische Philosophen im Anschluß an Platos «Staat» entworfen hatten. Das Thema der Läuterung und Emporentwicklung, das Nizami schon an den Herrschergestalten Chosrou und Bahram Gur entfaltet hatte, fand damit eine höchste, nicht mehr zu überbietende Steigerung. Nizami selber erreichte in diesem letzten und umfangreichsten seiner Epen den Gipfel seiner Entwicklung als philosophisch-symbolischer Dichter. Doch auch jedes seiner früheren Epen ist ein Gipfel, und «Chosrou und Schirin» insbesondere ist vermutlich die großartigste Gestaltung menschlicher Liebe in der islamischen Literatur, wie Schirin die großartigste Frauengestalt neben Wis ist.

Alle diese grandiosen Werke schrieb der Dichter in einem Leben bescheidenen Zuschnitts, das von 1141 bis 1209 währte, nicht frei von Leid war – in zartem Alter starb seine erste innig geliebte Frau Apak, später verlor er auch seine zweite Frau – und ihn über die nächste Umgebung seiner Heimatstadt Gendsche (heute Kirowabad in der Sowjetrepublik Azarbaidschan) wohl nie hinausgeführt hat. Nizami ist nie in den Dienst von Fürsten getreten, wenn er auch mehreren zeitgenössischen Herrschern in den Proömien seiner Epen gehuldigt hat. Mehrfach hat er die Speichellecker unter seinen Kollegen getadelt und vor der gefährlichen und verderblichen Hofkarriere gewarnt. In einem typisch Nizamischen Wortspiel spricht er aus, wie die Gier nach Gold und Silber den Dichter und damit den Wert seiner Dichtung verdirbt:

Der Silberhäscher, der für Gold erstorben,
des Wortes Silber hat durch Gold verdorben.

Sein eigener Verzicht auf eine Stellung bei Hofe verbürgt die Ehrlichkeit seiner das ganze Werk durchziehenden herben Kritik an der Willkür der Fürsten und gibt den Ermahnungen zur Gerechtigkeit ein doppeltes Gewicht.

Nizami hat zu Lebzeiten nicht die Anerkennung gefunden, die er verdient hätte, wenn auch sein Name schon bis zu weit entfernten Höfen hindrang, wie wir noch hören werden. Um so größer war der Erfolg, der ihm nach seinem Tode zuteil wurde; und wohl keines anderen persischen Dichters Werke sind öfter nachgeahmt worden als Nizamis fünf Epen, die bald als «Chamse» («Fünf») bzw. «Pandsch Gandsch» («Fünf Schätze») im ganzen persischsprachigen Asien und darüber hinaus den Ruhm höchsten literarischen Rangs genossen. Für «Chosrou und Schirin», namentlich das Farhad-Schirin-Motiv, hat Herbert Duda in einer aufschlußreichen Studie diese Nachwirkung bis ins erste Drittel unseres Jahrhunderts hinein untersucht – der Stoff wurde schon vor 1930 sogar als Filmdrehbuch verarbeitet! Die Nachahmung beschränkte sich im übrigen nicht auf den persischen Raum, wo um 1300 der erste große Nizami-Nachfolger Amir Chosrou Dihlawi seine «Chamse» verfaßte; vielmehr entstand schon 1341 eine türkische Fassung von «Chosrou und Schirin», der bald weitere folgten, und Entsprechendes gilt für die anderen Epen der «Chamse»; des weiteren wurden Nachahmungen Nizamischer Epen später in der Moghulzeit auch in indischen Sprachen verfaßt.

Nizamis Größe scheint freilich niemals wieder erreicht worden zu sein. Dem ersten Nachahmer, dem genannten Amir Chosrou von Delhi, bescheinigt der tschechische Iranist Rypka: «Die für Nizami bezeichnende scharfe Profilierung weicht einer Nebelhaftigkeit, es fehlt ihm an Nizamis philosophischer Tiefe und sozialer Zuspitzung.» Und Duda stellt allgemein fest, keiner der persischen Nachahmer Nizamis erreiche sein Vorbild, ein Urteil, das nach Bombaci auch für eine der bedeutendsten türkischen Versionen des Stoffes gilt, das Epos «Farhad und Schirin» des großen Herater Dichters Ali Schir Nava'i, der seine «Chamse» in den Jahren 1483–1485 verfaßte und sich rühmte, in drei Jahren geschafft zu haben, wofür Nizami dreißig Jahre benötigt hatte!

* * *

Worin beruht nun aber die offenbar einmalige Größe Nizamis? Darüber nachzudenken ist immer wieder von Nutzen und vonnöten.

Zunächst sei kurz daran erinnert – ich habe den Gegenstand andernorts breiter dargestellt –, welche hohe Meinung Nizami von seinem Beruf hatte. Dichten war für ihn Berufung; Dichten, ohne berufen zu sein, ein Unding. Der Dichter steht in unmittelbarer Nähe des Propheten; er ist, wie jener, göttlich inspiriert, und entsprechend groß ist seine Verantwortung. Diese Lehre stellt Nizami an den Beginn seines gesamten epischen Schaffens, was die folgenden wenigen Zeilen aus dem Vorwort der «Schatzkammer» verdeutlichen mögen:

> Es sind am Himmelsthrone Nachtigallen
> die Dichter: niemand gleichen sie von allen.
> Verzückte sind's von des Gedankens Flamme
> und mit den Engeln wie von einem Stamme.
> Die Rätseln Schleier webt, die Poesie,
> Abglanz des Schleiers ist der Prophetie.

Im Heer der Großen sind sie angetreten:
hintan Poeten, vornean Propheten.
Der gleiche Freund schließt beider Augen auf,
sie sind das Mark – rings Schale nur zuhauf,
und allen Früchten, die wir dort gewinnen,
wohnt mehr als Worte – ein Stück Seele innen.

Das Organ der dichterischen Inspiration wie auch jenes der von Nizami im neuplatonischen Sinn als umfassende Lebensmacht begriffenen Liebe ist das Herz. Der Dichter kann sich daher nicht genugtun, in überschwenglichen Tönen die Macht des Herzens zu schildern, wie wir das übrigens auch bei Hafis und anderen persischen Dichtern finden. Grundsätzlich und ausführlich äußert er sich auch zu diesem Thema bereits im eben genannten Vorwort des ersten Epos. Zunächst erfahren wir da, wie sich Nizami die Entstehung des Herzens vorstellt:

Als einst der Herr und Meister der Befehle
die Welt erschuf, erschuf er Form und Seele.
In seiner Weise, der gedankenklaren,
gebot er Form und Seele, sich zu paaren.
Aus diesem Gattenpaar das Herz entsprang,
der Sproß, der dann empor zum Thron sich schwang.
So ist das Herz, das unser Herrscher heißt,
ein Mischgebild aus Körper und aus Geist.
Des Leibes Licht rührt her vom Strahl des Herzens,
Seele und Form zehren vom Mahl des Herzens.

Nizami schildert dann, wie er, geführt von seiner Beatrice, der Liebe, in das Reich und den Thronsaal des eigenen Herzens gelangt und mit diesem einen Bund schließt, der unmittelbar mit seinem Dichtertum und Dichterruhm zu tun hat:

Der Meister Herz mir machte jung den Bund,
Nizamis Namen kund im Himmelsrund.

Wir verstehen nun besser, was es bedeutet, wenn er von sich sagt:

Von niemand ward durch Gaben ich bestochen,
nur wo mein Herz sprach: «Sprich!», hab ich gesprochen.

Oder:

Des Herzens Blut ich mit dem Wort vermengte
und Feuer aus des Herzens Quell ich sprengte.

Und wir ahnen den tiefen Sinn der Worte, die er von seiner inneren Stimme vernimmt:

In dieser schön gewölbten blauen Runde
künd du des Herzens Mär, 's ist gute Kunde!

Das Herz ist es, das dem Dichter die kosmische Mächtigkeit verleiht, über die er in einem ergreifenden, das eigene zwiespältige Wesen schildernden Gedicht sich folgendermaßen geäußert hat:

König der Könige des Adels bin ich kraft des Edelsinns
 meiner Gedanken,
Welt und Zeit hab ich erfaßt kraft himmlischer Idee.
Hochhallendes Lied, weitschallende Glocke bin ich,
weltdurchmessende Feder, welterobernde Fahne bin ich.
...
Im Reich der Dichtung, wo mein Wort ewige Dauer
 besitzt,
hat keiner außer mir ans Tor der Majestät geklopft.
...
Den Bewegungen der Gestirne bin ich Ursprung und sie
 Nutznießer,
den Schichten des Himmels bin ich Wasser und sie Gefäß.

Nichts wäre verkehrter, als hier unangebrachtes, ja wohl gar schamloses Selbstlob zu vernehmen. Spricht doch Nizami im zweiten Teil des Gedichtes von seiner Armseligkeit und Gnadenbedürftigkeit gegenüber dem Schöpfer. Er beschreibt im Grunde genommen nur die Polarität des muslimischen Menschen, der sowohl *'abd* wie *chalifa,* Knecht und Statthalter Gottes auf Erden in einem ist, nur daß die damit umschriebene ungeheure Spannweite selten so ausgenutzt, so schöpferisch verwirklicht wurde wie bei den großen Dichtern Persiens, die diese im Koran angelegte, aber erst in der islamischen Mystik voll entfaltete und ins Bewußtsein gehobene Lehre sich zu eigen machten.

* * *

Sind dies einige Hinweise auf die Ursachen von Nizamis Größe, so werden uns einige ihrer Merkmale deutlich werden, wenn wir nun das Epos «Chosrou und Schirin» näher betrachten.

Nizami hatte für sein erstes Epos, die «Schatzkammer der Geheimnisse», eine für jene Zeit recht typische Belohnung erhalten: Der Fürst von Darband am Kaspischen Meer sandte ihm eine kiptschakische Sklavin namens Apak – «Schneewittchen» (in der persischen Schreibung Afaq kann das Wort freilich auch «Horizonte» bedeuten), deren Liebreiz wir ahnen, wenn wir «Chosrou und Schirin» lesen. Nizami selber nämlich, der immer wieder persönlichste Empfindungen in seine Epen einflicht, vergleicht am Ende dieses Werkes Apak mit Schirin, beklagend, daß beide der Tod allzu früh hinweggerafft habe.

Da fügte es sich, daß der Seldschukenfürst

Toghrul II., der 1177–1194 im persischen Hamadan regierte, einen Boten nach dem ungefähr siebenhundert Kilometer entfernten Gendsche schickte und den Dichter aufforderte, ein Epos über die Liebe zu schreiben.

Nizami berichtet darüber in seiner Einleitung zu unserem Epos mit folgenden Worten:

Als ich, nach mancher wachen Nacht wie trunken,
die Feder schwertgleich meiner Hand entsunken,
darüber nachsann, welchen Wegs zu schreiten
und welchen Schatz ich dächte auszubreiten,
welch Stil zu wählen, der die Sprache reife,
und welchen Stoff, daß er die Welt ergreife,
trat heitern Blicks das Glück in mein Gemach,
küßte mich auf die Wangen froh und sprach:
«Dein Werk ist nun entrissen enger Haft,
des Schlüssels Eisen ist dem Stein entrafft;
denn so befiehlt es dir der Herr der Welt:
‹Laß Liebe neu erscheinen für die Welt!
Sind doch die großen Liebenden verstorben,
die innre Glut zu kaltem Frost verdorben.
Du, der der Sprache Klinge sich erkoren,
haarfein den Sinn von Himmels Haupt geschoren,
vor dem Merkur entfiel das Federrohr
und Venus' Seide ihren Glanz verlor,
lehr Jesu gleich den Geist, daß er's beherze,
weih Mose gleich der Liebe eine Kerze!
Hast den Türkis du in den Ring gebannt,
dann öffnen wir wie Salomo die Hand.
Wenn wir dir solche Anerkennung hulden,
so darfst du uns den Dank dereinst nicht schulden!›»

Nizami gibt freudig seine Zustimmung, berichtet aber in einem späteren Kapitel des Vorwortes,

«Prüfung dieses Buches» überschrieben, von seinen Bedenken, nach dem asketischen ersten Epos nun das Thema der Liebe zu behandeln:

Ich, der Geheimnisschätze wußt zu sagen,
wozu sollt ich nun mit der Lust mich plagen?
Indes, es ist heut niemand in der Welt,
den nicht Gelüst nach Lob der Lust befällt.
So hab ich denn die Lust so süß gewürzt,
daß es der Grameslust den Gram verkürzt,
das Bild der Lust hab ich so rein gebannt,
daß es beim Lesen Lust macht dem Verstand,
und nicht wie andre an Gezweig ich streifte,
wo anderes als süße Datteln reifte.

Auch auf weitere Fragen dichterischen Wirkens geht Nizami in diesem Abschnitt ein, so auf die der Sprache als Instrument künstlerisch und ethisch verantwortungsbewußten Schaffens, Probleme, zu denen sich der Dichter schon im Vorwort zur «Schatzkammer der Geheimnisse» und auch in seinen späteren Epen geäußert hat.

Zunächst geht es um die sprachliche Dichte. Die innere Stimme redet zu ihm und schärft ihm ein:

Stähle die Worte wie eine Goldmünze; mit dieser Münze schlage die Drachme (Silber) aus dem Feld!
Erst schmiede das Schwert und dann mache dich ans Schleifen.
Worte, die nicht dem Nachdenken entspringen, ziemt es weder zu schreiben noch zu sprechen.
Worte in Verse zu bringen ist leicht, sie müssen aber im Vers Bestand haben!
Hast du auch Worte viel, mach ihrer wenig! Nicht eins zu hundert, hundert mach zu einem!

Ein längerer Passus wird später dem Verhältnis der Dichtung zur Wahrheit gewidmet:

> Wenn auch im Wort (Sprache, Dichtung), das das Wasser des Lebens ist,
> alles statthaft ist, was im Bereich des Möglichen liegt –

So beginnt Nizami durchaus im Sinn der aristotelischen Poetik diese Erörterung, fährt jedoch eher platonisch gerichtet dann fort:

> Kann man Wahrheit verwenden, warum sollte man zur Lüge greifen?

Im Vorwort zu seinem letzten Epos, dem «Alexanderbuch», hat sich Nizami später zwar zur dichterischen «Lüge», d. h. Fiktion, ausdrücklich bekannt, jedoch durchaus im Sinne des Diktums des Johannes von Salisbury (gest. 1180), daß die Lügen der Dichter der Wahrheit zu dienen hätten: *Mendacia poetarum inserviunt veritati.*

Nizami beruft sich nach der oben wiedergegebenen Rechtfertigung seiner Wahl eines Liebesgeschehens auf die Historizität des Stoffes:

> Die Erzählung von Chosrou und Schirin ist nicht verborgen, auch gibt es keine süßere Erzählung (eine der zahlreichen Anspielungen auf Schirins Namen, der «Süß» bedeutet). Doch ob es auch eine reizende Geschichte ist, sie ist wie eine Braut im Bollwerk (unzugänglich). In Reinschrift ist ihr Inhalt nicht bekannt, denn sie lag als Handschrift in Barda (s. Anm. 9). Aus dem Werk greiser Chronisten jener Gegend wurde mir dieser Schatzbrief bekannt; noch lebende Greise meiner Heimat haben mir dann die Mühe dieser Arbeit aufgebürdet.
>
> Der Verstand zögert nicht, Dinge gelten zu lassen, die nach dem Urteil von Verständigen ihre Richtigkeit haben.

> Und nicht verborgen sind jene Monumente, die ihre Richtigkeit bezeugen und daran erinnern: Die Fundamente von Bisotun und das Bild von Schabdez, ebenso wie Chosrous Palast in Ktesiphon, die Lust-Erzeugnisse des armen Farhad: Die Spuren des Milchkanals und Kasr-i Schirin...

Ein letzter Passus der «Prüfung» betrifft Nizamis Verhältnis zu Firdousi:

> Der Weise, der dieses Geschehen berichtet hat, hat die Geschichte der Liebe daraus verbannt. Da er bereits sechzig Jahre gelebt hatte, war ihm der Pfeil aus dem Bogen der Jugend entfallen. Von Liebe zu reden, die gerne auf Jagd geht, schien ihm unnütz. Auch habe ich nicht alles das wiederholt, was der alte Weise gesagt hat; denn Gesagtes nochmals zu sagen ist nicht vornehm. Nur was über Liebe zu sagen blieb, habe ich, im Sinne des heldischen Mannes, besungen.

Nizami hätte also Teile seines Stoffes aus einer Chronik in Barda entnommen. Tatsächlich weist sein Epos kaum Parallelen auf mit der Gestaltung des Chosrou-Stoffes in Firdousis «Königsbuch», obwohl diese kaum kürzer ist als Nizamis Epos. Firdousi jedoch spricht tatsächlich nur auf wenigen Seiten über Schirin sowie Chosrous Beziehungen zu anderen Frauen, namentlich Maryam und Gordiya, eine Schwester des auch bei Nizami erwähnten Rebellen Bahram Tschupin. Der größte Teil seiner Chosrou-Dichtung handelt von Krieg und Jagd.

Firdousi ist der historischen Wahrheit vermutlich näher, genauer gesagt: Er liefert, hier stärker als in anderen Teilen seines Epos, eine gereimte Chronik, wobei die historische Realität, wie sie sich der Geschichtswissenschaft heute darstellt, wieder noch erheblich anders aussieht.

Der historische Chosrou II. Parvez (regierte 590–628), der letzte große Sassanidenherrscher vor dem Zusammenbruch seiner Dynastie und der Eroberung Persiens durch die muslimischen Araber, war, dem dänischen Gelehrten A. Christensen zufolge, ein grausamer, heimtückischer, habgieriger Tyrann, der immer wieder Große des Reiches, und gerade auch solche, denen er wichtige Hilfe verdankte, aus purer Rankünе beseitigen ließ. Die Feinde, die er sich damit machte, ebenso wie der für Persien ruinöse Krieg gegen Byzanz unter dessen erfolgreichem Herrscher Heraklios, führten seinen Untergang herbei. Schiroye, der Sohn Chosrous und Maryams, ließ nicht nur seinen Vater töten, sondern auch dessen andere Söhne, darunter zwei bei Nizami nicht erwähnte von Schirin. Der große Ablauf der Ereignisse ist jedoch auch bei Nizami historisch. Schirin hat existiert, wenn auch kaum als die großartige Idealfigur, die Nizami aus ihr gemacht hat.

Bei Firdousi rückt sie erst nach Chosrous Tod zum Rang einer gerechten Herrscherin auf. Ihr von Nizami konzipierter Charakter ist jedenfalls weder aus den historischen Quellen noch aus dem «Königsbuch» Firdousis ersichtlich. Im Gegenteil, bei letzterem erscheint sie als die Mörderin ihrer Rivalin Maryam, ein Makel, den Nizami ausdrücklich in Abrede stellt, was wir gut begreifen und begrüßen, da er sein Schirin-Bild auf eine mit seiner Idee unvereinbare Weise getrübt hätte.

Historisch sind aber auch der Sänger Barbad, und sogar, von Einzelheiten abgesehen, dessen dreißig Weisen oder Töne, sowie der wunderbare gewölbeartige Thron Takdes, der später auch im mittelalterlichen Abendland berühmt werden sollte und z. B. in der «Sächsischen Weltchronik» erwähnt ist.

Weder die frühe historische Überlieferung noch das «Schahname» bieten Anhaltspunkte für die Erzählung von der Liebe zwischen Farhad und Schirin. Dagegen finden sich Spuren des Motivs vom 10. Jahrhundert ab in arabischen Quellen, und die Legende haftete offensichtlich ebenso wie die von Chosrou und Schirin selber an den Ruinen von Kasr-i Schirin, wo man schon vor Nizami auch ein Otagh-i Farhad, ein «Zimmer Farhads», zu zeigen pflegte.

Nizami hat das Gerüst der Handlung auf ein Minimum reduziert, alles ihm überflüssig Erscheinende ausgeklammert. Im Hinblick auf die von Firdousi ausführlich geschilderten Feldzüge unter Theodosios, die er selber bewußt wegläßt, bemerkt er einmal: «Denn ich bin wach, während der Reimer geschlafen hat.» Und auf wenige markante Figuren sind die handelnden Personen zusammengestrichen.

Von den zahlreichen immer wieder mit Namen genannten, aber nicht weiter individualisierten Paladinen Chosrous im «Schahname« läßt Nizami nur Schapur, den erfindungsreichen Maler und Dichter, sowie den Sänger Barbad übrig.

Der weise Wesir Bozorg-Omid heißt im «Schahname» Bozorg-Mihr und wird dort nur einmal in einem einzigen Vers erwähnt.

Aus Zufallsfiguren macht unser Dichter lebendige Typen und repräsentative Funktionsträger. Der Rebell Bahram Tschupin, durchaus historisch, wie wir hörten, steht für alle Widersacher des Herrschers. Maryam vertritt weitere legale Frauen seines Harems wie Gordiya, von der wir im «Schahname» Einzelheiten erfahren. Und die leichte Isfahaner Schönheit Schakkar, Firdousi unbekannt, symbolisiert mit ihrem Namen «Zucker» zahllose ähnliche Frauen-Beziehungen Chosrous von flüchtig-oberflächlichem Zuschnitt.

Erst diese Reduktion im Stofflichen ermöglicht den klaren architektonischen Aufbau des Nizamischen Epos, was entsprechend natürlich auch für seine übrigen Epen gilt – eine Struktur, die sich sowohl im Mikro- wie im Makrobereich, in der Zeit- und in der Raumebene manifestiert und ein kunstvolles Gefüge von Spannung und Gleichgewicht darstellt.

Der Liebe Chosrous zu Schirin stehen einerseits die Beziehungen des Herrschers zu Maryam und Schakkar gegenüber, womit Grundformen menschlicher Liebe in ihrem typischen Ablauf gestaltet sind, nämlich die – hier politisch motivierte – Ehe ohne Liebe, sodann der nur im Sinnlichen angesiedelte und daher flüchtige Flirt und schließlich die Leib, Geist und Seele gleichermaßen durchdringende und umspannende wahre Liebe zwischen Mann und Frau; andererseits steht dieser zur Erfüllung führenden Beziehung aber auch die unerfüllte Liebe Farhads zu Schirin gegenüber, die neben der architektonischen natürlich ebenfalls eine inhaltliche Funktion hat: Denn auch an Schirin tritt damit die Versuchung heran, der sie aber, im Unterschied zu Chosrous Verhalten in vergleichbaren Situationen, um der Treue willen nicht Raum gibt.

Die eigentümliche dreifache Hochzeit am Schluß

des Epos – dem trunkenen Chosrou führt Schirin eine verkleidete alte Vettel zu, dann die Vermählung der Liebenden und schließlich der ausdrücklich als mystische Hochzeit geschilderte Freitod Schirins an der Leiche ihres Gatten – wirken wie eine strukturelle Entsprechung dieser drei Frauenbeziehungen.

Der Architektur des Werkes dient auch der Wechsel von erzählerischen, beschreibenden, lyrischen, didaktischen und dramatischen Partien. In den beschreibenden Passagen zeigt sich die rhetorische Kunst Nizamis jeweils besonders brillant, Vergleiche und Metaphern sprühen wie Feuerwerk. Höhepunkte sind die Schapur in den Mund gelegte Beschreibung der Schönheit Schirins und ihrer Mädchen sowie die Schilderung der im Quellweiher badenden Schirin, wo dieser in der persischen Miniatur so häufig behandelte Stoff gleichzeitig in traumhafter Schönheit versinnlicht und zum mystisch-symbolischen Ereignis gesteigert wird, wie wir später noch sehen werden.

Der Charakter solcher beschreibender Stellen ist lyrisch; lyrische Sprache findet sich auch sonst, wie etwa in den reizenden Improvisationen der zehn Zofen, die wie im Volksliedton auf die Liebe zwischen Schirin und Chosrou anspielen, gefolgt von den übermütigen Versen Schapurs und der Betroffenen selber, in den großen Monologen Farhads und Schirins, sowie dann schließlich in dem langen zur Versöhnung führenden Dialog der Liebenden, den die beiden Sänger stellvertretend für sie bestreiten.

Dialoge sind freilich auch ein wichtiges dramatisches Element. Bedenkt man, daß etwa ein Drittel dieses Epos in Reden und Gegenreden besteht, so wird klar, welche enorme Bedeutung gerade dieses sprachliche Medium in Nizamis Epik besitzt. Er schildert mit Hilfe von ihnen das Wesen, den inneren Werdegang seiner Helden, ähnlich wie das im großen abendländischen Drama – man denke an Shakespeare – zu geschehen pflegt. Nizami konnte hierbei an Gorganis «Wis und Ramin» anknüpfen, wo der mündlich und schriftlich geführte Dialog zwischen den Liebenden ebenfalls einen breiten Raum einnimmt, nur daß in «Chosrou und Schirin» das Verhältnis zwischen Handlung und Dialog noch stärker zugunsten des letzteren ausfällt: Äußeres Geschehen ist weitgehend durch seelisches ersetzt, die Handlung ist überwiegend nach innen verlegt.

Wichtig sind ferner die paränetischen Stücke. Wenn der Dichter den Leser ermahnt, so aus der eigenen Erfahrung des Todes und der Vergänglichkeit. Literarischen Rang besitzen auch diese Passagen, denn dem Dichter steht hier nicht nur – wie überall – ein reiches Inventar eindringlicher Metaphern, sondern auch eine Fülle von Sprichwörtern zur Verfügung (die er freilich auch sonst verwendet). Das Werk des «Weisen» Nizami, wie er sich selber gern nennt, ist eine unerschöpfliche Quelle philosophischer ebenso wie volkstümlicher Weisheit.

Strukturelle Funktion haben auch einige Vor- und Rückverweise. Hierher gehört vor allem der Traum des jungen Chosrou. Die Versprechen, die ihm sein Großvater Anuschirwan macht, erfüllen sich eines nach dem andern; doch als das letzte verwirklicht, Schirin die Seine geworden ist, kommt ihm jäh zum Bewußtsein, daß mit der Erfüllung des Jugendtraums sein Leben den Höhepunkt überschritten hat.

Eine weitere Vorausweisung findet sich im Zusammenhang mit Farhads Selbstmord, den Chosrou durch die gezielte Falschmeldung von Schirins Tod verschuldet, wenn auch nicht unbedingt beabsichtigt hat. Er ahnt, daß er für sein Vergehen wird büßen müssen. Auf höchst subtile Weise wird hier der Rückbezug hergestellt. Im Augenblick, da Schiroye sich anschickt, seinen Vater zu ermorden, gibt ihm Nizami die gleichen abstoßenden Gesichtszüge, die einst der Überbringer der tödlichen Botschaft besessen hat. So wird mit einem einzigen Vers unübersehbar auf jenes frühere Ereignis verwiesen und der Zusammenhang dargetan, der zwischen Chosrous Verfehlung und seinem Ende besteht.

In diesen Rahmen gehört auch der Wechsel der Stimmung. Es entspricht einer Grundüberzeugung Nizamis, daß Freude und Leid sich ständig ablösen,

> Daß Müh und Lust sich, Haß und Liebe paaren,
> Bittres und Saures sich zu Süß und Lecker scharen.

So läßt er Szenen strahlender Lebensfreude und geselligen Übermuts mit Trübungen aller Art wechseln, Heiterkeit und Überschwang werden immer wieder verdrängt durch Niedergeschlagenheit und Verzweiflung, Bedrohung, Trennung und Tod.

Köstlich und meisterhaft ist, wie Nizami auch die verschiedenen Töne verliebter Zwiesprache anzuschlagen versteht von den Andeutungen, dem männlichen Drängen und weiblichen Kokettieren des Anfangs über Vorwurf, Streit und Zerwürfnis, Zorn, Ironie und Sarkasmus, wie sie in den ironischen Beileidsschreiben Chosrous für Farhads, und Schirins für Maryams Tod, sowie dem langen

Rededuell in der Winternacht ihren Höhepunkt erreichen, bis zum reumütigen Einlenken und zärtlichen Versöhnen, bis zur rückhaltlosen, rauschhaften Liebeseröffnung und den sprachlosen Gesten der Hingabe. Schirin ist in all diesen Dialogen ein ebenbürtiger, ja meist überlegener Partner Chosrous. Selten aber klingt ihre Stimme so unmittelbar an unser Ohr wie in dem Augenblick, da sie Chosrous verzweifeltem Bestürmen mit einem einzigen schelmischen «Gute Nacht» ein Ende setzt.

Mit der Beschreibung der durch Chosrous Schuld zur Farce mißratenden Hochzeitsnacht und des folgenden die Vereinigung bringenden Morgens erreicht die Stimmung einen letzten bacchantischen Höhepunkt, wobei die Farce wie ein Satyrspiel vor der Tragödie wirkt, ein Satyrspiel freilich, das selber von tiefer Symbolkraft ist. Denn wenn Schirin Chosrous Trunkenheit damit bestraft, daß sie ihm an ihrer Statt eine als Braut verkleidete Alte schickt, so ist damit nicht nur das bisherige Scheitern ihrer Liebesbeziehung samt seiner Ursache brennspiegelartig zusammengefaßt; vielmehr mußte der jedem mittelalterlich-orientalischen Leser vertraute Vergleich der Welt mit einer als Liebchen getarnten Vettel darüber hinaus diese Szene als Hinweis auf die Chosrous Leben ständig bedrohende Gefahr, durch Zügellosigkeit dem Trug der Welt zum Opfer zu fallen, unmißverständlich machen.

Danach bricht mit fast antiker Wucht das Verhängnis herein. Der Übergang ist jedoch trotz der enormen zeitlichen Raffung kunstvoll gestuft. Der Leser wird vorbereitet. Schirin ermahnt ihren Mann, an das Ende zu denken, und Chosrou tauscht mit Bozorg-Omid Gedanken über das Universum und das Jenseits aus. Das Auftreten des weisen Wesirs zu Beginn und am Ende des Epos, sowie vor der Niederringung des Gegners Bahram Tschupin, ist aber zugleich nochmals ein strukturelles Element. Sein Name, der «Hoffnungsreich» oder «Große Hoffnung» bedeutet, dürfte entschlüsseln, welche Funktion Nizami ihm zugedacht hat: Er symbolisiert die Hoffnung, die sich zunächst auf das irdische, und dann, beim Nahen des Todes, auf das ewige Leben richtet.

Nach der Ermordung Chosrous scheint kein Wechsel der Stimmung mehr möglich. Und doch: Wenn Schirin, tanzend wie eine Braut, der Bahre Chosrous folgt, so ist dies zwar keine irdische Heiterkeit mehr, wohl aber die Überwindung irdischer Traurigkeit in mystischer Ekstase. Am Ende dieser Geschichte steht als höchste denkbare Steigerung menschlicher Liebe die im Tode verwirklichte Unio mystica, wodurch das Epos der Tristan-Sage viel näher kommt als Gorganis «Wis und Ramin» mit seinem glücklichen Ausgang.

Dies Ende zeigt auch, wie recht Nizami hatte, den Bericht von einem Traum, in welchem Muhammad Chosrou erscheint, und einem Brief, den er ihm sendet, beides, um ihn zur Annahme des Islam zu bewegen, ins Nachwort zu verbannen. Diese islamische Tendenzlegende – Chosrous Fall wird mit seiner Weigerung, der neuen Religion anzugehören, erklärt – wäre in der mit zwingender Logik zu Ende geführten Liebesgeschichte nicht unterzubringen gewesen. Als Teil der Schlußkapitel, die ihrerseits strukturell dem umfangreichen Proömium entsprechen, hat sie dagegen ihre Funktion. Wirkt doch diese Einrahmung wie der Schutzwall jenes Zauberschlosses, in das der Dichter uns führt, wie die Borten eines Teppichs, die Rand-Vignetten einer Miniatur.

Ein Wort noch zur Mikrostruktur der Nizamischen Sprache. Der Leser wird von den ersten Zeilen an die ungeheure Bedeutung bemerken, die Vergleich und Metapher in ihr besitzen, wobei es vor allem die Farben sind, die die Phantasie des Dichters zu einfallsreichem, tiefsinnigem oder auch kapriziösem Spiel verlocken. Daneben aber wirken eine Reihe weiterer rhetorischer Erfordernisse ständig auf die Gestaltung des Textes ein, wie Binnenreim, Wortwiederholung, harmonische Bildwahl, zugespitzte Antithese, Hyperbolik und geistreiche Anspielung.

Die Farbvergleiche lassen sich am leichtesten in den Schilderungen von Nacht und Morgen, Feuer, Blumen u. ä. studieren. Da wird die Nacht im Handumdrehen zum Raben, zum Rappen oder zum schwarzen Sagenvogel Anka, der den Rubin der Sonne verschlingt, Flammen erscheinen als zarathustrische Feuerpriester, im Morgendämmer verwandelt sich das Eichhörnchen (schwarz) zunächst in einen Dachs (grau), dann weicht der Zobel dem Hermelin (weiß), die Zeit setzt dem Tag die Krone (Sonne) aufs Haupt u. a. m. Doch nicht nur die Natur, auch die Menschen werden von dieser Verwandlung erfaßt und erscheinen bald als Mond, bald als chinesisches Standbild, bald als Löwe, bald als Zypresse oder Buchsbaum. Nizami läßt es, wie man sieht, bei der bloßen Vergleichung und Metaphorierung nicht bewenden. Kaum hat er eine Sache durch ein ihr entsprechendes Secundum comparationis ersetzt, so fängt dieses auch schon an, ein Eigenleben zu führen, sei es auch nur für die Dauer eines Verses. Besonders kunstvoll ist es, wenn solche Beschreibung dann in unmittelbare Beziehung zur Handlung gebracht wird, wie etwa:

> Wenn aber die Nacht wie eine Braut die Hände tätowierte (die Landschaft in Dämmer hüllte) und sich zum Schmuck die Sterne ins Haar band, dann erhob sich auch die Braut des Schahs, um ihr Fest zu bereiten.

Oder es werden in harmonischer Bildwahl alle Vergleiche aus ein und derselben Bildsphäre gewählt, wie etwa in dem Vers:

> Narzisse hält den Kelch, Jasmin schenkt ein,
> Rose ist trunken, Veilchen voller Wein.

Antithetische Struktur ruft z. B. immer den Türken auf den Plan, sobald vom Inder die Rede ist, oder inspiriert eine Aussage wie die, daß der *Staub* (Stoff, Element) der Liebe der *Tau* der Erdenflur sei. Hyperbolik läßt die Zelte des Königs bis zu den Sternen ragen, den schnellen Rappen den Wind an den Boden nageln u. a. m.

Spiele mit gleich oder ähnlich klingenden Wörtern, in der Übertragung nur selten adäquat nachahmbar, inspirieren den Dichter mitunter zu kühnen Ideen. Der Leser wird die Auflösung einiger solcher Wortspiele in den Anmerkungen finden.

Eine besondere Kunst entfaltet Nizami bei der mehrfachen Wiederholung eines einzelnen Wortes in verschiedenen semantischen Bezügen. Man könnte von «Wort-cluster» reden. Es ist, als ob der Dichter mit diesem Wort ein übermütig-virtuoses Ballspiel treibe oder es wie einen magischen Kristall in mannigfaltigen Farben funkeln lasse. Ein typisches Beispiel ist das folgende:

Als die Flasche der Sonne wieder am Stein zerschlug und die Welt den Geschöpfen eng ward wie eine Flasche, ergriffen sie erneut die Flaschen des Weins und füllten sich mit Wein wie Flaschen; und der Himmel begann sein übermütiges Flaschenspiel (List, Gaukelei) mit jenen Herzen zu treiben, die Flaschen glichen, in denen Geister verborgen sind.

Verweilen wir nun zum Schluß noch kurz bei der Frage, welches denn der Gehalt, die «Moral», die philosophische Aussage dieses Epos sei. Niemand wird daran zweifeln, daß hier die Geschichte einer großen Liebe ersteht mit einer Reihe ethischer Postulate, deren Verwirklichung durch Chosrou Schirin zur Bedingung ihrer Hingabe macht: Es sind dies die Bewältigung der durch das Leben gestellten Aufgaben, in Chosrous Fall Pflichten des Herrschers, zu denen die Aufrechterhaltung von Ruhe und Ordnung ebenso wie Gerechtigkeit gehören, die Ausschließlichkeit der Liebe und die legale Eheschließung. Dabei mag die Forderung, daß die Beziehung monogam sei, im islamischen Dichter auffallen. Muhammad mit seinem Harem hatte ein anderes Beispiel gegeben. Eine Durchsicht erotischer Literatur im islamischen Mittelalter zeigt jedoch, daß wirklich große Liebe auch dort und damals nicht anders möglich war denn als Zweierbeziehung. Die moralische Haltung unseres Epos wird aber erst voll verständlich, wenn wir sie auf dem Hintergrund des früher schon erwähnten «Wis und Ramin» betrachten. Dieses sei also hier kurz beleuchtet.

«Wis und Ramin» entstand um die Mitte des 11. Jahrhunderts, also über ein Saeculum früher als «Chosrou und Schirin». Wir wissen, daß es sich großer Beliebtheit erfreute und namentlich von den Damen der Höfe und literarisch gebildeter Kreise eifrig gelesen wurde. Kein Wunder; denn Wis, die persische Isolde, hatte ein Schicksal, das viele Frauen jener Schichten wohl am eigenen Leibe erfuhren oder gern erfahren hätten. Eine ähnlich stolze und leidenschaftliche Frau wie Schirin, ist Wis jedoch zunächst weniger glücklich daran als jene. Sie wird einem älteren ungeliebten Mann, Mobad, der Marke entspricht, verehelicht, gibt sich aber dessen jüngerem Bruder Ramin hin, was zu immer neuen gefährlichen Situationen führt, bis schließlich das Schicksal zugunsten der Liebenden eingreift und Ramin anstelle des von einem Eber getöteten Mobad den Thron besteigen kann. Noch bevor dies geschieht, hat Ramin indessen im Handstreich den Palast seines auf der Jagd weilenden Bruders erobert. Der glückliche Ausgang ist also, wenn auch das innere Recht und das Schicksal klar auf seiten der Liebenden stehen, gesetzlich betrachtet, durch Ehebruch und Treueverletzung belastet. Dennoch aber regiert dann Ramin als gerechter König, und die Liebenden bleiben bis zu ihrem Tod im hohen Alter ein glückliches Paar, um im Jenseits auf ewig vereinigt zu werden.

Dies alles konnte Nizami kaum gefallen. Daß er «Wis und Ramin» nicht nur kannte, sondern bei der Abfassung seines Epos im Auge hatte, zeigt sich unter anderem an einer deutlichen Parallele. Nach einer flüchtigen Verbindung mit einer anderen Prinzessin kehrt Ramin reumütig zurück und kommt in einer Winternacht zum Schloß des abwesenden Mobad, wo Wis ihn mit berechtigten Vorwürfen empfängt. Der Dialog geht lange und heftig hin und her, bis Ramin die Geduld verliert und in die Winternacht davonreitet, worauf die nun ihre Härte bereuende Wis ihm nacheilt. Die gleiche Szene findet sich mutatis mutandis auch in unserem Epos.

Der Bezug zu «Wis und Ramin» wird von Nizami aber auch namentlich hergestellt, und zwar dadurch, daß Mahin Banu ihre Nichte Schirin warnt, sich vor einer offiziellen Eheschließung Chosrou hinzugeben, damit sie nicht in Schande gerate wie einstmals Wis. Mit andern Worten, Schirins Verhalten, ihre beharrliche Weigerung, Chosrou vor der Vermählung anzugehören, stellt eine von Nizami intendierte Korrektur des in seinen Augen leichtfertigen Lebenswandels der Wis dar.

Der russische Iranist und vorzügliche Nizami-Kenner E. E. Bertels hat übrigens die These vertreten, daß die auffälligen Demutsbezeugungen Schirins, verbunden mit einer den heutigen Leser fast ironisch anmutenden Betonung ihrer gesellschaftlichen Unterlegenheit, zu erklären seien aus dem hinter dem Werk stehenden eigenen Erleben des Dichters. Apak, die kiptschakische Sklavin, die ja nach Nizamis eigenen Worten in Schirin verewigt ist, sei der Schlüssel für diese Haltung. Denn auch sie habe sich Nizami offensichtlich verweigert, bis der Dichter sie zu seiner legalen Gattin machte und damit in den freien Stand erhob, obwohl er als Muslim berechtigt war, mit seiner Sklavin zusammenzuleben. Tatsächlich wird jedoch gerade die gesellschaftliche Unebenbürtigkeit der Schirin schon im «Schahname» thematisiert: Die Priester und der Adel warnen Chosrou, daß er durch diese Verbindung sein Blut verunreinige, indem sie ihm eine Schale mit brodelndem Tierblut überreichen.

Chosrou räumt jedoch ihre Bedenken erfolgreich aus, indem er als Gegensymbol eine mit Wein gefüllte Schale bringen läßt: So edel wie der Wein im königlichen Gefäß werde Schirin durch die Verbindung mit ihm werden.

Nizami ersetzt dieses gönnerhafte Emporheben durch ein innerliches Hinabsteigen, eine Überwindung des Stolzes durch Liebe beziehungsweise die Einsicht Chosrous, daß es an ihm war, sich zu Schirin empor zu läutern. Chosrou erkennt, daß er Schirin betrogen hat, indem er sie durch die ausgetauschten Liebkosungen auf eine nahe Vermählung hoffen ließ, dann aber durch seine Verbindung mit anderen Frauen öffentlich kompromittierte.

Wie Nizami dem trughaften Äon mit einer noch heute im Persischen sprichwörtlichen Wendung vorwirft, daß er Weizen vorzeigt und Gerste einfüllt, so läßt er auch Chosrou schließlich bekennen:

Ich bin's, der Weizen schnitt, wo er Gerste bestellt,
und den Weizenkäufer mit Gerste geprellt.

Und was er ihr immer verweigert hat, gewährt er ihr nun, da sie sich auf Gedeih und Verderb ihm ausgeliefert:

Ein Hund will ich sein und noch unter dem Hund,
nenn ich dich nicht «Seele» und tu es nicht kund!

Und:

Solange ich lebe, nie geb sie mich frei:
Der König der Welt und ihr Diener ich sei!

Erstmals auch stellt er ihr Wohl über das eigene, das untrügliche Zeichen echter Liebe, wie es auch Gorgani in seinem Epos herausgearbeitet hatte:

Du bleibe! Das Freundsein – nicht ewiglich währt's.
Ich bleib oder bleib nicht – was tut es, wen schert's?
Man sagt mir, ich würde glücklos durch dich –
nun wohl, wirst du nur glücklich durch mich!
Vergeht mir der Tag und des Tages Ertrag –
dein Tag werde heller von Tage zu Tag!

Und einen letzten rührenden Grad rücksichtsvoller Liebe läßt der Dichter den geläuterten Fürsten erreichen, als er nach dem Erleiden des Mordstreichs darauf verzichtet, Schirin zu wecken, um die längst Übernächtigte nicht in ihrem Schlafe zu stören.

Nizami hat in der Tat ein Werk über die Liebe geschrieben, das dem Verstand «beim Lesen Lust macht», Lust, nachzudenken über das Wesen der Liebe, das er in diesem Epos so vielschichtig und tiefsinnig an den Tag legt.

Hat sein Epos noch einen tieferen allegorischen Sinn? Wir werden uns hier kaum der Auffassung Bertels' anschließen können, daß Nizami in der Gestalt Farhads den in seiner Zeit zum Scheitern verurteilten Aufstand der Arbeiter gegen die Welt der Höfe geschildert habe. Solche, dem großen Iranisten durch seine marxistische Umwelt aufgenötigten Ideen lagen dem persischen Dichter des 12. Jahrhunderts wohl ganz und gar fern.

Nicht einmal als «bürgerlich» möchte ich seine in der Tat ja geharnischte Herrscherkritik verstehen; vielmehr entspringt sie einem in frommen muslimischen und namentlich mystisch orientierten Kreisen seit je gehegten Unbehagen und Mißtrauen angesichts irdischer Macht. Bezeichnend dafür ist, was Nizami Muhammad in seinem Brief an Chosrou schreiben läßt:

Blick nicht auf dich, wer auf sich blickt, hat keine
Einsicht!
Blicke auf Gott! Auf sich zu blicken ist keine Tugend.
Kehre dich ab von dir, denn das Ausmaß der Schöpfung
besitzt im Buch der Größe eine lange Rechnung!
Die Erde ist von dieser Schöpfung nur ein Staub,
von ihr die Oikumene nur ein Wassertropfen,
Irak (Mesopotamien) ist von der Oikumene nur ein Gau,
von diesem Gau ist Ktesiphon nur eine Stadt,
an jedem Tor von dieser Stadt sind viele Menschen,
du bist von diesen Menschen einer nur, der schläft.
So hab denn Einsicht und vergleiche und ermiß
dein Ausmaß, deine Grenze, an der Schöpfung!

Das ist eine großartig-einfache, durch den gesunden Menschenverstand und das fromme Gemüt eingegebene Relativierung der Macht, deren Beherzigung man den Mächtigen jeder Couleur und ihren Ideologen empfehlen möchte.

Was jedoch die philosophisch-symbolische Ausdeutung von «Chosrou und Schirin» betrifft, so scheint mir eine andere Möglichkeit näherzuliegen. Nizami selber bekennt sich, wie die einleitenden «Worte über die Liebe» zeigen, nach neuplatonischem Vorbild zur Liebe als alles durchdringender, alles umfassender Schöpfungsmacht, Liebe als Sehnsucht nach Rückkehr zum Ursprung. Sollen wir also seine Gestaltung des Stoffes im Sinne jener «visionären Berichte» begreifen, mit denen Ibn Sina (Avicenna) und andere das Schicksal der Seele allegorisch geschildert haben? Jedenfalls wird in einem dieser Berichte, Ibn Sinas «Salaman und Absal», das Verhältnis des Ich zu den einzelnen Seelenkräften durch die Beziehung eines Mannes zu verschiedenen Frauen veranschaulicht. Chosrou wäre dann dieses menschliche Ich, und die drei ihn umgebenden Frauen könnten die drei Seelenteile der antiken, von der islamischen Philosophie rezipierten Psychologie symbolisieren: Maryam die Zornseele, Schakkar die Triebseele und Schirin die Vernunftseele.

Eine Reihe von Indizien sprechen für die Möglichkeit einer solchen Bedeutungsschicht. Da ist zunächst die wohl nicht zufällig angebrachte allegorische Deutung eines Märchenmotivs in einem der ersten Kapitel des Epos:

> Du kennst ja den geheimen Sinn jenes Märchens von einer Frau, die unterwegs zur Zauberin wurde. Sie warf einen Kamm und einen Spiegel auf den Weg und behexte sie mit einer Zauberformel, worauf der Himmel bewirkte, daß aus jenem ein Berg und aus diesem ein Wald emporwuchs. Das will sagen: Eine Frau, die Spiegel und Kamm wegwirft, wird so gewaltig wie Wald und Gebirge.

Das Abenteuer mit Schakkar folgt auf den Tod Maryams. Das könnte im Rahmen jener Psychologie bedeuten, daß bei Ausschaltung der Zornseele und Abwesenheit der Vernunftseele der Mensch der Triebsphäre anheimfällt. Das Triebhafte der Schakkar und der Trugcharakter dieser Sphäre werden von Nizami zwar mit dichterischen Mitteln, jedoch in aller wünschbaren Klarheit verdeutlicht: Chosrou schläft mit anderen Mädchen, die er für Schakkar hält, Schakkar gibt ihm ein Mittel gegen Mundgeruch, das sich als Aphrodisiakum herausstellt usw. Darüber hinaus aber weist Nizami auf den Symbolgehalt der beiden Namen ausdrücklich hin: «Zucker» bedeutet den Stoff, «Süße» das Wesen, jener steht für Natur und diese für Geist.

Schirin ist ja ganz offensichtlich der gute Geist, das bessere Ich Chosrous. In der großartigen Szene ihres Bades im Quellsee vergleicht Nizami den Weiher zunächst mit dem «Wasser des Lebens» und sodann Schirin selber der «Quelle des Lichts». Später läßt er Chosrou zu ihr sagen, sie habe ihn seines Zustands bewußt gemacht, womit sie also genau jene Funktion erfüllt, die der Vernunftseele obliegt.

Indes, es wäre doch völlig verfehlt, das Geschehen auf diesen allegorischen Gehalt reduzieren zu wollen. Dieses Epos will in seiner vollen sinnlichen Realität genommen werden, d.h., es ist sowohl die Geschichte einer inneren Läuterung wie die einer großen Liebe. Dabei erinnert uns Nizami an eine heute leider fast völlig vergessene Wahrheit: die Bedeutung der Erwartung, des Wartenkönnens für das Glück der Erfüllung, ein Motiv, das er ja auch in den Liebesgeschichten der sieben Prinzessinnen mehrfach thematisiert hat. Der rasch gewährte Rausch der Verbindung mit Schakkar ist von kurzer Dauer. Die über Jahre von Schirin mit allen Fasern der Seele ersehnte, von Chosrou nach dem Verzicht auf andere Frauen und der gänzlichen wesenhaften Hinwendung zu Schirin gewonnene Vereinigung währt bis in den Tod und nach der von Nizami so großartig bildhaft gemachten mystischen Verschmelzung der Liebenden bis in Ewigkeit. Diese Liebesgeschichte aber redet noch heute zu uns, ja fasziniert und bewegt uns, weil ihre Gestalten so lebensecht sind, weil persönlichste Erfahrung mit hohem ethischen Wollen und höchster dichterischer Gestaltungskraft ein Kunstwerk von unvergleichlichem Rang und unvergänglichem Zauber geschaffen haben. *J. Christoph Bürgel*

Zu unserer Übertragung

Wie alle persischen Epen, so ist auch «Chosrou und Schirin» in Versen geschrieben: Jeweils zwei Verse von durch das ganze Werk hin gleichbleibendem Rhythmus (in diesem Fall ⏑– – – /⏑– – – /⏑– – /) sind durch einen Reim verbunden. Im Deutschen ergäbe ein Beibehalten des Verses sehr rasch Monotonie. Es empfahl sich daher, wie das auch Rudolf Gelpke bei seinen Übertragungen von «Leila und Madschnun» und dem Fragment aus den «Sieben Bildnissen», getan hat, in Prosa zu übersetzen mit gelegentlicher Einstreuung von Versen, wo dies vom Inhalt her angebracht schien.

In Abweichung jedoch von Gelpkes freier, auch vor längeren Streichungen und frei erfundenen Zusätzen nicht zurückscheuender Nachdichtung hält sich unsere Übertragung, soweit irgend möglich, streng an die Vorlage. Gelpkes Verdienst soll freilich nicht geschmälert werden; ihm kommt es zu, einem breiten, nicht fachlich gebildeten Publikum Nizami erstmals lesbar und lieb gemacht zu haben.

Unsere Übertragung beruht auf der wertvollen Textausgabe von W. Dastgirdi, dessen zahlreiche, auf umfassender Kenntnis der literarischen Tradition beruhende Erläuterungen viele Verse überhaupt erst verständlich machen. Benutzt wurde zudem die kritische Ausgabe von L. A. Chetagurow (Baku 1960), ergab aber kaum je eine bessere Lesung.

Auch unsere Übertragung ist nicht im wissenschaftlichen Sinne wörtlich. Sie wäre dann für den literarisch ausgerichteten Leser kaum genießbar, wie alle sogenannt wissenschaftlichen Übertragungen, auf deutsch etwa das Farhad betreffende Stück aus «Chosrou und Schirin», das Duda übersetzt hat, zeigen. Der Grund liegt in der außerordentlichen Dichte der Nizamischen Sprache; der durch das metrische Gerüst gebotenen Kürze der Sätze sucht der Dichter ein Maximum an Aussage abzugewinnen. Metaphern werden daher oft quasi übereinandergetürmt, Hilfszeitwörter nach Möglichkeit weggelassen u.a.m. Syntaktisch mußte mithin der Text ganz neu gestaltet, die hypotaktischen Bezüge mußten stärker nuanciert, mehrere Verse nicht selten in einem Satz zusammengefaßt werden. Daneben galt es, allzu schwierige Bilder erläuternd zu paraphrasieren, Metaphern gelegentlich aufzulösen und Anspielungen zu explizieren, sofern sie als dem westlichen Leser unvertraut und mithin unverständlich erschienen.

Zwei Eigenschaften darf jedoch unsere Übertragung für sich in Anspruch nehmen. Einmal ist sie, von einigen wenigen Versen abgesehen, vollständig, was die Erzählung betrifft. (Von den einleitenden und abschließenden Kapiteln wurden nur wenige Proben gebracht. Das Lob Gottes, des Propheten und mehrerer Fürsten ist ebenso weggelassen wie die poetologischen und didaktischen Kapitel, die oben erwähnte Tendenzlegende und ein Bericht über eine ehrenvolle Begegnung des Dichters mit dem Fürsten Toghrulschah, der ihm zum Lohn für sein zweites Epos ein Dorf zu Lehen schenkt. Das Wichtigste aus den Abschnitten zur Vorgeschichte des Epos ist jedoch oben im Nachwort mitgeteilt.)

Zum anderen gibt unsere Übertragung genauer die Stilhöhe und damit den literarischen Rang des Originals wieder. Bilder und Metaphern, Hyperbeln etc. sind, auch wo sie befremdlich wirken mögen, in der Regel nicht angetastet, Klangspiele nach Möglichkeit nachgeahmt oder durch Äquivalentes ersetzt.

Größere Freiheit gegenüber dem Urtext hat sich der Übersetzer, von Ausnahmen abgesehen, nur einmal erlaubt, und zwar bei der Wiedergabe der vierzig auf Fabeln aus «Kalila und Dimna» anspielenden Verse Bozorg-Omids. Hier nämlich galt es, den Vers im Deutschen so zu gestalten, daß auch ein mit den Fabeln unvertrauter Leser – Nizami konnte deren Kenntnis in seiner Zeit natürlich voraussetzen – den Inhalt ahnen und die moralische Pointe zu verstehen vermag.

Wird dem Leser damit mehr zugemutet als vor einem erleichterten Text, so möge er sich dessen getrösten, daß er dem Ursprung näher ist, und Nizamis Rat aus dem Vorwort der «Schatzkammer der Geheimnisse» beherzigen:

Mein Wort klingt fremd, doch sei nicht ungeneigt,
liest du's als Freund, nicht mehr sich's fremd dir zeigt.

Nizami selber war, sehr zu Recht übrigens, der Meinung, Dichtung sei im Unterschied zur Sprache der Wissenschaft unübersetzbar. Jede Übertragung ist nur ein Abglanz des Originals. Doch wie Nizami am Schluß seines Epos Gott, so möchte der Übersetzer nun den Dichter bitten:

Wo mir ein Fehler unterlaufen ist,
verzeihe es, der du barmherzig bist.

* * *

Die im Nachwort erwähnten Werke

Tuti-Nameh, Das Papageienbuch
Nizami, Die 7 Geschichten der 7 Prinzessinnen
Nizami, Leila und Madschnun
Scheich Saadi, 101 Geschichten aus dem Rosengarten

sind ebenfalls in der Manesse Bibliothek erhältlich.

1 «Freudenspender» ist der Name von Drogen mit aufheiternder, antidepressiver Wirkung, die sich in der islamischen Welt großer Beliebtheit erfreuten, hier später auch mit «Seelen-Erquicker», «Schwermut-Tilger» u. ä. wiedergegeben.

2 Die gleiche Bedeutung, die die Gebetsnische in der Moschee hat, soll die Liebe gemäß dem von Nizami hier entwickelten neuplatonischen Liebesbegriff im Kosmos haben.

3 Einer persischen Überlieferung zufolge setzten sich die Zoroastrier ins Feuer, ohne zu verbrennen.

4 Der Vers sucht das Umfassende, Omnipräsente der Liebe zum Ausdruck zu bringen: Kibla (Gebetsrichtung der Muslime) steht für Islam; al-Lat (vorislamische arabische Göttin) für Heidentum; «Schenke» ist Symbol der später u. a. von Hafis gefeierten ekstatischen Trunkenheit und steht für Mystik.

5 Nach mittelalterlicher Auffassung wuchsen die Juwelen durch Sonneneinwirkung im Gestein.

6 Dieser Satz zieht die Summe aus dem Gesagten. Der neuplatonische Liebesbegriff ist der islamischen Welt durch Übersetzungen aus dem Griechischen bekannt und durch islamische Philosophen, namentlich Ibn Sina (980–1037), zur vertrauten Vorstellung geworden.

7 Es handelt sich um Chosrou I. Anuschirwan und seinen Sohn Hormizd IV., Großvater und Vater von Chosrou Parvez. Näheres im Nachwort.

8 Unzutreffende Etymologie. Tatsächlich bedeutet Parvez «siegreich».

9 Barda ist heute ein kleiner Ort südöstlich von Gendsche; die Steppe Mukan liegt noch weiter südöstlich aufs Kaspische Meer zu, südlich von

Baku; die Landschaft Abchasien befindet sich dagegen nordöstlich von Gendsche am Schwarzen Meer. Das damit umschriebene Gebiet entspricht heute also eher Georgien als Armenien.

10 Der Mond übte nach damaliger Auffassung auf feines Gewebe eine zerschleißende Wirkung aus. Hier ist wohl daran gedacht, daß die Liebhaber solcher Schönheit sich vor Begeisterung oder Verzweiflung die Kleider zerreißen.

11 Daß die gazellengleiche Geliebte den löwenstarken Liebhaber besiegt, ist ein alter Topos der persischen Liebesdichtung. «In Hasenschlaf versetzen» bedeutet «zum Narren halten».

12 Überbietungsvergleich: Der Mond verblaßt vor ihrem Glanz zu einem kleinen dunklen Schönheitsmal, während Schirins Schönheitsmal an Schwärze die Nacht übertrifft.

13 Zum «Freudenspender» (vgl. Anm. 1) gehörten u. a. Goldstaub und zerriebene Perlen und Juwelen.

14 Das Mondlicht ist ihr Gesicht, der Moschus ihr Haar.

15 Schabdez bedeutet «nachtfarben».

16 Diese Aufforderung (*marā bāsch* = «Sei mein!») ist natürlich nicht ernst, sondern entweder als frivoler Scherz oder als Charakterprüfung gedacht.

17 Im Persischen umschreibt man mit den Worten *az māh tā māhī* – «vom Mond bis zum Fisch» – die sublunare Welt.

18 «Die Töchter der Bahre»: Name der Sterne des Großen Bären.

19 Gemeint ist: Der Rappe Nachtfarb ist Schirin keineswegs überlegen.

20 Überbietungsvergleich: Das der Sage nach von Alexander dem Großen vergeblich gesuchte Lebenswasser befindet sich in undurchdringlichem Dunkel.

21 Bekanntes Wunder oder Trick eines unter dem Namen al-Mukanna («Der Verschleierte») bekannten religiösen Rebellen, der im 8. Jahrhundert in Ostiran auftrat und 785 von den muslimischen Instanzen hingerichtet wurde. Nizami spielt noch mehrfach auf diese Begebenheit an.

22 Phantastische Begründung: Nach der Astrologie regnet es, wenn der Mond im Zeichen des Wassermanns steht. «Mond» deutet hier auf Schirin, «Wassermann» auf den Weiher.

23 Die Sonne stillt den Durst der Liebenden sowenig wie die irdischen Quellen; sie alle halten den innerlich Durstenden nur zum Narren.

24 Gemeint ist der mythische Stier, auf dem die Erde ruht und der seinerseits auf einem Fisch steht (vgl. Anm. 17).

25 Kasr-i Schirin, «Schloß der Schirin», liegt tatsächlich ca. 160–180 km Luftlinie westlich von Kirmanschah nahe der irakischen Grenze.

26 Es ist nicht von realen Dingen die Rede: «Inder» und «Abessinier» deuten auf schwarze, «Bulgarien» auf weiße Farbe. Der Funkenregen verweist auf das Heilige Feuer der Parsen, in dessen Schein der Heilige Text verlesen wurde.

27 Es handelt sich um ein Bündel Stäbe, das die Priester der Parsen beim Vorlesen der Heiligen Texte des «Avesta» in der Hand zu halten pflegten, sowie auch beim Vorkosten der Speisen des Königs.

28 Vgl. Anm. 17.

29 D. h.: Er überbrachte Nachricht aus der Heimat.

30 Das ist keine reale Beschreibung der persischen Macht, eher ein hyperbolischer Merismus, wenn auch Tataren und dunkelhäutige Araber zum Herrschaftsbereich der Sassaniden gehörten.

31 Hormizd IV. fiel 590 einer Verschwörung des Adels

zum Opfer. Was mit dem Stab gemeint ist, bleibt unklar. Vielleicht ist «ihm» in «dir» zu verbessern (im Persischen nur ein Buchstabe) und zu übersetzen: «und gab dir statt der Lanze das Zepter in die Hand».

32 «Inder» ist die Zeit, weil sie der Materie und damit dem Bösen verhaftet ist, das die schwarze Farbe symbolisiert. Der Inder steht seit der islamischen Eroberung durch den türkischen Feldherrn Mahmud von Ghazna (11. Jahrhundert) als schwarzhäutiger devoter Knecht dem weißhäutigen Türkenherrn gegenüber.

33 D. h., wie aus dem Text auf S. 71 f. hervorgeht: Die Blendung Hormizds beruhte auf dem Verlust seiner Gerechtigkeit, so wie die Erblindung Jakobs auf dem Verlust – genauer: der Abwesenheit – von Joseph.

34 Bilkis ist die Königin von Saba, in die Salomo sich verliebte. Dies, wie seine Beziehung zu den Ameisen, wird in Sure 27, mit dem Titel «Die Ameisen», berichtet.

35 Überbietungsvergleiche: Der Poloball fliegt schneller als der Wind. Was das Zerspringen oder «Zerbrechen» des Sonnenballs bedeuten soll, ist nicht ganz klar. Der persische Nizami-Herausgeber Dastgirdi schlägt mehrere Deutungen vor, deren mir plausibelste lautet: «Die Kugeln fliegen so hoch, daß sie die Sonne beschämen.» Ein entsprechender visueller Eindruck – daß der Ball die Sonne vorübergehend verdunkelt – ist im übrigen ja durchaus real vorstellbar.

36 Namen von nicht näher bestimmbaren Blumen.

37 Vgl. Anm. 20.

38 Wie aus dem Nabel des Moschusochsen.

39 Die Namen der zehn Mädchen bedeuten, soweit übersetzbar, das Folgende: Lockenreich (unsicher),

Kanopus, Wundertrank, Himmelsstolz, Humaila, Adelheid, Jasmin-Türkin, Feenkind, Herrin von Chotan und Juwelenland.

40 Mit «Granaten» dürften die Brüste der Geliebten gemeint sein, die Nizami immer wieder mit der Frucht des Granatbaums vergleicht. Die scheinbar banale Aussage wird so zu einem anmutigen Wortspiel.

41 Der letzte Satz ist durch das Wortspiel mit pers. *nīl* = «Indigo» inspiriert.

42 Nach der Qualitätenlehre der galenischen Humoralmedizin, die der Islam übernahm, weist jeder Stoff mindestens eine der vier Qualitäten heiß, kalt, feucht und trocken auf. Ein Übermaß jeder dieser Qualitäten ist schädlich. Zucker, selber «heiß», darf daher nicht mit heißen Speisen oder Getränken genossen werden, Schirin («Süß») nicht in der Hitze der Leidenschaft.

43 Smaragden machten nach einem im islamischen Mittelalter weitverbreiteten Aberglauben die Vipern blind. Der Bartflaum gilt als «grün» und wird daher hier mit Smaragden verglichen.

44 Im Persischen Wortspiel mit *āstīn* = «Ärmel» und *āstān* = «Schwelle».

45 Heerführer und Sohn des Kaisers Maurikios, dessen Tocher Maryam Chosrou ehelicht.

46 Nizami glaubt, wie damals üblich, an den Einfluß der Sterne auf das irdische Geschehen; sein Sternglaube wird jedoch durch seine Frömmigkeit relativiert.

47 Der Satz von der Maus, ein noch heute geläufiges Sprichwort, bedeutet, daß man in einer aussichtslosen Lage närrisch handelt; der Satz vom Neger, daß ein Unglück zum andern kommt.

48 «Gläserspiele treiben» bedeutet «vorgaukeln», «betrügen».

49 Zur «Zeit» als «Inder» vgl. Anm. 32. Im Jagdgrund dieser mörderischen Zeit soll man nicht jagen. Türken sind in der Dichtung nicht nur weißhäutige Herren und Inbegriff von Schönheit, sondern auch notorische Räuber. Hier ist es aber vor allem das Wort «Inder», das den «Türken» nahezu zwangsläufig auf den Plan ruft.

50 D. h.: Als der Tag die Nacht besiegte.

51 Tschupin bedeutet «hölzern».

52 Wortspiel mit *gūr* = «Wildesel» (Beiname Bahrams) und «Grab».

53 Der Reiter auf dem Schecken ist die Zeit; vgl. die Verse auf S. 123.

54 Statt «starr» und «lebendig» heißt es im Urtext «trocken» und «feucht». Das Qualitätenschema wurde auch auf die Musik und ihre Instrumente übertragen; auf der Zuordnung der Lautensaiten zu den Körpersäften beruhte die antike und mittelalterliche Theorie und Praxis der Musiktherapie. Die im folgenden aufgezählten Liedertitel mag man mit den Titeln der Minnelieder der Meistersinger vergleichen, wie sie z. B. in Wagners Oper aufgezählt werden. Nizami treibt mit ihnen sein munteres beziehungsreiches Spiel. Vermutlich haben darüber hinaus alle diese Titel beim zeitgenössischen Leser Erinnerungen an ihnen bekannte Melodien ausgelöst.

55 Der Name der Heilpflanze «Drachenblut» lautet auf persisch «Blut des Siyawusch».

56 Wortspiel mit pers. *zih*, was «bravo» und «Saite» bedeutet.

57 Hier, wie auch an anderen Stellen, bewußt Maria, wegen Anspielung auf Jesus.

58 D. h.: Chosrou läßt sich von seiner Begierde treiben, statt seiner Pflicht zu folgen.

59 Gemeint ist: Mag ich auch treu sein wie ein Hund.

60 Wörtlich: «Hab ich keine Wolle in seinem Hut, so halte ich sein Heer und seine Reiter für Wolle.»

61 Anspielung auf eine koranische Erzählung: Maria wird während ihrer Wehen zu einer Dattelpalme geleitet (Sure 19, 22–25).

62 Der nomadisierende Kurde ist eine Negativ-Chiffre bei Nizami, der dabei offensichtlich die herrschende Meinung wiedergibt; obiger Vers wirkt jedenfalls wie ein Sprichwort.

63 D. h.: Sie legte die Zähne auf die Zunge und sprach mit Lippen und Zähnen.

64 Ironisches Wortspiel mit Maryams Namen und einem Fasten der orientalischen Christen.

65 Schirin vergleicht ihr Kinn mit einem Poloball.

66 Die rhomäische (byzantinische) Arbeit Armeniens ist Schirin, weil sie so schön und gebildet wie eine Byzantinerin ist. Laut Dastgirdi bedeutet das persische *rūmī kār* hier allerdings eine bestimmte Süßigkeit (so wie bei uns «Frankfurter» oder «Hamburger» auch Eßwaren bezeichnen können).

67 «Schwermut-Tilger» ist eine hier passend erscheinende Übertragung für den schon mehrfach erwähnten «Freudenspender» (vgl. Anm. 1). Dem Liebeskranken hilft kein ärztlich verordnetes Antidepressivum, sondern allein die Nähe des Geliebten.

68 Der arabische Titel der «Megále Sýntaxis», Hauptwerk des Ptolemäus, in dem das ptolemäische Weltbild niedergelegt ist.

69 Zum Erdenfisch vgl. Anm. 17.

70 «Die sieben Glieder» sind entweder die vier Extremitäten samt Kopf, Hals und Rumpf oder die sieben wichtigsten inneren Organe Herz, Lunge, Leber, Magen, Niere, Milz und Blase.

71 D. h.: Er vergaß sein Ich, «entward», wie der Mystiker in der Gottesliebe.

72 Melancholie beruhte, wie der Name besagt, auf einem Überschuß an schwarzer Galle (meláne cholé).

73 Vgl. Anm. 1.

74 Das persische Wort *āschnā'ī*, Abstraktum zu *āschnā* = «bekannt», «vertraut», kann auch «Liebe» und mystisches «Erkennen», ja «Initiation» bedeuten.

75 *dschān* = «Seele», «Leben» bedeutet auch «Geliebte».

76 Mit dem Jüngling ist offenbar Farhad selber gemeint.

77 Deneb von arab. *dhanab* = «Schwanz» hat in der astrologischen Charakterlehre offenbar eine negative Konnotation.

78 Wortspiel mit dem Namen Bisotun, der «säulenlos» bedeutet.

79 Naphtha war ein im Krieg verwendetes Kampfmittel, eine Art Vorläufer des modernen Napalm.

80 Schwefeldampf trocknet Zitronen aus. Die neun Zitronen(schalen) stehen hier für die neun Sphären des ptolemäischen Weltbilds, d. h. sieben Planetensphären plus Fixstern- und Zodiakalsphäre; und der Sphärenhimmel steht für die mythische Zeit, den Äon, von dem alles Böse herrührt. Joseph, als Frommer – nach koranischer Lehre sogar Prophet – außerhalb dieser Sphären, läßt sich durch die Zitronenfrüchte Sulaikas (Nizami selber vergleicht das Kinn Schirins gelegentlich mit einer Zitrone, vgl. dazu S. 240) nicht verlocken. Sulaika steht hier also für Verführung. Die Orangen, die durch sie leiden, dürften die Früchte sein, die sie nach der koranischen Erzählung in Sure 12 einst den Frauen anbot, die ihre Liebe zu Joseph getadelt hatten, sich bei seinem Anblick dann aber die Finger verletzten, als sie die Früchte zu zerschneiden begannen. Es sind also eher diese Frauen, die leiden, als die Oran-

gen. Auch sind eben diese Früchte in Dschamis Epos «Joseph und Sulaika» Zitronen, nicht Orangen. Das Spiel mit den beiden Früchten entspricht der im Persischen wichtigen Redefigur der harmonischen Bildwahl, ist aber auch durch den ähnlichen Klang der Namen der beiden Früchte *turundsch* und *närandsch* bedingt. Die Logik bleibt dabei etwas auf der Strecke.

81 Der Palast mit den neun Türen ist der Körper; die neunköpfige Schlange steht wiederum für den Sphärenhimmel.

82 Nizami bringt hier eine Korrektur an der Darstellung Firdousis an, vgl. das Nachwort.

83 Vgl. Anm. 61.

84 «Der von Tus» könnte Firdousi gewesen sein; doch hat die Stadt ebenso wie Lahore auch zahlreiche andere Dichter und Gelehrte hervorgebracht, so daß eine Identifizierung nicht möglich ist.

85 Der Vergleich mit Iram (s. Glossar) erweckt neben der Assoziation des Großartigen auch die des Ominösen und könnte als eine subtile Vorausdeutung des kommenden Unheils gemeint sein.

86 Dies ist offensichtlich ein Aphrodisiakum mit Langzeitwirkung.

87 Hier spiegelt sich eine islamische Sitte: Da der Bräutigam die Braut vor der Hochzeit nicht zu sehen bekam, wurde diese von Verwandten, aber auch darauf spezialisierten alten Weibern begutachtet, wobei u. U. auch ein Virginitätstest stattfinden konnte.

88 «Vom süßen Leben» bedeutet im Persischen gleichzeitig «von der Seele / dem Leben der Schirin».

89 Bzw. Schakkar und Schirin.

90 Man pflegte Zucker in die Räucherpfannen zu streuen.

91 Eis schmilzt, Kristall ist beständig.

92 Wortspiel mit pers. *pil* = «Elefant» und *pile* = «Seidenwurm».

93 «Steigender Adler» und «Stürzender Adler» sind die arabischen Namen der Sterne Aquila und Lyra.

94 Der persische Waffenname, der hier mit «Hellebarde» übersetzt ist, lautet *dūrbāsch*, was «Weg da!» bedeutet. Nizami läßt sich die Gelegenheit zu einem Wortspiel nicht entgehen.

95 Kollyrium ist eine Augensalbe, «Quelle im Felsen» Metapher für Schirin.

96 Venus als Musikantin des Himmels erscheint mit verschiedenen Instrumenten, meistens der Laute. Bei der «Orgel» ist an die schon in der Antike gebaute Hydraulis oder Wasserorgel zu denken.

97 Überbietungsvergleich: Schirins an Rundung einer Pomeranze bzw. Zitrone gleichendes Kinn übertrifft die Bagdader Apfelsinen.

98 Man deutet rühmend auf seine Schönheit.

99 Der persische Text ist hier grammatisch doppeldeutig und läßt auch die Übertragung «Honig der Schirin» zu.

100 Die Sieben Gebote der Schönheitspflege sind Henna, Indigo, rote und weiße Schminke, Antimon (Augensalbe), Goldfolie und als siebentes entweder ein zusammengesetztes Parfum oder das Schönheitsmal auf der Wange.

101 «Herzensruhe» (Dilaram) ist ein persischer Mädchenname.

102 Vgl. Anm. 1.

103 Kampfer ist wegen seiner weißen Farbe zunächst Metapher für Schnee (ebenso wie Salz im folgenden Satz). Es galt aber auch als libidodämpfend. Nizami spielt hier außerdem mit der Doppelbedeutung von *hawā* = «Luft» und «Leidenschaft».

104 Anspielung auf die Qualitätenlehre, vgl. Anm. 42.

105 Der «Dieb» ist die Sonne, die plötzlich alle Schönheit an sich reißt; die «Braut des Morgens» aber deutet gleichzeitig auf Schirin hin.

106 Nizami hat, wie wir uns erinnern, die Zitrone als Symbol der Sinnlichkeit benutzt. Vermutlich spielt sie auch hier diese Rolle.

107 Jesus wird sonst nie als Musiker bezeichnet. Das Tertium comparationis zwischen ihm und dem Sänger ist jedoch der lebenspendende Odem.

108 Der etwas seltsame Gedanke ist durch das Wortspiel mit *'ūd* = «Laute» und «Aloe» inspiriert.

109 «Harmonisch» (*mouzūn*) ist hier im Sinne von Wohlklang, nicht von «Akkord» gemeint; Mehrstimmigkeit war der arabisch-persischen ebenso wie der griechischen Musik unbekannt. Ob *taqtī'* wirklich «mensurierten Gesang» (die übliche Bezeichnung dafür war *īqā'*) oder eine bestimmte Technik des pausenreichen Vortrags bedeutet, vermag ich nicht zu entscheiden. Die Lexika geben für *taqtī'* nur «Zerstückeln» und «Skandieren», was beides hier nicht paßt.

110 Die jeweils zu Beginn eines Gesangs genannten Termini sind die Namen der Modi oder Tonmodelle der arabisch-persischen Musik, die sich durch ihren emotionalen Charakter unterscheiden. Haben sie eine konkrete Bedeutung wie «Aufrecht», «Liebende», «Irak», so unterläßt Nizami nicht, sein dichterisches Spiel damit zu treiben.

111 Chosrou vergleicht sich mit einem edlen Räuber; er gesteht ein, Schirins Herz gestohlen zu haben, aber nicht aus Motiven, die Strafe verdienten.

112 Nizami vergleicht Schirins Brüste gleichzeitig mit Granaten und Apfelsinen, letzteres in Form eines Überbietungsvergleichs: ihre Brüste übertreffen an Rundung die Apfelsine.

113 Jeder Planet – und auch der Mond ist nach dem ptolemäischen Weltbild ein solcher – «regiert» bestimmte Aspekte und Bereiche des irdischen Daseins.

114 D.h.: Mit der Süße meiner Lippen habe ich die bitteren Worte vergessen lassen bzw. eine Buße gezahlt.

115 D.h.: Wenn du mein Todesurteil schreibst, nehme ich es widerspruchslos entgegen.

116 Mit «Ziegenbein» ist wohl auf Maryam und Schakkar hingedeutet, die Chosrou verlockt haben, so daß er Schirins Liebe verlustig gegangen und damit todgeweiht ist, falls sie ihm nicht verzeiht.

117 Musik wurde oft hinter einem Vorhang gespielt.

118 Antimon wurde häufig in Augensalbe verwendet.

119 Das «Zeichen» des Mondes ist entweder sein «Haus», das Sternbild des Krebses, oder aber der Ort seiner Elevation (höchsten astrologischen Wirksamkeit), das Sternbild des Stiers. Mit «Mond» ist natürlich Schirin gemeint, die durch die Hochzeit in ihr Haus bzw. ihre Erhöhung eintritt.

120 Überbietungsvergleich: Schirins Silber (ihre weiße Haut) übertrifft an Glanz alles Silber der Welt. Als sie daher nach der Reise das Schloß betritt, scheint sie der Welt alles Silber zu entziehen.

121 Der Glanz der Sonne ließ die Sterne verblassen. Auch diese Beschreibung des anbrechenden Morgens verweist metaphorisch nochmals auf Schirin und ihre Begleitung hin.

122 «Sonne» verweist natürlich auf Chosrou. Das Zeichen der Sonne ist der Löwe (Haus) bzw. der Widder (Elevation), die beide der Mond auf seiner Reise durchläuft, den Widder bei der ersten und zweiten, den Löwen bei der neunten bis zwölften Station.

123 Zum Erdenfisch vgl. Anm. 17.

124 Die Verse beschreiben auf anmutige Weise die Liebesvereinigung. «Quecksilber» und «Zinnober» dürften auf Sperma und Deflorationsblut hindeuten.

125 Neger galten als Inbegriff unbekümmerter Heiterkeit.

126 Die Erklärung der augenheilenden Wirkung des Antimons aus seiner Schwärze hat wohl keinen wissenschaftlichen Hintergrund, sondern ist lediglich aus dem farbsymbolischen Kontext heraus zu verstehen.

127 Dem Toten wurden die Ohren mit Baumwolle zugestopft. Das Verstopfen der Ohren ist daher oft Bild für geistiges Erstorbensein. Nizami deutet die im Alter wachsende Behaarung der Ohren in diesem Sinn.

128 Als bewohnte Reiche erscheinen die Planeten z. B. in dem allerdings allegorisch gemeinten visionären Bericht «Haiy ibn Yakzan» des Ibn Sina.

129 Umschreibung von Sure 7,31: «Esset und trinket, ohne auszuschweifen!» Das Gebot entspricht dem Symmetrie-Ideal der griechisch-arabischen Medizin ebenso wie der aristotelischen und islamischen Ethik.

130 Arabischer Titel der berühmten indischen Fabelsammlung «Pançatantra», die sich sowohl im islamischen Orient wie auch im europäischen Mittelalter größter Beliebtheit erfreute.

131 Alif, der erste Buchstabe des arabischen Alphabets, ist gleichzeitig der erste Buchstabe des Wortes Allah und als Zahlwert die Eins, daher Symbol für den Einigen Gott.

132 Hier wiederholt Nizami wörtlich die Beschreibung des Boten, der mit seiner falschen Nachricht vom Tode Schirins Farhad in den Tod trieb, vgl. oben S. 179.

133 Mit Rosensaft und Kampfer wurde der Leichnam

gewaschen. Das schildert noch E. W. Lane in seinem zum Klassiker gewordenen Werk «Manners and Customs of the Modern Egyptians», Everyman's Library, London 1860, S. 518.

134 «Russisch und äthiopisch» bedeutet hier Weiß und Schwarz / Tag und Nacht.

135 Anspielung auf Sure 53, wo von der Erscheinung einer himmlischen Gestalt berichtet wird, die Muhammad bis auf zwei Bogenwürfe nahe kam. Nach späterer Deutung bezieht sich das auf Muhammads nächtliche Reise durch den Kosmos, bei der er sich Gott bis auf zwei Bogenwürfe genähert habe. Die Seele des Mystikers ist ebenfalls solcher Entrückung fähig.

136 Nach Sure 12 sandte Joseph seinem Vater ein Hemd aus Ägypten.

Glossar

Afrasiyab: Berühmter Held im «Königsbuch» Firdousis, wichtigster Repräsentant der turanischen (türkischen) Macht, die mit Iran in Fehde liegt.

Akna: Nicht identifizierte Festung.

Alanen: Iranischer Volksstamm im nördlichen Kaukasus.

Alexander (der Große): Wichtige Gestalt in der islamischen Überlieferung, die durch den Alexander-Roman des Pseudo-Kallisthenes geprägt ist. Auf seinen Eroberungszügen gerät er in die Nähe der von Chiser gehüteten Lebensquelle, die in völlige Finsternis gehüllt ist. Sein Koch berichtet ihm, daß ein toter Fisch in einer kürzlich passierten Quelle wieder lebendig geworden sei. Alexander versucht, sie aufzufinden, jedoch vergebens.

Al-Mukanna: «Der Verschleierte», religiöser Rebell mit prophetischem Anspruch, der in der zweiten Hälfte des 8. Jahrhunderts in Chorasan auftrat und um 785 hingerichtet wurde.

Andscharak: Nicht identifizierter Ort in Armenien.

Anka: siehe Simorgh.

Anuschirwan: Chosrou I. Anuschirwan, der Großvater von Chosrou Parvez, regierte 531–579 und gilt in der persischen Tradition als ein Inbegriff der Gerechtigkeit.

Apak: Türkisch: «Das kleine Weiße» (Schneeweißchen, Schneewittchen), in arabischer Schrift Afaq, auch als arab. Plural «Horizonte» deutbar.

Arzhang: siehe Mani.

Bahram Gur: Der Sassanidenherrscher Vahram V. (421 bis 438), leidenschaftlicher Jäger von Wildeseln (*gūr*), Held von Nizamis Epos «Haft Paikar» («Die Sieben Bildnisse»).

Bizhan: Held im «Königsbuch» Firdousis, wird, weil er sich mit Manizhe, der Tochter Afrasiyabs, eingelassen hat, von den Turanern in einen Brunnen geworfen, dort aber mit Hilfe des magischen Pokals des Kaichosrou entdeckt und von Rostam gerettet.

Chakan: Türkisch: «Herrscher».

Chiser: Unsterblicher Heiliger des Islam, der die Lebensquelle hütet und Auserwählte in die göttlichen Geheimnisse einweiht.

Chotan: Stadt und ehemaliges Reich in Chinesisch-Turkestan, das für seine Moschusrehe berühmt war.

Dailamiten: Persischer Volksstamm im Süden des Kaspischen Meeres.

Darband: Stadt an der Westküste des Kaspischen Meeres, heute Derbent.

Demawend: Höchster Berg Persiens.

Dihkan: Bauer, Gutsbesitzer, Landedelmann.

Diw: Persisch: «Dämon».

Dschamschid: Fünfter der mythischen Könige im «Schahname» Firdousis, regiert siebenhundert Jahre über Menschen, Dämonen und Vögel, führt die Kasten der Priester, Könige, Bauern und Kaufleute ein. Ist im Besitz eines magischen Pokals, wie später Kaichosrou. Mit «Kult des Dschamschid» wird oft der Feuerkult des Zoroastrismus umschrieben.

Dschirm: Nicht identifizierter Berg in Armenien.

Faghfur: (aus Sanskrit Bhagaputra), im Persischen Bezeichnung für die chinesischen Kaiser.

Faridun: Siebenter der mythischen Könige im «Schahname» des Firdousi, Überwinder des Zahhak, regiert fünfhundert Jahre und reinigt das Universum von der schwarzen Magie. Er selbst versteht sich auf Magie. Der paradiesische Zustand unter seiner Herrschaft wird durch Streit seiner Söhne und die daraus resultierende Teilung des Reiches beendet.

Ghasel: Wichtigste persische (aus dem Arabischen stammende) Gedichtform, in der deutschen Dichtung seit Friedrich Rückert eingeführt.

Ghasi: Arabisch: Glaubenskämpfer.

Ghul: Arabisch: Wüstengeist, Riese.

Ghuriden: Türkischer Volksstamm.

Gilan: Provinz in Nordpersien.

Halwa: Arabisch: «Süße», im ganzen islamischen Orient verbreitete Süßigkeit.

Harut: Harut und Marut sind zwei Engel, die in Babel aufgetreten sein und die Menschen Magie gelehrt haben sollen, wie dies in Sure 2, 102 (96) berichtet wird.

Inschirak: Name einer nicht identifizierten Ruinenstätte.

Iradsch: Einer der drei Söhne Fariduns, wird von seinen Brüdern Silm und Tur ermordet.

Iram: Im Koran erwähnte, einst prächtige, aber durch Gottes Strafgericht zerstörte Stadt «mit Säulen» (Sure 89, 7).

Joseph: Die biblisch-koranische Gestalt, Sohn Jakobs, der aus Trauer um ihn erblindet. Von Ägypten aus sendet Joseph ein Hemd an seinen Vater, um ihn zu trösten. Sulaika, die Frau des «Mächtigen» von Ägypten, verliebt sich in Joseph und heiratet ihn nach der außerkoranischen, in der persischen Epik verarbeiteten Legende.

Kaichosrou: Dreizehnter der mythischen Könige im «Schahname» Firdousis, im Besitz eines magischen Bechers, der das Verborgene sehen läßt.

Kaikobad: Einer der mythischen Könige des «Schahname».

«Kalila und Dimna»: Arabischer, in den islamischen Sprachen üblicher Name der aus dem Indischen zunächst ins Pahlawi und von da ins Arabische übersetzten indischen Fabelsammlung «Pançatantra».

Karachan: Name eines indischen Königs, der ein Zeitgenosse Alexanders des Großen gewesen sein soll.

Ka'us = Kaika'us: Zwölfter der mythischen Könige im «Schahname» des Firdousi, in Mazanderan vom Weißen Dämon gefangen und vom Helden Rostam befreit.

Kauthar: Quelle des Paradieses, im Koran (Sure 108,1).

Kawe: Heldischer Schmied im «Schahname», der eine Volkserhebung gegen Zahhak anführt.

Kayaniden: Name der zweiten Dynastie persischer Könige im «Schahname».

Kiptschaken: Zentralasiatischer türkischer Volksstamm.

Liwan: Arabisierte, in der deutschen Fachliteratur übliche Form für persisch Iwan, große gewölbte Nische, typisches Element der iranischen Architektur.

Madschnun: «Der Besessene», halblegendärer arabischer Dichter des ersten islamischen Jahrhunderts, dessen Liebe zu Laila zu einem volkstümlichen Stoff wurde und dank der Bearbeitung durch Nizami der Weltliteratur angehört.

Man: Pers. Gewichtsmaß. Man unterscheidet Tabriser Man, knapp 3 kg, und königliches Man, knapp 6 kg.

Mani: Der Begründer des Manichäismus (ca. 216–277), in der persischen Überlieferung vor allem als großer Maler berühmt, dessen Bilder in seiner Arzhang genannten Galerie oder Bildermappe den Inbegriff der Malkunst verkörpern.

Maria: Die Mutter Jesu; beide genießen auch im Islam große Verehrung. Nizami spielt mehrfach mit ihrem Namen und erinnert zweimal an die Palme, zu der sie sich laut Koran 19,23 während ihrer Wehen begab.

Meidan-i Boghra: Nicht identifizierte Lokalität in Armenien.

Miskal: Arab. Gewicht, 3,5 kg.

Parasange: Pers. Längenmaß, etwa 6,24 km.

Ramin: Held des um 1050 verfaßten Epos «Wis und Ramin».

Rhagai: Bedeutende pers. Stadt in vorislamischer und frühislamischer Zeit, durch die Mongolen zerstört, das heutige Raiy bei Teheran.

Rostam: Größter Held im «Königsbuch» Firdousis.

Salomo: Der biblisch-koranische König, im Islam als Prophet verehrt, dem Koran zufolge Herrscher über die Geister und der Sprache der Tiere kundig. Seine bemerkenswerte Begegnung mit den Ameisen wird in Sure 27, 18–19 berichtet.

Schahanschah: König der Könige, Titel der vorislamischen iranischen Herrscher.

Serubabel: Im Alten Testament mehrfach erwähnter Anführer einer Gruppe jüdischer Exulanten zur Zeit Kyros' des Großen.

Sidra: Im Koran erwähnter Baum im Paradies, meist mit «Lotosbaum» übersetzt (Sure 56, 28).

Simorgh: Persischer Sagenvogel, auf Illustrationen des «Schahname» prachtvoll abgebildet, mit dem arabischen Anka gleichgesetzt, in der mystischen Dichtung seit Attars «Vogelgesprächen» Symbol der Gottheit.

Siyawusch: Mythischer König im «Schahname», Sohn des Kaika'us, von Afrasiyab getötet; aus seinem Blut wächst eine Pflanze, «Blut des Siyawusch», die unserm Drachenblut entspricht.

Soruschi: Botenengel des Zoroastrismus.

Takdes: Persisch: «Gewölbe-ähnlich»; berühmter, mit Himmelsglobus, astronomischen Tafeln und vermutlich auch einer Uhr verbundener Königsthron Chosrous II.

Tak-i Gara: Nicht identifizierte Örtlichkeit bei Bisotun.

Theriak: Von pers. *tiryak* = «Gegengift».

Toghra: Monogramm der Sultane.

Wis: Heldin des vom Dichter Fachroddin Gorgani um 1050 verfaßten Epos «Wis und Ramin», das Parallelen zu «Tristan und Isolde» aufweist.

Zahhak: Von Ahriman, dem Teufel des Zoroastrismus, verführter mythischer König im «Schahname», der Dschamschid besiegt und den Genuß von Fleisch einführt, worauf ihm zwei Schlangen aus den Schultern wachsen, die sich nur mit Menschenfleisch ernähren lassen. Zahhak herrscht ein Jahrtausend lang, bis er schließlich durch Faridun gestürzt wird.

Literaturhinweise

W. Bacher, Nizāmī's Leben und Werke und der zweite Theil des nizāmīschen Alexanderbuches, Göttingen 1871.

E. E. Bertels, Nizami. Tvorceskij put' poeta, Moskau 1956.

E. E. Bertels, Izbrannyje Trudy. Nizami i Fuzuli, Moskau 1962.

E. G. Browne, A Literary History of Persia, Bd. 2, London 1906, S. 399–411.

J. C. Bürgel, Nizami, in: Die Großen der Weltgeschichte, Bd. III, S. 526–539, Zürich 1973.

J. C. Bürgel, Nizami über Sprache und Dichtung. Ein Abschnitt aus der «Schatzkammer der Geheimnisse», in: Islamwissenschaftliche Abhandlungen, Fritz Meier zum sechzigsten Geburtstag, hrsg. von Richard Gramlich, Wiesbaden 1974, S. 9–28.

J. C. Bürgel, L'autoportrait de Nizami dans sa qasida «Roi des rois», in: La signification du Bas Moyen Age dans l'histoire et la culture du monde musulman – Actes du 8me Congrès de l'Union Européenne des arabisants et islamisants, Aix-en-Provence 1978.

J. C. Bürgel, Die Liebesvorstellungen im persischen Epos «Wis und Ramin», in: Asiatische Studien 23/1979, S. 65–98.

P. Chelkowski, Mirror of the Invisible World – Tales from the Khamseh of Nizami, The Metropolitan Museum of Art, New York 1975.

A. Christensen, L'Iran sous les Sasanides, 2. Aufl., Kopenhagen 1944.

H. W. Duda, Ferhād und Schīrīn. Die literarische Gestalt eines persischen Sagenstoffes, Prag 1933.

H. Ritter, Über die Bildersprache Nizāmīs, in: Studien zur Geschichte und Kultur des islamischen Orients, 5. Beiheft zur Zeitschrift «Der Islam», Berlin/Leipzig 1927.

J. Rypka, Iranische Literaturgeschichte, Leipzig 1959, S. 201–205.

Zu unseren Miniaturen

Neben dem «Schahname» Firdousis hat kein Werk der persischen Literatur so die Phantasie der Miniaturmaler beflügelt wie die Epen Nizamis. Und einzelne von diesem Dichter inspirierte Motive gehören zu den berühmtesten und am häufigsten gemalten Themen der persischen Miniatur überhaupt, wie etwa das der im Quellweiher badenden, von Chosrou entzückt beäugten Schirin, das auch unter den zwölf unseren Band zierenden Bildern auftaucht.

Die Miniaturen entstammen fünf verschiedenen Manuskripten, gehören aber sämtlich der großen Zeit der persischen Miniatur an, die ihre höchste Blüte im 15. und 16. Jahrhundert erlebte.

Zwei der Illustrationen tragen sogar den Namen des berühmtesten aller persischen Miniaturmaler, Bihzad, der am Hofe des Timuridenfürsten Husain Baikara in Herat wirkte, den Zusammenbruch der Timuridenherrschaft erlebte und noch einige Jahre unter der 1500 zur Macht gelangten neuen Dynastie der Safaviden tätig war.

Es sind die beiden tragischen Szenen unseres Liebesromans, die den Namen Bihzads tragen: Farhads Ende angesichts der falschen Nachricht von Schirins Tod und die Ermordung Chosrous durch Schiroye. Eine weitere Miniatur, «Farhad erscheint vor Schirin», trägt die Namen zweier weiterer berühmter Maler aus der gleichen Epoche, Mirak und Abdorrazzak. Das kann entweder bedeuten, daß die zwei Maler diese Miniatur gemeinsam geschaffen haben, oder aber, daß der Sammler, der diese Namen niederschrieb – denn es handelt sich hier nicht um Signaturen –, sich bei der Zuschreibung in diesem Fall nicht ganz sicher war, was bei der großen Ähnlichkeit der Werke von der gleichen Schule, dem gleichen Hofe angehörenden Malern nur allzu verständlich ist.

Auf jeden Fall zeigen die drei Miniaturen die charakteristischen Züge der Herater Schule zur Bihzad-Zeit.

Die Ausführung des Interieurs, der reich ornamentierten Wände und Teppiche, ist von der gleichen subtilen Delikatesse, wie sie der Besucher des Topkapı Sarayı in Istanbul noch in den prachtvoll dekorierten Räumen der osmanischen Sultane bewundern kann. Hinzu kommt eine gewisse, durch die schrägen Wandflächen, den perspektivisch gezeichneten Erker und die Anordnung der Felsen erreichte räumliche Tiefe sowie die klare Aufteilung der Bildfläche – die in der späteren Zeit sich ausbreitende manierierte und verwirrliche Überladenheit ist allen hier vereinigten Miniaturen noch fremd. Als letzter, doch nicht geringster Zug ist die auffallende dramatische Bewegtheit der Figuren zu nennen.

Alle diese Züge zeichnen, wenn zum Teil auch in geringerem Maße, auch die übrigen Miniaturen aus.

Die Abbildung des schlafenden Liebespaares mit der schrägen Schrift am Rand weist die gleiche filigranfeine Behandlung der Innenarchitektur auf, während sie bei den übrigen Miniaturen deutlich einen Grad gröber ist.

Die bei aller Traditionsgebundenheit möglichen Variationen in der Gestaltung eines Motivs lassen die beiden Darstellungen der Szene, wie Schirin Farhad vor seinem Felsrelief besucht und ihm einen Becher Milch reicht, ahnen. Der eine der beiden Maler hatte die inspirierte Idee – sie stammt nicht von Nizami –, auf dem Felsrelief die gleiche Szene abzubilden, die sich im Vordergrund in Wirklichkeit abspielt, nur mit dem Unterschied, daß der den Milchbecher Empfangende auf dem Felsbild offensichtlich ein Prinz ist – so daß hier das Verhältnis von Wirklichkeit und Traum, vielleicht auch Wirklichkeit und Kunst, auf tiefsinnige Weise symbolisiert ist.

Jede der Miniaturen ist übrigens mit Schrift versehen; in jedem Fall handelt es sich um den Nizamischen Text, so daß auch da, wo die Zuweisung vom bloßen Bildgehalt her schwierig wäre, die zitierten Verse eine genaue Zuordnung ermöglichen.

Der mit der persischen Miniatur noch unvertraute Betrachter lasse sich durch deren Fremdartigkeit nicht abschrecken. Der Hauptunterschied zur neueren abendländischen Bildtradition liegt in der Polyperspektivität, die vielleicht das kalkulierte Mittel einer gewollten Irrealität ist, mit der man das islamische Bilderverbot auf artistische Weise umging. Auf jeden Fall trägt gerade diese dem tatsächlichen Augeneindruck nicht entsprechende Behandlung der Perspektive zur magischen Wirkung dieser Miniaturen bei. Solche Wolken, solche Felsen, solche Gärten, solche Pavillons und solche Zelte kann es nur im Traum geben; denn nur im Traum kann man ein Haus oder Zelt gleichzeitig von außen und von innen, einen Garten von der Seite und von oben sehen.

Und doch ist in jeder Miniatur auch eine Fülle von Wirklichkeit eingefangen. Seien es nun die schon erwähnten Interieurs mit ihren Fenstern und Täfelungen, Räuchergefäßen und Blumenvasen, seien es die Gewänder – Farhad trägt auf mehreren Miniaturen ein gestreiftes –, seien es die Krone Chosrous oder der seltsame Kopfputz der Frauen, die Musikinstrumente – Harfe und Barbiton wie im Text! –, die Blumen und Tiere oder was sonst immer. Je mehr man sich in die Betrachtung vertieft, desto mehr wird man verzaubert, versetzt in jene magische Verschmelzung aus Wirklichkeit und Traum, in die uns auch Nizami, in die uns jede große Dichtung und jede große Kunst versetzen. *J.C.B.*

Bildverzeichnis

Inhalt